通識教育叢書・通識課程叢刊

語文教學與跨域素養
——實用中文寫作集林　續編

姚彥淇　主編

吳序：啟動二十年洗腦大計畫

　　對教授大學國文的老師們來說，現在的處境雖然艱難，但還不是最難的，因為往後會越來越難……

　　在我們的一生中，除了極少數含著金湯匙出生的人，否則，絕大多數的人在求學階段結束後，都必須要進入職場工作。對於工作，我們大致可以從「事業」、「職業」、「志業」這三個角度來看待它。

　　就一個從大學階段開始，必須歷經十數個寒暑才能取得博士學位的中文人來說，他的中文學術「事業」，大概就是進入各大學校院的中文領域相關系所，在專業系所帶給他的環境、資源、光環、社交圈的幫助下，一頭鑽進浩瀚無垠的中文學術領域，然後開啟研究、發表、再研究、再發表的無限正向循環過程，同時逐年逐年地收服一群又一群學生粉絲，慢慢地累積、再累積，最後攀上學術事業的頂峰，成為打遍天下無敵手的杏壇宗師、學界泰斗。（我們的老師輩不都是這樣幹的嗎？嗯，真香！）

　　可是，這種春秋大夢不是人人都做得起，這樣的機會也不是每代都有。於是，我們當中就會有很大一群人進入各大學的通識單位，不論是專任、專案，或是兼任，接著便開始了以教授大學國文課為主的教書工生涯。（就像我！）既然所待的單位不是專業領域，所教的又是曾被戲稱為「高四國文」的大學國文課，所要面對的更是一大群「非我族類」的別系學生，此時如果再一直懷抱著當初的中文學術事業理想，恐怕撐不了多久，就要等著吐血吐光光躺著進救護車了。所以，最後不管是被迫選邊，還是順勢而為，總之，中文學術事業這檔

事，就將它完全拋諸腦後吧！先讓大學國文老師的這份「職業」溫飽自己、滋養我們的家庭比較實際。

只是，如果一直把這份教學工作當成溫飽度日的「職業」而沒有理想成份的話，久了難免會有職業倦怠感，最後恐怕會變成生活無感、工作無力而只會行走的一塊會呼吸的肉肉，這叫人該如何度過漫漫長夜？所以仍然必須轉換。可是，怎麼轉換？轉換成什麼？陶淵明說過，「悟以往之不諫，知來者之可追」，曾有過的學術事業理想雖然早已煙消雲散、船過水無痕，但「傳道、授業、解惑」的師者「志業」仍然還可追尋。既然是「志業」，待的單位是不是中文領域專業系所已無所謂，來上課的人是不是中文系的學生也無妨，因為志業是不分地方，不分對象的。

從「志業」的角度來看待自己的大學國文教學，唯一要關心的，就是我對這門課能不能自我要求的用心對待？我能不能讓學生對這門「舊課」有耳目一新的驚豔？我能不能讓學生進入我的課堂後有滿載而歸的感受？我能不能讓一門應該要或可能被迫來上的課，變成一門學生即使沒睡飽也想要來上的課？總歸一句話，我——能不能教好大學國文這門課？

這本《語文教學與跨域素養——實用中文寫作集林　續編》所收錄的37+1篇文章，就是這種敬業負責、苦心孤詣進而創新有創意且能讓學生眼睛發亮的教學實錄與心血結晶；也就是說，他們——都教好了大學國文這門課。（我除外，所以頂多只能附驥尾的＋1。）

主編姚彥淇老師將這本專書所收錄的三十餘篇文章，很貼心也很有智慧地依寫作主題分成七大類，不僅讓讀者容易按圖索驥以便於閱讀，更可從中看出現代大學國文老師豐富多元且與時俱進的教學「撇步」。

在這七大類別中，除了「實用中文寫作教學工作坊紀要」的「推

廣紀實」類文章之外，其他六種類別的教學類文章，有著重語文表達教學的「語表素養」，有結合其他領域的「跨域素養」，有加入現代科技的「數位人文」，還有強調文學敘事與社會關懷的「多元敘事」、強化傳統古典作品教法的「經典教學」，以及活學活用《史記》的「史記活讀」。其中以大學國文課的教學為主，另有博雅通識課、中文系專業課、別系選修課、研究計畫寫作、華語教育產業、社區大學教學、書院教育……等等主題，總之，都是以大學國文為核心所輻射出去的相關課程的教學經驗分享。每位老師都在各自擅長的教學領域內，無私地闡述了個別的課程設計與教學心得，不論是能讓學生覺得實用的，或是可以感動他們的，還是能訓練學生思維力的，篇篇皆精彩絕倫，讀來著實讓人有暢快淋漓、由衷佩服之感。這三十幾位老師都為二十一世紀的大學國文領域教學，充分展現了優秀而且極具教學成果的示範，值得我輩同好細細品味與琢磨。（當然，我的還是除外！）

這些文章所連結的課程，不僅有教室課堂中的學習，也有走出戶外、結合社區的教學。當中所關涉的教學方法或教育理論更是多樣，有傳統方法，也有西方理論，更有跨領域的結合與現代科技的輔助，約有：體驗學習教學法、圖文創作法、九宮格寫作法、辯論教學法、設計思考法、同理心地圖、觸覺地圖、心智圖、口述影像、經驗法則、數位學習、生成式AI學習、遠讀法、問題導向法、文圖學、團隊合作學習、文字雲、思維鏈、多元智能、實驗對照法、敘事學、生命書寫、故事重述、他者倫理學、寫實主義理論、閱讀治療、人際關係學、心理學……等等，理論、方法多到只能套句老話來形容：真是琳琅滿目，讓人目不暇給，絕對不是筆墨可以形容的啊！這在在都說明了，現今大學校院中的國文領域相關課程，絕非一般成見所謂的食古不化、八股教學，而是能推陳出新、跟隨時代脈動。而這些某某方法、什麼理論的，相信在所有老師的學術養成教育中恐怕都不一定有

所接觸，應該都是在進入教學生涯、面對教育現場之後才開始摸索、試驗，更不用說最近兩三年才出現的生成式 AI 了；但所謂的「兵來將擋，水來土掩，球來就打」，每位老師不但都能依照各自的課程特性與不同需求，適切地融入並應用這些方法、理論，而且都應用得非常成功。從這點來看，如果說國文老師是所有學科老師中能力最強大、戰鬥指數最高的人類，我想一點都不為過。（不用說，我繼續除外！）

　　想方設法地教好大學國文這門課，除了不要誤人子弟、盡好身為老師的責任、不被時代潮流淘汰等等的基本款要求之外，更重要的是，背後其實還藏有一個很大的「陰謀」。

　　各位老師有沒有想過，在臺灣所有大學校園內，是中文系的學生多？還是非中文系的學生多？而那些有錢的、當大官的、握有權力的，有幾個人是中文系畢業的？現在那些砍大學國文課學分讓我們沒課上的人，不也都是當年被我們老師輩教過的「非我族類」的別系學生嗎？如果當年我們的老師輩能好好地教好大學國文（誤？），讓他們留下深刻而美好的印象，讓他們感受到大學國文課對他們往後人生的價值與影響，讓他們打從心底體會到大學國文課存在的必要性，他們還會在畢業二十年後回過頭來砍我們的學分嗎？從這個角度來看，所有身在中文系的老師、正在就讀中文所的研究生，都應該要感謝那些有認真教好大學國文課的老師，因為他們正在做功德，他們正在為全中文人做功德。而那些只願意教中文系專業課，甚至自覺高高在上而瞧不起大學國文課的中文系老師們，是否應該要覺得汗顏？因為你們正在享受別人幫你們做的功德而不自知。

　　雖然現在木已成舟，學分已砍，但亡羊補牢，為時未晚，我們還可以惕厲自己，寄望於未來。因為大家還可以再想想，在臺灣各大學的所有課程中，有哪一門課是幾乎所有大一生都要必修？又有哪一門

課是最容易、最普及到可以進行思想的交流、情感的陶冶？思來想去，大概只有大學國文課做得到。我們一直手握著這把青龍偃月刀，卻不懂得好好利用，過五關，斬六將，難道不覺得可惜嗎？所以，只要我們教好大學國文課，好好地「洗腦」每年多達幾十萬人的青年量體，洗好加洗滿，這樣不但對得起自己的師者良心，還能正向影響學生的未來人生，更可為自己以及後輩的中文人保留一線生機。三個願望，一次滿足，何樂而不為呢？

所以，所有教授大學國文的老師們，雖然未來的處境有可能越來越艱難，但千萬不要灰心，更不要喪志，我們在做的正是百年難得一遇的大志業，讓我們一起努力奮鬥，為了大學國文可預期的美好將來，現在立刻馬上就開始啟動二十年洗腦大計畫吧！

以上，忝為序。

吳智雄
國立臺灣海洋大學共同教育中心特聘教授
二〇二五年三月二十六日
時兼任海洋文化研究所所長

編序

　　為了踵繼並推廣國立成功大學張高評名譽教授的「實用中文寫作」理念，筆者自一〇二年十一月起，每學期皆在所服務學校舉辦或與夥伴學校合辦「實用中文寫作教學工作坊」。每次工作坊皆邀請相關領域的專家學者或杏壇先進，向語文教育界的同道分享其教學設計方案與實踐心得，藉此深化中文寫作教學的內涵，並促進不同教育場域之間的交流與對話。韶光荏苒，工作坊至目前為止已持續舉辦二十二屆，歷時超過十餘年。這個過程不見證了大專校院中本國語文教學工作的變革與創新（特別是大一國文課程），各級學校教師也累積了豐厚的教學經驗與研究成果。為了將這些成果留下具體的書面紀錄，並進一步推廣實用中文寫作的理念，使更多語文教育者能夠在前人的基礎上持續深研與精進，筆者於二〇二三年九月與多位專家學者及萬卷樓出版社合作，出版了《實用中文寫作集林》一書。該書收錄了多位專家學者在「實用中文寫作」推廣工作上的豐碩成果，內容涵蓋教學實踐成果的展示、創新教學方案的介紹，以及第一線教學工作者的推廣心得。出版後不但獲得許多語文教師的關注與支持，也促使筆者和諸位夥伴進一步思考如何持續深化推廣工作，並開闢更多元的發展方向。

　　此次筆者再度與萬卷樓出版社合作邀請三十九位專家撰文，集結他們近年的教學設計經驗與創新理念，共同編撰出本書——《語文教學與跨域素養——實用中文寫作集林　續編》。本書共分為七大主題，分別是「語表素養」、「跨域素養」、「數位人文」、「多元敘事」、

「經典教學」、「史記活讀」以及「推廣紀實」，共收錄三十八篇文章。每篇文章皆由作者經過長期的教學實踐與深度反思後精心撰寫，內容不僅涵蓋實用中文寫作及教學的既有主題，更延伸至諸多新興議題。「語表素養」探討如何活用各種教學策略提升學生的語言表達能力，包括書面表達與口語溝通。「跨域素養」則關注語文教育與其他學科的融合交匯，或是中文能力的跨界應用。「數位人文」則聚焦於數位和 AI 科技如何翻轉語文的學習與教學模式，例如利用 AI 輔助創作或數據分析等最新技術，開發與時俱進的教學策略。「多元敘事」則是介紹教學者可以活用古今不同類型的文本進行敘事教學，並探討在教學過程中如何引導學生發展具有個人特色的敘事風格。「經典教學」不僅提倡讓語文教育回歸傳統經典，更強調在當代語境下重新詮釋傳統文本，透過靈活教學策略挖掘經典作品多元內涵，使其能與當代讀者的思想、情感產生共鳴。「史記活讀」是唯一專門聚焦於特定文本的單元，各篇文章皆以《史記》文本為核心探討如何以當代的知識眼光，活讀並活學這部重要的歷史經典，並延伸至歷史思維和語文教學的交叉應用，幫助讀者提升語文素養。在最後一個單元「推廣紀實」中，特別邀請許仲南教授為讀者深入報導「實用中文寫作教學工作坊」第十六屆至第二十二屆的活動精華與獨特亮點。作為單元內唯一一篇文章，許教授不僅回顧這七屆工作坊的重要議題，更透過他細膩生動的筆觸呈現每位講者的專業熱情與教學風采，讓讀者猶如親臨現場感受每屆工作坊的創新與活力。

近年來隨著教育政策的鼓勵和教學環境的變遷，「教學」早已不是教師個人單打獨鬥的活動，教師間的交流合作愈發緊密。而申請各類校內外教學計畫更已成為大專教師日常工作的一部分，包括「教學實踐研究計畫」、「創新教學計畫」或「教師成長社群」……等。雖然申請和執行計劃為教師們增加了不少負擔，但計劃的補助不僅為教師

提供資源支持，也促進了教學的變革與創新。因此，筆者衷心希望本書能成為各校教師在撰寫各項計畫申請書時的靈感來源，並提供具體的教學實踐案例協助課程的設計與研發，推動本國語文教育的持續優化發展。最後，筆者在此誠摯感謝所有為本書撰寫文章的專家學者們，諸位先進對專業的使命感不但讓本書得以順利誕生，正因為有諸位先進的努力耕耘和熱情投入，為未來的語文教學開創了更多的豐富可能性。在此，筆者也要特別感謝萬卷樓出版社的梁錦興總經理與張晏瑞總編輯，長期以來對「實用中文寫作」推廣工作的鼎力支持，讓這項工作結出如今豐碩的果實。同時，也衷心感謝黃筠軒小姐在編務工作上所展現的細心與專業，讓本書能以如此精美的形式呈現給廣大讀者。期盼本書不僅是為一群志同道合夥伴的努力留下珍貴紀錄，更能在將來啟發更多有志之士攜手同行。正如大家所熟悉的那句名言：「一個人可以走得快，但一群人可以走得遠。」

姚彥淇

二〇二五年三月二十六日於鑑水齋

目次

吳序：啟動二十年洗腦大計畫 …………………………… 吳智雄　1
編序 ……………………………………………………………… 姚彥淇　7

一　語表素養

應用文教學之跨域課程設計 ……………………………… 王　璟　3
語文表達與社會關懷的交匯點：
「觸覺地圖」與「口述影像」教學模式之探究 ………… 李懿純　13
研究計畫寫作的新手初登板 ……………………………… 林盈翔　25
「亮點」的醞釀
——「九宮格」運用於寫作材料蒐集之實作 ………… 陳文之　31
家裡收藏一種愛，唯能文火慢燉
——「一道料理，一段關係回憶」素養導向教學筆記 … 陳宜政　43
課堂辯論的理念與實務 …………………………………… 陳紹韻　53

二　跨域素養

我與十二袋長老過招的內外功法 ………………………… 吳智雄　63

關於教學之後的思考：
大學國文素養導向的評量與建構 …………………… 吳嘉明　73

使用「同理心地圖」於中國思想史課程中的
實踐與反思 ………………………………………… 李蕙如　83

國文教學方案設計
——以古今植物意象詮解為例 …………… 林淑華、許淑惠　93

中文專業人員跨入華語教育產業之建議 ………… 張于忻　103

菊之食療學：從屈原「食菊」、陶淵明「採菊」談起 … 許瑞哲　113

從單一理論到跨域實踐
——以《淡水好玩藝》為探討對象 ……………… 蔡造珉　121

三　數位人文

用文字雲遠讀文學 ………………………………… 邱詩雯　139

國文教學的數位學習與情緒共鳴 ………………… 張瑋儀　145

知識文書寫作與AI指令協作 ……………………… 陳康芬　153

數位人文浪潮下的中文寫作與思維 ……………… 陳貴麟　157

淡水地方敘事與AI協作
——以臺灣女性環球之旅第一人的張聰明為例 … 黃文倩　171

以生成式AI文生圖、圖生文
詮釋星雲大師引用詩歌意象之教學實驗 ………… 戴榮冠　183

生成式AI與大學中文教育 ………………………… 謝博霖　195

四　多元敘事

中華優秀傳統文化其命維新的可能：
以朱子文化與地方歷史文化傳播的結合為例 ………… 王志瑋　203

「旅行、圖書和故事」之課程規劃與活動設計 ………… 李昭鴻　211

說故事，講道理：
淺談「文學敘事」與「功能性敘事」之異同 ………… 李智平　217

生命映像：透過文字展現自我的故事 ………………… 林盈鈞　227

碑文研究在教學中的應用 ……………………………… 裴光雄　241

傳統中的教育：漢口紫陽書院的社會關懷與實踐 …… 劉芝慶　249

源於生活的書寫進路
——從若干書寫模式展開論述 ………………………… 鍾永興　257

五　經典教學

試析公案故事的人物性格與情節安排
——以〈書麻城獄〉為討論文本 ……………………… 王奕然　267

重述故事策略融入歷史散文教學之研究
——以〈燭之武退秦師〉為例 ………………………… 林佩儒　279

現代中文小說教學示例
——從呂正惠老師引用盧卡奇寫實主義理論談起 …… 姚彥淇　299

莊學如何融入醫學人文的教學？
　　——從《莊子》的他者倫理學出發……………………陳康寧　307

應用閱讀治療於人際僵局之化解
　　——以莊子寓言為例…………………………………傅孝維　317

「三言二拍」教學形式芻論………………………………曾世豪　327

六　史記活讀

從「讀史」到「說史」
　　——談《史記》課程的討論與報告設計………………李慧琪　339

從《史記‧陳丞相世家》學習陳平的心理韌性……………陳連禎　347

從「讀人」談語文教學之大用
　　——以《史記》范蠡救子故事人物為例………………黃馨霈　353

談《史記》的人際關係學
　　——以李斯、姚賈、韓非為例…………劉錦源、陳連禎　363

七　推廣紀實

國立臺北護理健康大學實用中文寫作教學工作坊紀要
　　——二〇二一年十一月至二〇二四年十一月
　　（第十六屆至第二十二屆）……………………………許仲南　371

一　語表素養

應用文教學之跨域課程設計

王璟
國立澎湖科技大學通識教育中心副教授

一 前言

　　國語文教學中的應用文乃因應日常生活所需，為社會大眾共同依循的特定文書，張仁青教授曾為「應用文」建立一明確的界說，成為學界引用之普遍定義：「凡個人與個人之間，或機關團體與機關團體之間，或個人與機關團體之間，互相往來所使用之特定形式之文字，而為社會大眾所共同遵循、共同使用者，謂之應用文。」[1]

　　然而應用文書因種類繁多，部分文體有其固定體式、作法及專門用語，且須在特定的時空背景下使用，由於多方面的規範，往往給人內容八股、格式呆板、難以入門的負面印象，加上多數傳統教本編寫過於制式，應用於課堂教學的實用性備受考驗，特別是在國語文基礎較為薄弱的技職體系中，學生在專業表現上縱使有創意之發想，但訴之於文字，往往呈現詞不達意，甚至不知所云的窘境。因此在教學上若再缺乏適當的課程規劃引發學生學習動機及興趣，提供學生實用且有感的教學內容，終將難以擺脫學此何用的質疑。因此在課程規劃上應以學生「學得會，能應用」為主要考量，讓學生感到學有所用，具

---

[1] 成惕軒校訂，張仁青編著：《應用文》（臺北市：文史哲出版社，1997年5月四十版），頁1。

備處理真實生活議題之應用文書能力，方能激發學習興趣。以下以本課程三大單元為例，分享課堂活動及作業設計。

二 單元主題設定概述

在電子通訊及數位傳播發達的今日，人與人間交流頻繁密切，更需要一套適應現代社會的應用文知識，才能在人際網路中建立良好溝通的橋樑，故本課程在規劃上，以精簡為原則，學生實際需求為主要考量，剔除艱深冷僻、實用性不強的單元，以個人為起點，逐步拓展至周遭人事與職場，分為以下三大單元。

單元一：「挖掘獨一無二的我──個人 SWOT、STP、USP 分析表及自傳履歷寫作策略」。本單元有別於傳統應用文教學時主要由教師講授自傳履歷格式及撰寫要領，先帶領學生挖掘及剖析自我，盤點自我優勢及釐清個人特質，掌握自傳寫作應該呈現的重點，最後才進入個人自傳履歷撰寫策略的講述。同時配合「三分鐘 show time──影音自介錄製」，學生必須根據個人自傳履歷錄製自介影片，藉以訓練學生口語表達能力。

單元二：「我的標題最吸睛──廣告標語撰寫及文案寫作策略」，理解何謂文案？為何需要學習文案寫作，以及透過大量經典範例與傳統修辭技巧解析，藉由個人及團體作業的反覆練習，學習如何寫出有效又吸睛的標題與口號標語。

單元三：「行銷企劃我最行──行銷企劃案及撰寫實務」，本單元為前兩大單元的綜整及應用，從企劃書的意義及基本架構、如何撰寫，到實際進行行銷提案，企劃提案發表會除了開放各組互評，另延請業師入班，在各組完成八分鐘行銷發表後逐一對各組成果進行講評。各單元設計上重視彼此間的相互關連性（inter-relation），希冀引

導學生能延伸課堂所學,在生活情境中進行整合應用。

三 課程設計及作業規劃原則

本課程設計及作業規劃原則,可以下列兩點進行綜整:

(一)突破傳統制式化應用文教材,跨域結合商管學門背景知識

第一單元以自傳履歷寫作策略為主題,援引商管學院常用之 SWOT 分析,先分組集思廣益,各組提交出一份身為本校該系的學生的 SWOT 表,在各組逐一發表後,全班共同討論進行總結。其用意在於讓學生思考「所為何來?選擇本校本系究竟有哪些優勢與劣勢?四年後的自己可能以及可以是什麼樣子?」

進而反躬自省,將 SWOT 套用在個人身上,協助學生從自身內在人格特質及外在專業能力進行思考,先具體盤點出自我的 S（strengths,優勢）、W（weaknesses,劣勢）分別為何?釐清 O（opportunities,機會）、T（threats,威脅）可能會在哪裡?透過 SWOT 分析讓學生認識個人 S（優勢）、W（劣勢）、O（機會）、T（威脅）彼此間的關係,了解優勢將造就機會,劣勢若不積極處理將構成威脅。再透過 USED 技巧引導學生思考如何「U（use,善用）當前優勢」、「S（stop,終止）現有劣勢」、「E（exploit,開發）每個機會」、「D（defend,抵禦）可能威脅」,再聚焦找出自己的 USP（Unique Selling Point/Proposition 獨家賣點,亦即「不可取代性」）若學生認為個人現階段尚無所謂的獨家賣點,則必須設定出目標提出養成計畫。逐步引導學生思考如何有效行銷自己,並以行銷管理學上的「目標行銷」策略──「STP」的應用,讓學生檢視在未來職場上自我的市場區隔（segmentation）、

目標市場（targeting）、市場定位（positioning）分別為何？以此為基礎，先提出自我解決及精進方案，最後才帶入傳統應用文教學之個人履歷表及自傳寫作要領，期使學生能充分掌握自傳寫作策略，精準且有效地透過文字介紹及行銷自己，不再寫出千篇一律、流水帳式的自傳履歷。

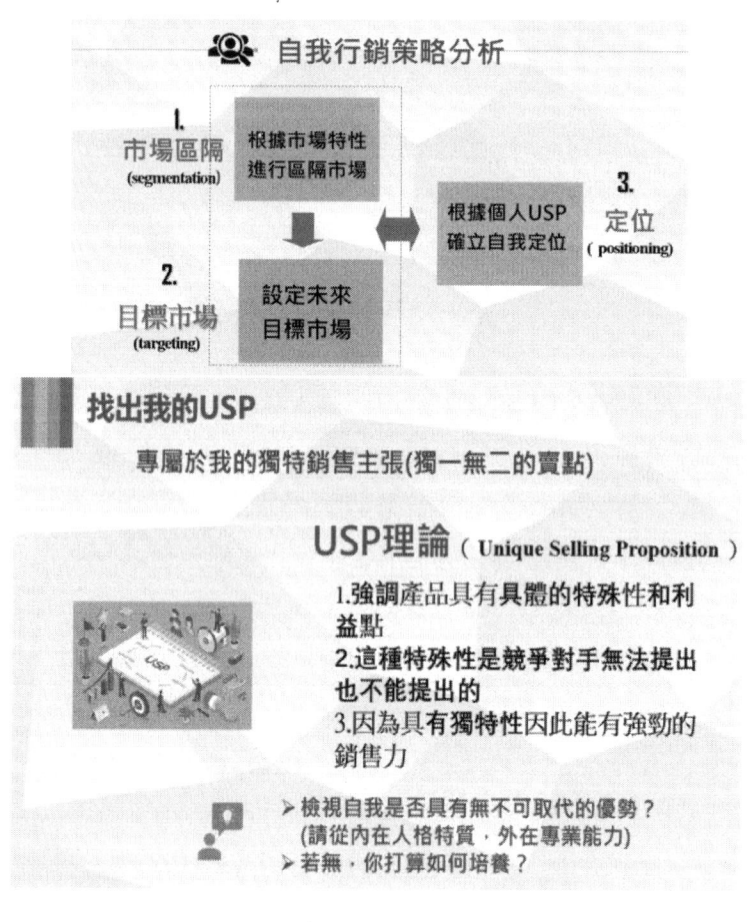

圖一　「挖掘獨一無二的我
——自傳履歷寫作策略」單元所開發之創新教材舉隅

各單元所開發的教材嘗試與商管學門之行銷管理知識相結合，以引發學生對自我探索的動機及興趣，使學生在撰寫自傳時不再感到千頭萬緒而難以下筆。

該單元的個人作業另請學生先設定一個情境（例如：打工求職、徵選實習職缺、競選系學會幹部或告白），根據個人的 SWOT 分析表撰寫一份講稿，經教師修改後再進行三分鐘的自我介紹影片錄製，並上傳至本校數位學院。每則影片均由課程 TA 及教師進行評分並逐一給予建議，評選出表現較佳計八位學生的影片，在取得學生同意後開放全班觀摩。本作業的安排用意在於透過實際演練，如何在有限的時

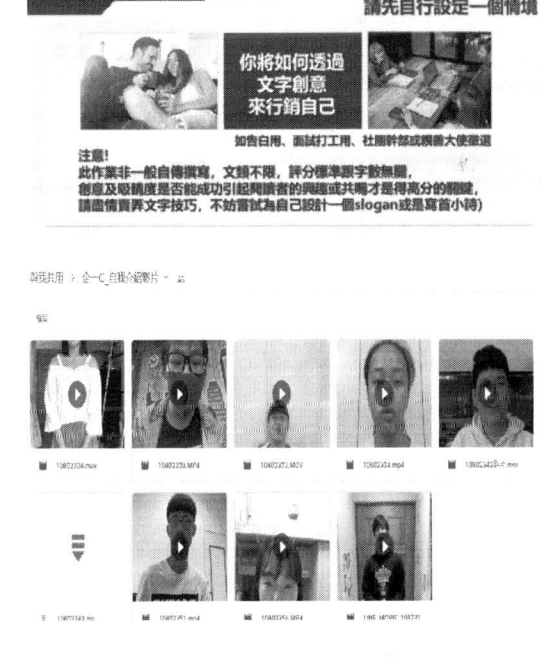

圖二　本課程單元作業舉隅
「我」的行銷文案／給我三分鐘 show time——影音自我介紹

間內「有效行銷」自己，同時訓練學生口語表達能力，亦可檢核學生是否已掌握到自我介紹的重點。

單元二「我的標題最吸睛——廣告標語撰寫及文案寫作策略」，先簡介文案的定義、類型及入門的寫作技巧，再著力於文案的靈魂——標語金句的撰寫，透過大量的範例先供學生賞析及仿作，同時配合文學修辭技巧講述，使學生了解許多耳熟能詳、琅琅上口且富韻律感的廣告口號標語，其實都是善用傳統修辭學的佳作。

（二）重視討論與實作，訓練學生自主學習

本課程重視討論與實作，透過課堂活動促進學生參與度，如以「中規中矩有啥稀奇，有時惡搞就是創意」為主題，讓學進行經典佳句或廣告 slogan 改寫，先提供範例供學生參考，如「忍一時風平浪靜，退一步掉入海中」、「吃得苦中苦，被當人下人」。或網路上流傳的改寫範例，諸如「人在做，沒人看」、知名廣告金句「華碩品質，堅若磐石」（華碩電腦），被網友改寫成「華碩品質，以卵擊石」，「只有遠傳，沒有距離」（遠傳電信），被改寫成「只有遠傳，沒有訊息」，在不涉及人身攻擊的前提下，鼓勵學生發揮創意，勇於嘗試改寫，此乃課堂個人習作，每人至少需繳交一句改寫之作品，並限時在 Zuvio 上發表，完成後即時開放全班觀摩，由學生們票選出最佳創作，缺乏小組可依賴的個人課堂習作，學生也更為投入。

另以商管學門常用的「案例探討」模式，引導學生主動發掘問題並尋求解決之道，例如「行銷企劃我最行——企劃書撰寫及行銷演練」單元，讓學生們分組討論出一項最想販售推銷的產品或服務（可以是當前市面上既有，或是來自於自我之創意發想），針對該項產品／服務進行文案設計及行銷企劃書撰寫，期末必須上臺進行行銷募資，同時提供虛擬貨幣作為各組之創業基金，在產品發表會結束後當場能募集

到最多金額的組別為優勝（由全班透過 Zuvio 系統即時進行投票）。

　　該項作業學生必須結合第一單元所講授的 SWOT 分析、USP 及 STP 策略，先對所推出的產品／服務進行分析，以精準掌握其核心價值，再就第二單元文案寫作所學為產品／服務進行文案撰寫，故該項報告無論從產品分析、市場調查、產品命名、銷售口號、文字文案及產品廣告 DM 單設計，均可見各單元間的相互關連性，透過各單元的串連及反覆實作，來強化學生學習成效。

　　單元三「行銷企劃我最行——行銷企劃案及撰寫實務」，配合本學期的期末報告，請同學分組討論出想販售或推廣的一項產品或是服務，以此進行企畫書撰寫及提案，本作業的課堂討論單如下：

行銷企劃我最行——企劃書撰寫及行銷演練

　　請跟組員討論出你們最想販售推銷的產品，它可以是市面上既有的品牌，也可以是你們想要推出的產品或服務，透過討論請依序完成下列問題：

1. 我們的執行長（上臺發表者）：
2. 我們的團隊成員（說明各自職掌）：
3. 我們推出的產品／服務是：
4. 為什麼推出這項產品／服務？
5. 該項產品／服務的功能性質特色概述
6. 我們的目標市場（STP 策略）及目標族群為何？
7. 該項產品／服務的 SWOT 分析表
8. 該項產品／服務的文案設計

（須包含產品命名、銷售口號、文字文案、DM 設計）

在期末企劃案發表時，各組學生可謂卯足全力，說學逗唱無所不用其極，務使所推出的產品或服務透過這八分鐘的行銷能成功吸引臺下買家，進而達到交易的目的。除了各組互評外，另延請業界文案企劃講師擔任評審，逐一給予各組講評建議，讓學生理解何謂有效提案，並使課堂所學能更貼近職場現況。

　　上述課程規劃亦是引領學生跳脫課堂，養成自主學習的重要訓練，如此將使應用文教學不再僅是以教師講授為主的課堂紙筆之學，教師的角色亦從過去單向的「知識傳授者」轉化為「學習引導者」，學生亦從「被動的知識接受者」轉變為「主動參與者」，學習的視野也從教室延伸至現實職場。

　　最後，在教學方法的運用上除了傳統講授法之外，另採取討論法（ORID）、分組競賽、專題製作，同時重視演示法，例如教師及課程TA也提供個人的三分鐘自我介紹影片供學生參考。又如行銷企劃書寫作單元所討論的範例之一，即是教師在準備商務企劃證照考試時的投件作品。另配合單元主題安排業界學者專家進行專題講座，主題皆先徵詢學生意見，再與講者接洽討論，配合本課程授課單元及學生期待來進行講題規劃，如此能更加落實專題演講所發揮的實質效益。

四　結語

　　長久以來技職體系的人文課程往往得面對學生學習意願低落及學此何用的質疑，若無適當的課程設計引發學生學習動機，改變其被動消極的學習心態，終將成為學生心目中的「廢課」。教師除了改進教學方式，為學生創造學習體驗，在課程規劃上應盡可能貼近學生生活，以多元化、實用化為導向，提供學生適才適性的教學內容，同時重視學生學習成效，才能真正發揮「教」與「學」之間的效能。教師

自身更要勇於創新及不排斥跨域學習，在課堂上方能給予學生更為寬闊的視野。

　　本課程根據技職體系學生需求及學校商務發展特色來進行課程設計，當時授課的對象主要為商務管理學院的學生，結合學生系上所學之專業，並以生活化且具應用性及挑戰性的真實議題，引發學生的學習動機，兼顧理論與實作，學生未來當能延伸課堂所學，在生活情境或實務中進行整合應用。

　　不過近來隨著 AI 浪潮興起，應用文課程的教學亦須與時俱進，若能適度與 AI 工具共同協作，無論是教師教學上的準備或是學生在各類應用文書的撰作，定可收事半功倍之效，不過如何引導及訓練學生善用 AI 工具，將是師生間必須持續學習的一大課題。

語文表達與社會關懷的交匯點：
「觸覺地圖」與「口述影像」教學模式之探究

李懿純
大同大學通識教育中心副教授

一　前言

　　後疫情時代的人際互動限制，對比以直接接觸為核心的服務學習模式產生了巨大挑戰，尤其是傳統以面對面交流為主的溝通模式，需在新形態發展下完成創新轉型。視障者服務領域更是如此，因為視覺困境，須以觸覺抑或聽覺作為認識世界的方式之一，如何透過減少人際接觸，進一步突顯友善環境建構的重要性；如何透過改善空間場域的可及性，提升視障者的文化平權與參與度，已成為當前教育與社會關懷領域的核心課題。

　　本研究以校內藝文展覽中心「志生紀念館」為研究場域，探討視障者在參展過程中所面臨的空間挑戰，並設計以「觸覺地圖」與「口述影像」為核心的實作課程，結合體驗學習與反思寫作的教學方法，從而提升學習者的語文表達能力及其社會關懷意識。同時，本研究試圖在後疫情時代的背景下，為傳統服務學習提供創新模式，將友善環境的理念融入國語文教學，以實現語文表達能力與社會關懷素養的學習新模式。

二　研究背景與目的

（一）後疫情時代服務學習的新挑戰與機會

　　傳統服務學習多以人際互動為主，學習者透過直接接觸服務對象，了解其需求並實現社會價值。然而，疫情的爆發迫使人際互動模式發生轉變，服務學習從強調人際接觸轉向關注環境與技術的支持應用。對視障者而言，參展空間的障礙一向是其文化參與的主要阻礙，而疫情更加深了這種不平等的現象。因此，透過改善空間的可及性與資訊的可視化，幫助視障者突破參與障礙，不僅是服務學習的新挑戰，更是教育公平的新方向。

　　傳統國語文表達的教學多著重於篇章閱讀與上臺報告，實務性不足，難以激發學習者的語文學習動機。筆者長期關注視障議題，將該議題融入課程後發現，學習者在參與服務學習的過程中，語文溝通能力有所提升。然而，後疫情時代改變了以人際接觸為主的服務型態，促使服務從人與人的互動轉向人與環境的共存。基於此，筆者以語文表達為基礎，引導學習者透過「志生紀念館」的真實議題，思考視障者入館參觀所面臨的困境，並實作「觸覺地圖」與「口述影像」，以此建構完整的學習歷程。同時，學習者也能在場域服務與建置的實踐中，深化對環境的認同，培養其服務意識。

（二）研究核心目標及其重要性

　　本研究運用體驗學習教學法，設計一系列如「觸覺地圖」與「口述影像」的實作活動，提升國語文課程的學習動力。課程中，學習者需製作「觸覺地圖」以輔助視障者感知空間場域，並以語言引導其抵達展覽品所在地，進一步提供「口述影像」內容。此過程需透過學習

者的精準語文表達，幫助視障者認知「志生紀念館」的空間配置與展覽品內涵，實現文化平權。

體驗學習的反思歷程，則是教學中的重要階段。筆者基於過往反思寫作計畫的執行經驗，設計反思寫作單，記錄學習者在實作過程中團隊合作與溝通表達之歷程，並藉此深化學習者的參與感與學習動機，最終帶領學習者建立同理他者的關懷態度，強化其語文表述與反思能力。本研究的核心目標有以下兩點：

1 語文能力的實踐與提升

在傳統語文教育中，學習者之學習多侷限於課堂內的篇章閱讀或口頭報告，難以激發其學習動機與實際應用能力。本研究通過設計「觸覺地圖」與「口述影像」實作活動，讓學習者在真實情境中應用語文技能，以提升其語文表達的精準性與實用性。

2 社會關懷意識的深化

服務學習本質在於引導學習者關注社會議題，從中體現社會關懷與同理心。本研究希望透過體驗式教學，讓學習者理解視障者在文化參與中的需求與挑戰，進一步促進其社會責任感的形成。

因此，本研究以體驗學習為核心，帶領學習者同理視障者，並結合實作與反思過程，創新國語文教學模式，產出「觸覺地圖」與「口述影像」等成果。這些成果需經過視障者驗證與學習者持續修正，以完成迭代升級，最終實現友善環境的服務理念。研究目的在於通過同理心培養、實作訓練與語文表述，全面提升學習者的語文能力、社會關懷意識等學習成效。

三　文獻探討

（一）體驗學習的理論基礎

Kolb（1984）提出的體驗學習理論包含四個主要階段：「具體經驗（concrete experiences）」、「反思性觀察（reflective observation）」、「抽象概念化（abstract conceptualisation）」、「積極實驗（active experimentation）」。此模式強調學習者在真實情境中進行實踐，透過反思與應用建構知識，提升學習動力（Gavillet, 2018）。此外，Patil 等人（2020）認為，體驗學習強化了學習者的批判性思考、團隊合作與社會責任感。

（二）反思寫作的學習價值

Nistor 與 Samarasinghe（2019）將反思寫作分為四個深度層次：描述性寫作、描述性反思、對話性反思與批判性反思。反思寫作不僅能促進學習者對過往經驗的整合，還有助於提升其解決問題與批判性思維的能力（張同廟，2019）。根據林文琪（2016）的研究，反思寫作活動應包含報導（reporting）、反應（responding）、關聯（relating）、推理（reasoning）與重構（reconstructing），以深化學習者的經驗內化，而本課程則運用此架構進行課程反思表單設計與探究。

（三）觸覺地圖與口述影像的應用價值

根據傅悅（2018），「觸覺地圖」以特定符號與觸覺線索為主，幫助視障者建立空間概念，是重要的輔助工具之一。而 3D 列印與傳統手工製作均可用於此地圖的開發。另一方面，「口述影像」被視為資訊平權的實踐，透過口語或文字的精確表述，將視覺資訊轉化為視障者可感知的形式（趙雅麗，2011；翁煌德，2019）。研究指出，「口述

影像」的核心在於敏銳的觀察與精確的語文表達能力（趙又慈，2017）。本課程結合「觸覺地圖」與「口述影像」實作活動，引導學習者透過體驗學習，反思其語文表達能力，並促發其社會關懷意識。

四　教學設計

本研究的教學設計基於 Kolb 的體驗學習理論與林文琪的反思寫作方法，以「志生紀念館」為研究場域，從「觸覺地圖」的製作到「口述影像」的描述，逐步引導學習者完成語文表達暨服務學習的學習歷程。

整體課程設計與實作流程如下：

（一）觸覺地圖製作

學習者以團隊形式設計「觸覺地圖」，從材料選擇到路線規劃，全過程需考量視障者需求，並透過試驗與改良不斷提升地圖的實用性與精準性。

（二）口述影像描述

學習者根據展覽品的特性，設計清晰且具層次的語言敘述，引導視障者理解展品的細節與意涵，並通過反覆演練提升語文表達之能力。

（三）反思寫作活動

課程最後，學習者需撰寫反思報告，記錄其學習歷程與心得，並分析過程中的困難與解決方法，以深化其學習體驗。

整體課程實施架構如圖一所示：

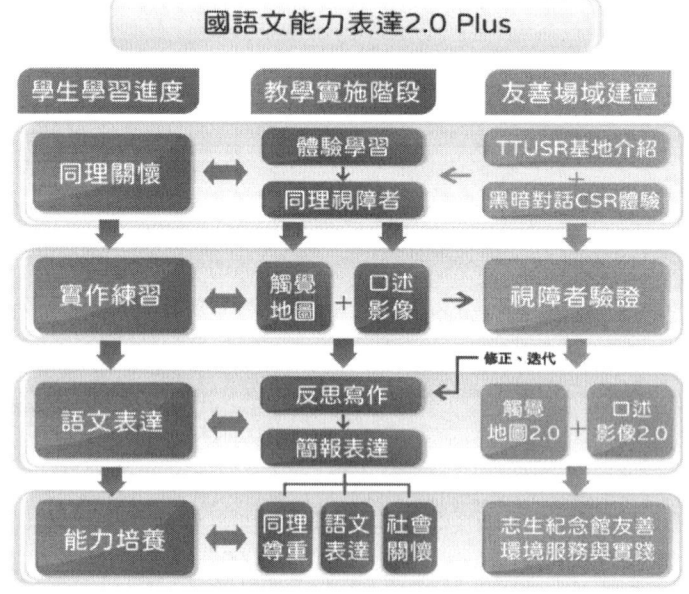

圖一　課程整體架構

　　課程創新設計以「志生紀念館」為場域，嘗試解決視障者參展之障礙，藉由製作「觸覺地圖」與「口述影像」，導入「國語文能力表達2.0 Plus」課程，結合實作反思寫作與經驗學習歷程，逐步改進學習成果。

　　學習者的實作成果需經視障者驗證與反饋，並不斷迭代升級為更完善的「觸覺地圖2.0」與「口述影像2.0」，實現「志生紀念館」的文化平權服務環境。「觸覺地圖」結合視障者的定向與觸覺感知，輔助其建構心理空間圖，並配合「口述影像」方法之引導，實現完整的服務功能。製作過程中，學習者需進行溝通協作，從材料選擇到地圖設計，皆需考量視障者之需求，透過精準語文引導，提升其服務體驗。本課程旨在培養學習者更精確且具邏輯之語文表達能力，亦由此促進其社會關懷與溝通合作等技能。

五　學生學習成果

在課程設計中,「觸覺地圖」與「口述影像」的實作不僅是一項技術性挑戰,也是一個反思與成長的過程。透過分析學習者的反思報告與成果展示,本研究將學習成果歸納為以下三個主要面向:

(一)體驗實作促進語文表達能力的提升

本研究將「觸覺地圖」的製作融入課程,要求學習者以團隊合作方式完成,並在過程中透過溝通表達實現任務分工。由於「觸覺地圖」的製作涉及圖示設計、材質選擇及路線規劃等多個層面,學習者需針對每項細節進行討論與意見交換,這不僅提升了學習者的語文表達能力,也強化了團隊合作精神。

學習者在實作過程中需進行多次的語言表達演練,包括地圖製作時的團隊溝通、「口述影像」的敘述設計以及成果發表的口語報告。這些活動促使學習者的語言精準性與結構邏輯性不斷提升。學習者在反思寫作中提到:「製作觸覺地圖時,我主動參與分工討論,負責海報製作和上臺簡報,這大幅增進了我的語文表達能力。」(FNR-18-2)。另一位學習者表示:「透過分工合作,逐步完成觸覺地圖的每個環節,學習到如何在團隊中有效溝通,並提升了自己的表達能力。」(TNR-24-2)。此外,透過團隊討論與實作,學習者也學會從視障者的角度去描述「視覺地圖」功能,藉由語言更精確地呈現資訊。

本研究進一步發現,即便在團隊內部意見不一致的情況下,學習者也能以平和的方式協調解決。這不僅展現了良好的溝通技巧,也顯示出學習者在面對實務挑戰時,能夠以合作態度完成目標。「觸覺地圖」的製作過程不僅促進了學習者的語文表達與溝通能力,還激發了其團隊合作與問題解決的潛力。

（二）體驗學習深化社會關懷與同理心的深化

製作「觸覺地圖」與「口述影像」的實作歷程，讓學習者能以視障者的角度反思其生活需求與困難，從而培養更深層的同理心與關懷意識。學習者透過親身體驗，逐步了解視障者在日常生活中所面臨的挑戰，進而展開以視障者需求為導向的服務實踐。

學習者反思參與課程後，對視障者的需求有了更深層的理解與關注：「以往我對視障者的了解僅限於他們無法看見，但透過這次的課程，我才真正理解視障者在空間探索上的困難，製作觸覺地圖的過程讓我更加關注他們的需求，也願意在日常生活中主動幫助他們。」（TNR-17-2）。另一位學習者提到：「觸覺地圖的製作過程改變了我過去對視障者的看法，未來遇到需要幫助的視障者，我會以更平靜且友善的態度伸出援手。」（TNR-05-2）。

此外，學習者也透過課程建立了對文化平權的認知，認為視障者應該擁有與一般人同等的參展機會與權利。有學習者表示：「視障者與我們一樣，是平等的群體，我們應該以尊重的態度面對差異，並積極提供他們參與文化活動的機會。」（FNR-32-3）。

這些回饋顯示，體驗學習能有效深化學習者對社會議題的理解，促進其關懷行動的落實。不僅如此，透過實作反思，學習者也能將這份同理心轉化為具體的服務行動，展現了課程對社會價值的實踐意義。

（三）實作歷程引發問題解決與專業能力的發展

本研究中，學習者在體驗實作過程中，不僅能解決「觸覺地圖」製作中的實務問題，還進一步將課程內容與自身專業知識結合，思考如何運用專業能力解決視障者的生活困難。

在實作歷程中，學習者需針對材料選擇、地圖設計及敘述內容進

行多次試驗與改良,進一步激發其問題解決的能力,有學習者提到:「製作觸覺地圖的經驗啟發我將來利用材料與機械領域的專業知識,設計出更友善的視障輔具,如萬能拐杖或語音導航系統。」(TNR-05-3)。另一位學習者表示:「未來我希望運用自己的專業技能,開發適合視障者的輔助工具,如能廣泛應用於公共場所的點字顯示板。」(TNR-41-3)。

此外,學習者也嘗試透過觀察視障者的需求,提出改進服務的具體建議。例如,有小組提出結合 GPS 與觸覺地圖,幫助視障者更精確地定位空間,提升其行動便利性(TNR-24-3)。這些經驗不僅培養了學習者的創意思考與實務能力,也顯示其在課程中逐步發展出問題的解決能力。

更重要的是,這些實作活動促使學習者從「學習者」的角色,逐步轉變為「問題解決者」與「行動者」。以上學習成果表明,學習者不僅在語文能力上取得了進步,更在關懷社會與專業應用上有所突破,進一步印證體驗學習與反思寫作的教學價值。

六 結論與建議

本研究透過「觸覺地圖」與「口述影像」的實作課程,成功整合體驗學習與反思寫作理論,以提升學習者的語文表達能力、社會關懷意識及問題解決等能力。在教學實踐中,學習者不僅增強了語言精準性與結構邏輯性,更在服務學習的真實情境中,深化了對視障者需求的同理心,進一步體現了文化平權的教育價值。本研究提出的友善環境建構策略,也回應了後疫情時代服務學習轉型的需求,提供一套切實可行的創新模式。

從學習者的回饋與實作成果中可見,學習者不僅在語文技能上有

所進步，更透過與視障者的需求互動，建立了對社會議題更深層的關注。尤其在團隊協作中，學習者透過材料選擇、地圖設計及敘述演練等多次試驗與改良，發展了創新思維與解決問題的能力。這些經驗不僅讓學習者將學習轉化為具體行動，還促使其專業知識與社會責任感相結合，展現了體驗學習的實踐價值。

　　本研究的教學模式可以進一步應用於其他社會議題，如老年照護、環境保護與偏鄉教育等，深化學習者在不同領域中的學習效果與社會影響力。同時，課程內容也可融入更多的科技元素，例如結合人工智能與 3D 列印技術，進一步提升「觸覺地圖」與「口述影像」的實用性與精準性。通過持續的課程優化與跨領域合作，本研究期望構建一個更全面的教育生態，讓學習者能在服務中學習，在實踐中成長，最終成為兼具專業能力與社會關懷意識的未來公民。

七　參考文獻

Gavillet, R. (2018). Experiential learning and its impact on college students. *Texas Education Review, 7*(1), 140-149.

Kolb, D. A. (1984). *Experiential learning: Experience as the source of learning and development.* Prentice-Hall.

Nistor, V. M., & Samarasinghe, D. A. S. (2019). Academic staff induction and assessment on implementing experiential learning and reflective practice. *IAFOR Journal of Education, 7*(2), 149-167.

Patil, T., Hunt, M., Cooper, K., & Townsend, R. (2020). Developing a case-based experiential learning model at a program level in a regional university: Reflections on the developmental process. *Australian Journal of Adult Learning, 60* (2), 225-244.

張同廟：〈那一型最像你？Kolb 經驗學習與反思之探究——以大學生參與社團服務學習活動為例〉，《華醫學報》第50期，2019年，頁37-61。

林文琪：〈體驗學習法與反思寫作在課程教學中的運用〉，《教育研究季刊》第23卷第3期，2016年，頁25-45。

傅　悅：〈淺談視障者教育觸覺圖的製作策略與發展前景〉，《教育現代化》第30期，2018年，頁345-357。

翁煌德：〈口述影像：讓視障者參與世界〉，《人本教育札記》第362期，2019年8月，頁88-92。

趙雅麗：〈傳播有什麼意義〉，《中華傳播學刊》第19期，2011年6月，頁3-24。

趙又慈：〈口述影像的實踐：介於反映與再現〉，《PAR 表演藝術雜誌》第298期，2017年，頁98-99。

註記：本論文內容修改於筆者111學年度教育部教學實踐研究計畫成果報告（計畫編號 PGE1110173）。

研究計畫寫作的新手初登板

林盈翔

東吳大學中國文系助理教授

一 前言

　　以中文系研究生來講，若志在研究，以大學教職為目標，那大抵會有幾個關卡。先是發表幾篇會議論文、期刊論文，而後是學位論文的完成。拿到學位後，面臨的求職挑戰更是一道窄門。當好不容易過五關、斬六將，終於暫依在枝椏的一角後，我們終於要面對「奢侈的煩惱」——國科會計畫。學生時代論文是寫出來就好，即便投稿失敗、成果不盡理想，之後都還有修改、補救的機會。但國科會計畫一年一期，出師稍有不利就要再等上一年，送審的壓力往往更大。此篇文章的預設讀者為將要畢業的博士生，或是預計首次投送研究計畫的同儕們。以下便也就自身新手上路的經驗聊為分享，誠無宏謨遠略，但至少肺腑誠懇，希望能對學友們有些許助益。

二 常見疑問

　　提計畫會遭遇到的第一個問題，就是題目的選定。最直接的建議是必須為前一份研究的延伸，實務上往往是博士論文的開展性研究，或至少有部分與博士論文相關。國科會計畫審查的評分標準，新進人

員百分之八十是計畫本身，百分之二十則是之前的研究成果。五年之後累積的研究成果會提高到百分之五十。這樣的設計自有其道理，與想要引導的學術生態。是以第一份計畫不好完全另起爐灶，應該在自身整體的研究歷程上，有其延續性才是。

後學的情況，博士論文以「《三國志》「《春秋》書法」為題，當時注意到劉知幾《史通》、朱熹《資治通鑑綱目》、趙翼《廿二劄記》對陳壽《三國志》是否有使用「《春秋》書法」的判斷，提法各有不同。是以在擬定計畫時，想繼續探究這些歷來的重要學者，如何看待此一課題。當時遇到兩個門檻，一是雖則為延續性研究，但核心文本必須由《三國志》改換為《史通》、《資治通鑑綱目》、《廿二劄記》等書。多番思考、求教後，決定順著時代往下做，是以先擇劉知幾《史通》為題，幾乎花了半年的時間精熟此一文本、研讀相關研究成果。但越讀越發現，半年真的不夠，也僅是先掌握與《春秋》書法、《三國志》較相關的部分而已。第二個門檻是，該以《春秋》書法為核心還是以《三國志》接受為核心，前者比較有論題性，後者學術脈絡比較熟稔。一直感到兩難，拿不定主意。而這兩種切入點不同的提法，自會使研究計畫有不同的敘事脈絡，與相應的、所隸屬的學術領域。而國科會計畫需自行勾選學術領域，這一部分的自我認識與定位，不可謂不重。

學友間也時常討論，撰寫國科會計畫時，研究的完成度到底要到多少？是已經完全掌握結論，只差寫定；還是還在發展中，不知道會有怎樣的結果？若以「計畫」言，應該是後者，但實務上要能寫出一份完整、漂亮的計畫，往往不免會更偏向前者。自身的想法則是，應該要是七三比，也就是在計畫中呈現出已經掌握、研究的成果，並且越多越好，至少要到五至七成，方會有更好的說服力。但是，也必須提示接下來的計畫執行期間，可以開展出的新課題，以及預計在這一

年內可以確實完成的工作。自己的研究歷程，也常常在預想的目標外，讀到更多有趣的東西。那種當下的欣喜，確實是難以言傳，只能與同道相視一笑了。

另一個常見的問題是該申請一年期或多年期，與經費編列等等。這當然還是依個人狀況而定，因為自覺僅是中人，所以只擬一年期，經費也編的較少，相對較為保守。但一如前述延續性的問題，此份計畫，也要能有後續開展才是。所以即便是提一年期計畫，但不論有無通過，下一年的延續性計畫，應當都該已有腹案才是。後學新進人員隨到隨審的計畫在十月通過，而十二月馬上就是下年度國科會計畫的送審截止日期，若無事先準備，那當真是會十分痛苦。而若第一年有通過，有研究成果、論文產出，那再適度增加經費編列也不遲。故總體而言，建議此第一次的研究計畫可以是三年的規模，而只先提第一年的部分送審。計畫最好能是一個有發展性的領域，而非一次性的題目。然後也要不斷自問、衡量，如何說服把關的審查老師，讓國家出合適的資金，投資此份研究計畫。

也會擔憂，此期沒過，那下一期是要換個題目，還是繼續按原定計畫操作？這真沒有標準答案，只能自己衡量。後學的選擇會是看期刊投稿狀況，若此系列的研究成果最終有受到學界認可，那也就按表操課，完成規劃的研究目標。送下一期國科會計畫時，便也會有更多的學術成果可為佐證。反之，若投稿也不順利，或許此題目真的有其難以周延之處，需要再斟酌一下，也就不要在崎嶇的道路上顛仆太多次了。

三　時間管理

學生時期可以較為專心、集中的投入研究，息交絕遊，閉關一

周、一個月,都是時常耳聞之事。但進入學校服務後,會有相對應的責任與工作,不可能如此安排行程。且若有接新課程,備課的時間再多也不夠,頗有薛西佛斯推石上山,再每周每周看著石頭滾下山的慨歎。且與兼任時相比,心理壓力也會更大。兼任時雖也是全力以赴,但面對教學評量等等的各種考核,最不濟就是捲鋪蓋走人,再找下一間就是,教學反而從容。但專任之後,會有種不能出差錯的莫名壓力,有時求好心切、多方徵詢意見後,反而會陷入父子騎驢的窘境。面對這些狀況,都需要花費大量時間準備與磨合。加之多少也會需要擔負行政工作,於是乎在蠟燭多頭燒的情況下,提計畫的時間會很容易延宕。畢竟教學與行政會牽涉到同學、同事,不能耽擱,但研究是對自己負責,在時間有限的情況下,其工作順位自然會往後遞延。

　　加之前三年都可以隨到隨審,若沒有外在壓力逼迫,很容易就會到第二、第三年才提。當然,也有學友是研究計畫都已經寫好擺著,等著到職後送出,對此也是真心佩服。在此,可以衡量一下自己的研究情況,研究是否亮眼?核心期刊篇數是否足夠?目前是否有具研究能量的課題足以投稿、申請計畫?畢竟在現行體制下,我們所必須面對的就是各種點數的計算。不論自我定位如何,總要面對客觀現實,規劃、預留時間,好好完成研究工作、送出計畫。

　　大部分產出文字的工作,都需要高度自我要求。是以於此的建議,則是想辦法給自己一個「交不出論文就會被打爆狗頭」的情境。譬如報名參加各種研討會,再怎麼忙、再怎麼拖延,截稿期限要到時,也還是會文思泉湧、一把鼻涕一把眼淚的把文章完成,吾輩戲稱為「番茄醬工作法」——到最後一刻逼不得已時總會把東西硬擠出來。而會議論文相較期刊論文言,確實是有待修訂的初稿,是以將其視為國科會計畫的草稿或部分成果,在操作上當是可行的。研究計畫、會議論文與期刊論文三者,合該是一個往復循環、不斷積累研究的過程。

四　心理建設

　　有個笑話是，科學、魔法與信仰的完美結合是什麼？答案是「臺積電生產線主機上的綠色乖乖」。後學素來不是信仰虔誠的人，每次跟著長輩拿香拜拜，腦裡大抵是一片空白，不做他想。但在送出國科會計畫後，便把整本計畫印出來，認真的拿到廟裡過香爐、祈求保佑。不免自嘲，人的慾望越多、想要的越多，但又無法掌握結果時，就越虔誠。但其實也知道，計畫送出有若交出考卷，能努力的早也已經做完，拜拜也就是求個心裡平安。據說一流的運動員，都會有點小迷信，穿某種顏色的內衣、哪隻腳先進球場、水壺放在某個位置等等。畢竟賽事終究有運氣的成分，難以完全由自己掌控，總是會有不安。研究也指出，這一類的幸運物或儀式，確實會讓人更加專注與自信，進而提升心理素質。而心理素質的提升，自然也就會反應到比賽之中，讓運動員有更好的表現——所以，就科學角度言，求神拜佛是有效的。

　　送新進人員計畫時的壓力非常大，一方面自身性格容易緊張焦慮，二方面則是此份計畫為學校的重要考核指標。寫完之後壓了快一個月，反覆修改，也以讀書會的形式，集思廣益，拜託學友們幫忙斧正。計畫足足寫到三十六頁，三萬多字。本來還想說直接上傳，最多「超出頁數不予審查」就是，但系統直接設定超過三十頁檔案就無法上傳，這也只好摸摸鼻子，刪到符合標準。

　　即便計畫通過後的現在，也還是常常夢到自己計畫、投稿接連失利，終至一事無成。也清楚，對現狀感到不安、不足，往往是沒能達到設定的目標。目標可能來自自我要求、來自社會期待、來自許多無以名狀的「別無選擇」。然情緒問題一如家庭問題，別人的總是比自己的簡單，但最終也只有自己能處理面對。只要投稿，總是需要面對

能否通過的巨大壓力，對此，我們總是要找到一個能讓自己排解壓力的方式，好繼續前進。也衷心祝福彼此，能有一方心安之地。

五　結語

　　本文的預設讀者——想像中，是位胸中有詩、眼裡有光，雖不免困惑，卻仍可緊握拳頭、投入學術研究，充滿熱情與憧憬的大好青年——又或者，是個跟我一樣，有點厭世，除了讀書、教書也不知道還能做什麼的徬徨中年。也僅是分享申請過程的心路歷程，與相隨而來的一些問題與思考，限於篇幅、學養，實粗淺而難以全面，觀念或許也有偏差。於是乎，若本是期待能看到「如何通過國科會計畫」此類主題，不好意思讓您失望了。關於此點，後學著實能力不足而無從訴說，各位的指導老師、系上的優秀教授，應該會有更具體可行的建議。學界亦有不少師長金針度人，有相關專著可以參考。如張高評先生《論文寫作演繹》、林慶彰先生《學術論文寫作指引》、楊晉龍先生《治學方法》等，也都是後學的案頭書。而跟認識的學友商借他們通過的計畫來參考，當也會有十足的幫助。

　　此篇文章原刊於二〇二一年三月的《奇萊論衡：東華文哲研究集刊》第九期，在學報陳俊偉主編力邀與責成下，誠惶誠恐答應此一主題的心得分享。寒暑風霜、春秋謝代，四年後的當下，在本書主編姚彥淇教授的鼓勵下，加以調整潤飾與改寫。回顧所來徑，對於「研究計畫的新手初登板」此一主題，想法仍是大體未變，故也盡量保留原始文字，明其初心依舊。而後學不揣鄙陋，於此獻曝，誠是希望以管窺豹，猶得一斑，能對正在閱讀此文的學友們，有尺寸之功。則縱有自衒之譏，亦無復憾矣。

「亮點」的醞釀
──「九宮格」運用於寫作材料蒐集之實作

陳文之

鐵君文教工作室講師

一 前言

  在現今各類國家考試中，國文類科的「作文」佔比，仍為決定錄取與否的重要關鍵。惟目前臺灣教育體制裡，關於「作文」課程的安排，大都止步於高中階段。學子進入大專院校後，雖有必修或選修的中文領域通識課程。然講授臨場發揮的「考試作文」者，則似較為罕見。許多學生畢業後，欲參加公職或某些證照考試時，還得耗費不少工夫，才能重新喚醒中學時期的「作文」記憶。

  緣此，近年於補教界授課時，特參酌日本企劃專家加藤昌治《考具》（商周出版，2010年）一書中介紹的幾項「思考工具」，並結合中國古典敘事「起‧承‧轉‧合」之概念，設計了一套專供短期衝刺臨場寫作表達能力的「亮點作文」。

  「亮點作文」的內容大體涵蓋「一、國家考試題型介紹」、「二、國家考試作文題目歸類」（九大類與十二分類）、「三、行文之心態認知」、「四、赴試前的準備」（熟悉格式、累積材料、慎選文具、勤練字跡）、「五、作文黃金比例架構」、「六、行文語氣的平衡感」、「七、文章鋪陳三大利器」（譬喻、名言佳句、說故事）、「八、論說文破題」

（論人、論事、論物）、「九、臨場的應考步驟」（精算時間、審查題目、決定論點、選取材料、擬定大綱、下筆寫作）、「十、臨場作文SOP口訣」（圈、限、判、論、格）。授課含實作則可以每堂三小時，約兩堂六小時的時程完成。

囿於篇幅所限，在此則以「累積材料」為主，介紹如何實作以「九宮格」的思考方式，達成考前作文材料蒐集與整理之目標。

二　材料蒐集的方向

「亮點作文」設計之原意，係希冀考生能於作文的首段破題處，即能讓閱卷者眼睛一亮，並產生繼續讀下去的動力。故此，在蒐集材料時，便可鎖定最適合產生破題「亮點」的「名言佳句」、「說故事法」與「譬喻法」等三項寫作利器。

此外，以目前國家考試作文閱卷者的背景而言，大都以各大專院校的中文領域講師或教授為主。故蒐集前述三項寫作利器的相關材料時，便可將範圍著眼於「文學」方面的資料為首要目標。倘若考生先前攻讀的專業中，亦有可資產生「亮點」的材料，則要儘量予以說明清楚。例如，許多「教育學院」畢業的考生，在參加「教師檢定考試」時，常慣以某種教育理論破題。但僅提出理論之名稱，卻未進一步闡述此理論之重點。會使未修習過教育理論的閱卷者產生疑惑，自也不易產生作文之亮點。

蒐集「名言佳句」時，建議將其出處如朝代、國名、姓名等資料完整註明，行文時列出可增加專業性與說服力。此外，「名言佳句」的選取，最好以較不落俗套者為優先考量。例如，若以〈勇於挑戰的人生〉為題，很多考生可能會引用戰國‧孟軻於《孟子‧告子下》中所述：「故天將降大任於是人也，必先苦其心志，勞其筋骨，餓其體

膚，空乏其身，行拂亂其所為，所以動心忍性，增益其所不能。」破題。然倘若眾多考生均引用相同的名言佳句，閱卷時的「亮點」自也會逐漸消褪。而若選引美國蘋果公司前執行長史蒂夫・賈伯斯（Steve Job）名言：「如果可以當海盜，為什麼要加入海軍？」，除了闡述角度更廣闊外，或也更增「亮點」之效果。

「說故事法」的材料蒐集，除了要考量「切題」外，也可多準備幾則「萬用型」故事。例如：

> 二十世紀初，某間美國鞋業公司派出兩名業務員至非洲某開發中國家行銷產品，其中一位業務回覆公司的電報上寫著「太糟了，這裡的人都不穿鞋。」另一位業務回覆公司的電報上則寫著「太好了，這裡的人都還沒穿鞋。」

再者，某些在網路上找到的文章，倘若考生覺得其具「萬用型」故事之潛力，但篇幅卻過長者，則可進行「縮寫」之修潤。修潤原則在於「將對話轉為敘述句」、「刪除多餘形容詞彙」，以及「盡量保留原文韻味」為主。例如：

> 第二次世界大戰期間，有一對住在英國鄉間的務農夫妻，育有一個獨子。原本生活過得很和樂，但大戰爆發沒多久，他們的獨子便被國家徵召，成了一名為國家盡義務的士兵。有開始就有結束，過了幾年後，大戰終於結束了。夫妻倆期盼著兒子能早日還鄉。等了一陣子，終於等到了兒子從軍營裡寄來的一封信。信上說，有位在戰事中成了殘障的戰友，想跟他一起回家。因為那名戰友少了一條腿，又無家可歸。所以他想邀請戰友回他的家裡住。他的父親看完信的內容後，立刻給兒子回了

封信，上頭寫著：

「兒子啊！現在家裡的經濟跟環境都很不好，再說我跟你媽媽也老了，實在負擔不起照顧一位身體有殘缺的人。雖然你的朋友是為了國家，而變成了殘障者。但我們真的無能為力啊！所以，你還是自己回來就好，千萬別把那位戰友帶回家來啊！」

回信之後，又過了好一陣子，這對夫妻看到村裡同樣被徵召的孩子們都回村了，卻遲遲未等到他們的兒子。正當農夫想去城裡打探一下消息時，竟收到了一封軍方寄來的噩耗。兒子在軍隊裡的長官，在信上告知這對夫妻，他們的獨子在準備卸甲還鄉的前夕，突然在營區裡自殺了。除了安慰，也希望這對夫妻能前來部隊領回兒子的遺體。

當這對傷心欲絕的農村夫妻，到了部隊見到他們日思夜想；卻已成了一具冰冷屍體的寶貝獨子時，卻訝然地發現，兒子竟缺了條左腿。此時，軍隊裡的長官才很遺憾地告知，他們的兒子在戰爭即將結束時，不慎誤踩了枚地雷。經截肢手術救回一命後的士兵，則要求長官，先別將這件事告知家人⋯⋯

此則篇幅甚長的「故事」，經「縮寫」後，或如下列所示：

二戰期間，有對英國鄉間的老農夫妻，其獨子被徵召參戰。歐戰勝利後，某日老農收到獨子的來信，說是欲帶一位失去雙腿的戰友返家同住。老農急忙回信，言明家境不佳，無力負擔殘障者的生活，並要獨子隻身返家即可。數日後，老農收到了軍方的噩耗，告知其子不知何故，竟於歸鄉前夕自殺。當老農夫妻前去營區，欲領回獨子遺體時，才赫然發現，原來其子在某次戰役中，被地雷炸斷了雙腿。

近年國家考試中，常出現「引導式」之作文題目，要求考生閱讀一段短文後，針對此短文內容自行命題寫作。上述兩篇短文，考生亦可用以練習自行命題，例如〈消極與積極〉、〈悲觀與樂觀〉、〈利人與利己〉……等。而此類短文，只要在審題時覺得頗為切題，或有把握在引用後，能將其緊扣題意，便可運用於作文中。

「譬喻法」的蒐集，則為運用「修辭學」裡的基礎句型，以具體之形象，詮釋抽象式的題目。例如〈傳統與現代〉一題，便可採對比方式，寫下「如果傳統是位坐在書房藤椅上靜靜翻閱泛舊書籍的老者；那麼現代便是個蹲在百貨的地上毛躁摔扔新奇玩具的孩童。」這種運用譬喻法的對比式句型難度不高，但製造出的形象卻頗具「亮點」，故也適合用於「論物」類作文題目之破題。在製作九宮格圖表時，便可將其納入搜尋的範圍，並練習寫出幾組切合大類題目的句型備用。

三　製圖練習前的準備工作

近十年國家考試的題目類型，或可概分為下圖所列之九大類。其中第八大類「職業」，又可細分出五種類別；第九大類「個人」，則可細分為七種類別，視考生準備應考目標可再行增減。

之後，便可上網搜尋近十年的該目標考試之歷屆作文題目，並將蒐羅到的資料，依照前述九大類之範疇予以歸類。例如準備「教師檢定」考試者，可將範圍縮小於「教育」大類及「個人」七分類；準備「證照」考試者，可將範圍著重於「職業」五分類。準備「公職」考試者，則可將分類部分納入大類中，以九大類歸納歷屆題目。此外，由於公職考試除初等考試外，其餘級等考試均包含作文。而這些各級等的題目，有時會出現觀念相通；甚至題意相同的狀況。故在整理歷屆試題時，建議可將其他級等考試的作文題目一併納入整理。

1. 自然	
2. 世界	
3. 國家	
4. 文化	
5. 社會	
6. 家鄉	
7. 教育	
8. 職業	8.1 執行
	8.2 經營
	8.3 效能
	8.4 服務
	8.5 觀念
9. 個人	9.1 志向
	9.2 信念
	9.3 品德
	9.4 生命
	9.5 生活
	9.6 心靈
	9.7 行為

圖一

　　「九宮格材料蒐集法」的主要目標，係以短期內蒐集能帶入考場使用的作文材料。故此處建議考生或練習者，以自己所欲報考的級等類科考試時間為基準，往前推算約十二週（84天），開始進行歷屆試題資訊蒐集的工作，並在一週內完成題目的歸納分類。剩餘的十一週，則以每一週進行一張材料蒐集圖表的速度，將前述九大類題目製作完成。接下來的二週，便可用以加強複習及加強記憶。而這些經過彙整與思索後所製作的九宮格圖表，便可成為作文臨場選取材料時的有力助益。

　　此外，文具的妥善準備，也是提高作文能力的重要因素。初次製作九宮格圖表，建議可由講師帶領，並在授課前一週，先行通知學生，上課當日需準備附橡皮擦的鉛筆或方便擦拭的魔擦筆（若有三色魔擦筆更佳，不過建議其中藍或黑色可更換為綠色），以及一疊有橫線的便利貼（73×73mm 尺寸最為適合），並攜帶一款可供上課時聯網查詢資料的數位工具。至於製圖所需的 A4 尺寸空白影印紙，則可由

講師提供，或請學生自行攜帶（至少五張，且建議勿使用打孔筆記紙）。講師則須準備一具計時器。

四　製圖練習的引領步驟

講師授課時，先請學生將發放或自帶的A4空白紙張置於桌上，並以橫向的方式對折，然後再展開。紙面上便會形成左、右兩個區塊。在左方區塊上方，依序標明「大類主題：」與「關鍵字：」。在左方區塊下方，畫出一個九宮格。中間的空格可填入「相關材料」四字，再依順時鐘方向旋轉，在外圍八個空格中填入1-8的編號。在右方區塊中，依序寫下「名言佳句法：」、「說故事法：」、「譬喻法：」三組材料類別。並在各類別下方，分別列出編號1-5的條列區。初步框架則如下圖所示：

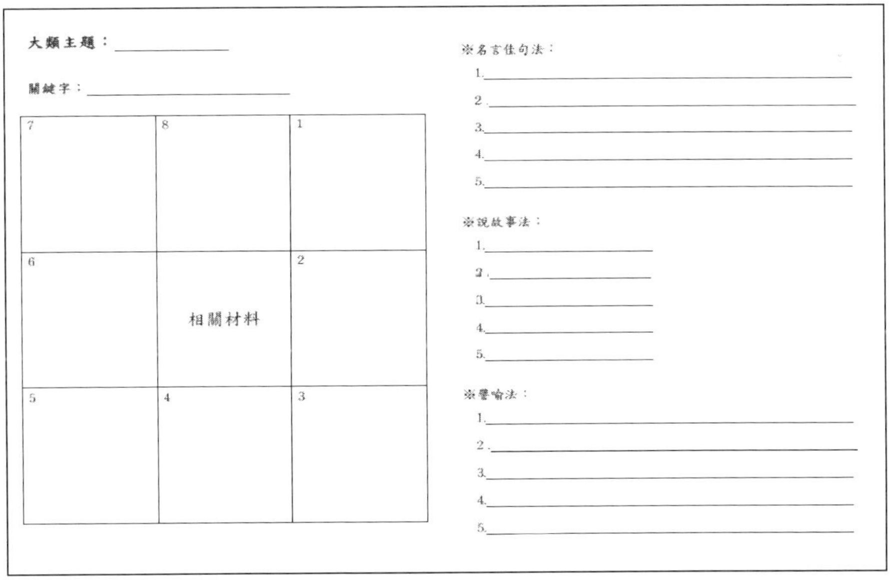

圖二

迨學生完成製圖後，講師可先向學生說明，每個人家庭背景、成長經歷，乃至曾觀賞、閱讀過的影視、書籍都不盡相同。因此，每個人腦海中所吸收與儲存的資訊，也差異甚大。接下來要製作的這張圖表，就是要利用「九宮格」的方式，將自己腦海裡的資訊「收斂」成可供寫作的材料。之後，便可用投影或手寫的方式，將要練習的某大類歷屆試題彙整出示於投影幕或黑板上。此處則以筆者先前授課時所使用的「1.自然」類試題彙整為例，示意如下：

1.自然

  1.1　海洋與大陸【93軍法官特考】

  1.2　民生樂利，環保為先【93不動產經紀人、地政士專技普考】

  1.3　常存敬畏【95專技記帳士考照】

  1.4　談如何節約能源【96臺電養成班甄試】

  1.5　地震之聯想【97警察、關務三等特考】

  1.6　人與土地倫理【97原住民三等特考】

  1.7　論自然保育與高山產業發展【97原住民四等特考】

  1.8　居住環境與生活美學【97專技地政士考照】

  1.9　面對自然的態度【98律師高考】

  1.10　山海的啟示【98原住民三等特考】

  1.11　論如何節能減碳以化解地球暖化的危機【98公路、港務員晉高員升資考】

  1.12　如何營造一個「產業發展」與「環境保護」平衡並行的經濟發展環境【98臺電、中油、臺水新進職員甄試】

  1.13　土地資源與社會發展【98專技地政士考照】

  1.14　用謙卑態度面對自然【99專技地政士考照】

請學生先將圖表左上方的「大類主題：」填入「自然」，再自行判讀歷屆試題題目，找出該大類題目中出現率較高的詞語，填入左上方的「關鍵字：」欄位。每個學生所觀察並選取的關鍵字，不見得完全相同，純憑個人感覺，找出三至五個詞語即可。

　　接下來，講師便可拿出計時器，並請學生先將數位工具收起，以純手寫的方式，根據自己所列的關鍵字，在五分鐘內，將看到這些詞語後，腦海中瞬間浮現的相關「名言佳句」，與個人經歷或曾閱讀、聽聞過的「故事」，用簡短字句或標題的方式，以順時鐘方式，次序填入圖表左下方「九宮格」的空格內。五分鐘一到，便請學生先停筆。此時，可請學生以舉手的方式，調查學生們在五分鐘內，填入空格的數量。倘若能填入五到八格者，表示該生能使用於該大類題目的作文材料頗為豐富；倘若只能填入四格以下者，表示該生腦海裡對於此大類的材料尚顯不足。調查完畢後，講師可再設定五分鐘，請尚未填滿空格的學生，繼續思索腦海中是否有可用的材料。若已填滿空格者，則可檢查自己填入空格內的簡短文句或故事，是否有重複或相似者。例如同樣是「天災」，某次颱風或地震中相關的故事或報導，給予自己的「啟示」是否太過接近？若覺得材料內容過於雷同，便可在五分鐘內自行取捨，擦拭掉該空格後，再填入其他相關的材料。五分鐘後，講師可再調查一次學生填入空格的數量。並可採「心理學」的角度，告知學生會寫入空格編號1-3者，應是學生最能完整表述的材料。針對自己有把握的材料，在整理時便可著眼於如何將其用以「破題」。

　　說明完畢後，可請學生拿出自己的數位工具，設定十分鐘內，自行用搜尋軟體找出自己覺得適合填入剩餘空格的「名言佳句」與「故事」。搜尋時可配合關鍵字，鍵入如「環保名言」、「節能小故事」等標的，汰除重複或近似後，務必將「九宮格」的八個空格填滿。十分鐘後，確定學生均已填滿「九宮格」的空格後，便可讓學生依據自己

填入空格的順序，或是覺得可重新調整的方式，將自己蒐集到的材料，填寫於圖表右方區塊內的「名言佳句法：」與「說故事法：」的條列中。八個空格內的材料均使用完，而條列未滿者，再以數位工具搜尋出相關者補滿五個條列。「名言佳句」可完整填寫，並列出出處，若文句過長，則可註明編號後寫在便利貼上。「故事」部分則可先寫下標題，若為短文則同樣註明編號後寫在便利貼上，若文章過長，則可試著縮寫後，再寫在便利貼上。便利貼可貼在圖表頁面後方，方便日後參閱使用。

　　最後，請學生以「如果OO是XX，那麼@@就應當是YY。」的句式，將該大類題目中具對比性的詞語，採自行思索或數位工具搜尋的方式，寫出五段句子，填入圖表右下方「譬喻法：」區塊內，此大類的「九宮格材料蒐集圖表」便可告完工。示例如下：

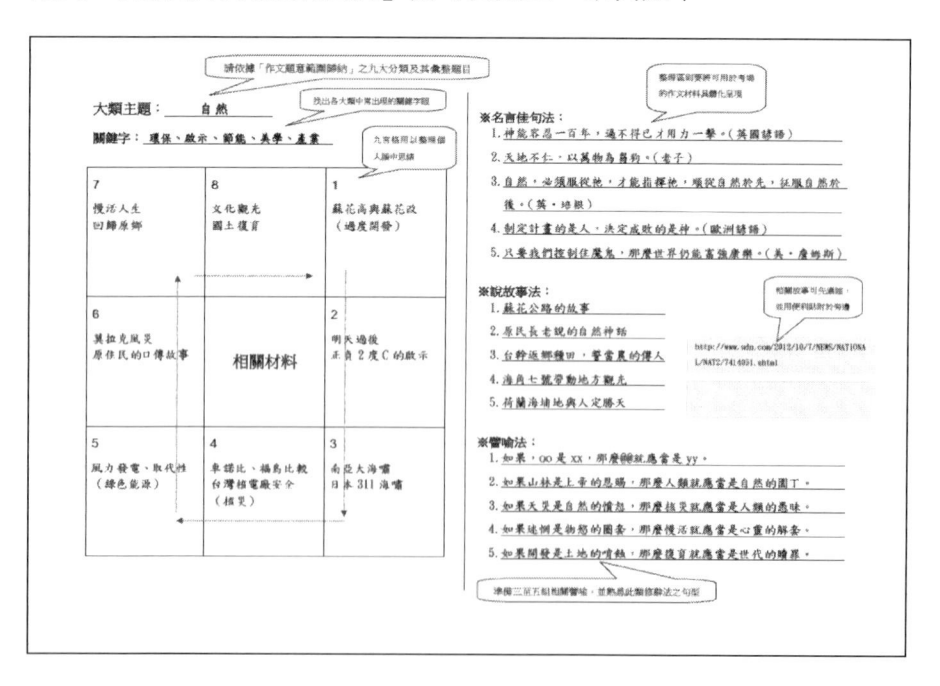

圖三

五　結語

　　所謂「巧婦難為無米之炊。」（〔南宋〕陸游《老學庵筆記》）即便寫作者的文筆與技巧均臻上乘，然若無可資立論依據的材料，臨場作文時恐也有詞窮之窘。反之，即使寫作者無煌煌文采，但若能善用材料，應對考試之文自也綽綽有餘。

　　在「考具」的運作中，兼具「收斂」與「發散」效果的「九宮格」，除能用以蒐集作文材料，亦可予以構築文章框架。惟行文優劣之關鍵，仍在「有心」二字而已。

家裡收藏一種愛，唯能文火慢燉
——「一道料理，一段關係回憶」素養導向教學筆記

陳宜政
高雄市鳳西國民中學專任國文教師及領域召集人、
國立高雄師範大學國文學系兼任助理教授

一　前言

民國九十年臺灣經歷教科書版本多元開放，從一綱一本時代正式進入一綱多本時代，此正是因應社會改革開放、公民素質提升、民主自由多元觀點採納等要件。至今因應十二年國教課綱所做的教學方式調整，則以理解、統整、結合生活經驗、解決生活問題為主要教學目標，帶領莘莘學子進入真實學習情境。

「素養」（litercy）專名，最早見於「國際學生能力評量計畫」（Programme for International Student Assessment，簡稱 PISA），是由經濟合作暨發展組織（OECD）主辦的全球性學生評量。PISA 測驗基本關懷即是了解學生面對變動快速社會的能力，即所謂真實生活的素養（real-life literacy）。教育部發布《十二年基本教育課程綱要總綱》核心素養定義為：「一個人為了適應現在的生活及面對未來挑戰時，所應當具備的知識、能力與態度。」

基於上述理想，各級學校紛紛藉由「彈性課程」設計安排符合「素養導向」教育主張及「學校本位」之教材與教法。筆者以學校施

作「學校本位」小規模素養導向教學作為筆記，提供正向思考與逆向批判經驗，讓素養導向跨域教學可以將中學生活潑本質彰顯，情感得以抒發。

二　「一道料理，一段關係回憶」課程操作

筆者活用康軒版國中國文範文教材，結合教育部美感智能報《安妮新聞》（Anne Times），親師生共同深受報紙美感設計內容與安排之啟發，於是以圖文創作形式製作了《一五一十新聞報》（1510TIMES）。之所以命名為「一五一十」，主要原因為：七年十五班與七年十班閱讀教育部《安妮新聞 ANNE TIMES》，欲模擬其版式藉以「綜合輸出」學習成效[1]：編輯採訪與寫作，故將報紙命名為「一五一十」，亦取其義意「老老實實、單純誠心」以手繪圖文創作屬於我們世代的聲音。英文名稱《1510TIMES》起名自孩子們最愛的書籍《西遊記》，作者吳承恩誕生於西元一五一○年，正代表手繪報的發聲如同吳承恩筆下世界，將善惡因果業報藉繪聲繪影的生動文字與情感深入世世代代人心，打造一個良善美麗的新世界。

根據本校校訂國文科共備文本：《喜閱世界（一）‧麵茶暖和人心》、康軒版國中國文第二冊〈背影〉與〈聲音鐘〉及〈龍眼成熟時〉、華語版電影《深夜食堂》、改寫高中國文教材徐國能〈第九味〉、櫻花牌廚具形象廣告〈愛在家系列影片之一——坐飛機的刺瓜仔湯〉，引導學生進入食物與家庭情感的懷想，發起刊行主題「一道料理，一段關係回憶」，期望找回城市中因彼此繁忙而逐漸淡忘的家庭回憶與溫暖感動。

---

[1] 筆者在此以「綜合輸出」名之，欲擺脫傳統紙筆測驗檢核教學與學習成效，而以更多元、強調溝通與合作，發揮各小組成員各項能力之綜合。

於飲食與文學之主題活動與分項活動教學上，大致分為兩大類：一、聽說讀——閱讀與心情，細分為：（1）閱讀文本：透過小組寧靜閱讀，體會影片拍攝與文章寫作的用意，感受文本中藉由飲食傳遞親子間情感流動；（2）分析文本：透過討論，分析該段文本之人事時地物，並摘要故事重點，設計相關問題；（3）分享文本：小組成員將先前對於影片與文章的討論與問題，整理成小白板內容與全班同學分享；二、說寫——討論與創作，細分為：（1）料理（人物）採訪：在家採訪家中長輩，設計問題詢問關於該位長輩的「獨創料理」，並將採訪資訊寫在採訪單上；（2）料理（故事）描繪：將採訪單帶到課堂上，討論出最具故事性的一道，將採訪到的訊息寫成通順流暢的文句，最後寫成一篇完整的「料理故事」；（3）故事分享會：各組選擇一位家中長輩「獨創料理」的背後小故事與全班同學分享；（4）故事最終章：將故事呈現方式依老師的建議稍作修改後，重新安排設計於上學期施作過的「一五一十新聞報」上，並為其下一標題後，並以圖文方式呈現料理生命故事。

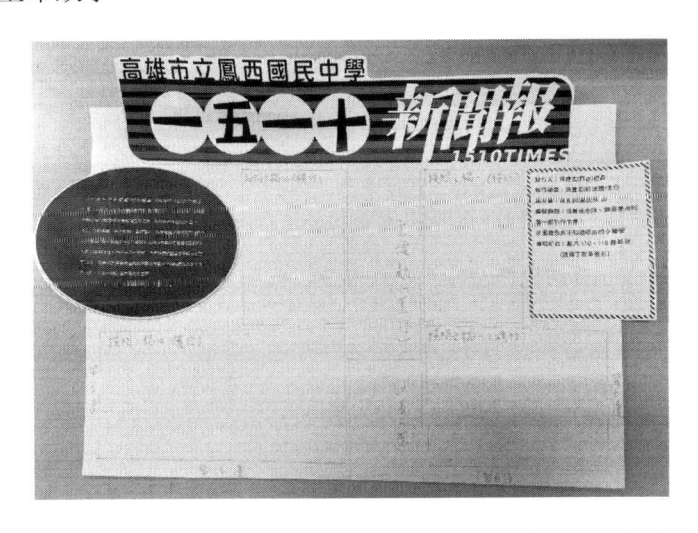

圖一　筆者為一五一十新聞報架構設計圖標頭在上方式

三　課程進行、反省與專業回饋

　　教學過程中學生常遇到的問題類型有：一、由於學生第一次進行訪問，因此必須先幫學生設定好可以直接提問的「罐頭問題」三至五個。二、小組原先討論好想要訪問的對象較害羞，不願意接受訪問。三、小組分工但仍有同學無法找到自己的任務定位。四、小組在校能夠一起討論或進行的時間很有限，小組長須立即調整小組成員的任務分配與期程，帶領教師也須給各小組進行「信念溝通」。五、受限於版面空間，如何能有效且充分運用採訪後所蒐集的資料，而學生不清楚自己卡關於何處，教師必須主動詢問並進行理解，協助小組成員溝通以順利任務進行。

　　學生對於料理故事創作手繪報各項製作時發生的困境則有：一、學生票選小組代表家庭菜餚時常以「不夠獨特」，而推翻票選結果。此時教師需引導學生以「家常菜」作為選擇考量，而家族長輩透過菜餚給予晚輩的關懷才是選擇重點。二、票選小組代表菜餚後，小組成員由於分工因素，透過該票選菜餚結果進行任務執行，但各自對於菜餚的情感，只能透過小組成員描述，有時難以深入思考與想像，此時教師則協助小組進行深度溝通與思考，甚至引導小組進行想像。

　　「今晚我想來碗咖哩飯」（圖二），學生結合時下流行「外送服務」Uber Eats，設計圖樣元素「鳳西 Eat」，並將 Uber 經典廣告臺詞：「今晚我想來點……」，修改成小組手繪報主題「今晚我想來點咖哩飯」，結合得巧妙又符合時下流行。唯一需要調整則是文字筆跡容易與大鍋顏色重疊，導致文字書寫無法清楚辨識，進而影響圖文並茂清晰度，文字所傳遞的情感無法閱讀。

　　「考試後的獨家滋味──煎魚肚」（圖三），學生將標題「煎魚肚」三字獨特設計成油瓶，並將「魚」字四孔設計成四條魚，文字部

分則以記敘兼抒情方式,書寫考完試後母親為自己親手製作這道獨家美味——煎魚肚,以慰勞孩子準備考試的緊張心情。每當在考試後,被課業壓力壓得喘不過氣之餘,母親這道煎虱目魚肚成為孩子最期待的美味,不僅滿足了口腹之慾,更慰藉了備考的緊張心情。

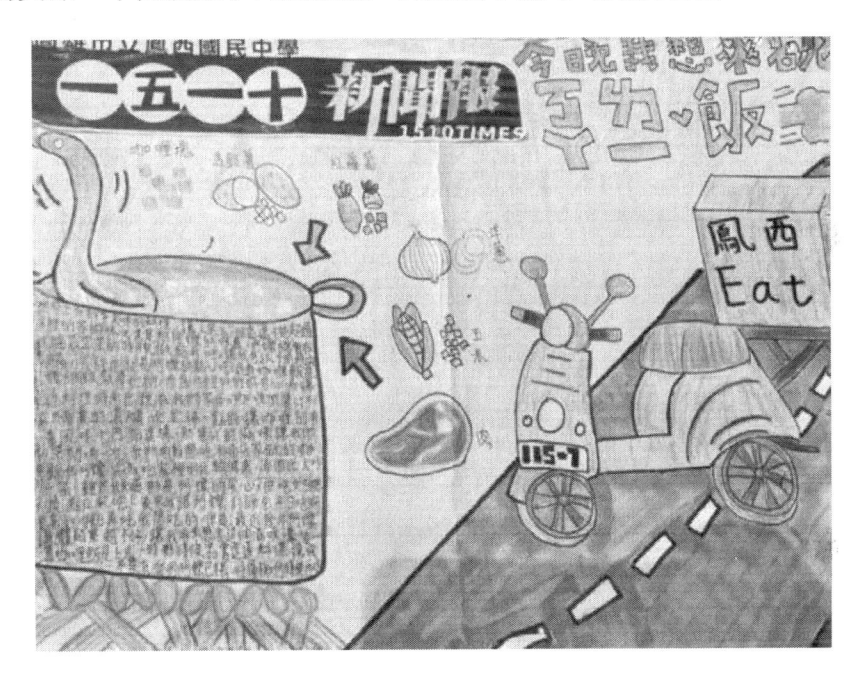

圖二 「一道料理一道關係回憶」手繪報作品一
（今晚我想來碗咖哩飯）

圖三 「一道料理一道關係回憶」手繪報作品二
（考試後的獨家滋味──煎魚肚）

四 結語

　　十二年國民基本教育之課程發展本於全人教育的精神，以「自發」、「互動」及「共好」為基本理念，強調學生是自發主動的學習者，學校教育應善誘學生的學習動機與熱情，引導學生各種互動能力，共同謀求彼此的互惠與共好。

本課程設計所融入議題,包括:品德、生命、家庭教育、閱讀素養等四項議題,更應充分回應聯合國十七項「全球永續發展目標」(Sustainable Development Goals, SDGs)的內涵,特別是其中第四項永續教育(quality Education)的目標,配合教育部美感教育《安妮新聞》讀報計畫,及本校「食育」、「食農」校本計畫,搭配部本國語文課程(康軒版),與本校國文科共備彈性課程教材《喜閱世界》,以設計「素養導向」教學活動──「一道料理,一段關係回憶」。

　　過程中學生必須透過授課教師的引導,充分的討論及與對話,更必須克服小組成員家庭背景環境不同、能力不同,以進行有效溝通,還須克服現實生活裡必須面對種種突如其來的問題,在在影響課程施作成效,但也因此能修正本課程未來施行可能面臨的潛在問題,以全面提升現場教學的質與量。

　　自此,筆者可以大膽假設、小心求證:藉由「一道料理,一段關係回憶」教學設計,讓筆者可以「一段教學回憶,永續教學生命」,而此即是活活脫脫「素養導向」教學的活力,更是找回語文專業活用於生活的情意應用創造力。

附錄

學生課程結束後自發性完成完整寫作作品:
〈記憶裡的紅豆湯〉　　歐○欣

　　回想起那個盛夏,一到家裡頭永遠都有一鍋香味四溢的紅豆湯,打開門後,我就急急忙忙的換下運動鞋、拋下書包,以迅雷不及掩耳的速度打開冰箱門,一股涼意撲來,沁涼了夏日熱情,享受片刻的涼爽後,我手忙腳亂從廚房拿出一個淡藍色的玻璃碗,打算先盛滿一

碗，滿足我垂涎已久的心靈，從流金鑠石的天氣中偷閒，此時，一個略帶沙啞的聲音從廚房的方向傳來：「先來吃飯，吃飽了再喝紅豆湯。」

有一個暑假，爸媽因工作的緣由需要到外地出差，不放心我一個乳臭未乾的小孩獨自待在家，便將我送到鄉下的奶奶家，但找出當初的記憶，印象中，我總是將奶奶煮的菜拒之千里外，由於奶奶持齋把素多年，料理方式通常也只是以水煮居多，餐桌上的常客就是一盤帶著水珠的青江菜，淋上深褐色的醬油膏、一碗被滷汁掩蓋的炸豆皮和一鍋上面浮著一層油的豆腐湯，對於習慣大魚大肉的我，即使是飢腸轆轆時，我的味覺也會主動與它們抵觸，在心中天人交戰多時後，鼓起勇氣夾起了一小片豆皮，當它一觸碰到我的舌尖，雙眼瞇成一條直的線，眉毛不自覺的向上挑，嫌棄的吐出舌頭，碗筷和桌面碰撞發出了一聲巨響，快步到自己房間，從從包包中拿出一包外表鮮麗的洋芋片，賭氣的大口大口的吃著，香脆的咀嚼聲在耳旁徘徊著，將奶奶的嘆息聲遮掩的完全。這樣的場景一遍又一遍的重新上演，對孫子的擔憂如江水般撲向奶奶，正在為此煩惱時，靈機一動，打電話向我爸爸探聽她的乖孫喜歡吃什麼，得知我喜歡喝甜湯的消息後，就開始每天一早去菜市場，買一袋殷紅色的紅豆，在廚房熬煮著香甜可口的紅豆湯。

奶奶煮的紅豆湯，和市售的不同，入口先是以冰涼將我的口腔包圍，再來咬下粒粒飽滿的紅豆，散發出甜而不膩的氣味，最後是淡淡的紅豆清香在口中縈繞著，不浮誇的說，對我而言，這是世上最美好的一碗湯。飯後才能喝湯的方法的確立竿見影，每每想到紅豆湯滋味，我就會暫時拋下對桌上食物的厭惡，狼吞虎嚥的扒完碗中的飯與桌上的菜色，眉開眼笑的盛一碗紅豆湯，一口一口的細細品嚐，每一口都彷彿是一場悅耳動聽的交響樂，在我口中和諧的演奏這樣。奶奶直勾勾盯著我，露出了一個慈藹又滿意的笑容。

後來我回到了城市，就再也沒機會喝到那碗紅豆湯了。一些日子後，媽媽說奶奶要到我們家住，我開心極了，是不是又可以每天嚐到紅豆湯的滋味？但事與願違，原因是奶奶的失智情況愈來愈嚴重，連我們的樣子在她心中也漸漸模糊，無法再讓她獨自生活了，才會決定將奶奶接到城市中照顧。不久之後的一日，我走到如雨後春筍般冒出的飲料店中，點了一杯紅豆湯，但卻怎麼喝，都覺得少了些什麼，後來，我才發現，少了的不是任何一個材料或調味，而是一個願意無條件包容你、寵溺你，並煮好湯等你回家的人。雖然那股滋味再也無法復刻，可是那個盛夏、那碗湯和那個滿意的笑臉，永遠無法從我的心中抽離。

課堂辯論的理念與實務

陳紹韻

臺北護理健康大學通識教育中心助理教授

　　本文分享筆者多年來於「溝通與表達」、「哲學與人生」、「邏輯概論」等課程，以辯論為教學活動的經營理念與實務經驗，並分為以下四個章節說明：首先強調課堂辯論的基本觀念和正確態度，接著說明課堂辯論的進行規則和應用調整，接著列出設定的辯題，最後分享帶來的反思與啟發，辯論的程序與規則未在本文範疇之內。

一　以辯論之形，行討論之實

　　一般學生對於辯論的刻板印象，常以為就是雙方吵架，愈兇愈盛氣凌人就愈好，志在求贏、求勝，認為邏輯思辯、精湛口才，和即時反應能力是勝負的關鍵。然而，以筆者之見，除了希望藉由辯論訓練邏輯思辯與問答技巧，並因此熟悉與整合與辯題相關的知識外，更要培養終身學習與人際溝通的態度──溫和而堅定的論證，以及以了解和尊重為前提的討論。於是，筆者總會強調我們課堂上的辯論，不是比賽，不是競爭，而是一場辯論雙方與評判方，透過「正－反－合」的路徑，螺旋式共同向上與擴大成長的學習歷程。看似對立的兩方，分別擔任命題或問題的贊成方和反對方，展開彼此溝通與交流的過

程，旨在透過互相傾聽、彼此了解，走向尊重與統整，透過「正」與「反」的不斷交錯，走到更深廣多元的「合」的境界。

　　批判性思考、成長式思維，與進步主義是辯論的基本態度，欲達成的教學目標分為三項：認知上指邏輯思辨，學習澄清概念、設定判準、建構系統；技能上指口語表達，練習反詰問答法的討論方式；情意上指溝通態度，能夠從彼此傾聽、了解、尊重，進而共感、欣賞與融合。

二　自由出題與組間互評

　　辯論及辯論比賽在臺灣已行之有年，其規則與技巧在教學場域並不陌生，尤以新式奧勒岡制及新加坡制最廣為人知，而筆者於課堂採取新奧勒岡三人三三三制，然有兩部分做法有所調整，以下說明以供參考。

　　一是自由出題。辯論題目由學生自行設定與選擇，非由教師規定或提供。通常每班分為八組，依課程屬性於期中或期末進行二至四場辯論，每小組提供一個辯題，全班採個別投票，選出最受大家青睞、最感興趣的辯題。題目除一般常見事實性命題、價值性命題、法規性命題的類別外，也期待與大學生的生活或學業相關，或是當代人文或社會議題，只要能夠明確分別對立的正反方立場，且贊成與反對人數未差異過於懸殊即可。多數的命題與問題未有絕對是非對錯的答案，而是可以藉由辯論來交流和討論的契機，希望能夠貼近學生此時此刻生命階段的關注，並具備強烈的準備動機與高度的討論意願。

　　二是組間互評。正反方所得分數為組間互評而來，非教師評分，也非全班舉手投票決定，原因有二。一是擔任正反方辯士的立場與學習，與擔任評判組的角度與思維不同。因此，期待學生除了辯論內容

的準備，也能夠具備被評判的胸懷——雙方切磋、互相學習，勝負並非重點。擔任辯論方時，能夠堅實穩固站好自身的立場，提出有理有據的論點與論證；也能夠有被批判的雅量，面對質詢能從容以對、不卑不亢，並視為是擴大與提升見解的機會。因此，學生能夠從更高深廣遠的角度思維，超越正反方的框架，更多元全面的了解與辯題相關的理論與例證，並能夠客觀覺察雙方的優缺點，優點予以嘉許，缺點則共同改進，雖然因身分有別，任務偏向不同，但整體的學習體驗於是展開。

二是評分分為三段式進行。先是每位擔任評判方的學生必須先個別紀錄、評打分數，再進入同一評判組組員內部的共同討論，組內協調整合分數與評論後，最終才呈交教師，由教師平均所有評判組組別計算的分數，做為最後正反方得到的辯論成績。

雙方滿分各為一百分，分數的評定是將每位辯士分為申論（10分）、質詢（10分）、答辯（5分）共三項工作（正反方各三位辯士），又將團體成績分為結辯（5分）、團體合作（10分）、整體架構（10分）共三項成績，雖已力求嚴格精算，無籠統模糊空間，但仍發現三段式評分方式可提供更多層次的交流，並因互評分數決定辯論成績，必須謹慎負責。學生會發現對於相同的言論與表現，同組間的組員未必有相同或相似的評價：在論點論述方面，極多數辯題屬於「應然」而非「實然」的範圍，於是可產生更多樣的火花與更多元的整合，再者，每個人的氣質和風格有異，是褒是貶不定，人世間沒有所謂絕對的定論；在分數評打方面，最後是由評判組給予正反方的平均分數而來，不同評判組間的分數差異必定存在，平均之後便較具中立性與合宜性，並非由教師擔任評判，教師僅以引導者和觀察者之姿，於過程中提點和結束後分享，因此，學生對組間互評一事，更感到具有價值感與使命感。

三　多元議題與感情偏重

　　以筆者多年所見，在自由出題的情況下，辯論題目除了社會整體性的當代人文社會議題及生活與科技議題，大學生關注與煩惱的個別性議題更是大宗，並可分為課業與職涯規劃、感情相關議題、人生價值觀點。以下列出近三年曾於課堂實際辯論的辯題，並依上述五類分類。

類型	辯題
1. 當代人文社會議題	1-1. 是否廢除死刑？ 1-2. 安樂死合法化？ 1-3. 是否把選舉權下修到十八歲？ 1-4. 青少年犯罪是否減刑？ 1-5. 當兵的義務性不限於男性？ 1-6. 墮胎是否需要配偶同意？ 1-7. 懷孕時，若小孩被檢測出唐氏症，會選擇生下來，還是不會？
2. 生活與科技議題	2-1. 博愛座的存在？ 2-2. （臺北捷運）手扶梯兩側站立？ 2-3. 政府是否禁止一次性塑膠產品？ 2-4. AI在未來是否可取代人類？
3. 課業與職涯規劃	3-1. 學校要選公立但不感興趣的科系？還是私立但有興趣的科系？ 3-2. 讀喜歡的科系但沒出入？還是讀不喜歡的科系但很多工作機會？ 3-3. 工作該選喜歡的？還是錢多的？ 3-4. 學歷重要？還是能力重要？ 3-5. 大學生打工利與弊 3-6. 擋修制度存在之必要性

類型	辯題
	3-7. 實習作業的意義
	3-8. 護理實習該不該領薪水？
	3-9. 護理師排班是否應改為四班制？
	3-10.線上教育比傳統教育好嗎？
	3-11.網路對大學生的影響是利大於弊？弊大於利？
4. 感情相關議題	4-1. 大學生談戀愛的利弊？
	4-2. 遇到喜歡的人，女生應該要主動或被動？
	4-3. 愛與被愛，何者幸福？
	4-4. 一次的心動？一百次的感動？
	4-5. 要選擇麵包？還是愛情？
	4-6. 結婚時選擇愛你的？還是你愛的？
	4-7. 你要選擇陪你淋雨的人？還是幫你撐傘的人？
	4-8. 相處容易相愛難？還是相愛容易相處難？
	4-9. 男女交往是否AA制？
	4-10.性與愛能否分離？
	4-11.精神出軌和肉體出軌，哪個比較能被原諒？
	4-12.交友軟體可以遇到真愛嗎？
	4-13.談戀愛是否要在社交媒體上公開？
	4-14.分手後要不要做朋友？
	4-15.（彼此相愛）未能在一起與沒能走到最後，何者更遺憾？
	4-16.痛徹心扉的感情更應該淡忘？或銘記？
	4-17.相似或互補性格使愛情更長久？
	4-18.（異性戀者）男女間是否有純友誼？
	4-19.是否一定要結婚？
	4-20.成年人結婚前應該同居嗎？
	4-21.發現另一伴患有無法治癒疾病時，要不要分手？
5. 人生價值觀點	5-1. 自我肯定重要？社會肯定重要？
	5-2. 及時行樂可取？不可取？

類型	辯題
	5-3. 躺平是當代人的毒藥？解藥？ 5-4. 善意的謊言是對是錯？ 5-5. 善心是真善？行善是真善？ 5-6. 如果好心沒好報，還要不要當好人？ 5-7. 看到朋友的對象劈腿，該不該說？ 5-8. 跟室友一起住好？還是一個人住好？ 5-9. 自助旅行好？還是跟團出遊好？ 5-10.成年後一定要給孝親費嗎？ 5-11.沒錢要不要生小孩？

以上共54個辯題，1、2屬於整體性人類或社會議題，約佔20%，3、4、5為個人性價值觀點議題，約佔80%，其中又以3感情相關問題佔39%，比例圖解如下。

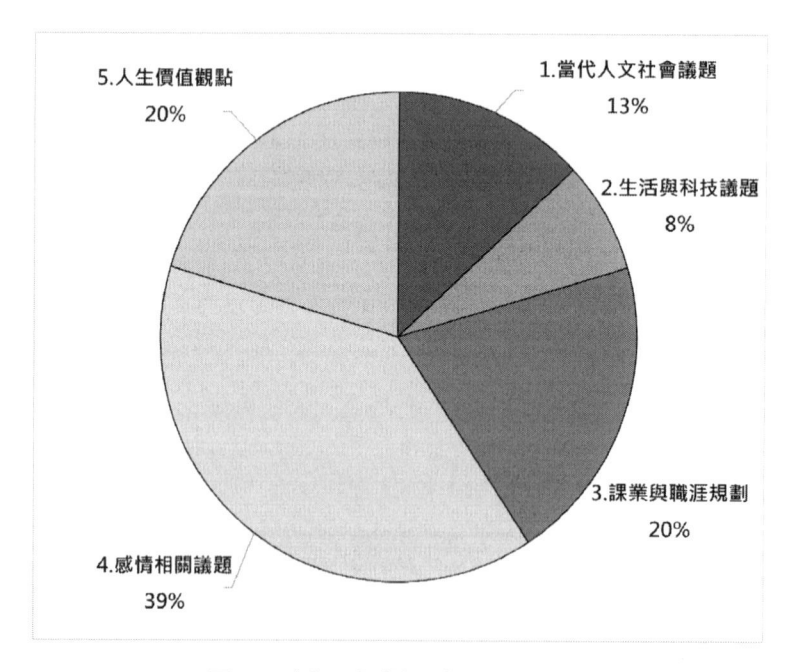

圖一　近三年辯題類別比例圖

在教師無限制、給予鼓勵的狀況下，讓學生自由發想、設定辯題，看似多數仍以自身關注的議題3、4、5為多，但事實上，1-1死刑、1-2安樂死，以及2-1博愛座的議題都經常在不同班級討論，另外，也可見學生對當代人權及生命倫理的關注，對於環保議題和生成式AI的課題也都跟上了時代潮流的發展。

　　課業與職涯規劃中的3-1至3-4，可見學生對於選擇學校、科系、工作的疑惑，雖然已經入學，甚至即將畢業，對未來的職涯方向仍然徬徨迷惘。3-6和3-7是對校方的教務規定提出質疑，3-8、3-9則是專屬於護生的思考，另外對於打工和網路對學習的利弊得失，也多有探討。

　　感情相關議題中可說都是以愛情為思考主軸，也反映大學生階段的生命體驗與偏向。有些很實際，如4-2、4-9，有些很關鍵，如4-1、4-3，畢竟愛與親密的學習確實是成年後的重點項目，4-10、4-11討論到性的觀念，4-19、4-20則討論婚姻價值，能夠全班一起面對、思考、問答，真是難得的思辯饗宴。

　　人生價值觀點的辯題是筆者深感既驚豔又珍貴的，時下年輕學子關心善惡、道德議題，反思生活態度，並想到對上一代的供養和下一代的生育，足見他們已開始為下一個階段的人生做準備，願意承擔、負起責任的心意，令人感動。

四　反思與啟發

　　將自己的感受、論點、情境清楚明白地表述舉證，讓對方了解，是輸出、是基礎，將他人的所說、所感、所想如實接收，是輸入、是必要，透過兩方的交流討論，更深沉的自我反思與更廣闊的心胸視野都會在生命中顯現，辯論不只是說說而已，而是彼此一同擴大、共同成長，包括辯論方、評判方，以及觀眾。比如「2-3政府是否禁止一

次性塑膠產品？」辯論時,一起釐清塑膠產品、一次性塑膠產品,以及一次性醫療用塑膠產品的差異,也自我檢視使用這些塑膠產品的狀況;「4-15(彼此相愛)未能在一起與沒能走到最後,何者更遺憾?」辯論時,全班一起界定了遺憾和後悔的差別,一起回顧自己曾經有過的遺憾和後悔,也一起反省造成遺憾和後悔的原因。

每場辯論,都感恩正反雙方辯友的認真準備,以及評判方同學的專心聆聽,尤其辯論後的回饋評析,不論在課堂上的口頭分享,或者課後線上的文字回饋,都讓彼此的生命交疊與敞開,理性平靜、溫和堅定,而且真摯誠懇。共同體驗與成長的歷程,從討論辯論題目、準備辯論內容開始,到辯論進行的課堂,再到辯論結束後一週,甚至更長久的時間,畢竟課堂會結束,但生命的成長和同學間的情誼則會延續。

辯論的收穫往往不僅止於邏輯思辨的論證能力、反詰問答的質詢能力,面對相反立場者卻願意用心傾聽和了解,並且允許自己因為接收了更多正確的資訊而放下堅持、甚至改變立場,採取更寬容和全面的姿態,雖然辯論場上有自己的職責需要捍衛,但內心不再僵持攻擊,也能夠在場下承認自己的轉變。這樣的能力和態度,適用於人生所有的場域和關係,畢竟一樣米養百樣人,不可能躲在同溫層只碰觸和自己相近相似的夥伴,從此我們不再害怕衝突,而是歡迎衝突,將辯論視為互相交流的良機,進而能夠共感對方的情境和立場外,還能夠欣賞其表現和優點,因此真正的尊重與包容便油然而生,不是口號、絕非勉強。

二　跨域素養

我與十二袋長老過招的內外功法

吳智雄
國立臺灣海洋大學共同教育中心特聘教授兼海洋文化研究所所長

一　十二袋長老

　　金庸武俠小說中，江湖上有一個最大的幫派——丐幫。丐幫組織龐大，成員散布各地，幫中地位以肩上所揹的麻布袋計，布袋越多，位分越高，最高袋數是九袋，人稱「九袋長老」，位階僅次於幫主和副幫主。丐幫中有兩大武功絕學——打狗棒法、降龍十八掌，是為鎮幫神功。凡長老級人物皆有機會習得降龍十八掌，而打狗棒法，更為代代幫主所獨傳。

　　在我們的現實環境中，雖然沒有丐幫，也沒有九袋長老，但卻存在一個不知名的「幫派」，組織雖然鬆散，但幫中成員也一樣散布各地，身揹袋數遠多於九袋，而且個個都自以為習得了絕學神功，他們就是集中並遊走在臺灣一百六、七十所大學校園裏的大一新生。

　　如果從國小一年級開始，每上完一年的國語文課，就可以蒐集到一個麻布袋，到了高中三年級，這群即將進入大學一年級的學生，便已累積了十二個麻布袋。所以當他們進到大學國文課堂時，不僅個個都具備了「十二袋長老」的身分與姿態，而且每位長老可能都自以為練成了降龍十八掌，甚至是打狗棒法，一身的絕學也可能讓他們無視於對手的存在；更可怕的是，這群十二袋長老會代代相承，綿延不

絕，生生不息，每年都會以同樣的年齡，持續不斷地出現在你的面前，而你卻會一年比一年老去，如此景象，怎能不讓人揪心！

面對著臺下這群十二袋長老，在臺上已從各大門派練就博士學位而下山的老師們，不僅要使出各自所練成的九陽神功、獨孤九劍、如來神掌、太極拳法、六脈神劍⋯⋯等等上乘武學招式，來對戰這群自認自帶絕世武功的十二袋長老；而且還要蓄積深厚的內力，才能面對、接收並消融這群長老們以睥睨的眼神所帶來的「哼！沒用」（因為文言文）、「唉！真無聊」（因為要升學）、「吼！都會了」（因為是母語）的大學國文課「三大原罪」。否則，心理創傷、精神崩潰、食欲不振、睡眠障礙⋯⋯等等身心病症掛號單，就隨時等著老師們來領。

為了不要領到這些掛號單，而且更要證明老師的功力遠勝於這群十二袋長老，所以本已功成下山的我們，不僅要勤練既有的武功，還要以戰養戰，累積臨戰經驗，擬妥各種戰術，持續深化內力指數，同時還要開拓各大門派的新招式，才能接戰每年拔山倒樹而來蓋非癩蛤蟆是也的長老大軍。

二　內悟心法口訣

練武首重內功，如有深厚的內力，即使是手執柔軟的稻草，也能在內力運作之下，將之激化為無堅不摧的利器。

教學的內功，就是老師的教育基本理念與實踐理念之前的思考。

我一向認為，老師可以要求學生，但在要求學生之前，必須先要求自己，所謂「子帥以正，孰敢不正」？所以，除了希望自己要當經師，更要當人師，因為經師易得，人師難求。在教學過程中，不要教學生勢利，要給他視野；不要只教學生技術，更要給他觀念。同時，也要讓學生知道，一分耕耘一分收穫是正常，一分耕耘三分收穫是運

氣,一分耕耘六分收穫是投機,教育可以偶爾有運氣,但不能有投機。所以,凡是打出去的成績,都希望能忠實反映學習狀況,而不是當作吸引學生的工具,因為對打混的同學心軟,就是對用功的同學不公。師生盡好各自的本分,學生可以享有翹課的自由,老師則保有點名的權利,各自敬業,相互尊重,讓整門課在「輕鬆而不放鬆,隨和而不隨便,嚴謹而不嚴肅」的三大課堂原則下進行,共同塑造教學相長的氛圍與效益。

　　只是,雖然修煉了這些基本內功,但在還沒踏入教室之前,我們還是得先面對這群十二袋長老,以及他們隨身帶來且獨出於其他大學課程的大學國文課三大原罪。《孫子兵法》有云:「知己知彼,百戰不殆。」就像治病要先找出病根,只有先解決了這三大原罪,打破了長老們心中對國文課的既存成見,後面的課程才能進行得行雲流水,收放自如。

　　既然十二袋長老們認為大學國文課無聊、上了沒用、覺得都會了,對應的策略就要讓他們覺得有趣、實用、而且還有很多地方不懂,執行的方式就是要找到有趣味的語文教材、教他們如何解讀並應用文章,以及搜集一些生活中習以為常但卻誤用或積非成是的題目。這些題目,例如:「『食色性也』是誰說的?」「『家具』、『傢具』、『家俱』、『傢俱』,哪個才對?」「荀子是不是主張『人性本惡』?」「趨之若ㄨㄟˋ與心無旁ㄨㄟˋ的ㄨㄟˋ字,該怎麼寫?」「『裝璜』與『裝潢』,那個對?」……等等,這些題目我已經彙整為一至十系列的「中國語文基本能力測試」,可以隨時穿插在課堂中使用,但這不是考試,也不會計分,除了希望能導正他們過去的誤用,更希望他們能了解到,語文不只是拿來考試,更是要在生活當中使用。

　　或者,有時也可以笑笑他們的中文程度,從作業報告中、考卷作文裏,摘寫出他們的錯別字、怪怪語句、自創詭異用法,種種的獨特

現象，可化用《紅樓夢》裏的一段話來形容，「滿紙怪怪言，一把批改淚，都云寫者癡，誰解其中意」。此時可先挫挫長老們的銳氣，再自嘲是國立臺灣海洋小學的老師在教著小學生，讓他們知道自己連基本的小學用字也會寫錯、小學語句也會用錯，同時也讓他們意識到，原來自己以為已經會的，其實不一定會。

甚至還可以進一步讓十二袋長老們了解到，其實還有很多是他們根本不知道的，例如講解〈施氏嗜獅史〉這篇文章。這是一篇國際知名語言學家趙元任所創作的約九十八字（含題目）文言短文，通篇所使用的語音只有一個ㄕ（shi）音，唯一的發音變化只有聲調的不同。這篇文章以淺顯的文言寫成，講述一位姓施的人喜歡吃獅子肉，有天在市集射到十隻獅子後帶回石室準備要吃掉的過程。全文字數少，篇幅短，用字簡練，情節變化曲折，結尾直轉急下，可視為一部短篇奇幻小說。若在課堂中穿插講解，一方面可讓學生知道原來還有這類型沒讀過的文章，解決「都會了」的原罪，又因內容饒富趣味，善用同音字創作，也能同時解決「無聊」、「沒用」的原罪，更可進而解釋形音義三者合一的中文字優點，以及一字多義多詞性的特色，可說是一舉數得。

在某種程度「**翻轉**」並「**摧毀**」了十二袋長老們的成見、信心後，還可進一步以「臺灣學生的中文危機」為主題，準備相關文章、報導，諸如〈搶救台灣中文力〉、〈世界第二強勢語言〉、〈中文，為什麼要好〉……等等文本，讓學生了解自身的優勢、不足、危機，一方面增強上課動機，一方面建立學習信心。接著，再以「大學為什麼要開設國文課程」為主題，說明大學國文課存在的必要性與重要性，讓長老們意識到，自己正在上的是一門重要的課，不是高四國文，更不是廢課，而是一門對未來極有幫助的課。

如此的內功心法，以及深厚內力的建立，雖未必能達到一呼百諾

的效果,也未必能立竿見影、旗開得勝,畢竟「言者諄諄,聽者藐藐」;但至少老師自己要建立起國文課正當性的論述,才能在隨後的課堂中,即使降龍十八掌掌掌襲來、打狗棒棒棒使來,仍能立於不敗之地,笑傲江湖,穩若泰山。

三 外練致勝招式

有了深厚的內功,還需要勤練外在的招式。因為當十二袋長老使出掌式、棒法時,老師們仍然要正面接招,出奇制勝,總不能只靠內力施展逍遙派凌波微步的卦象步法,或鐵劍門神行百變的絕頂輕功來閃躲吧!

教學的武功招式,即是教學現場各種教法的設計與實踐,甚而包含班級經營的方式。

開學第一週的課堂,是大學新鮮人對大學國文課的初體驗,更是十二代長老們與老師的第一類接觸,這個初體驗與第一類接觸,將會決定十二袋長老們對往後國文課的觀感與定位,也是老師們學成下山後所使出的第一招,是非常重要的第一招。所以,這是重要的第一堂課。

在第一堂課中,我會跟長老們玩一個名叫「六十格戳戳樂」的遊戲。[1]在上課前,我已先用 Power Point 製作了一張十乘六的表格,每個表格陸續以一到六十編號,每個編號配一個問題。這些問題都與生

---

[1] 數年前我曾應邀到某科技大學演講,主題是大學國文課程的教學經驗,其中包含了「六十格戳戳樂」教法的分享。若干年後,我再到該科技大學參加研討會,在臺下聽到某位發表的老師也採用了這個方法,心裏頗感榮幸與欣慰,欣慰這個方法得到學界同行的肯定。但後面卻聽到該位老師說這是他獨創的方法,當下震驚不已。本教學法雖未見特殊,亦無深奧理論佐證,本不值一哂,但確為我所獨創與首創,且已操作了十數年,為免視聽混淆,權在此處特別聲明,還請讀者諒知、諒察。

活、人生相關，例如：「人為什麼要讀書？」「人文素養是什麼？」「如果不考試，你還會讀書嗎？為什麼？」「如果讓你重新選擇，你還會讀海洋大學嗎？為什麼？」「大學教育是不是職前教育？為什麼？」「到目前為止，基隆給你什麼樣的感覺？」……等等，題目五花八門，琳瑯滿目，甚至還有腦筋急轉彎的問題。當中，除了「學國文有沒有用？為什麼？」這個問題會多問幾次之外，其他的問題都不會重複，選過的編號也不可以再選，而且絕對不能詢問任何文章內容或國學常識，否則就會落入窠臼，被長老們料中，導致無功而返。而在每位長老回答問題時，我還會加問其他衍生的問題，例如：家住哪裏？哪間高中畢業？……等等，或根據所選到的問題再加以延伸。十數年操作下來，不管是原選到的或是加問的問題，當場往往會讓長老們不知所措，因為很多問題他們從未思考過，而在學期末也總會收到非常好的教學回饋，讓長老們有一新耳目的感覺，能有效地翻轉過去國文課給他們的既定印象。

而在某位長老選號並回答問題時，其他長老會在旁邊無聊嗎？不會。因為在開始進行「六十格戳戳樂」活動前，我會同時送出一拳，先發下一份資料──「課程說明書」，上面載明了這門課所有的資訊，包含：開課資料、課程目標、內容進度、評分項目與比重、課程作業與報告、課堂要求事項、講授文章與篇目、參考文章與篇目、其他備註事項等等。這份由四頁 A4 紙縮印成一張 B4 雙面的說明書，有豐富的資訊量，足夠讓長老們在兩節課堂時間中，閱讀、思考、消化、筆記，因為他們同時還要參與「六十格戳戳樂」的活動，回答選到與加問的問題，有人也會好奇地分心聆聽其他長老的回答狀況，有時甚至還會加入一起討論、分享，整個課堂在就這樣的招式之下，常充滿了和樂、輕鬆、愉悅的氛圍。

在同時使出「六十格戳戳樂」與「課程說明書」的雙重招式下，

我的第一堂課，總是充實而飽滿，滿到中間沒下課的情況下，有時還需要延後下課；不僅如此，這招還能同時達到課堂點名、長老自我介紹、長老相互認識、課程內容說明、課堂氛圍建立、教學風格塑造、國文課既定印象刷新等等預設的教學目標。所以，這是不是重要的第一堂課？重要的第一招？

　　每班的國文課，不管是一日之計在於晨的早八課，或是銜接其他課程之後的早十課，或是排在昏昏欲睡的午一課，對十二袋長老來說，都是需要醒腦與轉換的，否則就要有接收長老們對你點頭如搗蒜般「肯定」的心理準備。所以在每次講授文章之前，我都會先佈建一個腦袋開機的儀式，這就是我使出的第二招，江湖上號稱——「五十字隨堂小寫」。

　　「五十字隨堂小寫」這一招，適用於與長老們過招的起手式，也就是開始上課後的十分鐘內，除了有讓長老們打開腦路迴圈並轉接到人文思維的直接目的之外，其實更想讓他們知道，寫作不僅是正經八百需要起承轉合的長篇書寫，同時也可以是一種想到什麼就寫什麼的短篇自由書寫。這招的招數是：在每週上課前先出好題目，題目必須生活化，不能太過八股、古板，例如：「如果你是本校校長，你會想要怎樣改造學校？」「如果給你一張機票，可以自由填上想去的目的地，你會填哪裏（限地球以內）？為什麼？」「昨晚你睡前做的最後一件事情是什麼（不含刷牙、上廁所、洗澡等例行事項）？為什麼做這件事？」「剛剛你在來教室的路上看到了什麼？有沒有什麼感覺或想法？」「請以一種動物或植物來形容一位你認識的人。」「如果你的生命只剩下最後三天，你會怎麼過？」「如果讓你中了樂透頭獎，有了一億元新臺幣，你會怎麼運用這筆獎金？」……等等，題目同樣五花八門，琳琅滿目。每週一道題目，會在上課鐘響時或之前投射在教室前的螢幕上，長老們一進教室看到題目後，就要拿出規格統一的紙

張開始思考並書寫。書寫時間十分鐘，字數不限，「五十字」只是個概稱，意思是不用寫太多，多於或少於五十字都無妨，用意在腦袋開機，並動手寫字，同時也讓他們思考一些可能沒想過的問題，活化一下腦細胞，以助於接收後面的課堂內容。

　　腦袋開完機之後，接下來就要開始上線並運作了。在開始教授大學國文課程之前，我曾花了一段不算少的時間，參考諸多前賢的招式，思考並設計了一套相對完整且具脈絡的課程單元。這份設計以「人文學與人生」為核心概念，從人生的不同面向共同思考人文學的角色、功能、定位，總共包含了四大主題，十三項單元。四大主題分別是：「人文學與中國文學概論」、「人生與學習的關係」、「文學與自我的關係」、「文學與他我的關係」；十三項單元分別是：「對大學國文與中國文學應有的認識」、「人文學科的意義與價值」、「學習的重要性與問學的態度及方法」、「處世的人生態度──適性入世與逍遙超越」、「人生的困頓與超越的勇氣」、「貧困、放逐與回歸」、「文學中的親子之情」、「文學中的手足之情」、「文學中的友誼之情」、「文學中的愛戀之情」、「文學中的師生與君臣之情」、「文學中的愛國鄉愁與追憶別離之情」、「文學中的俠骨與柔情」，這十三項單元分別歸入相對應的四大主題之中，每單元之下也都有適合的文本作品以供選授。這套課程設計，後來曾部分落實於我主持的教育部閱讀書寫課程計畫之中，並在計畫結束後先後結晶為兩本教材用書，期望曾經練成的招式，在未來的過招生涯中，能持續不斷地拿來「對付」這些長老們，不要只是躺在結案計畫的報告之中。

　　因為，文學教育除了是語文表達書寫能力的訓練工具之外，更重要的是內在品格情意陶冶的深層價值。這種價值潛移默化於無形之中，無法速成，也不一定有什麼實質的經濟效益；但，「君子之德，風；小人之德，草。草上之風，必偃」。風，看不見，摸不著，但當

它吹來時，你一定感受得到，這是冰冷的寒風？還是溫煦的和風？由文學教育所慢慢陶冶深化出來的人文素養，就像是一道道溫煦的和風，吹來時，溫暖而不熾熱，溫潤而不凜冽。

除了使出上述兩招之外，其實我還有「長老個人資料卡」、「自我期望檢核表」、「寫給四年後的我」、「期末學習心得報告」、「戶外文字寫生」、「跌破眼鏡的考題」、「最後一堂學校的國文課」……等等招式，都會在適當時機，如天女散花般的出手，來取得過招之後的絕對勝利。

四　千年後的相遇

「江湖一點訣，說穿不值錢」，過往，那群十二袋長老所可能練下的降龍十八掌、打狗棒法，拳掌功力高低如何，棍棒威力強弱如何，基本上都在我們的掌握之中；但如今，現代的這群長老似乎不一樣了，因為他們來自廿一世紀，而且有現代科技護身──AI人工智慧，這對只練成金鐘罩、鐵布衫的上世紀老師們來說，夠用嗎？兩相過招之後，到底是英雄出少年？還是薑是老的辣呢？

該如何讓二千年前的孔子智慧與AI相遇？該如何讓千年之前的曠達東坡與AI相遇？又，該如何讓上世紀的我們與AI相遇？似乎成為現代老師們該修煉的功課。

然而，當大家都籠罩在AI浪潮的襲捲之下，是不是都一定得要AI？能不能在大家都AI個不停時，走出一條與眾不同的不AI道路？或許同樣值得我們來反思。

其實，不管是內功、外力，還是獨孤九劍、降龍十八掌，或是金鐘罩、AI智慧，都是一種工具，都是一種可以達到人文化成的工具。對所有國文老師來說，在經濟利益掛帥的現代社會中、人文困頓的時

代之下，不管使用何種工具，都是走上了一條艱難、辛苦而又漫長的道路。這條路上，人煙稀少，掌聲不多，但只要我們還在路上，耕耘不輟，而且不知老之將至，這條路就走得問心無愧，走得心安理得。

關於教學之後的思考：
大學國文素養導向的評量與建構

吳嘉明
國立臺灣師範大學科學教育中心博士後研究員

一 前言

　　大學國語文教學的課程內容，隨著歷年教育方式的革新，授課老師將過往大一、大二國文課程轉往了對經典的翻轉，希望能夠帶給學生不只是記憶知識或傳統形式上的國學教育，而是強調語文對於生活的作用，祈望能從情意理解傳達語文教育在生命美感上的強化。而在近年，教育部更進一步的將學科知識導向了素養教學的推廣，這方面深化了各大學原先改革的面向，也可以說是對各大學在國語文素養教育上的肯認。

　　過往大一國文在本質上，已由傳統知識灌輸走向閱讀與寫作的能力訓練，這方面的教學目標大概可分义兩個面向，一為對於語文作為工具性的，二為語文對於主體情意感知的深化。第一面向語文工具性的訓練，主要為針對學生未來畢業時面對真實社會，除了專業的學識以外所應具備的基礎能力，這也是目前對於通識教育所期待達成的部分。第二個面向則是關於對學生情意感知的深化教育，黃俊傑教授曾指出「通識教育是一種喚醒學生主體性的一種教育，也可以說是一種

覺之教育」[1]，語文教育的內涵除了工具性外，也乘載了美感藝術與道德的部分，授課教師必須要提取經典的意涵，並脫離傳統教條形式的教學方式，這除了需要以基礎閱讀的過程作為方法，也強調講述者的溝通與表達。從這兩個面向來看，可以大致得知語文素養教育的目標，是以建構學生自我主體與成為社會自主的行動者為目標。

不過，與一〇八課綱所設定各個年齡學習階段不同的是，大學國語文教育並沒有設定學習階段的標準，或者是一個通用的教材，而是隨各大學自訂的教材或是自行設定教學策略，在這段教學變革的過程中，許多教師會透過素養導向工作坊、成立教師社群，或是透多各式競賽的方式，來達到提升教學品質的效果。因此，為了解學生學習成效，建構多元評量的方式，來檢核學生在此課程上所學習的到的能力，可以採取課堂報告、寫作以及其他創意形式，但這樣的檢核有時並無法達到一致性，甚至於在單一課堂上，有時評量的標準也可能會有其浮動性。

因此，本文試著釐清與討論，關於大學國語文素養檢核與評量的作用與功能，並試圖探究與細化在閱讀與寫作的框架下，如何設立評量標準，以此確認語文素養教育的成效。

二 關於國語文素養評量的目的

課程改革的目的，在於建構與傳遞學生面對現實社會的能力，因此需要拆解過去傳統的知識內容，將經典解構為面對真實情境的經驗或是輔助，而非以舊有規範或是教條的知識灌輸進行教學，現今的教學模式，多是透過課堂引導的方式，讓學生能夠逐步對經典產生認

---

[1] 黃俊傑：《大學通識教育的理念與實踐》（臺北市：國立臺灣大學出版中心，2015年），頁220。

識、理解,並期待他們能夠進一步對經典提出反思與批判。

依此來看,隨著課程改革的發展,過去的評量方式也應隨之革新,因為如果只是依照著傳統的評量形式,就會抹滅了教學革新的成果。如同蓋琦紓教授所說:「中學在考試領導教學,追求單一的標準答案下,較偏重語文的工具性,即使文學欣賞,也很難細細品味,只是一味背誦名家賞析,如同記憶語文知識,失去文學教育的本質。」[2]以測驗形式來看,考試領導教學是標準化施測的結果,過去傳統的評量方式也削弱、甚至剝奪語文的美學性。而多元的評量方式雖有其多樣性,但亦會因為過於浮動的評分標準,而讓卓越的學習成效失去說服力。因此,儘管以紙筆測驗為主的標準化施測有其弊病,但如能在試題上進行革新,就能脫離傳統知識性的記憶背誦,進而轉向素養導向的評量方式。

在建構評量架構前,首先要做的是設立評量架構的範圍。以國立臺灣師範大學的國語文教學為例:臺灣師範大學將國語文教學上學期定名為「中文閱讀與思辨」,下學期為「中文寫作與表達」,由此可以發現上述學校將素養教學的目的,集中在閱讀、溝通與表達三個範疇,以培養學生能夠在口語與文字上自我表述的能力作為主要目標。

從性質來看,口語表達最適宜於課堂上進行,以課堂報告作為評量方式,較能夠檢核出學生在溝通表達上的能力,也能夠審視學習者對於議題是否有深化思考,並提出創造性的思維。而閱讀、思辨的部分,如果單純使用紙本報告形式,或是進行分組性質的報告,在評分規準的設定上,難以有如量化測驗的明確指標,在判斷學生的基本能力上,可能都會減弱評量與檢核的預期效果。

因此,除了報告形式的驗收方式,在期末的評量採取以紙筆測驗

2　蓋琦紓:〈生命美感與文學讀解——大一國文課程的教學設計〉,《高醫通識教育學報》第5期(2010年12月),頁3。

的形式，來對過去教學成果進行評估，也是多數教師會採取的評量方式。但如果僅只以最後的測驗分數來分析學生的學習成效，可能難以精確的認知學生在過去的學習中不足，或對於課程內容產生迷思之處，所以必須要能夠有一套系統對於測驗結果進行解讀，也就是對試題進行評量架構的歸納與分析，以此確認試題能夠符合素養導向的需求，也能夠對學生在測驗後的能力進行區隔，讓教師能夠針對低分組的學生進行回饋。

目前教學上有多種的評量方式，如較為粗略就目的性劃分，現有課堂上使用到的多為「形成性評量」與「總結性評量」：

（一）形成性評量

不斷提供回饋給學生和教師，使他們得知教學和學習的成功與失敗。有助於教師了解學生在哪些方面的學習尚未達到教學目標所要求的程度。評量的範圍較小，內容僅限於教學的特定內容，可能只是一個概念或原則。

（二）總結性評量

主要在評估本教學單元所列教學目標達成的程度，以及檢討所用的教學方法是否適當有效，並且評定學生的學習成果。評量的測驗試題所涵蓋的難度範圍較廣，通常是抽取能代表學習內容的樣本作為試題，且多為常模參照。

從功能性上看，形成性評量較適宜使用在課堂即時的動態運作，仰賴學生與教師間的互動，學生需要有較強的學習動機或是需求，教師也能夠從範圍較小的教學內容中即時監控學生的學習狀況，針對小範圍知識量的評量方式，掌握學生的學習效率。而總結性評量則較多使用在學期中或學期末，是針對學生的學習成果來進行評量，教師也

能夠透過結果的反饋來對於自我教學目標進行自評，就學生測驗後的學習成效來對比原先訂定的指標，達到對自我教學機制進行修正與調整的作用。在理想的狀態下，上述兩種評量方式皆能夠符合現有的教學改革需求，由於現在的語文教學主要是通過反思的歷程，以閱讀與書寫的方式，讓學生除了學習到舊有的知識理論外，也能夠以敘事的能力來挑戰真實社會情境，將知識轉化為實踐的能力。所以也可以說，評量的核心精神在於翻轉學生的學習角色，使過去被動接受的學習者轉化為主動學習的行動者，這也是語文素養導向教學的目的。

因此，從現有語文素養教育的目標，應將評量轉化為一種學習的歷程，也可以稱之為評量即學習。因為在素養導向的目標中，評量的任務不是要測驗學生的能力好壞，而是透過評量而學習，評量是老師的教學活動，亦是學生的學習活動，因評量最終的目的，是為了幫助學生達到教學目標，所以題型的設計與發想，也應當隨著教學改革而有所改變。

三　閱讀、寫作的評量與檢核

如採紙本測驗的形式，想要確認測驗內容是否為過去傳統記憶性的試題，需要對於題目進行歸納與檢核，因此重構一個評量指標，將有助於教師重新審視測驗的題目，是否偏離原定的教學目標。就上節所述，現在語文素養導向教學主要集中於閱讀與寫作兩方面，這也是語文教育在通識教育中最能夠深化的方向，所以在評量指標的建構上，必須要細化學生在閱讀上的能力，從而設立學生的閱讀歷程。

根據美國國家教育統計中心（national center for education statistics，簡稱 NCES）所定義閱讀理解的認知歷程，文本可以分為理解書寫文本發展和解釋意義以及依照文本類型目的和情境適當地使用意義，認

知層次則分為尋找和回憶、整合和解釋、批判和評鑑。而國際學生能力評量計畫（program for international student assessment，簡稱 PISA），則將閱讀素養定義為「理解、運用、評鑑、反思和投入文本，以便達成個人的目的，發展個人的知識和潛能，並能參與社會」（OECD，2018），其閱讀歷程分為三個層次：擷取訊息、統整解釋和省思與評鑑。

　　綜合上述認知層次的定義，閱讀理解究其內涵，大致上可歸納出「擷取訊息」、「統整與推論」、「評價與省思」三個大方向，從閱讀層次來看，擷取訊息是最為基礎的能力，也是檢核讀者對於文本掌握能力的第一步，統整與推論則是檢核讀者對於重要訊息、段旨與主旨的認知，多數讀者能夠在此層次展現將抽象概念轉化為實際理解能力的過程，更進一步的評價與省思則是高層次的能力表現，需要讀者將文本得到的知識進行遷移，以此應對真實社會的真實情境。

　　而在閱讀文本的類型上，整合教育部一○八課綱對於文本的定義，「文本表述」依其體用可分為「記敘文本」、「抒情文本」、「說明文本」、「議論文本」及「應用文本」五項，由於大學學習階段並沒有制定一個關於國語文的學習表現，因此我們可以借用第五學習階段做為參考，來比較高教學生所應具備的基礎能力。統整閱讀歷程與閱讀能力，結合一○八課綱內容將之轉移至評量架構上，以此編製出下表「閱讀素養評量指標」的架構：

表一　「閱讀素養評量指標」

		對應一○八課綱學習表現
1.文本類型	A.文學文本特質	
	B.訊息文本特質	
	C.文學訊息文本共同特質	

2.文本表述	A.記敘文	
	B.抒情文	
	C.說明文	
	D.議論文	
	E.應用文	
3.認知層次	A.尋找和回憶	5-IV-2　理解各類文本的句子、段落與主要概念，指出寫作的目的與觀點。
	B.整合和解釋	5-IV-2　理解各類文本的句子、段落與主要概念，指出寫作的目的與觀點。 5-IV-3　理解各類文本內容、形式和寫作特色。
	C.批判和評鑑	5-IV-4　應用閱讀策略增進學習效能，整合跨領域知識轉化為解決問題的能力。 5-IV-5　大量閱讀多元文本，理解議題內涵及其與個人生活、社會結構的關聯性。
4.認知標的	A.確認文本訊息並作文本內及跨文本的簡單推論	
	B.進行文本內及跨文本的複雜推論	
	C.對文本提出批判與評鑑	
5.能力表現	A.字句或段落主要訊息	
	B.前後因果關係	

5. 能力表現	C. 作者目的	
	D. 摘要主要概念	
	E. 提出結論與論據	
	F. 推論文章主旨	
	G. 評鑑寫作方式	
	H. 評鑑作者所提出的論點與論據	
	I. 提出自我觀點進行批判	

　　閱讀本身是一個複雜的心智運作過程，要針對不同對象的心智認知來檢核其閱讀歷程並不是容易的事，之所以需要進行歷程指標的檢核，其原因可以分為兩個方面，第一方面從學習者的角度來說，自我監控閱讀歷程可以避免讀者落入過於浮泛的閱讀，也能夠使其分辨陳述事實與闡述觀點的差異性，促使其敘事能力使用到高層次的能力，以此展現學生應該達到的學習成效。

　　第二方面從教學者的角度來看，就其教學目標應是希望檢核出，學生能夠使用高層次的知識內容來反饋他所學習到的知識內容，以此確認學生並非僅只在常識的知識層面上回答教師的問題，教師也能夠審核其評量方式具有高層次的知識向度。舉例來說：在大學課程的教學設計中，課堂報告應是期待學生在認知層次上可以有更高層次的知識運用，也就是 3-B 與 3-C 的綜合應用結果，在能力表現上也應達到 5-H 與 5-I 的層次。但如果在後續課程回饋或是書面批閱過程中，教師發現學生並不需要運用到高層次的能力，甚至只需要以擷取訊息的方式便能完成課堂報告時，教師便可能需要重新設定評量內容。更進一步的說，如果評量的試題或是方式，多為知識記憶的題型，無法納入上表的框架之中，那麼此類題型或是評量方式，便不適合放在語文素養導向的課程之中。

在寫作方面，國語文書寫教學已行之有年，內容與方式的革新在各大學也是百花齊放，不過在評分方式上，過往始終無法擺脫過於主觀的弊端，其原因在於教師進行單一批閱時，多採單一分數的批閱方式，如在單一班級或許沒有太多的問題，但是當設定同一寫作測驗，採多位教師同時進行批閱時，主觀的認知將會嚴重影響到給分的一致性。這問題也並非中文獨有，在美國為了讓寫作評量標準化，便將寫作表現拆分為七大面項的6+1寫作指標（6+1 trait writing rubric）的評量方式。六項寫作指標分別為：內容（ideas）、組織（organization）、觀點（voice）、選字（word choice）、造句（sentence fluency）及體例（convention），總結歸納成六分項、五等能力的寫作分析指標，加一則是添加了表現型式（presentaation）作為另一個能力向度。而指標能力的表現則依熟練度分為初階、萌發、發展、達標、熟練、卓越六個層次，教師可依需求指定評分標準。

寫作指標的設定不僅可作為評量工具，也能夠有效的將寫作標準具體化，這套指標提供了師生在寫作上的依準，針對不同的寫作題目，教師可以清楚的逐步引導學生進行深度思考，從而改善其寫作表現。

四　結論

以上論述旨在拋出一個思考面向，重新思考關於素養導向教學後，如何細化評量方式的標準，以此檢核學生在課程中的學習狀況，並隨著評量結果調整課程內容。如何在浮動的評量方式中，尋求一個標準化且具有信效度的評量架構，以此達到學生能力監控與即時反饋的作用。不過在建構評量指標時，同時也必須要注意到，如何避免這套指標淪為受試者的解題技巧，讓學習者從中摸索到一個模板形式的寫作技巧，從而導致敘事成為僵化而古板的寫作工具。

指標的制定始終是雙向的反饋,它是教師用以協助學生自由思考與深化想法的方法,因此教學的主體仍須放在學生身上,因為指標並非制式化教學的模板,如沒有文學經典或思想內容的碰撞與激發,教學就會回到過去純粹知識灌輸、記憶背誦的傳統模式。

回到素養導向教學的核心精神來看,其目的在於給予學生可帶著走的能力,儘管未來不可預測,真實社會也確實消磨人心,如何引導他們不麻木自我,在經典中找到貼近生活且相對應的價值,讓學生能夠保持批判性的思考而不至於在社會中不失去自我的主體性,這似乎就是國語文素養教學的作用與價值。

五　參考文獻

黃俊傑:《大學通識教育的理念與實踐》,臺北市:國立臺灣大學出版中心,2015年。

蓋琦紓:〈生命美感與文學讀解——大一國文課程的教學設計〉,《高醫通識教育學報》第5期,2010年12月。

柯華葳:〈臺灣閱讀策略教學政策與執行〉,《教育科學研究期刊》第65卷第1期,2020年。

NAGB (National Assessment Governing Board) (2008). Reading assessment and item specifications forthe 2009 National Assessment of Educational Progress. Washington, DC: American Institutes forResearch.

OECD (2007). PISA 2006: Science competencies for tomorrow's world (Executive summary). Retrievedfrom OECD: http://www.oecd.org, 10, 8, 2009.

使用「同理心地圖」於中國思想史課程中的實踐與反思

李蕙如
淡江大學中國文學學系副教授

一　前言

　　「中國思想史」是淡江大學中國文學學系的專業科目，其核心在於培養學生對思想理論的探究，以及提出問題並加以分析。筆者在教學現場觀察到存在問題主要為「對課程內容感到深奧難解，無法同理思想家」。「中國思想史」是一門「人與時間」的學科，不同的思想家在相同時空下或不同時空下所做的決定與行動，在歷史的洪流中有其價值。學生在面對過去的他者——思想家時，常難以思考他們為何提出相應主張，因而難以產生共鳴，無法同理思想家。「中國思想史」這門課除了介紹思想家學派理論外，主體應為過去的他者——思想家。思想家各自遇到某些真實情境與問題，試圖努力解決問題，或是對生活的反思。討論這些情境與問題前，第一步應該是同理思想家的內心。此時，設計思考的「同理心地圖」便是一個適合的教學工具。

　　設計思考源自全球頂尖設計公司 IDEO 的創辦人 David Kelley 任職於美國史丹佛大學設計學院時，將過去數十年來從設計角度思考解決問題的經驗，轉化為課程，並於二〇〇四年於史丹佛大學創辦 d.school，強調使用者需求驅動、以人為本，以創發具可行性的創新商品、流程、

方案、服務、策略之設計觀點與方法（Brown, 2008）。在二〇一〇年，臺灣大學與史丹佛 d.school 合作舉辦設計思考工作坊，二〇一五年成立創新設計學院。依照教育部「教育部思考跨域人才培育苗圃計畫」提的設計思考五步驟，分別為：同理、釐清、發想、原型、驗證。其中，同理心地圖（empathy map）是設計思考的一項工具，由 Dave Gray 所設計，能幫助團隊對他人形成深刻的理解，透過換位思考來改善並解決問題，如圖所示：

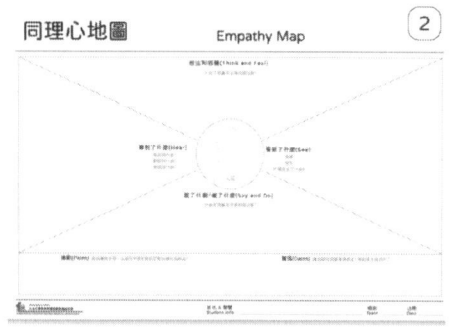

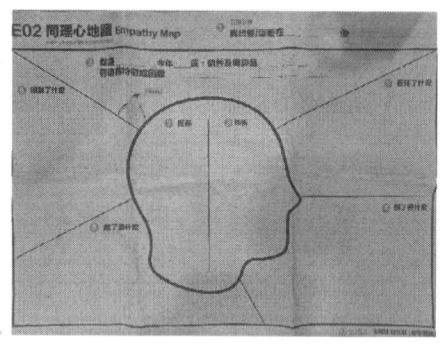

圖一　同理心地圖
出處：教育部iLink人文社會與產業實務創新鏈結計畫網站

圖二　同理心地圖
出處：臺北醫學大學邱佳慧、王明旭苗圃團隊

同理心地圖版本不少，如上圖左為教育部 iLink 人文社會與產業實務創新鏈結計畫所推出的「Toolkits_創新企劃表單工具包」；圖右為臺北醫學大學苗圃團隊所研發與設計的同理心地圖。同理心地圖一共有六個面向的提問，大致問題如下：

（1）你聽到對方說了什麼話？
（2）你看到對方有哪些表情或動作？

（3）對方有哪些回應和反應？
（4）對方的感受和態度是什麼？
（5）對方的恐懼、挫折和阻礙是什麼？
（6）對方想要的目標、期待獲得什麼支援？

由於後兩個問題有別於前四個問題，而可以更加深入了解對方的困難與期待，達到換位思考的效果。在修習「中國思想史」的過程中，學生可透過使用「思想家同理心地圖」來理解和分析不同的思想流派和思想家，六個面向的提問，大致問題轉換如下：

（1）這位思想家看到哪些情況？身處於怎樣的環境？
（2）這位思想家聽到哪些事？哪些言語／理論？
（3）這位思想家說了什麼話？提出什麼主張？
（4）這位思想家做了什麼事？相應於主張，有何具體作為？
（5）這位思想家遇到什麼挫折和阻礙？
（6）這位思想家想要達到什麼目標、期待獲得什麼支援？

同理心是指能夠設身處地、站在對方立場思考的一種方式，是設計思考的第一個步驟。同理心地圖可描述目標人物，選擇某一思想家後，藉由設想他所見、聽見、說話、行為等，設身處地給予同理。

二　教學設計與規劃

（一）課程安排

本課程的安排分成三個階段：

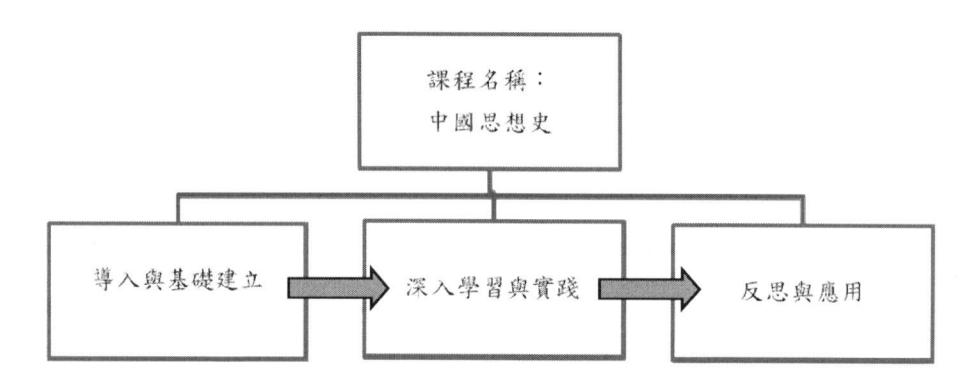

圖三　課程三階段

「導入與基礎建立」由教師講授，導讀中國思想史分期與特色，讓學習者建立基礎，同時解釋思想家同理心地圖的製作。範圍包括孔子、孟子、荀子、老子、莊子、墨子等先秦諸子，提供主題知識，但僅是概論；「深入學習與實踐」由學習者操作，學生需根據授課大綱選定關鍵主題，進行資料蒐集與分析、問題探究與討論、成果整合與展示，在此階段，學生將相互交流、腦力激盪，教師會視學生分享內容給予引導或回饋；「反思與應用」由教師、學生雙方操作，教師反思「思想史同理心地圖」的運用，學生也進一步以專題報告呈現成果，雙方也互相給予回饋。

（二）課程活動

1 **學期開始：**進行前測，檢測學習者的學習特質以及可能出現的困

難。主要以學習單檢測學生對於先秦思想家的認識，以及運用同理心量表檢測學生的同理心狀況，包括內在運作與外在行為指標。

2 **學期中**：思想家同理心地圖的討論與發表，除了介紹同理心地圖的使用外，讓學生透過同理心地圖的繪製與討論，不再只是停留對文本的認識而已，得以理解思想家及其流派內涵。此為在課程進行中的形成性評量，期能在教學中掌握學生的學習狀態，適時引導澄清。實際操作時間分配大致如下：

（1）討論並繪製思想家頭像十分鐘，報告時間三分鐘。

在教師未介入學生討論時的觀察，學生大多選擇直接上網搜尋思想家頭像，此時，教師須提醒學生留意畫像的來源跟真偽，也要搭配文本找出思想家的特色，加以繪製，另則，需標明思想家的年齡，年紀不但與外貌呈現有關，與提出的思想主張亦有關聯，故不可不注意。此外，為增加活動的互動性跟趣味性，在各組報告前，會先請臺下同學猜測繪製的是哪一位先秦思想家。

（2）討論六細項各五分鐘，共計三十分鐘，報告時間三分鐘。

接著針對這位思想家「看到哪些情況？身處於怎樣的環境」、「聽到哪些事／言語／理論」、「提出什麼主張」、「做了什麼事？相應於主張，有何具體作為」、「遇到什麼挫折和阻礙」、「想要達到什麼目標、期待獲得什麼支援」，六項討論時間皆為五分鐘，最終每組報告時間三分鐘。各項討論內容皆以列點寫出關鍵字方式呈現，將討論的三十分鐘切割成六項細目，而非給學生一整段完整的時間完成所有項目，以免各組討論時權重失衡，有的部分寫太多，有的部分又過於貧乏。教師在此階段透過巡視課堂討論，引導學生搜尋資料的方向，或是及時指正錯誤。

此處需特別提出的是，雖說同理心地圖的繪製與討論看似僅佔一週兩節課的時間，但實際操作上，當教師講到該單元時，會再次檢視

學生所繪製撰寫的內容，也允許學生修正。如第七週講到「荀子思想何以歧出」，繪製荀子的組別將再次展示修正後的同理心地圖，教師也會適時補充。

（3）專題報告。

3 **學期末**：運用後測及訪談，了解學生的學習成果與檢視教師教學成效。

三　學生成績考核與學習成效評量工具

（一）學生成績考核

1 **課堂參與**：20%

這部分的評分不單單只是出缺席而已，尚需觀察學生在課堂上是否能夠積極參與討論，甚至能否提出有深度的問題和見解，以及是否能夠尊重和理解他人的觀點，如此方能檢視同理心教學策略。

2 **思想家的同理心地圖**：35%

四至六名學生一組，根據課程內容製作思想家同理心地圖，並解釋他們如何理解不同的思想家及其理論。這部分的評量方式運用思想家同理心地圖 Rubric，評分高低取決於同理心地圖的完成度。

例如有的組別以莊子為繪製對象，在頭像旁邊加上大量的蝴蝶，以表示莊周夢蝶；至於繪製墨子的組別則加上雲梯車等器械，凸顯墨家特色；部分組別在寫「思想家說了什麼話？提出什麼主張」時，會有張冠李戴的現象，尤其寫老子、莊子的組別，莊子除了「逍遙」觀念外，心齋、坐忘則是學生感到比較陌生，或是難掌握的部分。

3 專題報告：45%

分組選定某一位思想家，撰寫報告或是教案、桌遊、數位遊戲等，形式不拘，重點放在學生對中國思想史的理解和分析能力。

（二）學習成效評量工具

1 前、後測

檢測量表為同理心量表，計有十題，以李克特式（Likert-type）五分量表呈現。量表用來了解學習者的學習特質與可能出現的學習困難，綜合分析後可做為教學活動設計的參考。

2 團體任務與發表——思想家的同理心地圖

藉由同理心地圖的繪製歷程，可用來評估學生的同理心。透過觀察學生在小組討論情況，以及口頭報告可評估學生的溝通表達能力。

表一　思想家同理心地圖 Rubric

評分項目／分數	5分（優秀）	4分（良好）	3分（待加強）	2分（不足）
圖像表達	細節豐富，精確呈現年齡、神態、性格特徵，符合文獻描述。來源真實可靠。	表達較完整，符合基本特徵，與文本多數描述相符。	部分特徵模糊或不符合設定，來源不明確。	表達欠佳，無法看出特徵，與文本描述相差甚遠。
時代背景	列點呈現思想家所見情境，針對時代背景與社會情境表達全面。	大致呈現思想家所見情境，有部分背景理解，但不夠全面。	僅簡單描述，對時代背景理解不足，表達片面。	無法呈現思想家所見情境或社會背景，理解偏差大。

評分項目／分數	5分（優秀）	4分（良好）	3分（待加強）	2分（不足）
聆聽理解	列點寫出思想家接收的言論或理論，能表達出思想來源與影響。	有寫出思想家所接收的言論，但未能呈現來源或影響清晰。	僅簡單提及思想家所聽到的言論。	無法呈現思想家所聽到的言論，表達混亂或不清楚。
主張闡述	精確呈現思想家的核心主張。	表達思想家部分主張。	僅簡單提及主張，闡述不完整。	無法準確表達思想家的觀點。
行動詮釋	列點說明思想家的行動，能清楚連結主張與實際行為。	對於思想家的行動與主張部分連結不夠緊密。	行動表達簡單，無法完整連結主張與行為。	缺乏行動描述，無法體現主張與行動的關聯。
挫折阻礙	列點描述思想家面對的挑戰，並探討其對思想的影響。	提到思想家的挑戰，有基本描述，但缺乏深入討論。	僅簡單提及挑戰，未說明其對思想的影響。	沒有呈現思想家的挑戰或阻礙，表達模糊。
目標需求	列點敘述思想家的目標，並連結需求與其思想。	基本描述思想家的目標，對其需求有一定的理解。	對目標或需求的表述較為表面。	未能闡述思想家的目標或需求。

每項滿分五分，總分三十五分。此 Rubric 的檢覈重點在於觀察和評估學生是否達到了運用同理心地圖的學習目標，並反映他們在討論及繪製過程中的理解與表達。每項標準細分了從「優秀」到「不足」的不同層次，以掌握學生對先秦思想家內容的同理、理解和表達的深度，教師則可透過此 Rubric 提供適時回饋與引導，甚或改進教學。

3 專題報告

運用多元呈現方式進行，讓學生分組選定某一位思想家，撰寫報告或是教案、桌遊、數位遊戲等，形式不拘，以此評估學生對中國思想史的知識理解程度。

基於前述，本課程的評分方式旨在評估學生的批判思考能力，以及同理心，鼓勵他們積極參與課堂討論，深入研究課程內容。

五　結論

本文乃在討論運用「思想家同理心地圖」於中國思想史課堂的實踐，旨在幫助學生透過聽聞、思考和感覺、觀看、言行、挫敗與嚮往等各要點，同理先秦思想家，也藉由圖像與文字的結合，得以深化對先秦思想家思想理論及其時代背景的理解。教學活動和 Rubric 的設計特別注重於學習過程中形成性評量的運用，以確保能夠掌握學生在各細項上的學習狀態，便於即時引導與修正。

運用同理心地圖的學習活動，能促使學生從文本內容延伸到對思想家身處時代環境等情境理解，培養同理共感。學生在繪製思想家頭像和討論思想細節的過程中，展現出創意表達和對思想脈絡的深入探討，也能增強學習成效。另有幾點建議與反思：

一、增加歷史情境脈絡：繪製及撰寫同理心地圖的過程中，發現學生在理解思想家的時代背景和社會情境方面仍有難度。或許除了在課程概說時加入相關背景介紹外，亦可播放片段影音資料，或是提供補充資料，幫助學生更好地進入角色，提高對思想家生活環境的理解。

二、加強批判性思維引導：大多數學生在「目標與需求」一項顯得淺層化，甚至在訪談過程中，有學生表示同組組員程度太差，沒辦

法與之討論，此時，教師必須在課堂中增加引導性提問，幫助學生在比較和反思中深入探討思想家主張的意義，進一步培養批判性思維。

　　三、強化教學實踐反饋：在「思想家同理心地圖」的運用過程中，學生不僅能獲得中國思想史的相關學科知識，亦能培養出同理、批判等綜合能力。雖然透過 Rubric 能夠提供了系統化的評量依據，但在實踐中或許尚需根據教學實施反饋，優化評分標準，並需介入專家審訂，以期更全面反映學生的學習成效與理解深度。

　　本文期盼透過同理心地圖的使用能深化中國思想史課程教學，也能增進學生學習體驗，使學生能從同理的角度出發，理解先秦思想家所處的歷史情境與思想脈絡。這項教學實踐不僅希望提升對中國思想史的學習成效，也期盼能為相關的教學方法提供參考，進而開拓嶄新視野。

國文教學方案設計
——以古今植物意象詮解為例

林淑華
國立成功大學中國文學系博士、安南國中教師

許淑惠
國立臺南護理專科學校通識教育中心副教授

一　緒論

　　南朝劉勰《文心雕龍・明詩》云：「人稟七情，應物斯感，感物吟志，莫非自然。」（范文瀾注，2006）。自《詩經》、《楚辭》以降，托物言志之作多不勝數，魏晉六朝更蔚為風潮，如阮籍有〈獼猴賦〉、〈鳩賦〉，傅玄〈雉賦〉、〈鸚鵡賦〉、〈鬥雞賦〉、〈良馬賦〉；張華〈鷦鷯賦〉，潘岳〈射雉賦〉、〈鼈賦〉，鮑照〈野鵝賦〉、〈舞鶴賦〉等，物各有姿態，姿態各有美感，可考察視覺講究與文學筆法之巧妙融合，或輕描淡寫勾勒物況，或重彩濃筆渲染場景，所展現之意境本身便是一種最獨特之藝術。「凡詩之作，所以言志也，志之動，由於物也，感於物而動，故形於言，言不足，故發為詩，詩也者發於志而實感於物者也。詩感於物而其體物者不可以不工，狀物者不可以不切。於是有詠物一體以窮物之情、盡物之態，而詩學之要莫先於詠物矣」（俞琰，1979）詩人遇物興發，或由主觀情志擇取物象傳達情感，尤以鳥獸草木為夥。傳統國文教學述及詠物之作多關注其象徵筆法與言外之

意，教師單向論述往往無法引發學生著重文句解析及背誦為主後採選擇測驗評分，答案單一，師生間無法互動、共鳴，加之網路媒體發達，資訊流通快速或使學子沉迷，或已無暇感受自我，更遑論以此契合個人獨特生命情懷。故申請人認為教師授課應以學生為主體，採多元評量方式，以心靈繪寫觸發共鳴與思辨，透過講座及團隊討論，重視深度閱讀及寫作與表達能力，再多元跨域突破傳統拘限，擬就現代文本張曉風〈詠物篇〉為興發，文中以柳及木棉花兩類植物為主，詠物古典文學敘寫要義深刻，然筆者執教多年，有感於專科學子著重技術實作訓練及專業知能培養，國文課程常被視為陳言老套，眼見教學現場所遭遇之瓶頸，實乃必須有所新創，舊瓶裝新酒後，融入當代社會氛圍，認為國文教學應積極引入源頭泉水，目的在於反思如何提升教學品質，並以文學為主軸進行跨領域融合之可能。以圖文繪寫觸動學子思辨古今文學中植物意象詮解之特殊性；其次，促使自主跨域搜尋網路及圖書相關資料，延伸跨域思維，了解以植物命名之效應、定律，如「竹子定律」、「荷花理論」等；再者，以數位軟體 Moodle、Zuvio 及 HTML5 文字雲，輔助學子延伸學習範圍，主動求知與思辨，並與團隊合作及同儕互評。藉此讓學子知悉當代社會趨勢，亦可用於審視人際關係，俾便思索面對職場順逆時自處之道。最終，藉由植物意象另行創發，以文字書寫詠物之作。

二　應用創新教學促使學子融會古今

　　國語文長年為必修學科，基本學習時間達十二年以上，經歷無數位引導者，難免影響學習興趣及態度。筆者執教多年深感教學陷入固定與單向模式，非但無法發揮文本特質，更易使學習者心生枯燥而遭偏廢，故本教案之設計以自主延伸閱讀動力為主，雖受限於升學二技

為主導向而選用固定教材,但不再局限於文字形音義解析及選擇題式,因筆者深知教學不僅是知識傳遞,也是行動實踐,更應有效延伸,進而撫慰心緒或建立職場安適力。文本配合活動設計可另闢蹊徑,以多元模式促進思辨與表達,轉變評分方式以改善僵化現場,活動場域可另闢角落自由討論,小組成員分工合作,或擔任主持引領同學討論,或以手機即時查找資料,或擔任智庫提供各類思維,可兼顧學子口語表達與歸納分析之能力。

　　本創新教案設計如圖一所示,旨在立足以課堂古今詠物詩歌為核心,活絡國文教學現場及開拓師生互動及自發學習之模式,故有意透過創新教案讓學子以簡易數位工具發揮主動學習動機,兼具成就感、遊戲感、藝術感,延伸課堂討論與作品鑑賞與思辨,並精進口語表達能力而有之一系列規劃。

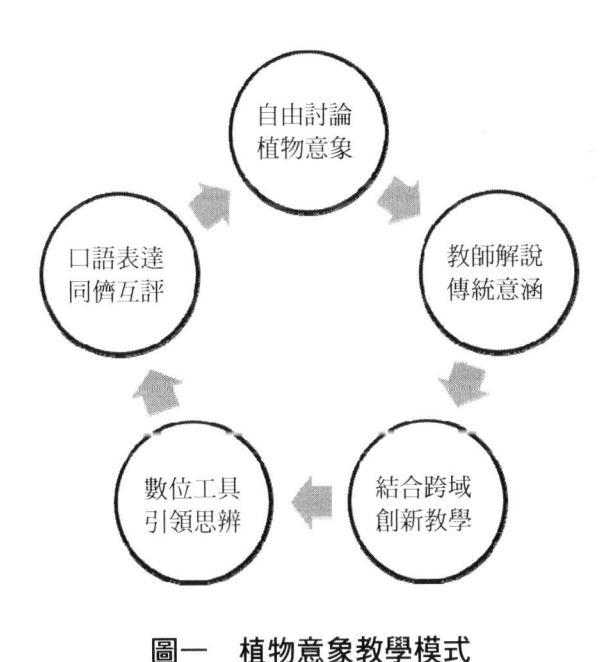

圖一　植物意象教學模式

此外，尚可以使用文字雲輔助之，目前臺灣學界以「文字雲」為工具進行研究之面向甚為多元，然數量仍寥如晨星，確實可供學子學習後予以應用，目前可見碩博士論文如表一所示。

表一　臺灣學界以「文字雲」為工具進行研究碩博士論文

姓名	碩博士論文	畢業系所
張淑惠	應用多元尺度法及文字雲於小兒腦性麻痹症狀初探	元培醫事科技大學／醫務管理系碩士班／108／碩士
彭怡叡	互動式資料視覺效果及文字雲在犯罪防制之運用	國立高雄海洋科技大學／海事資訊科技研究所／106／碩士
陳俊逸	基於合作閱讀與寫作過程動態萃取之文字雲對於提升自由寫作成效之研究	國立政治大學／圖書資訊與檔案學研究所／105／碩士
侯則瑜	MDS文字雲：以Ptt八卦版為例	國立東華大學／應用數學系／104／碩士
陳昶羽	兩岸網民對臺灣政治人物的關注度比較：以百度指數、Google趨勢及文字雲為例	銘傳大學／傳播管理學系碩士班／103／碩士
張致瑜	應用文字雲技術分析四大平面媒體與社群網站關注議題之差異──以洪仲丘事件為例	銘傳大學／傳播管理學系碩士在職專班／102／碩士
陳湘怡	以物理碰撞為基礎的動態文字雲視覺化技術	國立成功大學／資訊工程學系／102／碩士
陳羿龍	中央銀行重要文告之文字雲分析	世新大學／財務金融學研究所（含碩專班）／100／碩士

筆者認為《全唐詩》、《全宋詩》、《全宋詞》中吟詠植物之作極為多元，可用於學子延伸課程學習範圍，更有助於薈萃古典文學資料，作為學子自主閱讀及延伸視野所用。課堂使用文字雲軟體（2017年改名為「Word Art」），此工具不斷精進後可提供多元模板樣式，也透過創意調整圖形色彩、關鍵字大小，以及變化形狀，具藝術設計之美感，總能讓學子期待製作結果。學期授課前，先請班上同學以 Google 表單採匿名方式填寫「國中階段對國文課程所抱持的態度」、「曾因授課方式，而於國文課堂感受到的困擾」兩大問題，課程設計分述如次：

（1）線上問卷分析，了解修課同學狀況
（2）教學現場以數位教學工具協助相關事項
（3）使用 Moodle 放置課堂教材及相關課堂事項
（4）Kahoot 即時搶答互動（傳統植物意象思辨題）
（5）Zuvio 則可協助即時回饋，分組討論與管理學生出缺席
（6）網路資料搜尋工具介紹及 HTML5 文字雲軟體（本文主軸）

首先，先請四位組員自由討論各類傳統文學中的植物意象，分別統整某物特質及其遞變，使用 Moodle 討論區回覆，再由相同組分別錄製語音說明選擇原因，說明後再由該組同儕匿名投票決定何者勝出，可藉此掌握了解概況，用心籌劃者自然可取得優先選擇權。且必須詳細記錄組員討論及汰選過程。就常理論之，四位組員初步好尚必不同，故需簡要說明何以選定該類，藉由文字說明四人互動間取得共識之思辨過程，亦可釐清個人所思所感。

其二，各組開始深入討論及實際搜尋該植物特質（以下皆以竹為例），延伸至相關俗諺及成語，以及文學中約定俗成之特質，再將網

路搜尋結果彙整，並結合操作 HTML5 文字雲軟體，經斷字、斷詞後，探討各植物意象出現於作品之頻率高低，進而深入探討，可對應其他相關網站與鑑賞辭典，進一步探究該作品所展現之特質，如圖二。團隊討論分析後以影音短片解說，繳交上傳至 Zuvio。如圖一，教師先說解傳統文學意象，再由學子延伸跨域思維，上網查詢並與同儕互動，歸納出符合現今社會思潮之論，進行闡發與思考。

圖二　歐陽脩及黃庭堅詞之文字雲

其三，評分方式不侷限於紙筆測驗，本校因受限於共同命題，所以期中、期末考試各由教師擇選五篇文本講授，評分方式則由六十題選擇決定成績。筆者思索後，決定不再侷限於四大選項中的標準答案，因傳統評分標準使學子思考受到侷限，且毫無延伸閱讀之動力，十分可惜！因此採行線上收看同儕影片後互評及交相詰問方式，將文本所涉及之面向加深、加廣，並展現結合數位工具之教學實踐成果，親身實作有助更加透徹了解選擇題易限制延伸思考，因此採取同儕互評及交相詰問方式，文本所涉及之面向可更加深廣，並展現跨領域教學實踐成果，也可讓同學了解並思辨各組是否精確掌握古今植物意象詮解之特性。

其四，將竹子意象以古典文學為基礎，結合今日社會經濟環境與職場特質，激勵學子能夠團隊合作、輪流領導、激勵同伴和互相扶持等人格特質，有助於思辨與職涯心態調整，提升自我心靈及安頓。另外，尚有「蒲公英定律」、「荷花定律」均由學子一一分析，使數位、跨域教學與國文教學激盪出更多璀璨火光。如圖三所示，先就傳統植物意象詮解，再結合社會經濟分析，以數位工具分享，引領思辨及表達，增強師生互動模式，延伸自發學習。學生亦立足於此嘗試創發，如表二：

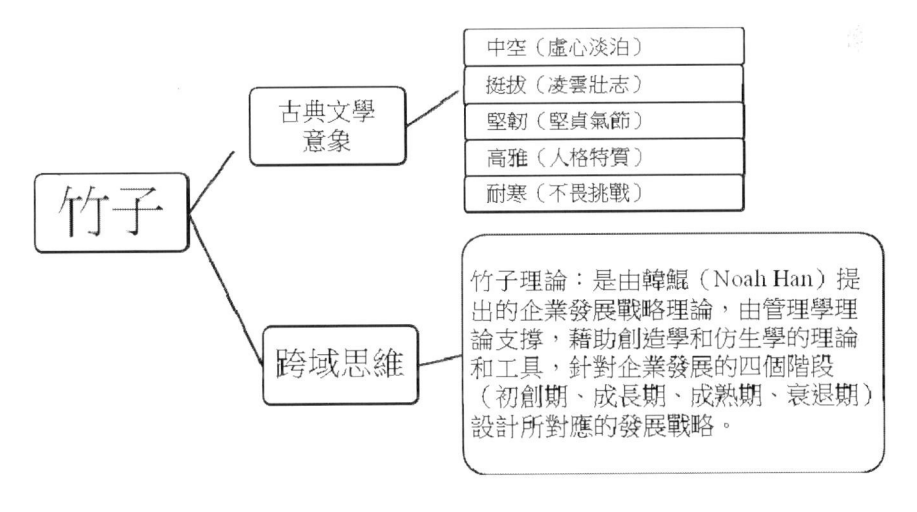

```
               ┌─ 古典文學 ──┬─ 中空（虛心淡泊）
               │   意象      ├─ 挺拔（凌雲壯志）
               │             ├─ 堅韌（堅貞氣節）
  竹子 ────────┤             ├─ 高雅（人格特質）
               │             └─ 耐寒（不畏挑戰）
               │
               └─ 跨域思維 ── 竹子理論：是由韓鯤（Noah Han）提
                              出的企業發展戰略理論，由管理學理
                              論支撐，藉助創造學和仿生學的理論
                              和工具，針對企業發展的四個階段
                              （初創期、成長期、成熟期、衰退期）
                              設計所對應的發展戰略。
```

圖三　植物特質（以竹為例）相關之俗諺及成語及文學中約定俗成之特質

表二　學生詠物之作

詠阿勃勒 熾豔驕陽朗鑑清 迎風盞盞似燈瑩 平生抱素渾無異 為待時來入眼明	詠紫色鬱金香 魔幻丰姿迷鄂圖 絕精才技育良株 一姝妍艷情何限 秉愛持身道不孤
曇花 我從不在乎自己的生命 短暫如夏日的蟬音 我衷心希冀 如冰如雪如白霜 素懷無瑕 不染片羽塵絮 墨黑靜謐的夜 絢麗展翼 霎時芳馥 似娉婷嫋娜的蝶舞 只為千年間 默默盼求 斟酌予我的那一泓清泉 佛前座下 已是疏隔 終成傳奇	

三　結論與建議

　　故本文乃為因應國文科教學現場所提出之構思：首先，因應傳統國文教學流於枯燥與局限，就長年授課經驗深思癥結；第二，細膩分

析教學現場，分析問題癥結；第三，就問題導向擬訂因應計畫，依照進行步驟收集相關資料，採直接觀察、問卷、調查及測驗等方式，系統收集資料；第四，計畫構思後，在實踐中不斷修正，憑藉實際情境修正原計劃缺點，改進現狀傳統國文教學局限於授課模式及論道功能，僅重文意與組織詮解，而文本與實際生命之共鳴處往往被忽略，脫離生活情境，心靈無法被觸動，又受限於單一紙本評量方式而箝制思辨及創意，各類文本無法凸顯精要旨意，且囿於授課時數而無法辦理團隊討論、主題講座，甚至無暇可讓學生提筆寫作及口語表達，教學者又僅以學習前後測來判定成效必定多有疏漏，確實均是教學現場應著手逐步革新之複雜課題。本教學設計法以美國教育學者杜威（John Dewey, 1859-1952）所主張的「經驗法則」為思考主軸，將教學主軸轉以學生為主，師長於相關知能講授後便盡可能減少過多干預，而是於課前設計好主題教案，於課間活動引領學子自發學習，並將省思歷程具體化。杜威強調「做中學」（learning by doing）引領美國二十世紀教學革新。筆者認為國語文教學更應切合生活經驗，教師的任務乃在於協助學生掌握認識和解決。

奠基於此，筆者提出建議，教學應強調自發學習及其延伸，再帶領學子以渲染法層層推擴，展開創意思維，自信繪寫物態彰顯獨特「我」。藉由種種植物意象之古今詮解，觸發學子思辨及應用，使課堂學習活絡，符合杜威主張「有事做」、「有事學」。學生於自發學習過程中自主延伸課程內容，搜尋資料，如古人多有詠竹之作，如清代鄭燮「一節復一節，千枝攢萬葉。我自不開花，免撩蜂與蝶」，又如「一竹一蘭一石，有節有香有骨，滿堂皆君子之風，萬古對青蒼翠色。有蘭有竹有石，有節有香有骨，任他逆風嚴霜，自有春風消息」，鄭氏平生熱愛畫竹乃因松、竹、梅乃「歲寒三友」，均能傲霜鬥雪，且欣欣向榮，具有頑強旺盛的生命力，就形象論之，竹節健挺，可謂「勁節」

象徵崇高氣節，而枝幹中空，竹葉低垂，則希望能謙遜受教。而竹子定律乃竹子用了四年的時間，僅僅長了三公分，第五年開始每天卻以三十公分的速度瘋狂地生長，僅僅用了六周的時間，就長到了十五米。其實，在前面的四年，竹子將根在土壤裡延伸了數百平米，將根扎穩，蓄積能量以待來日厚積薄發。融入溝通與思考，積極多元創新思維，最終藉由口語表達統整所得，而使整個課堂不再是單一講述，啟發各面向之觀照，將傳統思維與時俱進，於職場及個人生涯規畫上能藉此延伸思辨，激勵己身，轉換逆境困頓之感，更有競爭及適應力。

  此文發表於一一三年五月二十四日國立高雄科技大學主辦「二〇二四教學創新與數位學習的精進與反思學術研討會」

中文專業人員跨入華語教育產業之建議

張于忻

臺北市立大學華語文教學碩士學位學程助理教授、實用語文協會理事長

一　華語在世界上的地位

　　華語是聯合國與世界衛生組織、世界銀行、聯合國教科文組織等專門機構官方語言之一；二〇二一年一月二十五日，聯合國世界旅遊組織（UNWTO）與西班牙政府正式通報華語正式成為 UNWTO 官方語言，與阿拉伯文、英文、法文、俄文和西班牙文並列。就 Ethnologue 的資料中，二〇二四年全球最多人使用的十大語言（top 10 most spoken language, 2024）中，華語高居第二位，全球計有11.18億人使用。華語在世界上的影響力與日俱增，使得學習華語在許多國家成為重要的教育發展項目。

　　就二〇二四年四月中華人民共和國外交部資料顯示，全球有超過一百八十國家實施華語教學相關計畫；有八十二個國家將華語教學納入至國家教學系統中，其中包含中小學及大學等各級學校；全球超過三千萬人正在學習華語，超過兩億人已學過華語並正在使用中。另外在網上語言自學平臺之一的 Duolingo 資料統計，目前超過九百二十萬人使用 Duolingo 自學華語。全球最大的教育科技調查研究機構 Holon IQ 在二〇二三年三月發布的研究報告中指出，二〇二二年華語

教學在全球創造出七十四億美元（約新臺幣2,294億元）的產值，其中數位學習佔二十二億美元（約新臺幣682億元），非線上教學佔五十二億美元（約新臺幣1,612億元）；同時預估至二〇二七年，全球華語教學的產值將達一百三一億美元（約新臺幣4,061億元），其中數位學習預估為五十八億美元（約新臺幣1,798億元），非線上教學預估為七十三億美元（約新臺幣2,263億元），由此可知華語及華語教學在世界上的重要性不斷攀升。

然而在美中貿易戰正式於二〇一八年四月展開後，美國《2019年國防授權法案》（National Defense Authorization Act for Fiscal Year 2019）中，限制國防部對設有孔子學院的大學補助，等同讓美國學校必須在國防部和孔子學院提供的補助資金中做出取捨。二〇二〇年臺灣與美國簽署《臺美教育倡議》（Taiwan-U.S. Education Initiative），當時美國在臺協會（American Institute in Taiwan, AIT）處長酈英傑（William Brent Christensen）表示，「『美臺教育倡議』的宗旨是要讓更多人有機會接觸到中英文語言教學課程，同時捍衛學術自由。更具體地說，這項倡議將特別凸顯臺灣在為美國及世界各地的人們，提供中文教學方面的重要角色，並力求擴大臺灣在這方面的影響力。」在美國的孔子學院幾乎全部退場後，華語學習的需求則改由臺灣華語學習中心（Taiwan Center for Mandarin Learning, TCML）提供，為孔子學院撤離後提供新的華語學習場域。AIT副處長柯傑民（Jeremy Cornforth）二〇二二年曾強調，臺灣推動對美國輸出華語教育的意義在帶給學生多元、開放價值，這是美臺合作間最重要的基礎。由上述可知，華語及華語教學在世界上佔有重要的一席之地，而臺灣正可以為全世界提供華語教學，以滿足各國所需。

二　臺灣的國家語言華語政策

　　臺灣政府對於華語教育非常重視，從二〇一三年至二〇二〇年推動「邁向華語教育產業輸出大國八年計畫」，內容包括：一、強化組織網絡，建構華語文永續發展基礎；二、促進專業化及差異化，提升華語教育品質；三、推動海外華語文國際交流，提升華語文學習人口；四、發展高等教育產業，建構完備的華語文學習網絡；五、建立官學產研合作機制，建構完備之華語文合作網絡；六、配合新南向政策需求，擴展及深化與新南向國家華語教育合作交流。二〇一四年八月，發布〈教育部促進華語文教育產業發展補助要點〉，希望能透過政府補助，有效整合臺灣資源及促進華語文教育產業發展，鼓勵以整合服務策略，推動華語文教育國際合作及交流，促進臺灣華語文產業界與學術界合作，發展華語文教育產業。

　　二〇二一年四月，臺灣教育部推動華語教育重點工作規劃，以打造臺灣華語品牌、促進國際交流合作為目標，整合相關工作與資源，系統性發展華語教育；二〇二二年至二〇二五年，推動「華語教育二〇二五計畫」跨部會計畫，目標計有：一、完善華語文推動組織機制；二、建立華語文教學系統；三、加強開拓美歐地區華語文教育；四、完善華語教師培育及支持系統；五、整合發展華語數位教學與學習；六、成立海外華語教學中心。從教育部重要政策公開資料中得知，「華語教育二〇二五計畫」實施策略或推動重點如下：

（一）完善華語文推動組織機制

　　由教育部主政邀集相關部會，定期就計畫涉及相關事項進行協調及管考，溝通協調華語教育推動業務；結合教育部「高教深耕計畫」第二期國際化之行政支持系統專章，提供更充沛的華語教學資源；另

研議透過專責單位整合對外推動華語教育。

（二）建立華語文教學系統

補助國家教育研究院研訂「華語文能力基準應用參考指引」，便利教師參照教學；另補助國家華語測驗推動工作委員會研發推廣「華語文能力測驗（TOCFL）2.0」，自一一二年開始推動，延伸電腦化適性測驗等級，與國際語言標準對應接軌。

（三）加強開拓美歐地區華語文教育

善用大學間學術合作優勢，透過「校對校合作」方式，鼓勵我國大學與美歐地區大學簽訂合作協議辦理「臺灣優華語計畫」；對內補助各大學華語中心提升軟硬體及教學品質，以吸引美歐菁英學生來臺研習華語。

（四）完善華語教師培育及支持系統

教育部規劃研訂「國際華語教師能力指標」，整合「育、選、訓、用」四大環節之華語教師培育機制，作為未來改革「對外華語教學能力認證考試」與教育部選送對外教學人員培訓制度之重要依據。

（五）整合發展華語數位教學與學習

規劃與僑委會共同會商整合臺灣華語教育資源中心平臺、全球華文網、Cool Chinese 網站，建立單一入口網站；補助具開發量能之國內大學研發多元華語線上課程，透過網路無遠弗屆特性，引領全球華語學習熱潮。

（六）海外設立華語教學中心

透過「臺灣優華語計畫」補助我國大學於美歐地區設置華語教學中心，開設華語教師專業成長課程、工作坊及辦理華語文能力測驗等多元交流活動，成為我國於美歐大學推動華語文教育之據點，以服務當地華語學習者，並培訓當地華語教學人員。

「華語教育二〇二五計畫」，希望能透過政府間合作與校對校合作，由國家提供華語文能力測驗（TOCFL）、數位平臺、線上課程、參考指引等工具，運用海外華語中心及優華語等運作平臺，達成外國學生來臺及華語教育培訓赴外任教等行動方案，擴大臺灣在海外的影響力，至今已有許多具體成效。

三　華語教學與中文教學的差異

華語教學做為一門專業，有些人認為華語教學和中文教學是相同的，實際上略有差異。這邊用個例子來說明，由縱橫十九條垂直交叉平衡線組成的棋盤，對弈雙方使用黑子與白子，有人說是圍棋，有人說是五子棋，其實兩種都有可能。事實上，圍棋與五子棋，使用了相同的工具，但是其規則卻不同，這就與華語教學跟中文教學的情形類似。華語教學和中文教學的工具是相同的，都是相同字體、語法，但是在教學上運用的方式並不同。在華語教學運用的是以二語或外語教學法為主，而中文教學運用的是以一語教學法為主。因此在培養華語教師時，部分學科是共通的，而部分學科是不同的。

成為一位能勝任教學工作，符應教育需求的華語教師來說，需要的專業能力有兩大類，一類是華語語言與文化專業知識，一類是華語教學專業知能。

在華語語言與文化專業知識中，其中包含了漢語語言學知識，如漢語類型特徵、漢語語音系統、漢字結構與構詞特徵、漢語詞類與句法結構、漢語詞語與句子功能、漢語語用現象與言談行為、漢語各式語體與篇章結構；華人文化與跨文化相關知識，如多元文化及跨文化溝通之知識、多元文化之特徵、華人社會文化與語言之關聯、臺灣文化及華人社會文化之知識。這部分是華語教學與中文教學在專業能力培養上共同的部分。

　　在華語教學專業知能中，其中包含了二語習得相關理論知識，如語言習得的理論、中介語理論、影響二語學習的因素、華語文教材教法理論、華語文教材教法、二語教學法、華語文教材編選、華語文教學活動；華語文課設計與教案編寫，如課程設計理論、訂定課程大綱、編寫適性教案；另外像班級經營、測驗與評量的理論與實務、資訊整合融入華語文教學、全球在地化華語文教學等教學專業知能，也是華語教師需要具備的能力。

　　除了專業能力之外，透過收集國內外教學現場的意見，職涯發展素養也是華語教師應具備的能力，如自我精進與創新應變、尊重多元價值、參與社會服務、實踐專業發展等。希望華語教師不單單只是重視語言教學專業知能，在工作場域也能具備良好的人際關係與職場溝通能力，並參與當地社會活動，與不同文化的群體合作等。

　　緣此，國內有許多華語文教育機構，開設華語師資培訓相關課程，提供職前培訓與在職增能兩項功能；而教育部自二〇〇六年起，舉辦「對外華語教學能力認證考試」，目的在於提升華語教師之教學能力及確立專業地位，作為具備專業教學能力之憑證。

　　國家發展委員會在強化人口及移民政策中，為有序、穩定開放的原則擴充僑外生生源，並促進優秀人才留臺就業，開放學校設立國際專修部招收僑外生就讀製造業、營造業、農業及長照四大領域科系，

提供完善學習與生活輔導資源，自一一一學年度（2022年）正式招生。此外，一一二學年度（2023年）滾動修正招生領域，新增電子商務（含資訊處理）、服務類科，包含前述四領域，共計六領域，以符合國家及產業人力需求。為了因應龐大的華語教師需求，國際專修部之華語教師之任教資格，有條件增加國內外中國語文學、臺灣文學或語言教學相關系所之專業人才。國際專修部二〇二四年之任教資格為國內外碩士或以上學歷，並符合下列其中一項資格。一、華語教學相關領域學歷，例如「應用華語文學系」、「華語文教學學系」。二、具有教育部核發的對外華語教學能力證書。三、具備國內外中國語文學、臺灣文學或語言教學相關系所碩士以上學位，並於國內外大學對外華語教學師資培訓班修習一百二十個小時以上之課程，獲有證書。其中第三項資格即說明，國內外中國語文學、臺灣文學之碩士以上人員，只要修習一定的教學專業能力課程，同樣具有國際專修部的任教資格。

四　中文系所學生的優劣機危

由前述可知，中文系所的學生，經過適當的訓練，也能夠擔任華語教師。從 SWOT 分析的角度來看，中文系所的學生的優勢（strengths）在於具有深厚的語文素養、語感強、文化與文學的理解及語音正確等；劣勢（weaknesses）在於外語能力不足、不熟悉外語或二語教學法、容易不自覺使用對學習者而言過難的詞彙及語言；機會（opportunities）在於中階以上的華語教需求日增、華語教材需求甚高以及沉浸式教學盛行；威脅（threats）在於海外仍以中國漢語教師為大宗，以及海內外有大量的語言補習班或語言培訓中心，吸收許多有意學習華語的學習者。

從對應 SWOT 分析的 USED 策略來看，中文系所的學生應善用（use）自身具體的語感與情境語用、進行華語教學時結合文化與文學，並發揮正確語音的優勢；停止（stop）相關劣勢，以加強第二外語、學習外語或二語教學法，並熟悉各語言等級的常用生字詞；成就（exploit）方面可以配合中階以上的學習者進行華語教學，或研發華語教材，以及擔任華語沉浸式教學之教學者；抵禦（defend）方面，熟悉臺灣華語體系、中國普通話體系，甚至南洋華語體系，或投身於非學分課程之教學，例如國內外之語言補習班。

目前臺灣許多中文系所，將華語教學做為中文系所學生的就業路徑之一，紛紛在系所課程中規劃應用語言學相關專業知能課程，希望能透過這種方式，提供中文系所學生畢業後的另一條出路。

五　結語

本文簡述了華語在全球的重要性，不論從數據上而言，或從影響力而言，華語已經成為全球重要的語種之一。臺灣在華語教學上具有天然的優勢，同時政府也大力支持扶助華語教育的輸入，已受到世界各國的肯定。

華語教學與中文教學有相同之處，亦有相異之處。就教學內容而言，華語教學與中文教學十分相近；就教學方式及教學策略而言，華語教學與中文教學則各有獨到之處。對中文系所專業的人員而言，要擔任華語教師，建議應強化或吸收外語教學的策略及技巧，諸如二語習得相關理論知識、華語文課設計與教案編寫、班級經營、測驗與評量的理論與實務、資訊整合融入華語文教學、全球在地化華語文教學等教學專業知能，並具備職場溝通能力，參與當地社會活動，與不同文化的群體合作。

六　參考文獻

Chinese Foreign Ministry, *How many people learning Chinese as a foreign langhage.* 2023, April.

Congress.gov, *National Defense Authorization Act for Fiscal Year 2019.* Washington, D.C.: Library of Congress, 2019.

Ethnologue, *What are the top 200 most spoken lamguage.* 2024. Retrieved from: https://www.ethnologue.com/insights/ethnologue200/

Holon IQ, *Chinese language learning is a $7.4B market today, growing at 12% in a highly fragmented and digital native ecosystem.* 2023, March 22. Retrieved from: https://www.holoniq.com/notes/chinese-language-learning-a-7-4b-market-powered-by-over-6-million-learners-set-to-double-in-the-next-five-years

教育部：「邁向華語文教育產業輸出大學八年計畫」，教育部，2016年。

教育部、外交部、僑務委員會：111至114年社會發展中程個案計畫「華語教育2025計畫」，教育部、外交部、僑務委員會，2022年。

國家發展委員會：「重點產業領域擴大招收僑生港澳學生及外國學生實施計畫」，國家發展委員會、教育部，2022年。

菊之食療學：從屈原「食菊」、陶淵明「採菊」談起

許瑞哲

國立臺北科技大學通識教育中心兼任助理教授

一　前言

　　每到端午節時，總會想起投江自沉的愛國詩人屈原。在中學課文裡，有隱逸詩人陶淵明的作品。屈原與陶淵明，他們在作品裡都寫到菊花，屈原〈離騷〉云：「朝飲木蘭之墜露兮，夕餐秋菊之落英。」[1]這是中國文學裡最早的食菊記錄。陶淵明〈飲酒〉其五云：「採菊東籬下，悠然見南山。」[2]因為陶淵明歌詠菊花，它就成了隱者的象徵。事實上，屈原的食菊、陶淵明的採菊，都有「菊之食療學」的文化背景。以下就「古籍記載食菊的功效」、「屈原『食菊』與陶淵明『採菊』」分別說明之。

---

[1] 本文所引屈原作品之文句，皆出自〔漢〕王逸：《楚辭章句》、〔宋〕洪興祖：《楚辭補注》（臺北市：大安出版社，2011年），其後不再標示出處。

[2] 本文所引陶淵明作品之文句，皆出自龔斌：《陶淵明集校箋》（臺北市：里仁書局，2007年），其後不再標示出處。

二　古籍記載食菊的功效

在中國古代醫書裡，寫到食菊的功效：

> 袪風濕，補肺腎，明目。（汪昂《增補本草備要》）[3]

> 味苦平，主風，頭眩腫痛，目欲脫，淚出，皮膚死肌，惡風濕痺，久服，利血氣、輕身、耐老、延年。（吳普《神農本草經》）[4]

服食菊花除了保健養身，也可以去火氣、使眼睛明亮、治病，還能抵抗老化、延年益壽。菊花的品種多樣，但並非所有的菊花都有療效。葛洪《抱朴子》說：「今所在有真菊，但為少耳……而近來服之者略無效，正由不得真菊也。」[5]只有「真菊」才有療效，其他品種的菊花則不具療效。

在中國古代典籍裡，有食菊而長生的傳說：

> 南陽酈縣有甘谷，谷中水甘美。云其山上有大菊華，水從山流下，得其滋液。谷中三十餘家，不復穿井，仰飲此水，上壽百二三十，其中百餘，七十、八十名之為夭。（應劭《風俗通義》）[6]

---

[3] 〔清〕汪昂：《增訂本草備要》，收錄於《續修四庫全書》編纂委員會編：《續修四庫全書》（上海市：上海古籍出版社，2002年），冊993，子部，醫家類，卷1，頁21。
[4] 〔三國〕吳普等述，孫星衍、孫馮翼輯：《神農本草經》（長沙市：商務印書館，1937年），頁11。
[5] 〔晉〕葛洪著，王明注：《抱朴子內篇校釋》（北京市：中華書局，1996年），卷11，頁206。
[6] 〔漢〕應劭：《風俗通義》，見：嚴可均輯：《全上古三代秦漢三國六朝文》（北京市：中華書局，1985年），全後漢文，卷37，頁6。

> 酈縣北八里，有菊水，其源悉芳。菊被崖，水甚甘馨。太尉胡廣久患風羸，恆汲飲水，疾遂瘳，年及百歲。非惟天壽，亦菊所延也。（李昉編《太平御覽》引盛弘之《荊州記》語）[7]

在應劭《風俗通義》裡，因為山谷中的百姓飲用流經菊花的泉水，壽命有長達百歲的人，也有一百多歲的人，至於七十、八十歲的人，稱作夭。一般來說，未成年而死稱作「夭」，但甘谷裡的人，未成年的年齡是七十、八十歲，表示食菊能長壽。至於盛弘之《荊州記》記載胡廣飲菊水，不只病況痊癒，年齡還達百歲。最後說，胡廣有這年歲，雖然不是非常長壽，但也是因為喝了菊水而延長的。言下之意，若胡廣沒患有疾病，又常年飲用菊水，他的歲數可能不只百歲。

食菊能長壽，因此食菊成了成仙的途徑，古代典籍裡的記載：

> 康風子服甘菊花、柏實散，得仙。（李昉編《太平御覽》引《神仙傳》語）[8]

> 道士朱孺子，吳末入玉笥山，服菊花，乘雲升天。（李昉編《太平御覽》引《名山記》語）[9]

> 故夫菊有五美焉：……流中輕體，神仙食也。（鍾會〈菊花賦〉）[10]

康風子食菊而得仙、朱孺子食菊而乘雲升天，都是食菊成仙的傳說，

7　〔宋〕李昉編：《太平御覽》（石家莊市：河北教育出版社，2000年），卷996，百卉部三，菊，頁977。
8　見：〔宋〕李昉編：《太平御覽》，卷996，百卉部三，菊，頁978。
9　見：〔宋〕李昉編：《太平御覽》，卷996，百卉部三，菊，頁978。按：「玉笥山」一作「王笥山」。
10　〔魏〕鍾會：〈菊花賦〉，見：嚴可均輯：《全上古三代秦漢三國六朝文》，全三國文，卷25，頁1。

而鍾會〈菊賦〉說菊的五美，其中之一是菊花為神仙所食，強調了菊花與神仙的關係。上述所舉之例，都是直接服食菊花。事實上，菊也被當作藥材，如《抱朴子》云：「劉生丹法，用白菊花汁、地楮汁、樗汁，和丹蒸之，三十日，研合服之，一年，得五百歲。」[11]古人煉丹之法，使用的藥材中有「白菊花汁」，而煉成的丹藥服食一年，可以活到五百歲。而食菊方法更廣為人所知的，則是「菊酒」：

> 菊華舒時，並採莖葉，雜黍米釀之，至來年九月九日始熟，就飲焉，故謂之菊華酒。（葛洪《西京雜記》）[12]

> 九月九日……令家人各作絳囊盛茱萸以繫臂，登高，飲菊花酒，此禍可除。（吳均《續齊諧記》）[13]

在《西京雜記》裡，寫到製作菊酒的方法，而在《續齊諧記》則記載在九月九日重陽節時，飲用菊花酒，可以消禍，由此可見飲菊酒的好處。因為菊對人們的功效極大，古代文人也常將菊寫入詩歌、文章中，舉例如下：

> 芳菊紛然獨榮，非夫含乾坤之純和，體芬芳之淑氣，孰能如此，故屈原悲冉冉之將老，思餐秋菊之落英，輔體延年，莫斯之貴，謹奉一束，以助彭祖之術。（曹丕〈與鍾繇九日送菊書〉）[14]

---

11 〔晉〕葛洪著，王明注：《抱朴子內篇校釋》，卷4，頁82。
12 〔晉〕葛洪：《西京雜記》，收錄於《四部叢刊》〔明嘉靖孔天胤刊本〕，第三，頁4。
13 〔梁〕吳均：《續齊諧記》，收錄於《古今逸史》〔上海涵芬樓景明刻本〕，頁5。
14 〔魏〕曹丕：〈與鍾繇九日送菊書〉，見：夏傳才、唐紹忠校注：《曹丕集校注》（石家莊市：河北出版傳媒集團、河北教育出版社，2013年），頁221。

> 先民有作，詠茲秋菊……其莖可玩，其葩可服，味之不已，松喬等福。(成公綏〈菊花頌〉)[15]

> 若乃真人采其實，王母接其葩，汎流英于清醴，似浮華之隨波，或充虛而養氣，或增妖而揚娥，既延期以永壽，又蠲疾而弭痾。(潘岳〈秋菊賦〉)[16]

在曹丕寫給鍾繇的書信裡，說到菊花能「輔體延年」，幫助服食者有如彭祖一樣的長壽。而在成公綏的〈菊花頌〉裡，說明了菊之莖可以把玩，菊花可以服食，他更把草本的菊，與木本的松喬同列，凸顯菊有長生的意象。至於潘岳的〈秋菊賦〉形容菊花是真人、西王母摘採的植物，而菊花的功效有充實虛弱的內在，調養生命的氣息，使美女更加妖媚、揚起娥眉，能延長時間，而有長久的壽命，又能去除疾病，消除病痛。菊在文人筆下，不只是用來觀賞，也有醫療作用。

三　屈原「食菊」與陶淵明「採菊」

本節再論屈原「食菊」與陶淵明「採菊」。就屈原「食菊」而言，在屈原的作品裡，寫到「服食」的文句，除了「朝飲木蘭之墜露兮，夕餐秋菊之落英」一句外，其餘如下：

> 折瓊枝以為羞兮，精瓊爢以為粻。(〈離騷〉)

---

[15] 〔晉〕成公綏：〈菊花頌〉，見：嚴可均輯：《全上古三代秦漢三國六朝文》，全晉文，卷59，頁9，總頁數1798。

[16] 〔晉〕潘岳：〈秋菊賦〉，見：嚴可均輯：《全上古三代秦漢三國六朝文》，全晉文，卷91，頁7，總頁數1988。

> 擣木蘭以矯蕙兮,鑿申椒以為糧。播江離與滋菊兮,願春日以為糗芳。(〈惜誦〉)

> 吸湛露之浮源兮,漱凝霜之雰雰。(〈悲回風〉)

> 餐六氣而飲沆瀣兮,漱正陽而含朝霞。(〈遠遊〉)

> 吸飛泉之微液兮,懷琬琰之華英。(〈遠遊〉)

屈原在〈離騷〉裡,折下玉枝、鑿磨玉石,當作糧食。在〈惜誦〉裡,將木蘭、蕙草、椒木、江離、菊花,製成乾糧。在〈悲回風〉、〈遠遊〉裡,則是服食飲用露水、霜水、大地之氣、早晨霞光、飛泉、玉石之花。屈原服食之物,都是具有長生、養身的功能,甚至是神仙所食之物,而屈原寫食菊,可知菊也有養生的意義。再進一步說明,屈原經常將香草寫入詩歌中,其中也有中藥材,如「木蘭」(木蓮)、「荃」(菖蒲)、「茝」(白芷)、「芙蓉」(蓮花)、「江離」(川芎)、「留夷」(芍藥),而「菊」也是中藥材之一,可見屈原有食療學知識,而屈原食菊,是表示他期望長生。

就陶淵明「採菊」而言,陶淵明對於觀賞用的花,以及食用的藥材,分別相當清楚,如云:

> 花藥分列,林竹翳如。(〈時運〉)

> 晨採上藥,夕閒素琴。(〈祭從弟敬遠〉)

在〈時運〉句裡,陶淵明是將花與藥分開種植。又〈祭從弟敬遠〉句

裡，可知陶淵明也會上山採藥，由此說明了陶淵明有相當的中藥知識，不只能分辨藥材的藥性，還知道如何取得。陶淵明的「採菊東籬下」，是在〈飲酒〉二十首的第五首，這首詩裡，無一字提及「酒」，但從詩題的「飲酒」，以及本文所述的菊之效用，故能推論陶淵明在東籬下種菊、採菊，他的用途不是欣賞，而是用來製作菊酒，飲之以強身保健，甚至能延年益壽。

四　結語

綜上所述，菊花作為中國傳統飲食文化裡，不只能直接服食，還能煉成丹藥、製成菊酒。而服食菊花能退火、明目、耐老、延年，其醫療用途是相當廣泛。而屈原、陶淵明，將菊寫入他們的作品裡，發揚了菊的特性，使菊被歷代文人，傳頌不已。

五　參考文獻

〔漢〕王　逸：《楚辭章句》、〔宋〕洪興祖：《楚辭補注》，臺北市：大安出版社，2011年。

〔三國〕吳普等述，孫星衍、孫馮翼輯：《神農本草經》，長沙市：商務印書館，1937年。

〔晉〕葛　洪：《西京雜記》，收錄於《四部叢刊》，明嘉靖孔天胤刊本。

〔晉〕葛洪著，王明注：《抱朴子內篇校釋》，北京市：中華書局，1996年。

〔梁〕吳　均：《續齊諧記》，收錄於《古今逸史》，上海涵芬樓景明刻本。

〔宋〕李昉編：《太平御覽》，石家莊市：河北教育出版社，2000年。

〔清〕汪　昂：《增訂本草備要》，收錄於《續修四庫全書》編纂委員會編：《續修四庫全書》，上海市：上海古籍出版社，2002年。

〔清〕嚴可均輯：《全上古三代秦漢三國六朝文》，北京市：中華書局，1985年。

夏傳才、唐紹忠校注：《曹丕集校注》，石家莊市：河北出版傳媒集團、河北教育出版社，2013年。

龔　斌：《陶淵明集校箋》，臺北市：里仁書局，2007年。

本文原刊於：「當讀中文系的人走到當代」網站，2019年8月30日，網址：「https://medium.com/%E7%95%B6%E8%AE%80%E4%B8%AD%E6%96%87%E7%B3%BB%E7%9A%84%E4%BA%BA%E8%B5%B0%E5%88%B0%E7%95%B6%E4%BB%A3/%E8%8F%8A%E4%B9%8B%E9%A3%9F%E7%99%82%E5%AD%B8-%E5%BE%9E%E5%B1%88%E5%8E%9F-%E9%A3%9F%E8%8F%8A-%E9%99%B6%E6%B7%B5%E6%98%8E-%E6%8E%A1%E8%8F%8A-%E8%AB%87%E8%B5%B7-253c5e5475dd」，2024年9月1日修訂

從單一理論到跨域實踐
——以《淡水好玩藝》為探討對象

蔡造珉

真理大學臺灣文學系副教授暨新北市淡水社區大學主任

一　前言

　　大學的教學方式通常是單一老師授課，近年各校雖屢屢推動跨域合作，但囿於學校現行制度框架的限制（如私校為節省成本有學分開設之限制）及教師為避免徒增教學困擾等情況下，成效著實有限。而筆者適巧於二〇二〇年八月起，受淡水文化基金會之聘兼任新北市淡水社區大學主任，至今四年多，又「社區大學發展條例」第一條即明文規定：「為促進社區大學穩健發展，提升人民現代公民素養及公共事務參與能力，並協助公民社會、地方與社區永續發展，落實在地文化治理與終身學習，特制定本條例。」[1]顯見其功能及目的是從多角度提升整體人民的素質而設立。既然筆者為主事者，因此便思考著如何策劃一個跨域性的刊物（或可稱教學輔助教材），既可提供欣賞閱讀，又可實質應用於教學。

　　在社大課程中，「維持傳統」與「創新發展」一直是並行的兩條主線，但特別要強調的是，他們並不互斥。想當然耳無論是課程的一

---

[1] 教育部：終身教育目，來源：https://law.moj.gov.tw/LawClass/LawAll.aspx?pcode=H0080098，檢索日期：2024年11月30日。

致性或穩定性，同大學課程一般，傳統有其固守之便利、原則及堅持的必要，而這也是大部分社大課程的開設方式；但創新發展新課程雖然麻煩，卻是會讓不同思想撞擊、辯論，進而達到可能鎔鑄的有趣現象。創新之後的結果會如何我們不知道？但對於求新求變的當下社會來說，它確實是一個值得並需要嘗試的方向，因此《淡水好玩藝》乃應運而生。

二　《淡水好玩藝》創刊號——以「現代詩」為出發點

筆者於大學任教二十餘年，目前於系上開設專業課程有「文學概論」、「日治時期臺灣古典文學」、「中國文學史」、「外國文學名著選讀」、「文學研究方法」及「畢業專題」等，通識必修有「本國語文」及「文學與藝術」，通識選修則有「武俠文學選讀」及「電影與文學」，均為文學及藝術類型相關課程，因此跨領域課程的發想自然也就由文學或藝術類出發。

《淡水好玩藝》創刊號於二〇二二年出版，而契機則是淡水社區大學中擁有學者及詩人雙重身分的林盛彬教授[2]在本社大開設「現代詩賞析與創作」時（111春季班），該班學員們想請社大協助他們出版一本詩集，但筆者因不想出版一本因循「傳統」的詩集（僅是羅列眾家之詩），因此便另外找來本社大開設「水彩速寫風景小品」的莊宏哲老師[3]、「拿起筆就能畫」的溫牧老師[4]及「淡水書法社」的許建中老

2　淡江大學西語系退休教授，擁有淡江大學中國文學博士、西班牙馬德里大學西語文學博士、法國巴黎第四大學藝術史博士。曾任靜宜大學西文系副教授、輔仁大學西文系兼任副教授、《笠詩刊》主編、法國巴黎第四大學遠東研究中心訪問學人。作品亦曾由國立臺灣文學館為之出版《台灣詩人選集63林盛彬集》（臺南市：國立臺灣文學館，2010年4月）。

3　輔仁大學大眾傳播系畢業，曾至美國華府美利堅大學進修，並擔任文化大學推廣教

師[5]等共同討論，希望能協力做出一本特色刊物。

歷經多次開會討論後，最終制定的策略是：

一、由「水彩速寫風景小品」與「拿起筆就能畫」的學員先進行繪畫創作。

二、再將作品交由「現代詩」的同學們依其「靈感與感發」選擇對應的作品創作詩作。

三、最後由「淡水書法社」學員們依其所喜，以「適恰」的書藝寫出作品。

圖一　《淡水好玩藝》創刊號封面，封面題字為書法社許建中老師

育部、淡水社區大學、北投社區大學等學校講師，著有《我繪遊淡水》、《手繪匈牙利》、《水彩密碼》、《水彩秘笈》等書。

4　現為淡水社區大學、北投社區大學講師，並擔任中華文創學會理事，亦是美國水彩協會準會員、日本國際水彩畫會會員。

5　現為淡水社區大學講師，同時亦為淡水書法社、新興國小書法班、關渡一德里書法班、淡水松年大學書法班指導老師，印心齋書法工作室藝術工作者。

對於這樣的結合，筆者的想法是，「詩中有畫，畫中有詩」是對詩與畫兩種藝術結合的最終期盼，而書法則又是另一種展示手法，但透過三種藝技的交摻玄想，詩解構了畫，解讀出新意境；書法又解構了詩與畫，寫出了新想像，這三種創作除繪畫外，其餘兩種都兼具原作者的自我意識及他作的神韻意涵，我以為無論是實質或精神層面，都是極美妙之鎔鑄。也證明了從單一到跨域的整合，只要有想像力，願意實踐，各班的腦力激盪是會激發出令人意想不到的效果來。

以下茲舉書中現代詩數首，以供欣賞：

（一）〈天堂歌詠〉

  高聳的樓塔
  以只有深谷曠野才能體會的
  高遠
  對著天空獨唱
  充滿敬畏的讚美詩

  隨斜坡層層緩降的合音
  沿著尖拱門窗的曲線
  以只有雲能了解的溫柔
  歌詠上帝的愛

  從教堂窗玻璃上流過的
  不是天上的雲
  是我心渴慕的音符

圖二　〈天堂歌詠〉
繪畫／張淑女　詩作／林盛彬　書法／張麗英

(二)〈鼻頭街 22 號〉

走在鼻頭街22號
惦量著　歷史的重量
鐵支路草偃中節節段段
臭油棧烙著黑暗的傷

那榮光斑駁　那真實虛幻
映照、鐫刻、烙印　皆在心上
若我提筆書寫　以一首詩為砝碼
可　能秤量　鼻頭街22號的重量？

淡水文化園區淡水社大

繪畫：朱佩琦

圖三　〈鼻頭街22號〉
繪畫／吳佩珊　詩作／藍雲　書法／許建中

(三)〈角落的手推車〉

　　小小身子
　　巨大的擔當

　　人們總是把過重的壓力和負擔
　　往你身上攤
　　你卻甘心交出雙手
　　自胸膛展開全天下的容量
　　以寬宏度量
　　對待需要你的人

將所有責任扛起
壓著自己單薄的小輪子
一步步撐住整個沉重的世界

圖四 〈角落的手推車〉
繪畫／蔣銘娟　詩作／素妹　書法／李懿美

三 《淡水好玩藝》第二刊——以地方知識學走讀為思考主軸

在《淡水好玩藝》創刊號獲得相當不錯的迴響及回饋後，兩年後（2024）再度推出第二刊，而這次的發想概念則和李白《登金陵鳳凰臺》、柳宗元《始得西山宴遊記》、王安石《遊褒禪山記》、蘇軾《石鐘山記》、蘇轍《黃州快哉亭記》……等旅遊文學、山水遊記或名勝介紹相同，筆者的設想是希望能做一條淡水的輕旅行，一條即使大家知悉卻仍存在許多大家不曾聽過的軼聞趣事導覽路線。

這次在師資方面找來了本社大教授「社區小旅行——身心靈與美食之旅」的李春滿老師[6]、「流行舞蹈律動社」的林育正老師[7]、「薩克斯風進階——流行實戰演練」的林子峋老師[8]、「繪本人生：創作大解密」的李晨豪老師[9]及「西方香藥草手工皂」的范孟竹老師[10]等五位老

6　西班牙赫羅納大學／西班牙濱海聖波爾大學旅遊管理與規劃／酒店與餐飲管理碩士，現職為青山國際股份有限公司總經理，同時是馬偕之路社區小旅行指導老師、創價學會至善藝文中心解說員。其專長乃國家領隊及導覽員、在地文史、生態導覽及藝文解說及研究等。

7　國立臺灣藝術大學舞蹈系畢業，現任職於淡水社區大學、松山社區大學、蘆荻社區大學等。曾擔任民視訓練中心、國家戲劇院舞蹈營、TDA臺北舞館、明倫高中、北一女中等爵士街舞教師。專長部份為歌唱、吉他、鍵盤、電腦音樂編曲，研究歌唱的呼吸和發聲對於健康和情緒管理的幫助及銀髮族的歌唱加律動教學方法。並專注於各種唱腔的詮釋方法。

8　法國賽爾吉朋圖瓦爾茲音樂學院薩克斯風碩士，擔任新北市淡水區淡江高級中學、竹圍國中、天生國小、淡水國小、關渡國小等校薩克斯風指導老師。專長為薩克斯風教學（古典、流行）、薩克斯風舞臺訓練（麥克風器材設備教學以及用法）、音樂基礎訓練（視唱、樂理、聽寫）、教材編成（各類型音樂改編）等。

9　英國愛丁堡大學插畫研究所碩士，專長為繪本創作、插畫、繪本創作教學、插畫教學、圖像敘事與圖文關係、故事發想、創意思考、繪本編輯、創意寫作等。

10　畢業於崇右技術學院，現職為「PIANO'S CAT天然手工香皂」創辦人及個人工作室；臺北市藝術手工皂協會合格講師，目前擔任新北市淡水社區大學、林口社區大學、臺北市萬華社區大學、桃園縣新楊平社區大學等校手工皂講師。

師共同創作。在進行的路線上，從淡水社大的校本部「殼牌倉庫」出發，途中經過「金色水岸」、「清水祖師廟」、「陳澄波戶外美術館」，最後到「海關碼頭」結束。而老師們的任務如下：

（一）基礎建構——導覽

　　由春滿老師向其他老師導覽文史內容，說明其中精要處，如淡水河的形成乃「十八萬年前的臺北盆地是一個河川平原，古淡水河在大屯山的右側向北流出，大屯山的火山噴發後，阻塞了往北流的淡水河，臺北盆地形成了一個堰塞湖，蓄滿後的湖水朝淡水和關渡，相對低處流出，直到十六萬年前在關渡形成了破口，臺北盆地再度乾涸，新的淡水河就此形成。」又如介紹清水祖師廟時，其特殊處除一般熟知的以「落鼻」示警來顯現威靈外，在廟門及牆壁上的書法、對聯亦屬一絕，但卻鮮少為人知悉，其寫成原因乃：

> 出自於當時的名家、書法家之手。為彰顯祖師爺的神威，當時還舉辦了一場徵聯比賽，選出了十五名的優勝者，將其作品列刻於牆堵、門楹、柱身等處，從龍邊門牆堵至三川殿，猶如進入書法展覽場，從雷俊臣、李種玉、洪開源不同的書體，至虎邊陳步衢、倪希昶、黃國鎮，以至當時臺灣書法第一大家曹秋圃的墨寶，讓我們盡享了視覺美饗。

諸如此類，對五個場域進行有別於一般解說的導覽講授，而這導覽實質上可說是五位老師合作的基礎建構，因為透過對場域認識的一致性，後續才可能展開一場重心相似的藝術合作。

（二）融入整合——舞蹈、音樂及繪本

　　林育正及林子峋等兩位老師則是在導覽後，分別依其所感進行舞蹈編排及音樂演奏的搭配，並在其中表現他們對這五處導覽的靈感觸發，如育正老師以機械舞表達水的流淌，而子峋老師則在導覽後認為木魚鐘磬最足以代表祖師廟的音樂底蘊而以之為背景配樂……等，在導覽中輔以不同的藝術呈現。而晨豪老師則是以趣味的繪本技巧在場景與場景的轉變之中進行串聯，讓導覽有助吸引年齡層較低的讀者來欣賞。若再細部觀之，繪本其實也自成體系的形成其故事架構，而並不框架自身僅是配角的角色之中。

（三）淡水社大的敲門磚

　　范孟竹老師的手工皂主要呈現的是一個「敲門磚」的概念與精神。淡水社區大學所在的殼牌倉庫，其建築以紅磚牆體為主，是由當時人稱五仔舍的企業家黃東茂設立於松山的三美路製磚廠的「S磚」，以及後來黃家沒落，由日本臺灣煉瓦公司取代而生產的「TR磚」所共同建成。現在的殼牌倉庫，這兩種磚塊隨處可見，甚至為了讓人知悉，乃刻意鋪設在行走的步道上，因此我們以手工皂製成這兩種磚型，並輔以茶香味道，標示早期的殼牌倉庫其實是以茶葉輸出口為主，這是具歷史意義的。另外，我們除在包裝手工皂的紙盒上做著社大簡介外[11]，也會印著QRCode，讓民眾藉此連結即可看到「淡水好玩藝」第二刊的影片，敲開對淡水地方、淡水社大的認識，因此取名「淡水社大的敲門磚」是有其實質意義的。

---

11 文字內容為：淡水社區大學所在的淡水文化園區（或稱殼牌倉庫），從茶葉、石油的進出口，到如今淡水文化基金會及淡水社大，在整個文化、教育的歷史底蘊上是極豐沛的。而園區內的基石「S磚」及「TR磚」正是認識淡水社大最佳的敲門磚，竭誠歡迎您拜訪殼牌、認識社大、探知淡水的絕代風華。

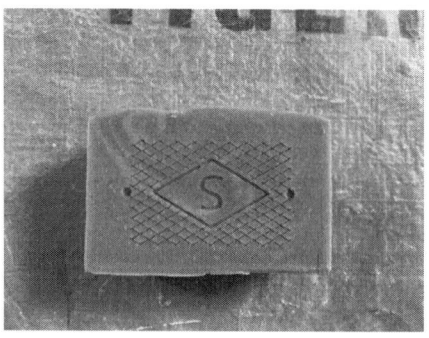

圖五　左邊是實體磚照片，右邊為手工皂照片

四　成果推廣

　　長期以來，淡水社大以地方知識學為主體，在筆者自二〇二〇年八月一日起擔任淡水社大主任一職以來，於地方知識學的出版上，大概有如下的內容：

時間	出版
2020年12月	《淡水23事》創刊號：巷弄裡的生活味
2021年11月	《從倉庫到大學～百年古蹟裡的朗朗讀書聲》淡水社區大學二十周年紀念特刊
2021年12月	《淡水23事》第二刊：女子教育先聲在埔頂
2022年11月	《淡水好玩藝》創刊號

時間	出版
2022年12月	《淡水23事》第三刊： 在淡水的生活感，在地人生活路線大公開
2023年12月	《淡水23事》第四刊： 跨世代女人安心尋路，在淡水住下來
2024年10月	「地方記憶書寫系列（一）」 《臭油棧——那二十年在殼牌倉庫的歲月》
2024年11月	《淡水好玩藝》第二刊

其中，《淡水好玩藝》創刊號和第二刊在推廣上，筆者截至二〇二四年十一月為止，已分別在以下幾個演講或研討會上做分享：

時間	講題	主辦單位及會議主題
2023年 9月23日	「從單一到跨域～以《淡水好玩藝》為例談課程整合的可能性」	淡江大學「USR跨校SIG論壇——當地方深耕遇到元宇宙與AI大數據」會議
2024年 8月8日	「南關X淡水社大辦學經驗交流」	淡水社區大學主辦
2024年 10月30日	《淡水好玩藝》文化轉譯行動與跨域師資共學座談暨分享會	淡水社區大學一一三秋季班公共論壇
2024年 11月8日	《淡水好玩藝》文化轉譯行動與跨域師資共學	板橋社區大學「因為實踐，所以地方浮現：新北市社區大學公共參與暨地方知識研討會」
2024年 11月23日	「淡水好玩藝」——藝術與歷史的交融／影片播放及分享	淡江大學社大學習型城市及生活節（於淡水重建街「九崁二八」舉辦）

沒有推廣分享，筆者以為再好的東西也都僅是「錦衣夜行」，外人是不易知道的，因此本刊物的渲染除透過社大官網、FB及各種群組等電子

媒體的宣傳外，有機會便實質的走入各種研討會或工作坊，對外推廣並進行 Q&A 的面對面交流意見，筆者認為這才是最重要的。

五　結論

在人生過程中，常開玩笑的說：「以不變應萬變」，可知要求變並不容易。同理，在傳統大學抑或是社區大學的課程中，要求老師變動，也並非易事。但如何跨域交流，主導權其實在主政者手中（如社區大學則主導權在主任），因此主政者有責任積極協調老師彼此認識、相互交換意見。最後在成果的推廣上，尋求適當機會推銷或分享給其他夥伴，他山之石，可以攻錯，必然可以有所互相提醒、共同提升之處。

在《淡水好玩藝》創刊號中，我們用現代詩為架構主體，輔以欣賞繪畫及書法，讓整體有一「三點成面」的立體視野。而在第二刊裡，筆者一直以為淡水仍需有新構想的事物產出，最後乃制定以地方知識學的走讀為主軸，協調有意願的任課老師共同交流（不諱言的說，其中也有因彼此想法不同或其他因素而退出者），而在現今初步成果的展現上，已是自二〇二四年三月開始，前後開了七次會議的結果（當然私下個別老師的聯繫更是數不勝數），過程雖是冗長，但每一次的聚會交流，都在腦力激盪、互助合作下，有了路線上新思維的產生。

總言之，筆者以為此次的《淡水好玩藝》延續了淡水社大以地方知識學為主體的思想概念，藉由一條約兩個小時的導覽路線，讓大家可以由淺遊淡水到認識淡水的豐厚文化底蘊；而師資跨域的藝術結合，更讓人有耳目一新的感受。那麼這樣的教材整合能用在社區大學上，當然也可以是傳統大學國文課或相關文學與藝術課程的教材；而

這樣的師資能在社區大學成功整合，那麼在有著各種頂尖師資、博士林立的大學中，又怎麼可能無法產出優秀的跨域課程及教材呢？可知，非不能也，端在為與不為也。

三　數位人文

用文字雲遠讀文學

邱詩雯
國立臺灣師範大學華語文教學系副教授

一　數位人文「遠讀」的視角

　　數位人文是一扇新視窗，讓我們得以以全新的方式看待文本世界。在傳統的文本閱讀中，我們常常沉浸於字裡行間，追求細緻的理解，彷彿徒步穿行於一片廣袤的森林。然而，「遠讀」帶來了一種截然不同的體驗。藉由電腦的強大運算能力，我們可以閱讀過去難以想像的大量文本，像是操控一架空拍機，俯瞰整片森林的全貌。這樣的視角轉換，不是為了替代傳統閱讀，而是補充它未及之處。我們不再只聚焦於某幾株樹木，而是關注整體的模式與結構，從中發掘隱藏的脈絡與意義。

二　傳統文本教學可以加入數位生力軍

　　過去的文本教學往往以作者或作家的風格特色為主軸，輔以一兩篇短篇作品來加以說明。這樣的方式雖然有助於學生掌握某些經典作品的重點，但也受到課堂時間的限制，難以帶領學生深入理解作家更廣泛的創作脈絡。更大的挑戰在於，學生很難單憑這樣的片段學習，將所學延伸至其他未接觸的作品上，形成真正的舉一反三。在時間有

限的教學情境中，這種方式難以平衡文本的深度與廣度，學生對作家的整體風格往往停留在概念化的層面，而缺乏具體而完整的感知。這也使得課堂上提及的文學特色，更多地成為一種「被告知」的知識，而非學生自主探索與理解的成果。

語文課堂的教學目標應該是引導學生邁向高層次的理解，讓他們不僅能記住與理解，更能進一步應用、分析、評估，甚至創造。然而，傳統的鑑賞式精讀雖然有助於學生深入體會文字之美，卻容易侷限在「記憶」和「理解」的低層次認知層面。例如，學生可能熟悉某段優美語句的修辭手法，但未必能有效應用這些技巧來撰寫自己的文章，也無法對文本背後的意涵進行深度剖析。

文字雲可以成為解決語文課堂低層次認知問題的一種有力工具，因為它能夠幫助學生超越單一文本的侷限，進一步探索大量文本中的規律與共性。透過文字雲的視覺化分析，學生可以快速捕捉多篇作品中的關鍵詞、主題分布以及語言使用的頻率模式，這種方法不僅能拓展學生的視野，還能促使他們進行更高層次的思考。

筆者在寫給國際學生的文學史《超數位讀中國文學》一書中，曾經為《詩經》寫下一段介紹：

> 《詩經》的內容包含風、雅、頌三個部分。「風」是黃河地區十五個諸侯國家的詩歌，因此又稱「十五國風」。「雅」是宴會的音樂；「頌」主要是祭祀音樂。其中最能抒情的部分就是「風」，比如〈關雎〉就是其中有名的作品。

這段課文是典型的知識性內容，它說明了《詩經》的結構及其「風」、「雅」、「頌」三個部分的功能與特性。在傳統教學中，教師在講解完這段文字後，就會進一步領讀作品，鑑賞文意，分析價值。然

而當筆者問到:「孔廟的祭祀音樂可能屬於《詩經》的哪一部分?」應用性問題時,學生多數半數無法反映,正說明了這種模式讓文學類型的說明停留在「記憶」與「理解」的層次,缺乏引導學生舉一反三的能力訓練。

三　文字雲是語文課堂的思維加速器

語文課堂需要引入更多層次的教學方法。筆者將《詩經》的「風」、「雅」、「頌」內容分別呈現為文字雲,結合學習單的提問,讓學生觀察文字雲,從視覺化的數據中發掘文本特徵,推論分類,挑選代表詞彙。這樣的設計可以鼓勵學生合作討論,從中進行觀察、比較和推理,提升他們的分析與評估能力。活動中學生具體地感受到不同類型文本的語言特色。學生發現「風」的文字雲中多為貼近生活的詞彙,如「思」、「悠悠」、「我心」、「父母」、「兄弟」,反映了日常生活中的情感與人際關係,貼近百姓的真實經歷,符合「風」的民歌性質;而「雅」中學生利用「君子」、「天子」、「王」、「民」、「四方」作為關鍵詞,發現「雅」與禮樂文化和統治秩序密切相關,符合「雅」的宮廷詩特性;而「頌」則可能包含更多與祭祀相關的詞,如「上帝」、「降福」、「敬」、「天」、「文王」,清楚表現了宗教性與祭祀性,突出了對天命與祖先的敬拜之情,符合「頌」的祭祀歌曲特徵。在活動結束後,筆者提出應用性問題:「國慶日時國家典禮演奏《詩經》應該是哪一類音樂?」學生多數回答「雅」,正確率顯著提升。這顯示,文字雲結合學習單的教學活動,有助於學生掌握《詩經》三類文本特徵,並促進知識的內化與遷移應用。這次教學實踐證明,將高層次認知目標融入語文課堂並結合數位工具,不僅提升學習效果,還能讓文本教學從知識傳遞轉向知識創造,增強學生的學習體驗與探索能力。

若進一步設計後續討論題目,例如「這些關鍵詞如何反映當時的社會價值?」或「將這些詞彙應用於現代文創中,能傳達什麼訊息?」便能引導學生進入更高層次的「評估」與「創造」,讓學習更加全面而深入。除了能透過分類練習,提升認知層次外,同時也激發他們的學習興趣,讓課堂更具互動性與啟發性,並培養學生從大量文本中提取資訊的能力。

文字雲的生成依賴於斷詞技術,這是一種將連續的文字流切分成具有語意單位的技術。例如,對於「古之學者必有師,師者所以傳道授業解惑也」這樣的句子,電腦會根據語意將其切分為詞組,如「古之學者」、「必有師」、「傳道」、「授業」、「解惑」等。得益於中文斷詞技術的高度成熟,製作文字雲已變得十分便捷。

四　文字雲的製作方法與技巧

製作文字雲的方法也非常簡單,目前已有許多線上平臺和工具可供使用。用戶只需將文本上傳至文字雲生成網站,系統便會自動完成斷詞和圖像化的步驟。然而,當處理古典文學這類語法結構複雜、用詞較為古雅的文本時,斷詞技術可能會面臨挑戰。此時,可以先利用 AI 或斷詞平臺先進行斷詞處理,再將結果輸入文字雲生成工具進行可視化。這樣的結合既解決了古典文學文本斷詞的難題,也保證了文字雲的準確性與實用性。

在語文課堂中,文字雲的活動不僅能提升學生的文本分析能力,也讓他們體驗到數位工具在文學研究中的應用價值,為學習增添了趣味性與科技感。通過簡單的操作,教師和學生都能輕鬆掌握這一技術,進而讓文字雲成為日常教學中的實用工具。除了《詩經》的例子,筆者曾經將李後主詞作的前後期也作品各繪製文字雲。眾所周知

李後主詞作因生平經歷分為前期與後期兩種風格。前期詞作多描寫宮廷生活與自然美景，展現了富庶安逸與浪漫情懷。後期詞作則因亡國之痛，情感轉為深沉哀傷。透過李後主前期與後期詞作的文字雲對比，能幫助學生大量從空拍機的視野「遠讀」後主全部作品，快速掌握詩詞主題的變化，更讓他們在有限時間內理解作者人生經歷對作品風格的影響。

　　製作文字雲有小技巧，如果想要凸顯作品主題，可以先過濾掉一些高頻但無實質意義的詞彙，例如「的」、「了」、「是」等常用語助詞和連接詞，這樣能讓文字雲更突出文本的核心主題。然而，僅靠基本停用詞處理可能不足以完全反映作家的獨特風格。如果希望更精準地呈現作家的語言特徵，可以結合數位人文中的文本探勘技術，找出作家顯著使用的詞語，再將這些特徵詞作為文字雲的輸入素材。比如知名的作家張愛玲和瓊瑤，筆者為她們各做了一朵雲，你能區別哪朵是誰嗎？

圖一

圖二

五　遠讀文本探索文學教學的新可能

　　行文至此，相信您已經對於文字雲運用在語文課堂的設計已經充分理解並躍躍欲試了吧！透過文字雲，我們能將看似繁瑣的文學學習變得具象化、有趣化，同時賦予課堂更強的互動性與啟發性。無論是《詩經》的分類分析，還是李後主詞作的前後期對比、張愛玲和瓊瑤的用字風格，文字雲都能幫助我們從「遠讀」的高度俯瞰全局。未來，或許你也能為自己熟悉的作家製作一朵專屬的文字雲，解碼他們獨特的文學印記，並發掘新的靈感與創意！

國文教學的數位學習與情緒共鳴

張瑋儀
佛光大學中國文學與應用學系教授

一　前言

　　因應數位資訊的快速發展，教育領域的教學模式與學習方式也在實踐歷程中不斷調整與轉型。數位學習（digital learning）作為結合科技與教育的形式，已廣泛應用於各級學校的課程設計中。在高等教育中，國文教學作為人文素養的基礎課程，漸漸大量融入數位學習資源與多媒體工具，用於提升學生的學習興趣與參與程度。尤其對於大學國文課程，由於學生背景各異，對國文學習的需求因應專業而有所不同，是故本文旨在探討如何透過數位化方式促進學習成效，並就國文科的生命教育功能，穩定其情緒反應，與當下空間及所處環境產生共鳴。

　　正因國文教學承載著語文能力、文化傳承與情感教育的使命，傳統教學模式雖能提供穩定的知識傳遞，但在激發學生情感共鳴與文化認同方面，仍存在一定的隔閡，是故運用數位學習，得以國文教學帶來新的可能性，透過 IRS 即時反饋系統（interactive response system，簡稱 IRS）透過各類電子載具，讓課堂全班學生得以立即反饋資訊給教師。課間採取團隊合作學習（team-based learning，簡稱 TBL），進行互動式教學，引導學生在學習過程中產生深刻的情感。學生在數位

化的衝擊下趨於圖像化的學習模式，導致國文教學面臨著學生閱讀力下降、興趣不足以及互動模式的改變，因此欲以探索如何藉由數位學習解決上述問題，並由是深化師生間的情緒共鳴。

數位學習乃是通過各類數位媒介與工具，結合網路與技術，提升學習體驗和學習效果的方式。對於大一國文課程而言，數位學習的核心目標是透過技術方式，促進學生對古典文學、現代文學或應用文的學習興趣，增強對文本的理解及與生活的連結。就大一國文課程中的數位學習媒介與工具可依其用途分為：教學類、互動類、協作類。基礎的多媒體影音工具如 PPT、PDF 等圖文結合、動態展示，整理為數位講義與電子書，使用 YouTube、TED-Ed 等平臺分享教學影片；課堂互動類包括即時回饋工具與線上學習平臺，用於課堂的 Kahoot、Mentimeter、Slido 可作為即時問答與留言分享；較為統整式的互動平臺如 Moodle、Google Classroom、Canvas，可提供教材上傳、作業提交、互動討論等功能，有助於進行「混成式教學」（blended learning），亦可運用 APP 進行移動學習（mobile learning）；另在小組及個人作業類別可採用 Google Docs、Microsoft Teams 進行課堂筆記共編或小組文學報告協作，教師亦可以學習管理系統（LMS）分析學習平臺、觀察學生的學習進度與成績變化，實現個性化指導。因此數位學習的優勢在於增加學習興趣、促進個性化學習、提升師生互動，並以數據分析檢證教學策略，達成更具深度與廣度的學習目標。

二　國文數位化之多元應用與情感連結

「大一國文」向來飽受通識化、語言化的爭議[1]，因此不斷在轉

---

[1] 參見林靜茉：《國文課程的古典與創新：感受學習法的理論與實踐》（臺北市：萬卷樓圖書公司，2015年1月），頁3。

型之路進行突破,就數位學習而言,其資源在國文教學應用中,已有多項成功案例,顯示提升教學效果與學生學習體驗方面的影響。數位化時代的衝擊下,數位學習已成為國文教學的重要趨勢,就文本之取用與展現,數位典藏網及學習平臺,結合數位資源並得以網狀延伸與連結,運用多媒體工具之動畫、影片的融入,提升學生的圖像化思考,加以形式上在遠距與混合式教學模式的應用,非同步數位學習教材與面授課程相結合,提升學生的自主學習(self directed learning)與自我調節(self-regulation)。

多媒體工具的應用亦為國文教學帶來創新,如吉卜力動畫被融入高中國文課程,結合教育議題進行教學[2],不僅提升了學生的學習興趣,還促進了學生對文本的深入理解與批判性思考。這些案例顯示,數位學習資源能活化國文課堂,並為學生提供多元化的學習體驗。就數位學習的媒介與工具而言,易於上手與即時反饋是學生所關注的兩大面向,如 IRS 即時回饋系統用於課堂互動與即時測驗,可提升學生的參與度與學習效率,另可安排遊戲式學習以設計互動,從中傳遞語文知識,以操作帶動學習。反思寫作工具則運用 3W 反思寫作法、結合 ORID 焦點討論法,幫助學生透過數位平臺進行反思,深化對文本的理解與自我知識的建構。由是可知,數位學習在大一國文課程中的應用,得以活化傳統教學模式,提供多元化的學習資源與工具、促進學生的自主學習與批判性思維,從而深化學生對文本的情感共鳴與文化認同,於是檢證部分,再由學生對自我身分及場域認同為論。數位工具在國文教學中的應用,諸如線上非同步課程、混成式課程,課堂所用之互動白板、數位筆記工具等,以此提升學生對作品的理解與多媒體的創作方式,並透過文本與自身經驗產生連結,由素養導向啟發

---

2 參見莊茹婷:《論吉卜力動畫融入三項教育議題的高中國文教學》(臺北市:國立臺灣師範大學國文學系碩士論文,2017年1月)。

其情緒共鳴,強調技術如何增強學習者的情感體驗。

　　以大學的大一國文課程學生為研究對象,共計六十人,隨機分為實驗組(使用數位學習)與對照組(傳統教學)。資料蒐集採用教學觀察,記錄師生互動、課堂參與情況,以問卷調查評估學生對數位學習的滿意度及情緒共鳴程度,並就學習成效分析,比較兩組學生在學習成績及閱讀理解能力上的差異。分析方法採用質性與量化分析相結合的方法,透過統計工具及內容分析對數據進行處理。研究結果針對數位學習工具的教學效果,實驗組學生的學習參與度提升百分之四十,閱讀理解測驗平均分數提高百分之三十。實驗組學生對國文課程的情感投入度顯著高於對照組,認為數位工具有助於他們感受文學作品的情感內涵。

　　有鑑於此,再由生命教育立場,探討在數位人文的資訊應用框架、以及地方創生(regional revitalization)[3]之理念,於高教環境所產生的「身分焦慮」,進而透過教學策略解決身分的歸屬感和認同感議題。由於數位化教學提供多元、共用的學習環境,師生在建構新身分的同時,得以深入瞭解不同文化背景和歷史脈絡,擴展自身於環境的連結,而地方社區的發展和創新,通過跨學科的學習體驗,綜合運用各

3　地方創生(regional revitalization)原為日文漢字,此案例源於總人口減少和過度集中的東京,由於地方經濟衰退所造成的一系列問題,政府展開主導行動進行社區特色再造。地方創生是促進地方社群發展和改進的綜合性策略,強調社區居民的參與和合作,以推動經濟、社會和文化的可持續發展,配合課程之設計包括社群參與,以在地居民為主導力量,透過公眾參與、社區對話和合作夥伴關係,促進社群共識與共同行動,以此鼓勵資源的整合和有效利用,以實現地方發展的多方面目標,強調經濟、社會和環境的可持續發展,以追求平衡方發展的經濟效益、社會公正和環境保護,符應聯合國於二〇一五年所宣佈的「二〇三〇永續發展目標」(sustainable development goals,簡稱SDGs)。參見田開瑄:《我國「地方創生青年培力工作站」計畫之協力治理分析》(臺北市:國立臺灣大學公共事務研究所碩士論文,2023年6月)。

領域的知識和技能，理解社區特色所反映的社會新變、文化嬗遞等人文關懷面向。關注如何藉由數位化理論，實踐於大一國文課堂，培養學生的價值觀、倫理意識和情感共鳴，善用數位工具使其理解生命的多樣性、奠定對地方文化的情感連結，著重於社會意義和文化傳承，用以釐定學習歷程所產出的實質貢獻，以及由中所肯認的核心價值。

三　國文教學之角色轉換與文化認同

　　再論大一國文教學的數位化實踐與學生共情力之增強，由於數位化教學是高等教育的發展趨勢，國文教學的數位化，使得課程經營更為生動有趣，促進學生的主動參與，從而提升學習的深度與廣度。數位平臺提供即時的學習反饋，增強學生的社交存在感，多樣化的教學資源使學生能夠接觸到不同的文化背景與價值觀，有助於學習過程中所形塑的文化認同，學生能夠探索與自身文化相關的文學作品，並與其他文化進行比較，肯定自身文化。數位學習環境亦得以促進社交互動，增加小組間的互動，增強彼此之間的情感連結，因此，大一國文的數位化實踐，有效提升多模態的教學成效，亦顯著增強學生的自我認知、文化認同，以及與場域交織互動而成的情感共鳴。

　　針對學生因數位學習所導致的多元角色、身分焦慮等議題，課程採用以下教學策略和方法：一、提供多元化的學習管道：因應不同科系專業的學習，以母語溝通為基礎，讓學生透過作品探索興趣、發展專長。二、強調學生主動參與和表達：鼓勵學生經由小組討論，參與及表達自己的觀點和意見，教師設計相應的任務，讓學生參與到真實世界的問題與議題。三、培養數位素養和批判思考能力：學習有效搜尋資訊、進行準確評估，以應用數位資源，發展對數位媒體和資訊的批判意識，避免受到虛假資訊的影響。四、教師提供支援與指導角

色：教師因材施教提供學生個別化的指導與建議，助其理解自己的興趣和價值觀，解決身份焦慮帶來的問題，增強來自教師面的肯定。
五、經營包容與支持的學習環境：有鑒於心理健康漸受重視，弱勢學生比例增加，課程營造具有包容與支持的環境，鼓勵參與者分享彼此的經驗，尊重每位學生的個別差異，共同面對學生在受教環境中的情緒波動。在資訊素養的前提下，以數位媒材和技術為基礎，分析數位敘事技能在生命教育中的啟迪，培養學生的生命故事認同與共情能力，以穩定提升學生的價值觀與倫理意識。

　　數位人文技術的應用為國文教學帶來創新，透過數位化的文本分析與電子文學資源，多樣化地探索文學作品的內涵、形成由文字到影像的產出模式，培養批判性思維與文化素養。因應技術工具的日新月異，亦應關注到數位使用的心理健康與社會互動問題，情緒共鳴在國文教學中扮演著關鍵角色，透過文本分析與多媒體結合，引導學生反思生命價值，並在學習過程中產生深刻的情感連結[4]。學生通過研究不同文化的文學、藝術、歷史和傳統等，可以增強對自身文化和他者文化的認識，培養跨文化理解的能力，且就學習成果來看，以創新和多樣化的方式表達自己的觀點和身分，通過數位故事、數位藝術作品、數位表演等方式，展示自己的創意和獨特性，從而提升自信心和自我認同。再者尤為關鍵的即是參與社群的互動和支援，能以網路平臺、社交媒體和網上討論等方式，與其他學生、專家等社群成員進行交流，使其無遠弗屆、超越時空的感受到被共同群體的需求，減輕社交身分焦慮。

---

[4] 王幸華：〈數位遠距課程與傳統課室教學成效之比較——以「文學與人生」數位課程為例〉，一〇七年度「教育部教學實踐研究計畫」成果報告（計畫編號：PGE107078），其後收錄於氏作：《虛實之境：當「文學」遇見「數位」——教育部數位課程認證通過之「文學與人生」教學成果報告書》（臺中市：智翔文化公司，2021年1月）。

課程之創新亦在探索文學領域與在地產業之間的關聯性，提出一種整合的框架，以促進地方文學的保存、研究和傳承。通過運用資訊科技和數位媒體工具，探索數位人文在生命教育中的應用、對文創產業的啟示，以及相關領域整合的可能性。再者於人文關懷部分，整合生命教育、數位人文和地方文學研究的框架，探討地方文學作品中的價值觀，通過跨學科的學習體驗，綜合運用各領域的知識和技能，深入理解地方文學作品所反映的社會、文化和人文議題。傳統藝文部分在於社區文化之傳承，增強社區的凝聚力和認同感。

　　經由課程創新之調整，得以協助學生因應情境轉換，從學習反思與自我認識，瞭解自己的興趣、能力和價值觀，從而建立穩固的身份認同，教師從旁引導學生思考和討論自己在學習過程中的成長和變化，幫助他們應對身份轉變和挑戰。在專業發展支援方面，設計職業導向的學習，透過實際參與職場模擬或實際項目，學生可以瞭解自己在特定職業領域的興趣和能力，幫助學生探索職業選擇和發展職業規劃，與學生個別討論其職業目標、興趣和能力，提供有關職業市場趨勢和就業前景的資訊，並指導他們制定具體的職業發展計畫，從而減輕職業未來焦慮。更為具體的創造機會，與校外實習單位合作，增強他們的職場認知與信心，鼓勵自主發展職業道路，減輕對傳統職業身份的依賴，讓學生在正向的引導下，能夠確立自己的興趣、價值和能力，發展多元化的身份認同，為未來的職業發展做好準備。

四　結語

　　大學時期是個體身份進入成年階段、形成轉變的重要時期，面臨諸多選擇與角色轉換，如專業選擇、價值觀的重整、社交領域的轉變等，皆使其感到困惑不安。相對而言，大學是家庭與社會的過渡，個

體會將自己與他人、尤其是同儕進行比較，以此評估自己的價值和身份，擔心自己在學業、社交或職業方面無法達到他人的期望或成就。因此國文課程肩負著技能與素養的轉銜問題，因應不同背景及價值觀的衝突，關乎專業選擇、社交身分、學業壓力、職業發展等，是故在高教境中應予以理解，提供支持性的學習環境以促進自我身分之認同與肯定。

　　本文旨在探討數位學習與情緒共鳴在大一國文教學中的應用與影響，透過文本分析、多媒體結合以及情感教育的實踐，期望為國文教學提供創新的教學策略與實證支持，進一步推動國文課程的現代化與多元化發展。數位學習資源與多媒體工具的引入，為國文教學提供了更多元的教學策略；而情緒共鳴的融入，則能深化學生對文本的理解與文化認同，未來研究與教學實踐可進一步探索數位學習與情緒共鳴的整合，以豐厚國文教學之數位創新與人文意涵。

知識文書寫作與AI指令協作

陳康芬

中原大學通識教育中心副教授暨全球客家與多元文化研究中心主任

　　知識文書應用寫作是現代社會中知識管理與實踐的重要方式，涉及各領域的學術論文與各類的報告、計劃書、企劃書、操作手冊等，具有實用性與目標導向、結構化與邏輯性、專業性與精確性等特質。對於寫作者來說，不管是為了解決問題的技術分析或資源分配、或純粹展現嚴密推導的邏輯或論述，知識文書的內容都有其對應的標準格式化要求，以及必須遵守的層次編排的形式書寫特質。對寫作者來說，這都需要具備領域上的專業知識與時間訓練，才能掌握知識文書的寫作技巧。

　　但是隨著人工智能（AI）的發展，特別是自然語言處理（NLP）的技術成熟，過去不容易駕馭的知識文書寫作與過程中所需要的分析或展演敘述，現在以AI指令就能輕易完成。如：以主題快速生成符合行業標準的規範化格式的模板文書初稿；從大量數據中提煉出關鍵資訊，將數據轉化為圖表、圖形和圖示等直觀展示分析結果；甚至還能以文法檢查器改進文字的語法、措辭和語氣，提升表達的專業性和流暢度；如果需要多語言版本，AI 翻譯工具也能迅速轉換成高品質的文本。AI 指令的應用與普及，正挑戰人身練習文書寫作的學習方法與過去必須花費的時間成本價值。然而，從另一方面來說，AI 指

令以其高效處理和深度學習能力，也為知識文書應用寫作帶來了新的可能性。

　　從知識本質的角度來說，知識是人類對客觀世界的理解與建構，具有動態性、層次性與情境化的特點。知識文書作為知識的載體，本身就有促進知識的傳遞、共享與實踐的價值。對專業人士來說，AI能自動處理大量重複性任務，讓寫作者專注於核心內容，顯著縮短文書撰寫的時間。對非專業人士而言，利用AI工具的模板和自動填充功能，下達指令就能自行創建專業文書，完成項目提案。而不管是專業或非專業，都能受惠於AI生成的多樣化建議和內容啟發，不僅拓展文書創作者的思路，也能促進知識創新和共享。這些都是AI技術帶來的優勢。

　　不過，寫作者以AI指令就能輕易完成的知識文書，其簡便的高效能操作，也為學習者帶來學習倫理層面的嚴峻問題──學習指令下達與學習知識文書在形式與內容結構的文字操作與組織，是兩種完全不一樣的層次。前者的指令下達雖然能夠迅速生成所需要的一定品質保證的文書成果，但不能確保知識文書的寫作是否能對學習者產生任何學習經驗上的意義或學習價值；而後者剛好反之，學習者必須通過反覆的練習以達到熟練，且也不是學習者都能因此而熟練。這意謂學習者的學習門檻與其必須耗費的學習成本與素質養成，都相對保障了「專家」本身因其知識與技術在專業領域的經驗與價值。因此，如何平衡學習者在人身語文學習養成與AI技術導向學習之間的難題，語文教育工作者責無旁貸！

　　再來，即使現今AI技術已經能夠如同人類般進行深度學習，但目前的AI技術仍無法突破0與1的二元式空間思維及線性式歷時思維本身的限制，因此AI在類人類意識的思考與實踐的本質，完全不同於人類意識之於無空間限制、於時間既存在又不存在的歷時與共時共

存的特殊本質。人可以輕易地進行有主體性、常態性的綜合判斷，但AI 只是作為一種服從使用者的技術客體存在，使得 AI 雖有強大的資料庫與互聯網功能，生成內容仍可能帶有偏誤，需引入人類審核機制以保障知識的正確性與真實性。此外，在知識倫理與權利界定上，AI 參與文書創作可能引發知識產權和責任歸屬的爭議，也需要制定相關法律和行業規範來解決倫理問題。

對於使用者來說來說，AI 指令的目標導向、模塊化與條件指令呼應結構的生成高效度，為知識文書寫作帶來了強大的工具支持。使用者可以輕易利用 AI 工具指令下達的協作方式，生產出品質越來越精準、多元靈活的文書成品，並促進了知識在不同領域與所在場景的應用與普及度。這是使用者的福音。

但是，對於語文教育的教學者來說，使用者的福音極有可能是教學者的啟示錄——一方面，審判傳統人身寫作學習必須長時間訓練才能熟悉文書形式與內容寫作的教育末世，已經到來，一方面又宣告以AI 技術提升學生自主學習能力的教育現場的教學新天新地，即將席捲未來。

夾雜在 AI 技術的一把刀雙面刃的困境之中，AI 指令協作相較於人身寫作模式，為使用者輕而易舉帶來的高品質、高效能的文字，也同樣會影響使用者不願面對人身寫作學習本身所具有的學習門檻與成本付出，甚至衍生質疑教學者之於執著人身寫作的教學意義與價值。因此，語文教育的教學者在捍衛人身寫作教育之於學習者本人所提供的獨一無二的學習經驗，其意義與價值雖然不是 AI 協作高品質、高效能的產出，就能輕易取代，但是，要如何說服學習者既能享有 AI 指令協作就可輕易達成文書寫作任務的學習成就，又不排除回到人身寫作的養成訓練過程中、為自己留下一些「以人身生成知識」的心智鍛鍊的痕跡，這仍舊端賴語文教育者的教學轉型智慧與更有創意的教

學設計,引導學習者不輕易屈從功利主義價值觀,在 AI 技術所提供的輕鬆快樂的眾多方便門學習選擇中,做出最有利於自己心智學習與發展的正確判斷,進而成為 AI 工具的真正主人。

因此,知識文書應用寫作中的 AI 指令協作導向教學與學習,最重要的不是指令,也不是產出成果,而是關乎於學習者對成就心智學習的意義性或功利性的價值取捨。如果教學者與學習者都未能將意義性學習或功利性學習的價值判斷,視為學習歷程的重要議題,在未來,以 AI 指令結構推動知識應用與擴充的普遍生產模式中,要能充分發揮 AI 指令在文書寫作中的潛力與人機協作的創造力保障及倫理管理等重要實踐目標,都將是空談。這也是教育現場推廣 AI 作為學習工具、教學者與學習者必須同有的共識。

數位人文浪潮下的中文寫作與思維

陳貴麟
中國科技大學通識教育中心專任教授

一　教學的省思

　　筆者在通識教育中心執教二十多年，深感這段期間教育思潮有了極大的轉變。例如：本校在課程面從早期的「國文」更名為「中文寫作與思維」和「應用文」，在教學面從「以教師為中心」轉變到「以學生為中心」，在設計面從「教學目標」轉移重心到「學習目標」，在教具面從「紙筆」到「數位」，在評量面從「單一」到「多元」，在教法面從「傳統」到「翻轉」。眼下人工智能（AI）席捲各行各業，咒語（意指精確有效的提詞 prompt）的波濤在中文寫作的領域已經掀起了滔天巨浪，讓人文界許多專家學者開始反思大學教育的核心價值與目標是否被這波數位浪潮淹沒。[1]

　　筆者認為「數位人文」新思潮的到來，恰好可以幫助我們解決兩個問題：虛假學習和淺表學習。[2]過去學校培育人才的重點是「找出

---

[1] 《國文天地》第471期（2024年8月），頁13-51，該專輯「科技對華文教學的衝擊與挑戰」，主要是南洋理工大學新加坡華文教研中心的主管和教師撰文，包括院長符傳豐、主任張麗妹、顧問蘇啟禎、特級教師周恩國、焦福珍、李冬梅、王學萍、韓軼婷等。內容均指向數位人文浪潮中，教師和課程的調整、反思與適應。

[2] 所謂虛假學習就是「假裝學習」，實際上根本沒有真正進入學習狀態，學生採用各種偽裝的方式來蒙蔽老師，進而逃避學習；所謂淺表學習是一種以完成外在任務、

卓越的學生」，進行「資優生教學」，對外參加競賽，爭取榮譽，加大學校的光環；現在的重點則照顧到大多數的資困生，重點是「找回走失的學生」，進行全面的「資優教學」。（陳貴麟，2025）本文以一一二學年「中文寫作與思維」課程的教材教法，探討「問題導向學習」（PBL），以及一一三學年「人工智能 AI」加入教學之後，學生在自我學習的時間方面縮短但深化的情形。所謂資優，意指先天性的、異於平常的智能。尋找「資優」的動機和目的不同，會影響到教育的政策和教學的設計。例如在「卓越」的要求下，「學生重點比賽獲獎」是教師證明教學績效最方便的途徑，缺點是班上九成的學生只是陪榜而已，絲毫感受不到學習評量帶給自己的喜悅與發掘自己優點的多元教法；近年重心移到「深耕」，關注到「適性揚才」，達到「天生我才必有用」的全人教學目標。如果「資優生教學」和「資優教學」可以在 AI 的協助下雙軌進行，減輕教師在教學現場的沉重負擔，那麼應該就能開創學校、教師、學生三贏的局面。

二　一一二學年的 PBL 教學成果

本課程「中文寫作與思維」教材應用在實務教學層面，並沒有引進人工智能（AI）輔助教學，以「問題解決導向學習」（PBL）為指導原則，利用「心智圖法」，引導學生從自己生平難忘的生活或工作經驗發展自傳的段落，並通過水平思考，掌握「事件元素結構」，思考跟文學作品中哪一類的人物在心境上是相似的。對比傳統的板書教學，各篇章獨立教授，PBL 的翻轉教法採取主題統合的方式，顯得非

避免懲罰為取向的學習行為，以機械記憶和反覆操作為主，缺少深度思維加工，因此學習成果多以複製為主，難以遷化和深化。詳閱陳靜靜：《學習共同體：走向深度學習》（上海：華東師範大學出版社，2021年），頁4-6。

常有趣和有用。本課程獲得全班八十三位同學的認同和喜愛,該科學期教學評量四點三八,超過通識教育中心的平均成績,在一一二學年第二學期獲得校內實務案例教材製作獎。

　　執行成果表現在以下兩個項目:一、利用心智圖原理,為自己寫一篇獨特而有趣的自傳。全班八十三位同學分成十二組,每組發給一張全開的海報紙,同組的同學在紙上寫出自己的意見和想法。引導課文:〈橘頌〉(屈原)意象群——樹根、樹幹、枝刺、花葉、果實,「人格對照」寫自己的傳記。二、以自身經歷為焦點主題,統整文學所需要學習的內容。活用「九句故事接龍」,使同學運用「努力人公式」或「意外人公式」撰寫自我介紹。

圖一　古文與今文的修辭格相通之處

圖二　心智圖海報繪製分組活動一

圖三　心智圖海報繪製分組活動二

圖四　心智圖海報繪製分組活動三

數位人文浪潮下的中文寫作與思維 ❖ 161

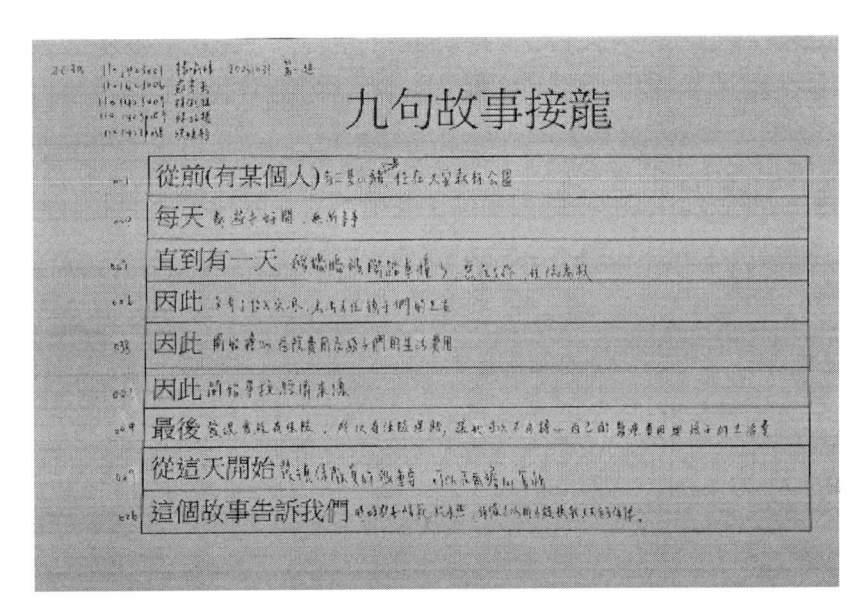

圖五　九句故事接龍活動一

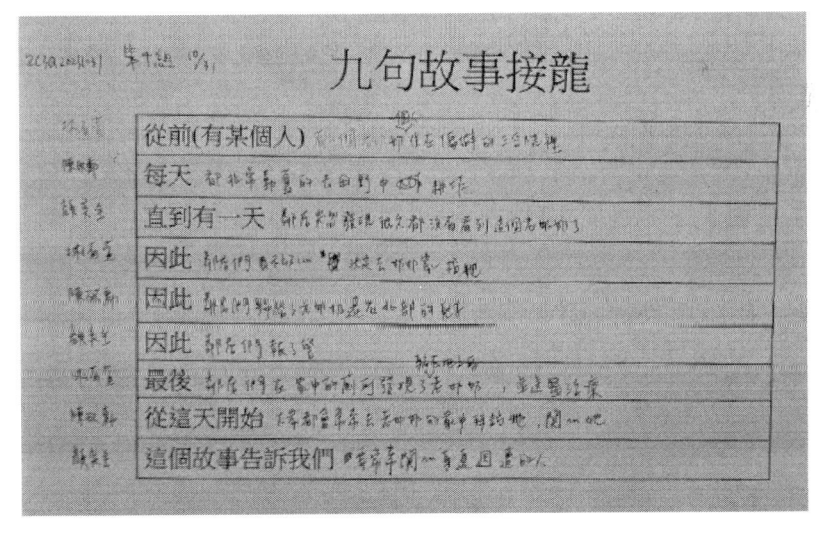

圖六　九句故事接龍活動二

圖七　閱讀小說九步驟

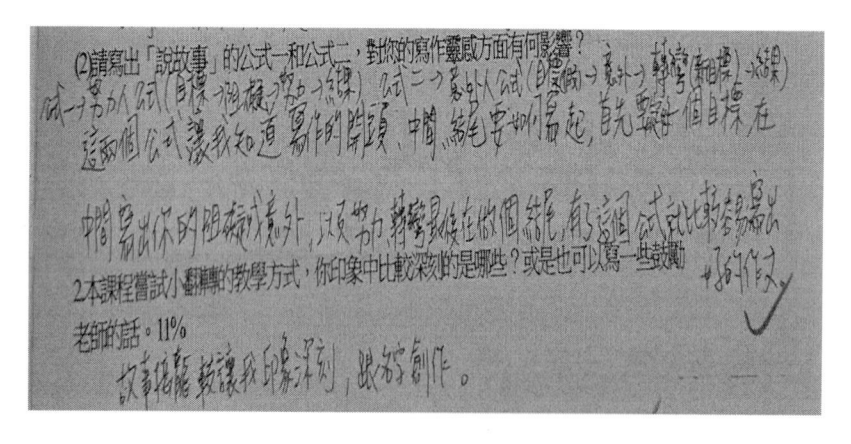

圖八　努力人、意外人公式，
　　　用於寫自傳

在一一二學年中搭配筆者編製的「中文寫作學習手冊」，學習目標總共有二十二個，運用 PBL 方式轉化為二十二個問題。依照學期整體教學進度，本次申請之教材屬於第二部分寫作類型指南的「記敘文」，符合教學大綱第五週的進度。應用在實務教學層面，以「問題解決導向學習」（PBL）為指導原則，利用「心智圖法」，引導學生從

自己生平難忘的生活或工作經驗發展自傳的段落,並通過水平思考,掌握「事件元素結構」,思考跟文學作品中哪一類的人物在心境上是相似的。對比傳統的板書教學,各篇章獨立教授,PBL 的翻轉教法採取主題統合的方式,顯得非常有趣和有用。以下舉第七、第八個學習目標加以說明:

Q7:如何描述事件或故事的基本結構?

描述事件或故事的基本結構通常遵循以下基本要素,這有助於讓故事具有連貫性和引人入勝:

1 引入(開端)

(1)引起興趣:開始時要引起讀者的注意,可能是一個引人入勝的情節、問題或引言,讓讀者對故事產生興趣。

2 發展(起承轉合)

(1)角色介紹:簡單介紹故事中的主要角色和背景,使讀者對故事中的人物有基本了解。

(2)衝突和挑戰:描述故事中出現的衝突、挑戰或問題,這是故事發展的關鍵,能夠激發讀者的興趣。

(3)高潮:故事的高潮是衝突或問題達到最高點的部分,通常是故事中最緊張和戲劇性的時刻。

3 轉折(解決)

(1)解決問題:描述主角如何應對挑戰或解決問題,逐步解決衝突,緩和故事的緊張感。

(2) 結果和收尾：描述故事的結果或結局，給予讀者一個答案或結論，解釋故事的結果或角色的成長。

4 結束

(1) 結束明確：給故事一個明確的結束，讓讀者感到滿意，不會留下太多懸念或疑問。
(2) 回歸主題：可以通過回到開頭提到的主題或情節，營造出故事的圓滿感。

　　以上是故事基本結構的簡要說明。這個結構是為了使故事有邏輯性和連貫性，讓讀者能夠順利跟隨故事的發展，引起他們的興趣並給予他們滿意的結局。

Q8：如何運用描寫技巧和時間結構？

　　運用描寫技巧和時間結構是豐富故事內容和提升閱讀體驗的關鍵。以下是一些方法：

1 描寫技巧

(1) 生動的描寫：使用生動、具體的詞語和描述來呈現場景、人物和情感，讓讀者能夠身臨其境。
(2) 感官描述：不僅局限於視覺，還包括聽覺、嗅覺、觸覺和味覺，多角度描繪場景，加強讀者的感知。
(3) 比喻和隱喻：使用比喻和隱喻來豐富描寫，使描述更加生動有趣，讓讀者更容易理解和感受。
(4) 適度篇幅：注意控制描寫的篇幅，避免過多的描述而影響故事節奏。

2　時間結構

（1）時間的運用：考慮故事中時間的流逝和節奏感，適當控制事件發生的順序和速度。

（2）閃回和插敘：適時地使用閃回或插敘手法，以回顧過去或揭示更多信息，豐富故事的內涵。

（3）並列時間：在故事中同時進行不同時間線的描述，讓故事更加豐富和多維。

（4）時間壓縮和拉長：根據情節需要，可以壓縮或拉長時間，使故事更加生動有趣。

運用描寫技巧和時間結構能夠使故事更加豐富和吸引人。通過精彩的描繪和靈活運用時間結構，可以使故事更生動、更具吸引力，讓讀者深入沉浸其中。

三　課後輔導的相關規劃

關於上網及課後輔導的相關規劃，其實才是教學當中最辛苦的一環。

本課程搭配 Moodle 和 Zuvio 兩個教學平台進行課後輔導，前者主要是作業，後者主要是問卷和測驗。

Moodle 除了五、九、十七、十八四週重要作業之外，其他十四週都有簡單的小作業，作為學習評量和加分之用，大多數作業的達成率超過百分之八十。本課程執行高教深耕計畫「問題導向學習 PBL（problembased learning）課程計畫 A0301」，已於一一三年一月二日順利結案，並產出「成果彙整表」和「PBL 課程設計與執行成果」兩個 PDF 檔案。

本課程獲得全班八十三位同學的認同和喜愛，學期教學評量四點三八，超過通識教育中心的平均成績。在 Moodle 和 Zuvio 也有豐富的評量成果紀錄，其中 Moodle 四個重要作業有兩個達成率百分之百，另外兩個也有八成左右。Zuvio 對於教學互動起了極大的功用，測驗題庫舉例如下圖九：

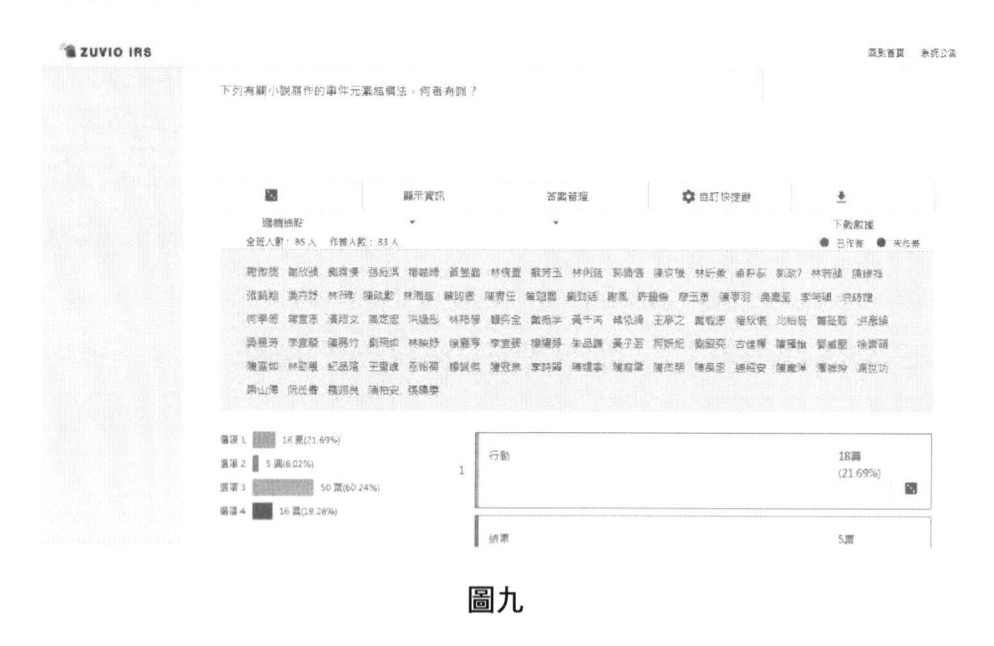

圖九

四　數位人文 AI 帶來的衝擊與應對之策

上一節提到「本課程獲得全班八十三位同學的認同和喜愛」，這是一一二學年上學期的狀況。到了一一三學年上學期的中文寫作與思維課程，換了一批學生，特別是來自東南亞的學生，對於分組海報和 A4 手寫作業並未積極參與。其主因跟「資困生」類似，就是他們的華測中文能力僅在 A2 等級，根本無法在短短的兩個小時內完成一般本地生的海報塗鴉或個人 A4 手寫作業。

時移境遷，新的困難點應該如何解決？筆者這裡沒有最有效的方法，只有經由摸索之後稍微有效的教法。實際案例以「AI 融入自我介紹影片」單元活動加以說明。筆者承辦全校作文比賽數年，皆以紙本為主。今年奉校長指示 AI 融入語文教學之中，於是筆者開始辦理校內研習或校外進修 AI 相關講習，央請通識教育中心的國文老師共同協助。活動目的在於藉由 AI 融入中文自我介紹比賽，提升學生學習中文興趣及就業力。換句話說，就是製作影音履歷，協助學生未來就業。

　　對於國文老師而言，影音履歷的內容並不困難；但是學生可能覺得根本無從下筆。制定的標準評量如下：自我介紹為「中文寫作與思維」的學期必要作業，本學期主題是「AI 如何協助製作我的中文簡歷」，依照兩位外審委員的建議，評分有五個基本指標：自我說明作品完成的過程與 AI 亮點（200至400字）、MP4 影片品質 720p 以上、長度一百五十秒至一百八十秒之間、AI 讀稿或自唸稿（500至600字，錯音率扣分）、AI 字幕（錯字率扣分）；特色加分指標：內容深度、影音動畫、配樂、背景圖片等，進行最後決審。

　　自我介紹比賽評分細則在內容說明的基本要求方面：清晰描述作品創作理念、設計思路、製作流程，並重點說明 AI 技術的應用方式和亮點。在內容完整性方面：完整涵蓋創作理念、設計思路、製作流程和 AI 技術應用。在邏輯清晰度方面：思路清晰，表達流暢，層次分明。在 AI 亮點突出方面：準確概括 AI 技術的應用，突出作品的創新性和技術性。在畫面流暢度方面：影片播放流暢，無卡頓、掉幀等現象。在聲音要求方面：AI 讀稿或參賽者自唸稿，500至600字；完整朗讀文本內容，無遺漏、跳躍；發音標準，吐字清晰，語速適中；根據文本內容，適當融入情感，使聲音更具表現力；根據錯音數量酌情扣分。在字幕要求方面：準確匹配影片內容，同步顯示；字幕準確性（字幕內容與影片內容一致，無錯字、漏字等現象）、時間同步性

（字幕與影片畫面同步顯示，無延遲或提前）、排版美觀度（字幕排版整齊美觀，字體大小適中，便於閱讀）。

　　所謂窮則變，變則通。筆者經由 ChatGPT、TTS Maker、SUNO、Copilot、Capcut（剪映）等 AI 工具，至少可以讓全班學生藉由 ChatGPT 生成六百字自我介紹；可以使大部分學生學會藉由 TTS Maker 自動生成口白，藉由 SUNO 產生背景音樂，藉由 Copilot 生成數張圖片；然而只有部分的同學可以順利操作「Capcut」，插入口白、背景音樂和圖片，由口白的 MP3 自動生成字幕，並經由字體改變的方式，將簡體字改為繁體字。以下畫面取自頒獎合照、境外生組第一名學生的影片作品以及評審之一的講評影片。[3]

圖十　范氏蘭影片作品截圖一　　圖十一　范氏蘭影片作品截圖二

---

[3] 本次活動的成果發布在本校的中國科大電子報383期，有Youtube連結網址欣賞學生作品和評審已授權的講評影片，網址：http://cutespaper.cute.edu.tw/2024/12/ai.html。

圖十二　頒獎，境外生第一名范氏蘭　圖十三　評審之一對參賽者的講評

五　結語

　　從一一二學年到一一三學年，「中文寫作與思維」課程在筆者的教學設計中，各自呈現不同樣貌的成果。虛假學習和淺表學習一直是許多教師無法解決的難題，筆者在多次摸索當中，發現一個有效的指導方針，那就是：以學生學習為中心，以教學品質為主體，配合「活動、互動、行動教學」之觀念，引導學生自主學習和精熟學習。

　　一一二學年以「問題解決導向學習」（PBL）為指導原則，利用「心智圖法」，引導學生從自己生平難忘的生活或工作經驗發展自傳的段落，並通過水平思考，掌握「事件元素結構」，思考跟文學作品中哪一類的人物在心境上是相似的。在思維能力方面，讓學生跳開「重複、模仿」，朝向「創造、應用」正向發展。

　　一一三學年加入人工智能 AI 的技術，要求學生加入自己的生涯元素，委由 ChatGPT 生成自我介紹或小說。因為超級助理 AI 的協助，減輕了教師的教學負擔，同時學習起點行為較低的同學也能在短時間內創造一篇達標的文學作品，擺脫了虛假學習和淺表學習。因此，數位人文浪潮下的中文寫作與思維不但不會被淹沒，反而能夠站在教學的浪花上展現亮麗的風采！

六　參考文獻

陳貴麟：〈本國語文網路輔助教學課程資源之製作成果說明與檢討〉，《國文天地》第232期，2004年9月，頁87-90。

陳貴麟：〈國文領域數位學習教材的編製與實施之研究〉，《2014年大學遠距教學成果專書》，臺北市：教育部，2014年。（實際印製日期2015年9月）。

陳貴麟：〈通識教育的創新探討——以中國科技大學國文課為例〉，《21世紀大學通識教育的創新與未來：新通識教育×SDGs×EMI×教學實踐研究」國際學術研討會論文集》，彰化縣：大葉大學通識教育中心，2023年，頁1-9。

陳貴麟：〈從數位教材和自我學習兩個面向探討如何有效進行資優教學〉，《跨域實作與自主學習》，頁291-312。二十一世紀臺灣的大學通識教育專書系列，教育部提升大學通識教育中程計畫，2025年3月。

陳靜靜：《學習共同體：走向深度學習》，上海市：華東師範大學出版社，2021年（原刊於2020年），初版8刷。

淡水地方敘事與 AI 協作
—— 以臺灣女性環球之旅第一人的張聰明為例

黃文倩
淡江大學中國文學學系副教授

一　從提示詞到思維鏈

　　二〇二四年九月起，因應數位人文時代全面來臨，筆者因緣際會地在淡江大學文學院開設一門新的課程「多元智能與創新表達」，主要參考了哈佛大學教授霍華德・賈德納（Howard Gardner）的《多元智能》的諸多理論（如人際智能、空間智能、內省智能、存在智能、音樂智能、邏輯數理智能、身體動覺智能、語言智能等等）為基礎，同時嘗試將它們結合 AI 系統工具，以期綜合調動與提昇專業文科同學們的多元主體、創新思維，並進一步落實在文學、藝術等創造性的工作上。

　　無獨有偶，二〇二四年十一月，《天下》雜誌出版了一期教育特刊，主題為「AI 時代怎麼學？」該刊引薦了國內外各大學及企業界對 AI 原理及應用的諸多思考與方法。當中曾提及史丹佛大學的五大設計思考（design thinking）步驟：「同理思考、需求定義、創意發想、模型設計，以及模擬測試」[1]，實跟筆者在課堂中引導的觀念與

---

[1] 吳靜芳：〈文組頂大生 AI 專案先了解它笨在哪〉，《天下雜誌》二〇二四年教育特刊（2024年11月13日），頁122-123。

實踐結構不謀而合。更進一步來說，要能做到對特定文藝主題的「設計思考」，事實上仍在於如何跟 AI 系統進行精準提問，下達有效且足夠細緻的提示詞（prompt），畢竟單一問題與單一解答，很難回應人類文化與文藝世界的各式豐富與複雜的現象，因此有論者更深化地將提示詞擴展成提示工程的概念：「為了讓人們能與大語言模型高效溝通，以獲得所需結果，提示工程（prompt engineering）應運而生」[2]。事實上，「提示工程」的邏輯也並不複雜，其後設模擬的是人類智能的各種複雜運作，核心過程即是把各種思考、問題或細節層層疊加，姑且將之命名為思維鏈（chain of thought）：

> 從更廣泛的角度來看，思維鏈技術其實是將複雜的問題分解成幾個小問題，即根據問題生成推理，再根據推理解決問題。這實際上是計算機科學中常見的分治思想（divide and conquer）。由此可見，思維鏈技術不用拘泥於「一個問題+一個推理」的模式，我們可以進一步擴展，構建更長、更複雜的思維鏈，解決更複雜的推理問題。[3]

事實上，筆者在教學與創作現場與 AI 協作的實驗，也有類似的思維鏈的引導模式，但我更發現，這項創造性的工作，必須奠基在許多專業人文學的專業知識上才能精準提問，因此我嘗試將 AI 與人文創新敘事的方法論，更精細地再劃分為以下多種類型或層次，包括：

一、AI 與基礎敘述／事力協作（提問元素包括：人、事、時、地、物、視角、結構、風格、互文／用典等等）。

---

[2] Shom, Wenyuan, Boyan 編著：《駕馭 ChatGPT：學會使用提示詞》（北京市：電子工業出版社，2023年），頁26。

[3] Shom, Wenyuan, Boyan 編著：《駕馭 ChatGPT：學會使用提示詞》，頁157。

二、AI與關聯力協作（提問元素包括：情感關聯、社會關聯、溝通關聯、功能關聯、心理關聯等等）。

三、AI與變異力協作（提問元素包括：內在變化／變異／改良／改革／轉換，外在裂變／革命／衝突等等）。

四、AI與分段力協作（提問元素包括：以人物為中心的分段、以時間為中心的分段、以空間為中心的分段、以敘事節奏感為中心的分段、以行為或語言為中心的分段、以主題／思想為中心的分段等等）。

五、AI與因果力協作（提問元素包括：內在動機、外在動機、結果的具體性、結果的個人性、結果的公共性、結果的抽象性、結果的層次性等等）。

六、AI與影響力協作（提問元素包括：文化影響、社會影響、情感影響、審美影響、思想影響、經濟影響、學術影響、世代影響等等）。

七、AI與評價力協作（提問元素包括：主題、思想、情節、人物、語言、文體、視覺、場景、象徵、隱喻、歷史與文化脈絡、藝術風格、情感共鳴、技術特質、批判性分析等等）。

二 淡水地方敘事與 AI 協作方法

由於本文篇幅有限，以下將以馬偕牧師的夫人張聰明的故事為例，結合上述的方法論的第一層（AI與基礎敘述／事力協作），與 AI 一起協作一部地方行動短劇的腳本。

首先，我們必需清楚自覺──AI協作的性質，主要在於提示詞到思維鏈的設計思考，提問者本身仍需涉獵基本的史料／材料／故事素材──這方面可以透過各式的專書，與學者專家們的口述歷史的成果

為基礎，來進行文藝的再創造。以張聰明（1860-1925）的故事為例，她早年曾為五股一戶人家的童養媳，據說童年曾受到不少虐待，爾後因聆聽馬偕牧師講道，成為首位女性信徒，甚至開始學習寫字讀經、說英文等等，最後甚至於一八七八年嫁給馬偕為妻，協助馬偕在臺傳教。同時根據戴寶村〈臺灣女性環球之旅第一人：張聰明〉[4]一文的疏理，我們可以看到張聰明日後更曾陪同馬偕環球旅行（1880-1881），一路從亞洲、歐洲最終回到馬偕的故鄉加拿大，還曾在一八八一年十月二十一日離開加拿大返臺前，張聰明正式於加拿大的中央衛理教會（另一譯為公會）演講，可以說張聰明不但是一位比林獻堂的《環球遊記》更早就有越界跨國的環球旅行經驗的女性，更是最早具有國際公共事務歷練的臺灣女史。而返臺後的張聰明，還曾協助馬偕經營「淡水女學堂」（Tamsui Girls'School），這個於一八八四年由馬偕及基督教長老教會創辦的學堂，可以說是全臺的女子首學，馬偕於一九〇一年過世後，亦由張聰明繼續協助管理。總的來說，張聰明身上不但具有臺灣性、淡水在地性，更有世界性、跨國性、國際性等等的特質，一生經歷豐富且有諸多戲劇化的轉折，相當適合用來進行淡水地方敘事的重構與再創造，她的故事亦與淡水當下的諸多地景有關（如真理大學、淡江中學、淡水女學堂、紅毛城、牧師樓、姑娘樓、滬尾偕醫館等等），亦可作為地方走讀學習的一種個案。在適度消化與會通張聰明的背景材料後，我們可以結合前面的基礎敘事方法論來跟 AI 一起協作。同時要特別注意的是，提問者可在基礎的史實下，加入一些較新的敘述／事元素與角度，以擴充與發展當代的新意與趣味性。

以下為我對張聰明的故事的提示詞與思維鏈企劃，請 ChatGPT 將這些元素（即各種提示詞與思維鏈）整合成一部行動短劇的腳本：

---

[4] 戴寶村：〈臺灣女性環球之旅第一人：張聰明〉，來源：https://www.ntl.edu.tw/public/Attachment/351616505761.PDF檢索日期：2024年12月8日。

一、人：馬偕先生的夫人張聰明（臺灣人）、馬偕牧師（加拿大人）、二十一世紀一個陷入中年危機的婦女 Michelle

二、事：包含以下四個環節的事件：第一，Michelle 百無聊賴地正在讀著阿赫瑪托娃年輕時的詩，不斷朗讀直到睡著，醒來後她發現自己穿越回十九世紀末的臺灣，成了張聰明。第二，張聰明原名蔥仔，從小在臺灣五股長大，曾是一位童養媳，後來在婚配對象過世後，時常被受養家庭虐待。直到開始到教堂學習羅馬字、讀聖經，還曾獲得第一名。第三，張聰明在一八七八年二月三日受洗，同時五月二十七日，她與馬偕牧師在淡水英國領事館完成結婚儀式。第四，一八八〇至一八八一年間，張聰明陪同先生展開環球旅行，途經廈門、香港、新加坡、馬來亞，到過開羅，看過金字塔、人面獅身像，在耶路撒冷禮拜，在羅馬見識競技場和聖彼得大教堂與萬神殿，穿過阿爾卑斯山也曾在巴黎散步，一八八〇年六月二十四日，他們回到加拿大，一八八一年他們返臺前，張聰明曾在「中央衛理教會」向眾人致詞，發表她這趟加拿大旅程的感想。

三、時：十九世紀末至二十世紀初

四、地：臺灣五股、淡水及加拿大

五、物：聖經、第一名獎狀、書本、船票、木蓮花、山茶花

六、敘事視角：第一人稱順述

七、風格：半寫自然、緩慢靜美

八、互文／用典：請讓主人公不時閱讀以下作品或聖經片段：
俄羅斯女詩人阿赫瑪托娃青年代表作：傍晚的天色茫茫昏黃／四月的清涼——溫柔爽朗。／你晚來了很多很多年啊，／可我還是為認識你而神往。

你過來，挨近我坐下，／用高興的眸子看一看：這藍色的筆記

本里啊——／有我兒時的詩篇。／恕我過去的生活一片淒涼，／連太陽也難以讓我歡暢。

我把很多人誤認為是你了，／求你原諒，原諒，原諒。

《聖經》：「凡事都有定期，天下萬物都有定時，生有時，死有時；⋯⋯尋找有時，失落有時；保守有時，捨棄有時；撕裂有時，縫補有時；靜默有時，言語有時；喜愛有時，恨惡有時；爭戰有時，和好有時。」

三　AI 生成實例腳本：《時光的詩與信仰》

需要說明的是，我使用的是 OpenAI 的 ChatGPT 的 Plus 版，跟免費版及 PRO 版可能在生成組合上會有一些差異。同學或創作者們可自行增減相關元素和組合方式，以讓提示詞和思維鏈繼續動態化、豐富化與細膩化，直到生產出每個人各自想要的作品效果。

行動短劇：《時光的詩與信仰》
風格：平實自然，緩慢靜美
敘事：第一人稱順述
時長：十五分鐘

第一幕：現代的迷茫與詩的聲音
場景描述：現代書房，Michelle 坐在書桌旁，手中拿著阿赫瑪托娃的詩集，桌上一枝木蓮花靜靜躺著。窗外陰雨綿綿，背景傳來輕柔的音樂聲。

Michelle（低聲讀詩，自語）：
「傍晚的天色茫茫昏黃，四月的清涼——溫柔爽朗。你晚來了很多很多年啊，可我還是為認識你而神往。」
（歎氣，翻頁）
「恕我過去的生活一片淒涼，連太陽也難以讓我歡暢。」
（她疲憊地趴在書桌上，詩集從手中滑落，閉上眼睛入睡。）
燈光漸暗，伴隨詩聲與鐘聲的回響，場景逐漸轉換。

第二幕：穿越到十九世紀的臺灣五股

場景描述：Michelle 醒來時，身著傳統服飾，周圍是一片十九世紀臺灣農村景象，稻田與山茶花環繞。遠處傳來教堂的鐘聲和孩子們的朗讀聲。

Michelle（驚恐地看著自己）：這是什麼……我的衣服？（四處張望）我在哪裡？
一位鄉村婦女怒氣沖沖地朝她走來。
婦女：蔥仔！妳這死丫頭怎麼不回家做活！今天非揍妳不可！
Michelle（愣住，喃喃自語）：蔥仔？我……我怎麼會變成她？
場景轉到教堂內，蔥仔（Michelle）坐在一群孩童中，聚精會神地學羅馬字，老師走過來為她頒發第一名獎狀。
老師（微笑）：蔥仔，妳的羅馬字讀得很好，今天又是第一名！
蔥仔（拿著獎狀，眼中帶著淚光，自言自語）：原來被人認可的感覺這麼好……

第三幕：淡水的婚禮

場景描述：一八七八年的淡水，教堂內陽光透過彩色玻璃灑下，蔥仔（Michelle）與馬偕站在牧師面前，木蓮花裝點著婚禮場地。

旁白（Michelle 的聲音）：一八七八年二月三日，我受洗成為基督徒。同年的五月二十七日，我在淡水英國領事館與馬偕結婚。從五股那個被遺棄的小女孩到站在這裡，彷彿是一場夢。
牧師：蔥仔，妳願意成為馬偕牧師的妻子，與他一同侍奉主嗎？
蔥仔（看著馬偕，輕聲）：我願意。
鐘聲響起，場景漸暗，聲音逐漸轉換為海浪聲。

第四幕：環球旅行與加拿大致詞

場景描述：蔥仔站在甲板上，手持船票，海風拂面，目光凝視著遠方。背景依次展現埃及的金字塔、耶路撒冷的聖地、羅馬的競技場、巴黎的街道。

旁白（Michelle 的聲音）：一八八〇年，我與馬偕展開了環球旅行。從亞洲到歐洲，從金字塔到阿爾卑斯山，這是我從未想像過的世界。
場景切換到加拿大教堂，蔥仔（Michelle）站在講臺上，面向眾多聽眾，手中握著一本聖經。
蔥仔：在加拿大期間，我學到了許多，但我最深的感觸是，無論走到哪裡，心中對故土的牽掛從未改變。如《聖經》中說，「尋找有時，失落有時；保守有時，捨棄有時」。
臺下響起掌聲，馬偕在一旁微笑點頭。

第五幕：現代的醒悟

場景描述：Michelle 再次醒來，回到自己的書房，窗外雨過天晴。桌上的詩集與聖經還在，木蓮花綻放著微光。

Michelle（低聲）：「我把很多人誤認為是你了，求你原諒，原諒，原諒。

（她深吸一口氣，微笑地看著窗外）

Michelle（低聲）：蔥仔，謝謝妳讓我看到，即使在最苦難的生活中，愛與信仰依然能帶來希望。

背景傳來鐘聲與詩聲的回響，畫面定格在 Michelle 手握木蓮花的笑容中。

四 AI 輔助分鏡圖片

除了文字腳本，由於本創作的目的最終是要由真人上演行動短劇，因此我們亦可請 ChatGPT 根據這五幕的場景，製作出類似分鏡用的基礎圖片，以作為日後同學、創作者們正式排演的基礎。這方面的提示詞需要特別注意的是細節上的修訂，例如背景、服裝、場景、室內室外，甚至圖片的材質、藝術表現的筆法等等，均可嘗試跟 ChatGPT 不斷對話進行再產生。以下是我逐步調整後的五幕圖片：

第一幕：現代的迷茫與詩的聲音

第二幕：穿越到十九世紀的臺灣五股

第三幕：淡水的婚禮

第四幕：環球旅行與加拿大致詞

第五幕：現代的醒悟

以生成式AI文生圖、圖生文詮釋星雲大師引用詩歌意象之教學實驗

戴榮冠

佛光大學人文學院助理教授

一　前言

　　人間佛教的教學，誠如星雲大師所說「佛說的，人要的，淨化的，善美的」，強調佛教在人世間的實際需求與對應。本教學實驗對象為「人間佛教哲學思想與生活美學」課程學生，過去教學歷程中，個人不斷思索「人間佛教」精神如何融入課程，而不為學生所反感。佛光大學雖為星雲大師創辦，但整體教學並不以宣教為主，強調多元創新，以學生為主體的教學策略，但凡涉及「抄經」、「背經」等刻板教學方式，均為多數所不喜。因此，過去教學採用「體驗式學習」，在學期課程中安排諸多體驗課程如香道、茶道、書道、琴道、微電影與人間佛教內涵的交涉，讓學生在實作、體驗中體會人間佛教內涵。

　　然而，此種教學模組固然能獲得學生好評，但主要缺失在於「知識系統淺碟化」，對於課程主體「人間佛教」內涵的理解，仍僅限於「三好、四給、五和」等基礎內涵，對於人間佛教內涵，仍舊缺乏深度認知。大學以教授高深學術，養成碩學閎材，回應國家需要為宗

旨[1]，知識的傳授不能僅限於體驗與感受，需深度理解知識系統。因此，在教學上，如何調和「不以宣教為主，強調多元創新，以學生為主體」，與「深入人間佛教內涵」兩者，一直是筆者關注的焦點。欲深入人間佛教內涵，又不落入宣教風險，勢必採取「主題式教學」才能二者兼得。換言之，如將「人間佛教」僅做為引發學生思考與創作的「材料」，並非以宣教為主要目的，透過對於人間佛教體系某部件或某議題，進行深度分析，啟發學生自主學習、自主探究能力，如此既能培養學生問題解決能力，也能避免宣教風險。近年新加坡南洋理工大學衣若芬教授倡導「文圖學」，其中提到：

> 「文圖學」關心「詩畫關係」、「詩畫比較」、「詩畫互文」，還涉及生產機制、社會網絡、政治訴求、消費文化、心靈思想等課題。[2]

文圖學所關心的「詩畫關係」、「詩畫比較」、「詩畫互文」，正可做為學生探討「人間佛教」的有效教學途徑。星雲大師著作等身，其中《詩歌人間》收集星雲大師創作諸多詩歌著作，可供做為教學材料。然而，如以文圖學角度結合「人間佛教哲學思想與生活美學」課程，則佛陀紀念館中風雨走廊《佛陀行化圖》與配合之古德詩歌對應，更能體現「文圖學」中「詩畫關係」、「詩畫比較」、「詩畫互文」關係，因此本研究以佛陀紀念館中風雨走廊《佛陀行化圖》為主題，探討當初設計多幅壁畫時，為何選擇特定古德詩歌進行搭配，而非其他詩歌。學習工具選擇上，以生成式 AI ChatGPT 做為學生「圖生文」之

1　引述自臺灣教育研究資訊網，來源：https://teric.naer.edu.tw/wSite/mp?mp=teric_b。
2　衣若芬：〈文圖學的建構之路〉，衣若芬主編：《學術金針度與人》（新加坡：八方文化創作室，2015年），頁139-140。

基礎工具。以 Copilot 做為學生「文生圖」之工具，透過文圖創作，檢視學生對於圖片、詩歌義理的理解程度，進而達到自主學習，與深化人間佛教義理理解的效果，是為本論文的主要研究目的。

二　教學研究設計緣由

本教學實驗以佛陀紀念館《佛陀行化圖》與古德詩歌為探討對象，主要原因在於透過《佛陀行化圖》相關文字說明，與對應古德詩歌的探討，能刺激學生深入並發掘問題，如《佛陀行化圖》中相關故事的精神和在，又為何選擇某詩歌做為佛陀故事的對應內容？大師選定諸多《佛陀行化圖》，做為引導眾生的旨趣又何在？

星雲大師之所以將《佛陀行化圖》及古德詩歌置於風雨走廊，成為群眾遊覽佛陀紀念館必經之路，其中蘊含了人間佛教深層內涵。以《佛陀行化圖》使眾生觀其圖而思索，並配以簡單扼要的文字說明，使眾生能快速理解佛陀在「人間」的行化與悲願，由一幀幀圖畫的理解中，體現佛陀的人間關懷，如此不正是星雲大師推廣「人間佛教」的旨趣之一？

星雲大師一生弘法，致力於將佛陀形象人間化，大師曾云：「佛是人，不是神」，將佛陀定義為圓滿人格的體現，並且將佛陀一切舉措，均與人間緊密結合，一改過去將佛陀神格化，去人間化，從而導致佛教與人間疏遠的弊端，從新定義佛陀是人，而人可以成佛。故大師曾云：「我是佛」，重新揭示此佛說之言，肯定眾生成佛的可能，鼓勵眾生當下承擔，不離世間。在塵世中修行，以證成佛道，正是星雲大師一生弘法的核心精神所在。如圖一《佛陀行化圖‧吉祥草》所示：

圖一　《佛陀行化圖・吉祥草》[3]

然而，以佛陀紀念館《佛陀行化圖》做為教學課題，在理解上必然遭遇一核心問題，即學生如何理解、貫通《佛陀行化圖》與對應古德詩歌之關聯性？換言之，學生、大眾能夠透過圖片文字理解圖中旨趣，如《佛陀行化圖・吉祥草》的故事，透過婦人尋找吉祥草，而體悟無常的普遍，無人能逃避。這樣的解說內容雅俗共解，容易深入人心。然而，與該圖對應的詩歌，在理解上卻存在著重大的落差，圖示如下：

---

[3] 本圖及解說出自佛陀紀念館，為佛光大學中國文學與應用學系黃逸宜博士所取得，無償提供本論文使用，在此誌謝。

圖二　古德偈語[4]

　　本圖對應詩歌為古德偈語：「頂禮我佛大導師，三界尊榮無能比；示現世間轉法輪，老少眾生皆徧知。」對於學生而言，婦人尋找吉祥草的故事啟發，與佛陀身為「大導師」，在所有法界之中「尊榮無能比」有何關聯？如果沒有系統性理解，在直觀上必然認為二者是獨立個體，互不相干。在本教學實驗中，正因為佛陀行化圖與古德詩歌的對應存在認知上的落差，可做為「詩畫關係」、「詩畫比較」的理想對象，在教學實驗中，將透過生成式 AI 工具，協助學生突破對於詩畫內涵理解上的落差。

三　研究設計方法與步驟

　　本教學實驗，對象為「人間佛教哲學思想與生活美學」課程學生，修課成員多數為佛光大學文學院大一學生。過去教學經驗中，學

4　本圖片為佛光大學中國文學與應用學系黃逸宜博士所取得，無償提供本論文使用，在此誌謝。

生對於佛陀行化故事，或佛陀生平事蹟，有基礎的認識，因此對於圖中內涵的理解不存在嚴重問題。問題在於上述「詩畫關係」的理解。對於學生而言，《佛陀行化圖》的詩化關係如下圖三所示：

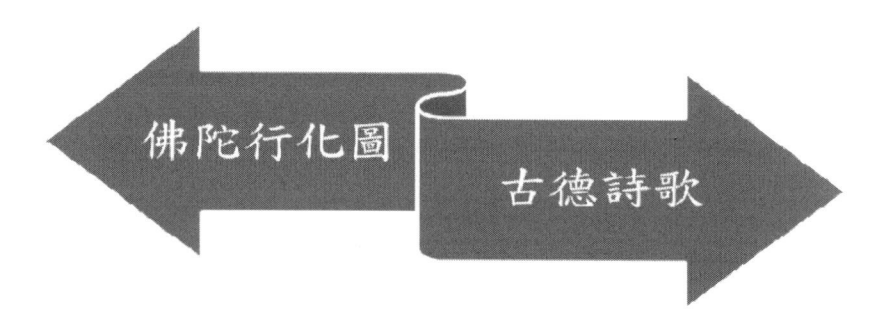

圖三　《佛陀行化圖》的詩化關係

　　每幀《佛陀行化圖》與對應詩歌內容，僅以常人初步觀察，即便古德詩歌翻譯為白話文，也不容易發現兩者的對應關係。然而，當初星雲大師建設佛陀紀念館，將二十二幀《佛陀行化圖》輔以對應詩歌，必有其深刻內涵，亦即古德詩歌之核心意義必然與《佛陀行化圖》相呼應。過去的教育中，遇到此類看似矛盾的情形，多半是弟子參悟的時機，如能體會其中「詩畫關係」，定然對於人間佛教核心思想有更深入的體會。但時至今日，以學生為主體的教學模式，不適合指定每位學生「參悟」詩畫關係，一來曠日廢時，二來有違尊重多元信仰的宗旨。

　　因此，本教學實驗，擬借助衣若芬教授《看見文圖學》中探討文本自身的方法進行剖析，解析文本方法依序為「視其外觀」、「察其類型」、「解其形構」、「論其意涵」[5]，透過觀察詩畫對應型態，進而解析詩畫形式與內涵，最後尋求《佛陀行化圖》與古德詩歌的共同內涵，以達成引導學生深度理解人間佛教內涵的目的。

5　衣若芬：《春光秋波：看見文圖學》（南京市：南京大學出版社，2000年），頁6-8。

本教學實驗具體步驟，分別為「剖析圖像意涵與改寫」、「探討詩歌意涵與改寫」、「融合詩畫意涵與反饋創造」等三步驟，具體執行進程如下圖：

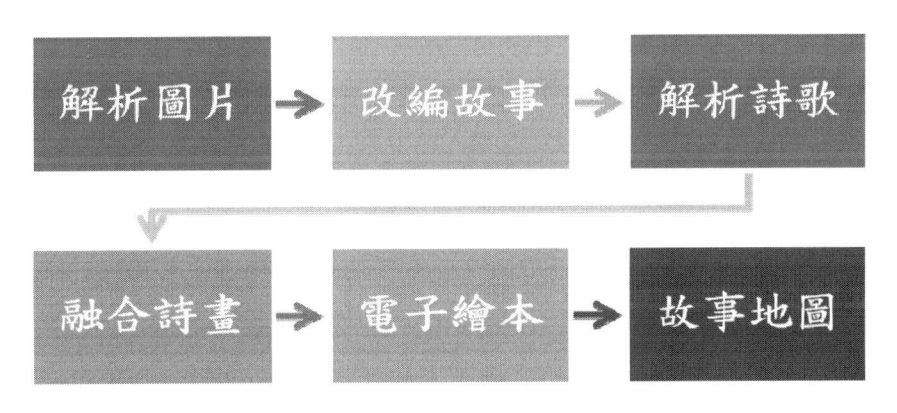

圖四　教學實驗步驟圖

「剖析圖像意涵與改寫」部分，首先以釋永東教授〈佛陀紀念館「佛陀行化本事圖」圖像探析〉一文為基礎[6]，為每位學生分配二十二幀《佛陀行化圖》，並以釋永東教授論文釋文為基礎，引導學生理解各自負責之《佛陀行化圖》。

其次，以釋永東教授釋文為基礎，借助生成式 AI ChatGPT 改寫《佛陀行化圖》故事。改寫的目的，主要在於改變佛陀與其他故事主角後，容易借助生成式 AI 再創作故事，並且可以藉此故事融合古德詩歌內涵。

「探討詩歌意涵與改寫」部分，以《古德偈語與佛陀行化本事》一書[7]為基礎，協助同學理解對應之古德詩歌，並探討詩歌意涵與《佛陀行化圖》內涵之關係。透過此步驟，使學生完成「詩畫關係」之探

6　釋永東：〈佛陀紀念館「佛陀行化本事圖」圖像探析〉，《佛光人文學報》第4期（2021年1月），頁147-197。

7　釋如常編：《古德偈語與佛陀行化本事》（高雄市：佛光山文教基金會出版，2011年）。

討，理解當初星雲大師為何以特定古德詩歌或偈語，詮釋佛陀生平故事。

　　此教學步驟的重要之處，除了深度理解佛陀故事內涵外，更重要在於理解星雲大師「人間佛教」體系之核心內涵。星雲大師來臺之初，於宜蘭雷音寺撰寫《釋迦摩尼佛傳》，以《阿含經》諸多故事為根基，將過去傳統神格化的佛陀形象，重新定位為原始佛教中「圓滿人格」的形象，並強調「佛是人，不是神」，既然佛由人成，因此人們若真心學佛，必能成就，此即星雲大師提醒徒眾要升起「我是佛」，為眾生修行、服務的擔當，這是星雲大師提倡「人間佛教」的重要內涵。

　　星雲大師既然重視佛教在世間的實際應用，一切觀機逗教、權變示現均以人間佛教為依歸。因此，透過引導學生理解古德詩歌內涵，並進一步了解為何星雲大師要選定若干詩歌，以探討該詩歌如何詮釋《佛陀行化圖》的旨趣。經此教學步驟，則能促使學生深入人間佛教內涵的探討，不再限於淺碟式的體驗教學。

　　「融合詩畫意涵與反饋創造」部分，在完成生成式AI再創作故事與理解詩畫的對應後，將AI再創作故事，結合學生對於《佛陀行化圖》「詩畫關係」的理解，借助生成式AI進行第二次故事創造，亦即將第一次AI創作故事融合詩歌內涵，進行二次創造，以此融合詩畫內涵，完成對於「詩畫互文」的理解。

　　此教學步驟，重點在於取其義而忘其形，以AI改編故事為框架，使得生成式AI不受限於佛陀及其他人物的限制，在故事創作上才不會產生指令語混淆的情形。如人物限定為佛陀與同時代歷史人物，則AI生成之故事必然於大數據中搜尋佛陀資料，如此容易將各類不同故事題材混淆一處，影響故事完整性的同時，也干擾學生對於星雲大師人間佛教內涵的理解。因此，透過改編，AI再創造的故事，保

留佛陀教化精神,而去除佛陀標籤,才容易再納入其他故事元素。

　　第二次 AI 生成故事創造,則以第一次 AI 生成故事為基礎,結合古德詩歌所展示的人間佛教精神,將此精神再納入故事之中,進行二次創造,期間引導學生完善故事架構,並以電子書繪本形式呈現完整故事,透過改編故事,體現星雲大師人間佛教精神。

　　以電子書繪本形式,除了生成式 AI 文字外,更為重要的在於 AI 圖片的產出。透過學生「詩畫互文」中產出 AI 文本,並以 AI 文本中人物、故事元素為基礎,利用生成式 AI Copilot 生成與故事相關之插圖,完成融合詩畫意涵與反饋創造的繪本內容,作為本教學實驗之具體成果。

　　然而,本教學實驗須待一一三學年第一學期開始,才能如實進行。因此目前探討,僅為教學設計、教學步驟、教學成效之初步模擬,需等待教學實驗完成後,才能確定實驗流程成功與否,故本論文所提,暫為教學實驗之設計藍圖。

四　結論

　　透過本教學實驗,結合過去「人間佛教哲學想與生活美學」授課經驗,個人預期具體教學成果如下:

　　一、深化學生對於人間佛教內涵之認識:過去佛光大學學生,如非佛教學系專業,對於人間佛教內涵,多數僅停留於星雲大師對一般大眾呼籲的「三好」、「四給」、「五和」等內涵。學生如能理解上述內涵並實踐,固然已屬可喜,但以一門大學必修課而言,如僅教授「三好」、「四給」、「五和」,則不足以成為大學必修課程。透過本教學實驗,引導學生理解《佛陀行化圖》與古德詩歌內涵,並進一步體會星雲大師為何詩畫如此搭配之因,進而體會星雲大師提倡人間佛教之精

神。以詩、畫為探討之文本，深入人間佛教精神，在此過程中啟發學生思辨能力，如此以符合大學教學之精神。

二、理解「文圖學」、「詩畫關係」、「詩畫互文」的操作流程：衣若芬教授提倡「文圖學」，以可見為文本，透過解構文圖，發掘文與徒之間的互涉、互文，並結合新興生成式 AI 開展體系，實為當今學生所必須習得、接觸之專業知識。透過本教學實驗，引導學生使用生成式 AI 進行「圖生文」、「文生圖」之再創造，以探求藏於詩歌與圖象中之內涵。透過此訓練，對於學生日後於課堂，於工作中解析文本與圖象之對應關係，當有實際效益。

三、習得生成式 AI 文圖創作技術：本教學實驗以生成式 AI 為創作工具，引領學生習得生成式 AI 指令語下達方式，使學生快速熟悉 AI 生成之規則與禁忌。並且，透過「圖生文」、「文生圖」之再創造，激發學生多元思考，並應用於日後各學科之中。

四、練習數位圖書編輯能力：本教學實驗之具體成果，為數位電子繪本。透過「圖生文」、「文生圖」方式，生成繪本之文本與圖像。透過本實驗，學生能更快速掌握數位電子書編輯軟體，並應用於未來報告、求職等面向，以獲得「帶得走的能力」。

五　參考文獻

星雲大師：《釋迦牟尼佛傳》，高雄市：佛光出版社，1991年。
星雲大師：《佛教叢書・人間佛教》，高雄市：佛光出版社，1998年。
釋如常主編：《古德偈語與佛陀行化本事》，高雄市：佛光山文教基金會出版，2011年。
釋如常主編：《博物館的奇蹟――佛陀紀念館的故事》，高雄市：財團法人人間文教基金會，2016年。

衣若芬：《春光秋波：看見文圖學》，南京市：南京大學出版社，2000年。

衣若芬：〈文圖學的建構之路〉，衣若芬主編：《學術金針度與人》，新加坡：八方文化創作室，2015年，頁139-140。

釋永東：〈佛陀紀念館「佛陀行化本事圖」圖像探析〉，《佛光人文學報》第4期，2021年1月，頁147-197。

王常琳：《二十一世紀新式佛塔：佛陀紀念館及其宗教、文化與教育功能的研究》，嘉義縣：南華大學宗教學研究所碩士論文，2014年。

臺灣教育研究資訊網，來源：https://teric.naer.edu.tw/wSite/mp?mp=teric_b。

生成式 AI 與大學中文教育

謝博霖
東海大學中國文學系助理教授

自二〇二三年以來，ChatGPT、Bing、Copilot、Claude 等生成式 AI 的名字便紛至沓來，人們有如觀看走馬燈似地看著一家家 AI 公司你方唱罷我登場。面對此景，有人觀望，有人喜迎，也有人心驚，已經開始點名哪些行業將日薄西山。

在教育界，生成式 AI 帶來了全新的衝擊：學生該不該用 AI 寫作業？這個模稜兩可的問題，在這一年多以來，已經不再是應然問題，而是實然問題。

過往人們字斟句酌、苦思冥想，編織出一段段文句，也許樸拙，但起碼踏踏實實是自己的心血。而今人們只需要一句號令，便可讓 AI 一鍵十行，七步成詩，讓兜售寫作技巧的人們近無立錐之地。此外，生成式 AI 的出現似乎賦予了我們「寫作速食化」的便利，但也可能使深度思考與個人風格書寫逐漸成為一種稀缺資源。

教育者面臨的挑戰則更為複雜：如何在課堂上引導學生善用 AI 而非濫用？是否應該將生成式 AI 視為「作弊」的幫兇，還是將其納入教學工具箱的一部分？在評估學生成果時，又該如何確保作品真正反映其自身的能力？

一　生成式 AI 與文本生成

《孫子》云：「知己知彼，百戰百勝。」要善用生成式 AI，就需要瞭解它緣何生成，並利用其生成的原理，改良使用生成式 AI 的技巧，讓教師走在學生的前面。

生成式 AI 並非天生聰穎，而是以人類世界現有的龐大文本數據進行訓練，從中學習語言的規則與語義的關聯性。更因其辨識人類語義的卓越能力，「聽得懂人話」，讓 AI 從工程師的世界踏入尋常百姓家。

生成式 AI 訓練過後所內建的基礎語言模型雖然強大，但若無使用技巧，其文字表現總是趨於最高關聯性而趨於平庸。更遑論其文本數據大量依賴於西方語系網路，這類 AI 對中文網路資料並不熟悉，對中文生成更容易流於空泛，不能切合使用者的需求。因此，使用者若能準確選擇並提供高品質的參考資料，亦即提供充足的相關知識，就能為 AI 建立更具方向性的生成基礎。猶如鑄劍，材料的優劣直接影響成品的鋒利程度。

其次，生成效果的關鍵還在於提示詞的「細膩具體」。與人類交流一樣，模糊而籠統的需求常難以得到滿意的回應；相反，若提示詞能清晰指示文本風格、內容結構與核心議題，生成結果往往更能貼合需求。例如，若希望 AI 生成一篇議論文，僅下達「寫一篇關於氣候變化的文章」這樣的指令，可能過於模糊，生成的內容也會流於空泛。而「以全球氣溫升高對農業的影響為主題，寫一篇八百字的分析文章」，並附上給 AI 相關的參考資料，則能顯著提升生成文本的針對性與專業度，並將內容聚焦到自己想要的部分。

最後，由於生成式 AI 每次都是透過最高關聯機率的字句生成，機率就意味著不會每次都相同，因此 AI 並不能每次都能交出完美答案，單次生成的結果或許表面流暢，但內容深度可能不足。通過多次

生成、反覆比較與重組，使用者可從不同版本中擷取精華，進一步提煉文本，達到最佳效果。這種方法類似於創作者打草稿，讓最終成品更為精緻。

二 如何迎接生成式 AI 浪潮

就當前生成式 AI 進入大學教學場域的現象來看，大學生使用 AI 寫作業大致可以分為三種：完全不會使用、會使用但是不在乎使用技巧與成品樣貌以及會研究如何使用。完全不會使用 AI 的同學，並不是沒聽過或沒接觸過，更多的狀況是他們覺得很難用或者沒有用，做出來的作業可能會立刻被教授看破或退件，還不如自己隨便寫寫。會使用但不在乎使用技巧與成果的學生，主要還是貪圖方便，並賭教授不會細看，企圖矇騙過關，對課程分數並不在意。會研究使用技巧的學生，有時會受限於無法提供 AI 充足的先備知識，只能生產一些無需太多先備知識也能讓 AI 自行創作的作業，如心得等。

從這個現象也不難發現，生成式 AI 對於語文教育的影響並不如當前想像得如此巨大，AI 畢竟不會讀心術，即使它會讀心術，若是使用者心中沒有對作品的細部構想，往往只能多次生成看能不能讓 AI 生成出一個適合自己使用的。這種無法精準的狀況，和使用者的敘事能力與鑑賞能力相關。

這類使喚 AI 的敘事力，大抵體現在提示詞（prompt）的構思上，使用者需要提供敘事主體的身份細節，如學生、大學生、中文系學生、某大學的中文系學生等，愈多的身份細節，就能讓生成式 AI 擷取更多的關鍵詞，從而鎖定與此身份細節相關的生成內容而不至於發散混亂。

除了敘事主體的身份細節，對於生成文本的「形式」與「內容」

也需要加以說明。所謂形式，大致即文體或文類。生成式 AI 能理解大多數已知的文類應當如何書寫，用何種口吻。此外，形式也包含語言風格與篇章框架，前者可以提供素材供 AI 模彷，後者可以先使 AI 生成框架後，再細部追問填充。至於「內容」，則仰賴人類使用者提供相關專業資訊給生成式 AI，具體作為就是先貼上一段濃縮後的必要文字資料，請 AI 先行記住，再依照使用者的指示（敘事主體與形式）加以生成。

　　在人機溝通的敘事能力外，使用者對於 AI 生成的文本也應當要有相當程度的鑑賞能力。大多數的學生在這一部分比較輕忽，往往將教師給予的課堂報告要求全文複製貼上後，看也不看就直接貼上，在這部分應當要給那些願意花時間潤稿的學生獎勵，或者透過其他引導的方式，使學生瞭解 AI 生成的文字哪裡是有問題的。

　　從提供資料、主體身份、文本形式與最終潤稿這些操作 AI 的步驟來看，語文教育反而是生成式 AI 浪潮中富有教育意義的內容。為什麼呢？若使用者自己的文字鑑賞能力太差，則 AI 生成什麼樣的文字他都只能照單全收，不加修正，那麼 AI 對他來說只會使他拿到低分或者被退件。在其他人都能用 AI 生成水準之上的文本時，由於文字鑑賞力的缺失，只能生成普通水準的文字，反而是落後的。

　　這一點在資工系教授程式語言相關課程時也往往如此，即以本校中文系學生雙主修資工的經驗而言，資工系教授並不會阻止學生用 AI 寫程式語言作業，其教學重心反而落在「你怎麼解釋這段程式語言的作用」，以及「如果這段 AI 生成的程式語言有問題，要怎麼抓錯、除錯？」足見在生成式 AI 浪潮下，人類使用者監督的眼力反而更為重要。《詩》云：「他山之石，可以攻玉。」資工系在程式語言教學的轉向，也可作為中文系在教授文字寫作技巧時的借鑑。

三　從文案生成到文本分析

　　在實際課堂教學中，生成式 AI 可以在文案寫作與文本分析這兩方面著手。由於文學有一定的抒情本質，AI 實難為人們抒發情緒的需求代勞，因此在創作上往往只能處理非抒情性質的日用雜文。如自傳、綜述、企劃、講稿、報告、摘要、下標、廣告詞、說明文等。這些方面可以設計一些比較需要文字技巧的為難情境，使學生下提示詞時需要更多思考，培養其人機溝通的敘事能力。在此基礎之上，也可以結合影音生成 AI，使學生嘗試利用 AI 生成的文案從事繪本、Podcast 或影片的製作。

　　另一方面，生成式 AI 可以輔助學生理解文本內涵，如透過續寫課堂教授過的篇章，使學生從玩 AI 的過程中，再次深入閱讀文本內容，提供 AI 足夠的先備知識，生產出符合需求的二創或續寫篇章。例如在解說小說後，讓學生用 AI 續寫或產生二創作品，考驗的是理解原作人物、劇情的深入程度，並使學生在其中可以充分發揮想像力。

　　透過這些方式，將生成式 AI 融入大學中文教育，目標是做個聰明的使用者，而不是粗製濫造的廢文生產機，也可以使課堂教學更加多元且富有創意，擺脫大學中文教育不夠實用的困境。

　　數年前，全臺各大學普遍掀起一股質疑大一中文存在必要性的浪潮，一時之間，檢討中文教育的聲音讓許多中文系的老師們感到憂慮。新興的生成式 AI，更將學生的寫作水準拉到普通水準，即使是錯字連篇、文法不通的學生，只要能使用生成式 AI，都能產出看起來正常通順的文章。

　　面對這樣不可逆轉的變化，或許是大學的中文教育的助力，不必為此過於擔憂。正因 AI 使得人均寫作水準拉到平庸線上，所以精致高雅且充滿個人風味的寫作就顯得更加難能可貴，也更值得留存於大學校園中。

四　多元敘事

中華優秀傳統文化其命維新的可能：以朱子文化與地方歷史文化傳播的結合為例

王志瑋
三明學院文化傳播學院副教授

一　前言

　　二十世紀中葉以降，人類科技日新月異，技術導向成為人類新的生活標準。擁護中華傳統文化者在此浪潮下顯得侷促不安，疲於奔命強調自己的時代價值，然而在一般人眼中，中華傳統文化的具體指涉，大概就是擺放在各大博物館櫥窗內的展品、報板而已。

　　新的生活型態已不可逆，效法中唐韓愈（768-824）撥亂反正也不切實際，唯有思考中華傳統文化如何創新傳承、落實生活，才是「周雖舊邦，其命維新」的真諦。中華傳統文化的內涵多元，創新傳承的方式也非一種，正所謂「體有萬殊，物無一量」，傳播方式因地制宜，傳播目的能適切落實才是傳承的根本。本文僅是個人課程的階段性實驗，目的在於嘗試結合理論與實踐，思索中華傳統文化如何在當代社會創新傳承、有效推廣，期以讓中華優秀傳統文化的精神再次落實於生活、社會實踐當中。

二　先理論後實踐的課程設計

　　理論與實踐的結合，已成為當代人文學科教育的新形態課程面貌之一，這種調整一方面改變依賴教師授課才能傳遞知識的傳統觀念，另一方面也是回應當代對人文學科缺乏應用層面的質疑，不過也非每種課程都適合在課程結束前立即實踐致用，否則過度強調課程實踐成果，只會減損課程知識探求的深度理解，致使實踐致用缺乏理論深度。

　　朱熹（1130-1200）為南宋時期閩地的大儒，其所開創的學派被視為閩學學派，為宋代新儒學濂洛關閩四大學派之一。當代朱子文化的傳承，一般可分成以理論為主與以實踐為主的兩種趨向。以理論為主的傳承，多存在於各級學院的課程講授中，主事者藉由課程的安排講授朱子學派的學術理論，因此參與者對朱子學術有較深刻的認知。不過由於重學說理論，是以其實踐多半以學術講論的方式進行，相對於生命實踐、社會實踐方面則較不受重視。以實踐為主的推行，多賴民間人士、政府單位的活動推廣，從修復朱子文化相關遺跡到推行朱子文化相關活動，主事者多藉由活動以宣傳朱子文化的部分特色。這類活動的規模一般受經費、人事行政與其他物質條件所影響，活動的深度則考驗主事者對朱子文化是否有正確的認識，否則活動多半牽強附會，沒有理論的支持，或淪於一般文化活動而與朱子文化關係度不大，致使參與者無法深刻理解朱子文化的精髓。

　　理論與實踐的結合本屬不易，在長年關注朱子學術理論之後，近年又多次參與朱子文化相關活動，遂有意嘗試將二者融入課程當中，茲以近期開設地方歷史文化傳播課程為例，說明如何將朱子文化融入此課程，並作為特色課程的教學實驗。本課程的基本訊息如下：

　　　一、修課專業及年級：大四傳播學專業學生。

二、修課人數：五十一人。

三、上課周次節數：八周，每周四節課。

四、小組報告分組組數：十組。

五、課程進行方式：教師講授、分段測驗、小組報告、期末報告。

本課程的基本主軸在於將閩學（朱子文化）先視為地方歷史文化，介紹閩地與閩學的特色，再聚焦於朱熹及其文化現象，並結合文化傳播的實踐意義，開展朱子文化的地域性及跨域性傳播活動報告探討。由於修課學生的專業背景並非文史哲相關專業，因此朱熹及其文化現象的內容必須視為課程基礎，由教師引領學生理解朱熹及其文化。此外也因為修課學生主修專業為傳播學，因此課程內容不能全偏向文史哲領域，必須結合該專業的特色，探討文化傳播的方式、特色及侷限，具體課程內容如下表所示：

序號	主題	重點內容
1	閩地與閩學概說	從地域的角度，理解閩地的發展歷史及朱熹與閩地、閩學的關係。
2	朱熹正像與偽像概說	隨著網路平臺的崛起，朱熹像的圖像、雕像有正偽之分，但一般大眾無法加以分辨，致使誤用許多偽像而不自知，因此必須釐清朱熹像的正偽之分。
3	朱熹生平介紹	介紹朱熹生平各階段的重要事蹟，以知人論世的角度認識朱熹的學術養成與社會實踐面向。
4	朱熹文字作品舉例	揀選朱熹部分文字作品，介紹其中的文學、文化意涵。
5	朱熹理學思想	介紹朱熹理氣論、心性論、修養工夫論的基本理論特色。

序號	主題	重點內容
6	朱子門人概說	朱子門人人數眾多，揀選部分重要人物與當時重要事蹟，觀看朱門師生互動與門人對閩學的貢獻。
7	書院文化概說	書院與宋儒彼此相得益彰，介紹書院文化，理解書院對古代教育的深刻影響。
8	當代朱子文化傳播	在前面主題引領下，教師及學生可以深化或旁通相關知識，檢視當代朱子文化傳播的現況。

鑑於修課學生並無相關前期基礎，因此上述八個主題中，除第八主題由各小組主導外，其餘七個主題皆由教師引領介紹，如此才能在有限的上課時間內依序安排各主題進度。

三　當代朱子文化傳播的小組報告檢討

　　誠如楊儒賓教授所述：「十三世紀後，由於朱子成了道統中的人物，而且可說是三代以下，唯一可以上擠到孔門聖殿的鴻儒，他一生的足跡也就變成了聖跡。遍佈中國東南地區的大小城鎮，我們都可發現紀念他『過化』之地的石碑、祠堂、書院。同樣的，他一生走過的路也就賦予了文化的意義，路成了道。」（楊儒賓〈朱子之路與朱子之道〉）閩學因朱熹而聞名，修課學生戶籍所在地雖來自不同省分，但以閩省子弟居多，即便如此，閩省子弟對於閩學、朱子文化的前理解仍相對不足，顯示當前閩地朱子文化傳播尚未普及，多侷限於小眾之間的流傳，因此在授課上必須加強朱熹及其文化現象的相關課程內容，有此基礎後再延伸探討朱子文化傳播才有實質意義，否則就會淪為紙上談兵的空想。

　　小組報告內容也非單純介紹朱子文化，而是結合修課學生的專業

擬定基本報告規範,因此報告內容必須扣住朱子文化傳播的實踐,具體規範如下:

一、傳播目的:從課程朱子文化講義中,自擬一個主題,扣住傳播朱子文化的傳播目的,進一步延伸、補充相關內容。
二、傳播對象:一般大眾、特定文教人員或學生、特定自選團體,三選一,報告中必須明確寫出。
三、傳播媒介:言語肢體、傳統報刊書籍、廣播電視、網路社群媒體,四選二,呈現在報告中。

主事者在進行文化傳播活動時,必然涉及傳播對象、傳播媒介與傳播目的,小組報告的練習,便是讓修課者藉此三個要件檢視當代朱子文化傳播活動的得與失,進而模擬推廣朱子文化的活動。在不預設活動主題的前提下,十組的小組報告主題各有特色,如下表所示:

序號	主題	傳播對象、方式
1	朱子文化的核心思想	學生。校園文化牆、板報、書籍、文化活動、各種課程、APP
2	朱子教育理念	學生。講學、個別輔導、集體討論
3	朱子棄禪歸儒過程	大眾。傳統媒體、現代媒體、研討研學
4	朱子與書院文化	學生。教育平臺、社交平臺、廣播電視
5	朱子童蒙讀物	幼兒。書籍、新媒體、廣播電視,進行文化傳播、道德行為規範傳播
6	新媒體下的朱子文化傳播	大眾。新媒體傳播對象更多元、參與度更高、門檻更低,但也容易造成品質不一、形似而無深度
7	朱子文化的海外傳播	海外人士。機構、新媒體、學術交流,但也有文化隔閡的難題

序號	主題	傳播對象、方式
8	朱子家宴與旅遊文化	大眾。飲食活動、研學、非遺傳承
9	朱子文化旅遊	大眾。景區打造、廣播電視、新媒體推廣、舉辦文化交流活動
10	朱子文化的保護與傳承	大眾。傳統信息媒體、廣播電視、新媒體，文化遺承保護難度大、缺乏創新時代感

報告主題（傳播目的）有涉及朱子文化本身的內涵，亦有探討朱子文化與觀光旅遊業的關係，甚至探究新時代媒體或海外朱子學的推廣。傳播對象大多設定為學生或大眾，傳播媒介亦都認為傳統媒介與當代新媒體可以相輔相成。報告中認為當代朱子文化傳播亦有些難點待解決：其一，傳播的內容良莠不齊。傳統報章媒體或廣電媒體的刊載有其一定的規範流程，因而訊息內容會相對完整，但新媒體的消息發布，只要不違反該平臺的刊載規定，其內容皆可以即時發布或下架。便利、迅速、雙向互動為其優點，但所發布的訊息不一定正確或完整，點閱流量多寡才是發布者最在乎的事情。如此一來，朱子文化的傳播便無法確保其正確性，諸如當代朱熹偽像的廣泛使用，便是網路媒體使用者無法甄別對錯的一個案例。其二，朱子文化遺跡缺乏時代連結。儘管與朱熹有關的遺跡不少，但許多都年久失修，或只當文物古蹟保存，有些地點甚至交通不便，無法吸引遊客前往。即便居住在遺跡附近的居民，亦多不識其歷史文化淵源，造成朱子文化與當代生活的連結性不高。其三，海外朱子文化的推廣不易。現今海外朱子文化推廣，多依賴官方學術性機構或民間朱氏宗親會等團體的推動，加上各國文化、文字翻譯的落差與接受度不一，遂使朱子文化傳播有深淺的差異，如在東亞地區相對容易，歐美地區則備受考驗。

由於課程只有八周，教師對朱子文化的介紹無法面面俱到，修課

者報告的內容與品質亦是如此。相對於文史哲專業的學生，傳播學專業的學生對於朱熹文字作品、朱熹思想內涵的體會較不深切，因此小組報告多著墨當代傳播媒介的使用，對於朱子學理論的理解較淺，甚至缺乏對朱子文字作品的深刻解讀，這也是當代朱子文化傳播現狀的一大隱憂。人們對於朱子文化的認識多依靠歷史遺跡的重建或粗淺的儒家道德常識，缺乏對朱熹較為深刻文字作品的解讀與傳播，是以所認識的朱熹無非就是一位古代傑出的教育家、思想家。這樣毫無個性的扁平化人物塑造，無法彰顯朱子文化的獨特性，亦不利於中華優秀傳統文化落實在人們生活之中。

四　小結

　　在科技掛帥的當前，人文學科多半呈現自信心不足的態勢，但缺乏人文學科底蘊的培養，人們所體現的基本素養就相對低落。中華傳統文化歷經數千年的傳承，自有其適應各時代的能力與價值，絕非過時之糟粕。本文的撰作基於中華傳統文化其命維新的思維，思索地方歷史文化如何創新傳承，並檢視當代文化傳播現況的得與失。閩學作為南宋閩地的傑出文化，其後不僅影響南宋全境，更對外邦的儒學發展產生決定性的作用。由南宋而及於今，朱子文化成為中國文化的底蘊之一，如何傳承其精神而非模擬形似，成為當代朱子文化傳播活動應當思索的重要課題。藉由本課程的教學設計實驗，得出傳承朱子文化必須結合理論與實踐兩方面，同時順應時代趨勢，創新傳承、落實生活，如此朱子文化傳承才能其命維新。

「旅行、圖書和故事」
之課程規劃與活動設計

李昭鴻
新生學校財團法人新生醫護管理專科學校通識教育發展中心助理教授

一　前言

　　早先，本校通識中心原開設有通識選修「旅行文學」課程，卻因為選課人數總寥寥無幾而未能開成；經詢問熟識的班級學生想法及可能原因後，始知「文學」二字對他們來說太過嚴肅、沉重、枯燥，和通識選修課程所給予的趣味遐想南轅北轍才望之卻步。尤其本校通識選修課程係在專三、四、五開設，這期間也是學生專業課程課業壓力最大，及要到校外實習的關鍵時刻，更使學生不願意花費太多時間精力於通識課程，更遑論是選修課。一○八學年度本校通識課程進行大幅度修訂，總學分數和選修開設模式等都進行調整，選修課程則按各課程小組重新規劃提案，汰舊換新，希望以創意課程、創新教學方式吸引學生主動走進課堂、樂於學習新知。由於「旅行文學」課程原即由筆者負責規劃，旅行又向為筆者熱愛的休閒活動，出社會工作後更將旅行視為假日閒暇時的犒賞。因此當國語文組要重新提案選修課程時，源於當初規劃「旅行文學」課程時，已整理、設計了部分自認為還不錯的主題；心裡也想著既然要講，就當講些平日國語文課堂上想談，卻受限於共同進度而來不及說的議題；又經組內同仁大力支持，

終於促成「旅行、圖書與故事」課程的誕生。

　　剛開課之初，又逢學校選修課程適度微調，兼顧及前兩年上課過程中，學生在課堂上反應及期末教學評量的意見回饋，加以時事議題和流行話題日新月異，及上課時與學生對話所激盪出的靈感，促使「旅行、圖書與故事」課程單元屢經調整——既不影響課程目標，同時能滿足多數修課學生的期待，或增減、整併課程單元內容。筆者因向來能享受旅行過程中偶爾閃現的思鄉情懷，也樂於在旅行結束後將充飽的正能量和身邊親友分享，興發感觸以生活在臺灣擁有的幸福，致令在調整「旅行、圖書與故事」課程的敘述脈絡時，以訴說「旅行的目的是為了回家」概念為宗旨，期許學生在每一段的旅程中，欣賞各種地景或接受當地文化衝擊洗禮之餘，還能記起學校、家鄉及這塊土地的美好。為加深學生印象、樂於表達和證驗所得，本課程採用了情意教學法，講授課程單元之際，也教導和培養學生以旅行的感知和反思，做為敘事表達的基礎，且試圖改善在教學現場發現學生普遍「缺乏在地認同感」和「語文表達力欠佳」等問題。祈使提升學生語文溝通、文學欣賞和獨立思考等能力時，還能以之為終身學習的基礎。

二　課程設計及內容方向

　　本課程採自編教材授課，每單元約計使用一百張 PPT 講授，使用素材計有文字、圖片和影片連結三項。由於「旅行、圖書與故事」課程以「旅行」、「圖書」、「故事」三者作為課程要素，課堂上除將展示「旅行」點的地貌景觀外，也將分享或導讀有關的「圖書」著作，介紹各單元主題下的風土民情、個人旅遊見聞暨經歷「故事」。由於本校校區位在桃園市龍潭區，因此規劃「旅行、圖書與故事」課程單元時，係從龍潭出發，依循著由近而遠、先國內後國外的原則排序，

於介紹完臺灣後以文學展示空間和全臺特色圖書館兩單元做區隔，既以景點、城市或國家做為旅行主題，且結合相關圖書和故事譜寫內容。據此，本課程單元順序除第一週為課程介紹外，其餘依次為：「龍潭地名由來及客家文學」、「雙城之旅：臺北和上海的故事，兼論臺南和鹿港」、「山城故事——從九份到南投」、「後山：我們在太平洋邊遇見文學」、「說不完的故事：本島／離島界說」、「文學展示空間：文學步道、文學公園和文學館」、「金匱石室：網美網帥拍照打卡，走訪臺灣圖書館」、「天堂，在詩詞裡：蘇州、杭州」、「走進古人的創作裡：揚州、南京」、「古城特色和特色古鎮」、「城市的變遷與都城的遷徙：以奈良、京都和東京為例」、「同中有異的地景文化：以馬來西亞、新加坡和韓國、日本為例」、「以歐洲為中心的文學探討：捷克、德國、瑞士和希臘」、「愛在南半球：紐西蘭與澳大利亞」和「再回首——那些日子我們走過的路和旅遊創作」。

由於本校乃龍潭區內唯一一所大專院校，於某種層面言乃龍潭最高學府；因此，筆者開宗明義先幫樹立學生榮譽感，要有自信於能透過課程所學，成為全校學生中最了解龍潭的專家，切不可妄自菲薄。況且，本校學生原即應較在他處就讀的同年齡生對龍潭有更多認識、更多感受，若無法具體深入地分享龍潭、傳述龍潭，實枉費了在龍潭就讀的優勢。推而廣之，為增進學生對學校、家鄉、國家的認識與關懷，滋養在地情懷和認同感受，願意花更多時間瞭解及和他人分享介紹「龍潭」、「學校」、「家鄉」或「國家」，是以「旅行的目的是為了回家」來統貫課程。為達成此目標，筆者在分享旅遊見聞及相關圖片、影片時，總適時拋出有關議題或於課程單元中加上子標題引導學生反思，如「古城特色和特色古鎮」單元係以雲南麗江古城、湖南鳳凰古城、浙江紹興古城、貴州鎮遠古鎮、四川黃龍溪古鎮等為敘述主題，即使這些古城古鎮的文化歷史背景大相逕庭，放諸於現下觀光旅遊的

經營模式中卻有雷同，猶如臺灣從北到南遍地開花的老街觀光，因此單元子題為「成功模式的一再複製：由臺灣老街現象看大陸的古城、古鎮」。為加深學生印象和提升學習效果，筆者會根據當週主題設計題目於課堂討論，是以將龍潭特色和他鄉相較、臺灣的優勢相比異國，緩解學生對所處環境有見樹不見林的不公批評，及對他鄉有見林不見樹的過度美化誤解，使能更客觀地看待出生、成長的這塊土地。

三　解決問題及活動規劃

　　誠如前述，筆者在教學現場發現到本校學生多有「缺乏在地認同感」和「語文表達力欠佳」等問題，縱使其為現下多數學生的通病，但以本校學生而論，又不免得歸結於和技職體系學校的學習氛圍有關。尤其受到整體社會環境和教育政策影響，總有課程內容得與就業能力鏈結的理論倡議，或造成專業課程異常強化，降低學生學習通識課程之意願與動機，連帶使其成效和預期達成目標受到限制。由於本校通識教育發展中心以「博雅、關懷、倫理、邏輯、宏觀、創新」為核心能力，各科別專業又以培育醫護家政類人才為辦學目標。基於協助學生日後在職場上能和個案及顧客取得良善溝通與互動，擁有愛心、耐心、同理心及願意付出的態度，以情意教學發展學生的人際關係，使對自己、學校、家鄉、社會都有正向態度，藉此蘊蓄學生的涵養。而為配合課程單元內容，期能由在地關懷起始而歸於人我互動，因此設計「龍潭書寫」期末作業，以為敘事能力之檢核既課程產出。畢竟本課程的單元設計及內容方向，即是從龍潭／學校／家鄉出發，經由旅行體驗與沉澱，引導學生能以更寬廣、公允的視野和角度，來看待自己的學校與家鄉；倘能別出心裁或真心實意地敘述出其觀察、體會和感受到的龍潭，亦算是凝聚對學校向心力的一種在地書寫。

教育部「議題導向跨領域敘事力培育計畫」對於敘事力教學的內涵及重要性，認為除了要教導學生具有短講、文案設計、寫企劃的能力外，更得培養學生具有深入問題、廣泛蒐集資訊，以歸納解釋、善用語言或媒材進行表述的能力。尤其在跨域的學習中，「敘事力」是一條重要橋樑，無論哪一門學科，都必須通過文字、口語表達讓學生理解。學生也需要透過語言或文字溝通傳達，使學會和具備的知能被彰顯，這是教／學過程中，需要調整和改善的依據。學生將來就業時，也會以此作為和個案／家屬／顧客／雇主等表達和溝通情感、觀念及認知之最基本和最重要的工具。透過「龍潭書寫」之過程，學生出乎預期地在行文敘述中，展現在地關懷精神，從龍潭到學校，反思和回饋這些日子以來，於龍潭就學之體會和感受。或以通勤生角度，比較了自己家鄉和龍潭的異同；或以住宿生身分，看到了學校景致的早晚變化；或以自小生活在龍潭關係，分享龍潭這些年來的建設及上完課後對龍潭的新體會……，諸此種種，多能在字裡行間感受到學生對龍潭的獨到感受。即使學生的用字遣詞還有不少改進空間，敘述表達方式也還有待琢磨，但凡敘述及有關龍潭的心情故事時，卻都是獨一無二的。

四　結語

　　為提升學生中文閱讀寫作能力，學校執行的高教深耕計畫中，皆有針對入學新生進行國語文及寫作能力前測，作為國語文組教師課程規劃及目標設定的參考，及教學方法和改進方案的依據，期能讓學生在國語文課程的學習過程中，涵育文學文化素質，增進溝通表達技巧，培養解決問題與反省思辨能力。「旅行、圖書與故事」係屬本校通識教育發展中心國語文組負責開設課程，教學目標和基礎國語文課

程確有部分重疊；但也因為修課學生的年級較高，獨立思考性較強，可以接受更多元的觀點，授課方法、資源運用等也都更有彈性。本課程曾申請高教深耕計畫「通識課程革新」經費補助，帶領修課學生走訪三坑老街、鍾肇政文學生活園區、龍潭大池和桃園客家文化館，藉此和課堂上的部分講授內容印證，加深學生對龍潭的印象和體會。雖然龍潭的地貌景觀特色非三言兩語所能說盡，地方民俗活動有賴親自參與體會才能了解箇中奧妙，《魯冰花》、《靈潭恨》等作品要自己讀過才能看到鍾肇政筆下人物的鮮活。但透過課堂介紹、校外參訪及各單元主題的扣合，多少能加深學生對龍潭、學校、家鄉等的感知與認同，明白水是故鄉甜的道理；而「龍潭書寫」則是沉澱後的回饋，是對於這塊土地情感的反芻與昇華，同時達成筆者規劃設計以「旅行的目的是為了回家」的課程宗旨之發揮。

說故事，講道理：淺談「文學敘事」與「功能性敘事」之異同

李智平

臺灣警察專科學校通識教育中心副教授

一　前言

　　本文將釐清「文學」與「功能性」敘事的異同，以明二者教學方法的差異。一般談到敘事常與說故事連結在一起，多著重如何說出動人的故事；但說故事不該只是過程的精彩，還應反推目的為何，否則，再精彩卻無法達到目標成效，也是枉然。故本點將先定義何謂敘事，而後分別闡明兩種敘事特性、基本敘事要件，作為後續討論的張本。

　　首先，本文採用「storytelling」定義敘事，中文意義是「說故事」，英文可界定為「the activity of writing, telling, or reading stories」。它是一種表達藝術，也是傳播的方式，著重說故事的技巧和方法，並通過語言、圖像、聲音等形式傳達。此外，「storytelling」還經常被運用在行銷手法上，以故事來包裝或宣揚品牌理念、產品特色，激發顧客的認同。而文字只是其中一種表達媒介，其他如：影像、音樂、戲劇、遊戲……，都是重要的敘事媒介。由此可知，敘事的本身便帶有文學性，但使用方向不同，文學成分與敘事技巧也各異其趣。

　　其次，所謂「文學敘事」，著重在說故事的過程，透過扣人心弦的情節，使閱聽者從中抒發情意。至於「功能性敘事」，則是先有一

特定前提，如：商業行銷、教育活動、醫療溝通、科學傳播、考試寫作……，其用敘事為工具，以有效傳達資訊、解釋現象，或個人經驗背後的收穫反思為目的。故功能性敘事尤其在乎「敘事、說故事」、「事理的說明、詮釋、運用、溝通」之間的平衡。過於著墨說故事而缺乏闡釋事理，徒為情緒宣洩；過度強調事理，易流於乾枯乏味。一如商業活動以說故事包裝行銷，能否讓顧客買單才是首務，非如文學敘事著重故事的情節。惟相同的是，無論文學或功能性敘事都希望能觸動人心。

　　復次，敘事六要件包括「人、事件（含物）、時、地、事件原因、事件結果」，這與警方辦案的「人、事、時、地、物」略有不同，基本敘事是將事、物併為一組。描述事情先掌握此六要件，再經由文句排列組合，條理邏輯順序，便能將事件的來龍去脈大致說清。然而，對許多人而言，這並不容易，究其主因有三：一是不諳敘事要件，內容常脫漏或交代不清；二是過度描繪不必要的細節，致使側重點過多且散逸，形成流水帳；三是未知文學或功能性敘事的特點。

　　因此，想說好一個故事，得先明白是欲自顧自地陳述生活經驗，或達成二人以上的有效溝通？若為後者，就要先預設閱聽者是誰？閱聽目標是什麼，與說故事者目標是否一致？說故事者想傳達哪些訊息？在何時、何地表述？……這些均得納入考量。所以，以下分別從「人事、景物的敘事分野」、「轉折、因果的敘事差異」兩大點考究兩種敘事之別。

二　人事、景物的敘事分野

　　以下分成：角色與人物對話、景物空間的描繪、把握情節的主線、美化或逼真描述，說明文學、功能性敘事的差別。

(一)角色與人物對話

　　文學敘事會通過主配角之間的人物對話、肢體動作、神情情態，立體化人物的個性特質與營造氣氛，串聯起出整件敘事的靈魂。

　　相形之下，功能性敘事只須關注影響事件的主要人物的情緒、動作、言詞，其他配角可以簡單帶過或直接忽略。因為功能性敘事是為了傳達說故事者的旨意或觀點、論點。至於角色形象的塑造是次要問題，過度營造角色與人物對話的情境書寫，易分散閱聽者的注意力而失焦。

　　比如：描寫一場聚會，文學敘事若欲凸顯臨場感，現場人物的個性、對話、神情舉止的描摹，彼此關係的熱絡或冷淡，皆有助於閱聽者還原或想像出現場的活動過程。反之，功能性敘事只要聚焦主角與配角的人物關係，與有否達成聚會目的即可。

(二)景物空間的描繪

　　文學敘事多講求深刻描繪景物空間，描摹清晰深刻與否，是吸引閱聽者入勝的肯綮之一。一來，描繪愈清楚，愈能讓閱聽者在腦中構築出場景畫面；二來，文學創作本是虛實相間，透過「實中有虛，虛中有實」烘托出的懸疑感，能誘發閱聽者對虛實真假的探索欲。

　　比方：描繪警匪槍戰的場面，雙方在何處發生衝突？時間點為何？使用哪些武器？火力是否懸殊？附近地域地形是否易於攻擊或防守？有無其他助援物件？有無第三方勢力介入⋯⋯敘寫愈細膩，場面愈逼真。又好比武俠小說中，對峙雙方如何大展功夫拳腳，相互切磋廝殺，刺激的場面總能讓人彷若身歷其境，為之緊張或大呼暢快。

　　功能性敘事的描摹則要斟酌景物空間描述對事件的影響程度，若不影響主線，可略述甚而不論，而應專注想達成的結果，避免失去傳達訊息的目的。

（三）把握情節的主線

　　簡易敘事有四種方法，順敘法、倒敘法、插敘法、補敘法；若是複雜的記敘文、抒情文、小說、戲劇，結構或情節更加多元繁複，譬如：從主線情節分散出各種支線情節，各種支線又各自獨立成一個個小故事，最終又收回於主線之內，甚至再反覆幅射出去……除了繁複，內容是否緊湊也是考驗文學敘事能力的重要指標。

　　但功能性敘事只要精準恪守主線情節，如同前面兩個原則，不消糾纏繁複情節，也不用故弄玄虛；簡單、淺練、明快、確實敘寫出主要故事發展已然足矣！

（四）美化或逼真描述

　　文學敘事為彰顯情緒或情感，常使用如：副詞、形容詞、動詞、感嘆詞或語氣詞等詞類，或各種美化性與強化性修辭，凸顯人物或事件的矛盾與衝突，增加戲劇化的張力，在虛構與現實間擺盪，使人真假難辨。假若缺乏文句的修飾，易顯得平凡無奇，很難激起閱讀興味；但過度使用就會陷入主觀化、情緒化的疑慮。

　　不同於文學敘事，功能性敘事重傳遞訊息、言說道理或指引某些行為動作，在美化或逼真描述之間，得格外注意用詞是否精確、謹慎修辭、注意表情傳意的分寸，不能模稜兩可。

　　比方說：「大門口發生一起車禍，造成一人死亡」、「大門口發生一起『嚴重的』車禍，造成一人死亡。」、「大門口發生一起『很嚴重的』車禍，造成一人死亡」、「大門口發生一起『非常嚴重的』車禍，造成一名『無辜路人』的死亡。」一起車禍案件在遞進修飾下，從陳述事實到愈顯情緒化，似也愈形生動，但這是逼近於真實，還是誇大了現實？過於情緒化的敘事易誘發、撩撥起閱聽者主觀情感，只是激

動過後，又怎能客觀的曉之以理或平和的動之以情？儘管說故事的過程本來就含有誇飾成分，但如何拿捏分寸是必須注意的。

表一　有關「人事、景物的敘事」的四個差異

差異點	文學敘事	功能性敘事
（一）角色與人物對話	細緻豐富，以營造氣氛。	簡單明瞭，重事理說明。
（二）景物空間的描繪	清晰深刻，以引人入勝。	斟酌描繪，重敘事目的。
（三）把握情節的主線	多元豐富，主支線交織。	精準明確，重主線敘寫。
（四）美化或逼真描述	彰顯情感，多美化潤飾。	趨近真實，重精確描述。

三　轉折、因果的敘事差異

以下從事件轉折與衝擊、敘事脈絡的因果、敘事目的之排序、深刻的觀察與體會等四點，從敘事形式過渡到事件內容，說明文學敘事、功能性敘事的差異。

（一）事件轉折與衝擊

敘寫經驗是期待看到歷經某事件轉折後的變化，對文學敘事而言，轉折正是一步步走入情節高潮；愈激烈的情緒轉折衝突，甚至是連番轉折翻騰，愈能抓住閱聽者目光。

功能性敘事同樣關注事件轉折，但更關心轉折後的收穫。這種收穫不是經歷事件後，人生便一帆風順，永久太平，如謂：「經歷○○事件之後，我再也不會……」。真正能洞察人事變化者，會感知到許多轉變只是當下的、短暫的，若無堅實信念或精神信仰，或道德修為的潛沉，不久後又會故態復萌。而一個好的事件轉折與收穫是多層次

的，且會歷經各種心境、情緒起伏的變化；過程中，可能會有對自我或他人的矛盾猶疑，從而帶出人生的真實面貌。

譬如受到某些衝擊後，對人性「善與惡的體悟」、「理性與感性的糾葛」、「道德與欲望的掙扎」、「增進與缺乏了哪些感知與技能」……；或從「變與不變」來觀察「內在情感與外在行為」、「近程與遠程」、「事件前與後」……的各種變化與否、衝擊程度，都可作為轉折與衝擊之後收穫的觀察、切入視角。

（二）敘事脈絡的因果

文學敘事與功能性敘事同樣要注意敘事的前因後果，但二者訴求不同。文學敘事的因果會透過修辭技巧，婉轉表達內心幽微的情感或蕩氣迴腸的曲折故事；有時也會以開放式結局，留待閱聽者自行想像。在因果之餘，文學敘事更在乎情節鋪陳，讓閱聽者能走進故事或敘事情境之中。

相對的，實事求是的功能性敘事偏重線性式的因果連結，譬如：由哪些原因導致出哪些結果，這些原因真能導出這樣的結果嗎？從觀點、論點，到論證或敘事過程，再到提出哪些論據或證據來佐證，佐證效力是否足夠？凡此種種都會被閱聽者逐一查察，這仍舊是源於功能性敘事強烈的目的導向所致。而此類型的閱聽者大多是用檢視的態度來聽故事，若想征服閱聽者的質疑，說故事者必得掌握敘事因果的脈絡，使文字、章句、段落彌縫無間隙。

（三）敘事目的之排序

前一小點談文句的敘事脈絡之因果連結，本點是談「敘事目的」的排序。

對照中文、英文的表述架構，中文偏重「起、承、轉、合」之

「先因後果」的順序排列，冀能從頭到尾漸次導入議題討論，或敘事抒情的情境；英文表述則重視先指出目的、結果，再陳述原因之「先果後因」的敘講、書寫模式。

例如：敘述經驗時，中文多是從頭到尾帶出舉例目的為何，譬如：「某天，我因為……。所以，這起事件後，我學習到了……」。英文思維則不然，而是改成目的先行，如：「這起事件中，我學習到了……。事件起因是這樣的，某天，我……」這種先點出主旨再敘事或說明的模式，與功能性敘事先掌握前提再說故事之法不謀而合。

當然，「先果後因」的敘事免不了會受到如：「缺乏文學美感」、「難以烘襯出氣氛」之評，但此類型敘事本不在渲染美感氣氛，而是藉由經驗轉折與衝擊，道出說故事者的經驗傳承、體會，敘明欲傳達的訊息，能否快、狠、準劍指核心才至關重要。

（四）深刻的觀察體會

無論文學敘事或功能性敘事，咸不可或缺深刻的觀察，以體悟宇宙萬物的變化、洞悉人情世故之冷暖。文學敘事者若缺乏觀察體會，故事易流於表面、想像，難感動他人；功能性敘事如未能深刻觀察體會，恐流於虛浮不切實際。

但如何觀察體會？關鍵在「好奇心」，如：敏銳感應出周遭的變化，廣博涉獵各類型知識，關心各種生活與社會議題……最怕將眼前所見所聞視為理所當然，覺得「這有什麼了不起」、「人生不就是這個樣子」。須知人類的創造發明，包括文學創作，都是源自對生命、生活、社會、宇宙的好奇與熱愛，若缺乏熱情，自難有深刻的觀察體會，更遑論想說出一個好故事。

表二　有關「轉折、因果的敘事差異」的四個異同

差異點	文學敘事	功能性敘事
（一）事件轉折與衝擊	轉折衝突，入情節高潮。	事件衝擊，重心得收穫。
（二）敘事的前因後果	曲折複雜，展敘事情節。	簡單明快，重彌縫無間。
（三）敘事目的之排序	先因後果，話從頭說起。	先果後因，先通達核心。
（四）深刻的觀察體會	有情天地，識人情世故。	情理兼備，重務實表達。

四　結語

　　綜上所言，想要說好故事的前提是要先確定表述目的。現今實業界很重視以敘事或說故事來感動人心，但反觀我們教學時，有否真正分別二者異同？

　　有個顯而易見的例子，對比「升學入職的作文考試」，與「文學創作、文學獎」敘事之別，前者偏向功能性敘事，後者則訴求文學敘事的美感與體悟。一旦同一化兩種敘事概念，便會造成預期的落差，或覺得過於鋪陳濫情，缺乏心得體會；或覺得流於制式八股，缺少靈氣韻致。我經常在考試閱卷場合，看到考生希圖在有限時間、篇幅內娓娓道出個人經驗，為追求逼真，窮盡氣力去描寫情境畫面，花許多篇幅刻劃主配角人物性格……到最後反使主題失焦，偏離主線，不知所云，或因時間不足虎頭蛇尾，草草結束，殊不知功能性敘事重經驗之後的收穫、改變、成長。此外，亦有錯把文學獎當考試寫作者，不懂如何營造情境氣氛，而不斷暢談人生大道理，反被評為太過僵化。而這種未區辨敘事方向與目的釀成的窘況，不僅只在考試、文學獎，其他各種說故事場合也很常見。

　　那麼，該如何清楚敘事，說好故事？有四項原則可供參考：一是

貴立其誠。但凡虛偽欺騙，過度誇張，很容易被識破。二是換位思考。說故事者不妨轉換角度，試想如果自己是閱聽者，會期待看到、聽到哪些內容？希望接收到哪些情感或訊息？三是敞開感官。經驗來自於生活，若將周遭一切視為本該若此，自難體會出生活的變化與感懷。四是把握技巧。釐清為何而說的理由，再搭配相對應的敘事技巧，如：預擬講述架構、選用合適表述方法，斟酌遣詞用句，影音媒介的輔助……，當能周延設想到這些環節，就不難達成預期的溝通目標。

　　囿於篇幅所限，以上僅能原則性解說兩種敘事的異同。對教學者或想說好故事者而言，先把握上述基礎觀念，再自行閱讀有關文學創作、各種功能性敘事的書籍或教材，相信定能事半功倍，完善敘事的教學與溝通表達。

生命映像：
透過文字展現自我的故事

林盈鈞
國立臺北商業大學通識教育中心副教授

一　敘事的力量：用故事塑造自我與世界

　　生命書寫（life writing）是一種透過書寫來記錄、反思與詮釋個體生命經驗的方式，涵蓋自傳、回憶錄、日記、書信、口述歷史等形式。生命書寫不僅是對個人生命歷程的描述，更是自我探索與意義建構的過程。透過敘寫自身經驗，個體能夠整理過去、理解當下，並展望未來，從而形塑自我認同。生命書寫亦可作為心理療癒的工具，幫助書寫者重構自身故事，賦予生命經驗新的意義，進而促進自我成長與內在轉化。

　　在書寫經驗時往往陳述一則則的故事，此為生命敘事（life narrative），可以說是一種通過敘述個人生命經歷以建構自我認同的方式。它包含人們對自身過往經歷、現在狀況以及未來期望的敘述，意在探索個體如何在時間與情境中賦予經歷意義。生命敘事不僅僅是個人故事的集合，它是個體在與文化、社會及他人互動過程中所構建的有意義的自我敘述。

　　生命敘事在多個領域中具有廣泛的應用，如心理治療，生命敘事是敘事治療（narrative therapy）的核心理念之一，強調透過重新書寫

個人故事來改變患者的心理狀態。生命書寫具有敘事治療的意涵，重視故事的敘說與重寫過程。透過個人自省與團體分享，參與者能理解自我的生成，重新整理經驗並賦予意義，以重構過去、理解現在、展望未來。敘事治療創始人麥克・懷特（Michael White）認為，故事敘事使當事人成為主人翁，透過每次重述，產生新的理解與演繹，進而重塑生活與關係。生命故事即是內化、發展的自我敘事，由過去的重構、現在的感知、未來的期盼整合而成，使個體重新擁有自身經驗，建立新的自我認同。[1]例如：教育與發展：在教育領域，生命敘事被用來促進學生的自我反思與成長。例如，通過寫作自傳或生命故事，幫助學生理解自身的學習歷程，並形成積極的自我概念。又如社會學與文化研究，社會學家利用生命敘事來研究個體如何在特定社會背景下建構身份。這對於瞭解弱勢群體的聲音、移民經歷以及跨文化互動尤為重要。再者文學與藝術創作，文學研究中，生命敘事被用來分析人物角色如何在故事中發展自我認同。[2]同時，個體也可以通過藝術與創作的方式講述自己的生命故事，達到表達和療癒的效果。

我們可以發現生命敘事的核心在於敘述行為本身，通過語言和其他表達形式（如文字、影像、藝術）將經歷組織化。它蘊含人們對自己及周遭世界的詮釋，並反映個體的價值觀、身份以及對生命事件的解釋。例如，一個人可以通過敘述某次困難經歷，將其塑造成個人成

---

[1] 敘事者的創傷源於無意識建構的主流敘事，這種敘事反映了順民心理，並塑造了敘事者的創傷經驗。透過「外化」與「解構」，敘事者可將自身與創傷問題分離，重新掌握主導權。當創傷被外化與解構後，那些被主流敘事忽略的生活經驗得以重新辨識與體驗，進而成為孕育新故事的契機，促使敘事者發掘更豐富的生命可能性。參考麥克・懷特及大衛・艾普斯頓著，廖世德譯：《故事、知識、權力——敘事治療的力量》（臺北市：心靈工坊文化公司，2007年），頁18。

[2] 王儀君：〈緒論生命敘事與文化記憶〉，參考王儀君、張錦忠、蓋琦紓編：《生命敘事：自我表述、醫學敘事與文化記憶》（高雄市：國立中山大學人文研究中心，2017年），頁1。

長的轉捩點，進而形成積極的自我理解。

　　生命敘事涵蓋幾個重要層面：時間性，生命敘事以時間為軸心，將過去、現在和未來串聯起來，形成整體性的故事結構。意義建構，透過敘事，個體賦予經歷特定的意義，這種意義可能因文化、背景或情境而有所不同。互動性，生命敘事往往受社會文化的影響，並與他人互動中形成。自我認同，生命敘事是形成與調整個人身份認同的重要方式，透過敘述，人們建構並重新定位自我。「生命故事書寫比較像正向心理學，對生命中正面的事情心存感謝，但那些負面的影響也推動我們成長。在人生中尋找亮點，書寫就是面對自己的過程。這是有科學依據的，當我們回憶時，若能將感受寫下來，記憶會傳送到大腦的前額葉，經過有意識的處理、強化，與自我拉近距離。如果沒有寫下來的過程，記憶不會成為大腦需要面對的事情，最終可能被忽略後迅速遺忘。」[3]

　　因此生命敘事是一種極具潛力的工具，能幫助個體理解自我並賦予生命意義。它的研究不僅深化我們對人類經驗的認識，在實踐中為心理治療、教育、社會文化研究等領域提供豐富的資源。透過深入探索生命敘事，我們能更全面地看待個體與社會之間的交互關係，並提升生命的整體意義。針對生命敘事有助於自我的探索與生命意義的追求，下一節將更詳細說明。

二　自我敘事：連結生命意義與世界脈絡的文字實踐

　　自我敘事，是一種透過講述個人生活故事來展現「我是誰」的書寫方式。它既是一種自我紀錄，也是一場自我探索的旅程，目的在記

---

[3] 〈【專題企畫】讓書寫成為生命的禮物——生命故事書寫〉，《生命季刊》第178期（2024年10月）。

錄、詮釋並重建個人生命的意義。自我敘事的形式多種多樣，包括自傳體小說、散文、成長小說、自傳、私人書信、日記，甚至是個人採訪稿等。這些文類的共同點在於，它們以個人的生命經驗為核心，試圖在有限的存在條件中創造出無限的可能性，並為人與世界的互動搭建一座橋梁。

（一）自我敘事的本質：從生活故事到生命意志的展現

從表面上看，自我敘事只是對個人生活經驗的記錄，但其本質遠不止於此。這種敘事方式包含了對自我生命意志的表現，是個體在有限的生存條件中，試圖賦予生命無限意義的實踐。每一段自我敘事，無論多麼私密或看似普通，都帶有深刻的象徵意義：它通過串聯個人經驗和生活世界，試圖重新整合人與世界的關係，個體與集體的連結，以及普遍與特殊之間的脈絡。

這種重新整合的過程是自我敘事的重要價值所在。透過講述自己的人生故事，我們能夠重新審視過去的經歷，將其置於更廣大的語境中去理解。這不僅有助於我們認識自己的生命歷程，也幫助我們思考個人的生活如何與更大的社會文化、歷史背景及人類共同經驗相關聯。因此，自我敘事不僅僅是對個體生命的反思，更是對世界的詮釋與探索。

（二）連結過去、現在與未來的橋梁

自我敘事之所以有力量，還在於它能夠連結過去、現在與未來。通過敘述，我們將過去的片段記憶整合成一個有意義的敘事結構，並在回憶與反思中找尋個人的身份認同。這種回顧不僅讓過去的經歷更有條理，也幫助我們理解那些看似無序或偶然的事件如何塑造了今天的自己。同時，自我敘事也具有未來指向性。它不僅僅是對過往的總

結，更是一種對未來的期許與規劃。在講述生命故事的過程中，我們往往會對未來的生活進行某種暗示或期待，從而為自己建構出一條清晰的生命道路。

（三）文本形式的多樣性與敘事的實踐意義

自我敘事並不局限於某一種文學形式，其文本樣態可以是多樣的。自傳體小說或散文是敘事的經典形式，以文學性書寫呈現生命故事的深刻意義；成長小說則強調人生轉折與個體成熟的過程；私人書信和日記則以私密性和即時性為特點，記錄當下的心靈狀態與情感；個人採訪稿則通過自我敘述的口述形式將內心世界外化為有聲語言。這些形式雖然各具特點，但其核心目的都是透過故事詮釋生命的價值，建構個體與世界的關係。

這種敘事實踐的意義還在於它不僅是個人的，也是集體的。自我敘事提供了一種將私人經驗置於更廣泛社會脈絡中的可能性。看似個人的故事，實則承載著某種普遍性的情感與價值。透過故事，我們能夠超越個體經驗的限制，進一步認識我們的生命如何與其他人、與整個世界相連。

（四）反思與再建構：理解生命價值的旅程

自我敘事的最終目的，是讓個體透過文字進行一次深入的自我理解與生命價值的反思。在敘事中，我們不僅是記錄者，更是詮釋者。我們通過對生活經驗的講述，重新賦予那些曾經模糊或無序的記憶以意義。在這一過程中，我們不僅更清楚地認識自己，也開始從一種更高的視角審視我們的選擇、價值與生命軌跡。

這種反思之旅還包括對過去經驗的評估。我們可能會重新審視過去的決定，反思那些經歷如何影響了今天的自己，甚至質疑一些既有

的價值觀。在這種自我解構與重建的過程中，我們的生命故事得以更完整地被理解與表達。我們不僅僅是故事的講述者，更是生命意義的創造者。

（五）結語：用故事連結自我與世界

　　自我敘事的價值，正在於它為我們提供一個重建生命意義的方式。在敘述自己的故事時，我們不僅是在回顧過去，更是在重新定義自我，並在個體與世界之間架起了一座橋樑。通過敘事，我們超越了自我的限制，走向了一種更廣大的生命視野。這種文字實踐不僅使我們認識到自身的獨特性，也讓我們明白自己與他人、與整個世界的深層連結。每一段平凡的私人故事，皆是對普遍生命意義的深刻探索，而這正是自我敘事的非凡魅力所在。[4]

三　生命敘事：以人生八大關鍵階段為軸心的書寫與反思

　　生命敘事是一種透過講述個人生活經驗，展現生命意義並理解自我存在的書寫形式。在 Dan P. McAdams 提出的人生八大關鍵階段理論中，每個階段都有其獨特的發展任務或危機。這些階段包括：嬰兒期的「信任或不信任」、幼兒期的「自主或羞怯懷疑」、學齡前兒童期的「主動積極或內疚」、學齡兒童期的「勤勉或自卑」、青少年期的「認定或角色混淆」、成年早期的「親密或疏離」、成年中期的「傳承

---

[4] 參考吳立萍採訪：〈【專題企畫】改寫生命故事，建構新城堡──敘事治療〉，網址：https://www.lotus.org.tw/publication-article/1251，檢索日期：2024年10月1日。以及賈宜蓁：〈透過文字的溫度認識自己──淺談書寫與自我療癒〉，網址：國立臺灣師範大學學生事務處學生輔導中心輔導專頁，https://doi.org/10.29837/CG.200511.0005，檢索日期：2024年10月1日。

或停滯」、以及成年晚期的「自我整合或絕望」。透過生命敘事的書寫，人們得以梳理這些階段中的關鍵事件、情感與成長，進一步深化對生命目標與意義的理解。[5]

以下將從書寫準備階段、進行書寫以及反饋與精進三個主要階段進行詳細探討，並輔以實際方法，幫助讀者完成深刻而豐富的生命敘事作品。[6]

（一）書寫準備階段：從發想到整理

在生命敘事的書寫準備階段，作者需要回顧過往經歷並整理思緒，為正式撰寫奠定基礎。

1 發想生命中印象深刻的事物

書寫者可透過以下兩種方法整理記憶：
（1）時間順序：從最早的記憶開始，按生命歷程的發展脈絡，逐步撰寫各階段的成長與變化。例如，可先描述嬰兒期父母的照料如何影響自己的安全感，再依序敘述幼兒期、學齡期、青少年期等關鍵時期的事件。
（2）主題分類：以生命中的關鍵主題為切入點，將經歷組織成章節或段落。例如，可以用「愛情與人際關係」、「職業發展」、「家

---

[5] 蘇絢慧：〈自我心理學之父──艾瑞克森勇敢面對認同危機的傳奇一生〉，《獨立鍛造：一生受益的自我心理學，重新領悟生命八大任務，邁向圓滿》（臺北市：究竟出版社，2022年），頁16。

[6] 準備書寫步驟與進行方式參考李偉文：「書房旅人：李偉文的閱讀漫遊」部落格，原文標題為：〈寫下自己的生命故事：中年的成長課題「回憶錄」〉以及〈生命故事寫法〉，網址：https://reurl.cc/geO1pQ，檢索日期：2024年10月5日。鄭緯筌Vista：「寫自己的故事（全系列）」，網址：https://course-orange.udn.com/courses/story，檢索日期：2024年10月5日，以及〈生命故事書寫〉（遠洋出版社），網址：https://reurl.cc/lNqAMq，檢索日期：2024年10月5日。

庭成長」等主題，強調生命事件背後的深層意義。無論選擇哪種方式，作者都需要聚焦於生命中的重要事件與轉折點，例如一次重大決定、一場深刻失敗或成功、或是啟發心靈的頓悟時刻。這些事件構成了生命敘事的核心，賦予其情感張力與敘事價值。

2 喚起記憶的工具與技巧

（1）回憶觸發器：利用舊照片、日記、信件、物品等，重拾當時的記憶。例如，翻閱兒時的家庭相簿可能讓人想起兒童期的快樂與困惑。

（2）親友交流：與重要他人聊天，聆聽他們對過去的回憶，補充自己未曾注意的細節。

（3）舊地重遊：親身走訪曾經生活或經歷過的重要地點，感受環境對記憶的激發作用。

3 決定寫作的目的與主題

作者需要先確定自己進行生命敘事的動機：是為了表達自我，還是分享經歷？是想反思內心成長，還是傳遞對世界的看法？此外，還應明確主題焦點，如「童年的探索」、「愛情的轉折」、「職業中的挑戰與成長」等，並以此引導整個敘事的框架。

4 收集材料

為確保每個生命階段的敘事豐富且真實，書寫者可根據以下問題進行自我提問：

（1）嬰兒期：當時你生活的家庭環境如何？你對主要照顧者（父母、祖父母等）的第一印象是什麼？

（2）幼兒期：有沒有某個事件讓你感到特別羞怯或成功？你如何學會掌控自己的生活？

（3）學齡前兒童期：你曾嘗試過哪些新活動？有沒有過失敗帶來內疚的經驗？

（4）學齡兒童期：什麼事情讓你感到勤勉或自卑？在學校或家庭中的角色如何影響你的自我認知？

（5）青少年期：你是如何探索自己的身份的？是否有一場危機或選擇影響了你的未來方向？

（6）成年早期：你如何建立深厚的親密關係？哪些事件使你感受到疏離或孤單？

（7）成年中期：你為下一代或社會的發展做了什麼？有沒有感受到停滯或失去方向的時刻？

（8）成年晚期：你如何評價自己的一生？哪些回憶讓你感到滿足或遺憾？

（二）進行書寫：從片段到整體的敘事建構

1　聚焦片段，從小開始

　　許多人在生命敘事中面臨「不知從何下筆」的困難，此時可聚焦於一個小事件、一段對話或一個印象深刻的畫面。例如：（1）「我第一次出國的感受」：描述初見異國文化的震撼與內心波動；（2）「人生中最感動的時刻」：回憶與親友間一次深刻的互動。透過具體的細節描寫，逐步累積材料，再擴展到更廣大的主題。

2　使用問題引導敘事

　　針對每個階段，提出引發回憶的問題，幫助書寫者深入挖掘內心

感受。例如：（1）最快樂或最痛苦的瞬間是什麼？（2）哪個決定最改變了你的人生方向？（3）那時候的你是如何看待自己的？

3 採用適合的敘事結構與視角

（1）敘事結構
　　時間軸順序：讓故事按生命階段線性發展，清晰展現成長脈絡。
　　事件聚焦：選取生命中最有意義的幾個事件，並以此構建非線性的敘事。
（2）敘事視角
　　第一人稱：以「我」的視角直接呈現經歷，具有親密感和真實感。
　　第三人稱：以旁觀者視角描寫自己的故事，增加敘事的客觀性和批判性。

4 自由書寫與真實表達

　　讓文字在起初不受限制，重點在於情感的真實流露。完成初稿後，再進行篩選和統整，確保內容結構緊密、敘事流暢。

（三）反饋與精進：完善敘事的過程

1 尋求他人反饋

　　將完成的草稿與親友或同學分享，請他們給予建議，幫助發現潛在的改進空間。例如，某些事件是否需要更多細節，情感表達是否充沛。

2　深化情節與主題

根據反饋進一步擴展故事，增強敘事的情感張力。例如，對關鍵事件的背景、對話和感受進行細膩刻畫，使之更具說服力與感染力。

3　精緻語言與結構

將冗長的段落進行分割，確保每一段落都有明確的焦點。修改語言，讓描述更生動，感情表達更深刻。

（四）結語：生命敘事的意義與價值

透過生命敘事，人們得以梳理過去、理解現在、展望未來。在撰寫的過程中，作者不僅能回顧自己的成長軌跡，更能重新發現生命的價值與目標。每個故事都是連結自我與世界的橋樑，它們既是個人生命經驗的紀錄，也承載著普遍的人生智慧。書寫不僅是表達，更是一場深刻的自我探索之旅，最終成為對生命意義的再創造。也可以參考五十二週問題提問，完成一年書寫計畫。[7]

四　大學生生命書寫工作坊：探索自我與人生的文字旅程

大學階段為生命成長重要階段，引導學生通過生命書寫以認識自己，尋找適合適合自己的職涯規劃等，相當有教育的意義。以下為奢夢書寫設計的進行步驟：

---

[7] Nicole Barber：〈52週的52個問題：撰寫生平再也沒有比這更簡單的了〉，來源：https://reurl.cc/eGZOoL，檢索日期：2024年10月7日。

（一）明確目的與方向

1. 先讓學生瞭解「生命書寫」的概念與目標：生命書寫是通過文字表達個人生命經驗、感受與思考的一種創作形式。它可以包括自傳、回憶錄、隨筆、日記等。
2. 教學目標：幫助學生梳理生命故事，表達真實情感，提升寫作能力，並通過自省加深對自我和生活的理解。
3. 提問與反思：你希望通過書寫這次作業有什麼樣的收穫？你的生命中哪些事件或階段對你意義重大？

（二）教學設計目標

1. 主題引導：給出幾個可以選擇的生命書寫主題：（1）轉捩點：生命中重要的決定、變化或挑戰；（2）人與人：對你生命中最重要的人和故事；（3）時光倒影：描述某段最讓你懷念或感悟的時間；（4）未來對話：給未來的自己寫一封信；（5）特定感官：用某個感覺（氣味、聲音、觸覺）為線索，回憶一段生命片段。
2. 結構安排：提供寫作的基本框架，幫助學生更容易起步：（1）開篇：說明為何選擇這個主題，吸引讀者；（2）主體：描述事件、情感和對自己的影響；（3）反思：談談這段經歷如何塑造了你的成長或價值觀；（4）結尾：總結與昇華，展望未來。

（三）方法與引導

1. 寫作熱身：通過短時間自由書寫，解除學生的寫作壓力。給三至五分鐘，讓學生自由書寫最近最想表達的一件事，不要求語法或形式。
2. 激發靈感：利用以下方法激發學生的生命記憶：（1）視覺：展示一張具有深意的照片，讓學生從照片的記憶開始；（2）提問：用

問題激發思考，比如「你生命中最難忘的一天是什麼樣的？」、「如果重來一次，你會如何改變過去的一個決定？」；（3）榜樣閱讀：提供一些經典的生命書寫作品片段，如三毛、齊邦媛、海倫・凱勒的書寫範例。
3. 多種形式：鼓勵學生使用非傳統形式，可以加入插畫、照片或時間軸。寫成信件、對話或日記形式。

（四）提供支援與回饋

1. 分組形式：安排分組討論，讓學生分享初稿，相互交流感受和建議。
2. 引導反思：課堂上安排一次短期記錄，讓學生逐步整理自己的想法。
3. 溫暖批改：以鼓勵為主，指出可以深化的部分，但尊重學生表達的真實情感。

（五）創意展示

讓學生將生命書寫以創意形式呈現：製作個人小冊子或電子書。舉辦生命書寫分享會，讓學生選擇願意分享的片段朗讀。在課堂中展示部分優秀作品（徵得學生同意）。

（六）反思總結

在作業結束後，引導學生寫一段反思：你在書寫中發現了什麼新的自我？這個作業對你未來的生活或學習有什麼啟發？

（七）檢驗成果

教師從量化與質性分析，探究教學成果的檢驗與提供未來改善空間。

五　參考文獻

丁興祥等譯：《生命史與心理傳記學——理論與方法的探索》，臺北市：遠流出版社，2002年。

朱儀羚等譯：《敘事心理與研究：自我、創傷與意義的建構》，嘉義市：濤石文化公司，2004年。

廖世德譯：《故事、知識、權力——敘事治療的力量》，臺北市：心靈工坊文化公司，2007年。

周志建：《故事的療癒力量：敘事、隱喻、自由書寫》，臺北市：心靈工坊文化公司，2012年。

周夢湘：《生命故事寫作坊》，臺北市：城邦印書館，2015年。

王儀君、張錦忠、蓋琦紓編：《生命敘事：自我表述、醫學敘事與文化記憶》，高雄市：國立中山大學人文研究中心，2017年。

丁奇芳等譯：《敘事教育學：生命史取向》，臺北市：五南圖書出版社，2023年。

碑文研究在教學中的應用

裴光雄

國立高雄大學東亞語文學系副教授

　　碑文是文化遺產的重要組成部分，包含了關於歷史、語言、信仰、文化和文學的寶貴信息。將碑文研究應用於教學，不僅有助於學生更深入了解過去，還能促進歷史思維、語文能力以及資料分析技能的發展。以下是將碑文研究應用於教學中的幾個重要方面。

一　前言

　　碑文（包括：石碑、銅碑、木碑等）是記錄歷史、詩歌、公文、宗教和社會事件的資料，因此，基本上，碑文反映了社會現實、語言、文化和文學。每一塊碑文都包含其獨特的歷史價值。在研究中，無論是文化、歷史、文學還是語言領域，碑文都是一個重要的資料來源，幫助我們理解不同歷史階段的形成與發展過程，及隨著時間變遷所帶來的變化，還有各種文化、文學、語言的影響與特徵。

　　越南至今仍保留著大量碑文，這些碑文主要集中在宗教信仰場所，如廟、祠、村莊的寺廟，或在一些歷史遺址，如文廟、皇城等地。這些碑刻大多仍被當地居民視為珍貴的文化遺產並加以保護，因此基本上這些碑文仍然完好無損。然而，經過數百年的風雨洗禮，許

多碑文已經模糊不清，字跡難以辨認，或是由於自然災害與戰爭的破壞，部分碑文已經損壞，這使得資料的收集工作面臨許多挑戰。

為了保護自己的文化遺產，越南政府已經為相關部門如文化局、漢喃研究院等提供資金，用以收集並保存碑文的拓本，並將其翻譯並出版成書。目前，已經出版了多本專門介紹碑文的書籍。例如：《李、陳時代碑文》、《莫朝碑文》、《興安省碑文》等。這些書籍受到廣泛歡迎，並已經被納入各大學文學、歷史、文化等學科的教學中。

在高雄大學的教學過程中，我也將碑文應用於研究生班的教學，幫助學生不僅了解越南的文化和歷史，還能進一步了解越南各個時期的文學和語言。

二　碑文在教學中的應用

分析碑文時，我們需要指導學生掌握每種碑文的基本知識以及各個歷史時期的特點。基本上，碑文（墓碑除外）都有一個共同的結構：

一、標題

二、內容

三、年代

在教學內容之前，我們需要幫助學生熟悉如何根據標題對碑文進行分類，並通過碑文中的資料來確定年代。標題通常寫在每塊碑文的上方，從中我們可以判斷該碑文屬於哪種類型。例如：歷史（公文、歷史人物）、文化（宗教信仰、家譜）、文學（詩歌、散文）等。

（一）在歷史方面

通過碑文分析歷史事件：將碑文視為一種「活歷史」來分析，能夠幫助學生不僅學習歷史，還能發展他們的歷史分析能力以及評估古

代文獻的技巧。碑文不僅記錄了當時發生的重要事件，還提供了很多珍貴的證據，這些證據對於確定事件的年代和歷史背景至關重要。

在許多碑文中，我們通常能夠找到朝代年號和立碑日期的記載，這些信息幫助我們確定碑文的年代。例如，碑文的末尾通常會寫上某一朝代的年號以及具體的日期，如「明永樂年間」，這對於研究歷史事件的時間線至關重要。這些日期和年號能夠提供我們確定歷史背景的依據，進而幫助我們更準確地分析當時的社會政治環境。

然而，也有一些碑文僅記載日期而不寫明具體的年號，如「紹治二年十二月吉日」這樣的表達，或使用模糊的詞語，例如「龍飛……」等。這使得我們無法直接確定碑文所屬的確切年代。在這種情況下，我們需要進一步調查和對比同一地區其他的碑文，尋找更多的歷史證據來確定年代。這樣的跨文本比對和分析，不僅有助於解決具體的時間問題，還能夠增進我們對某一歷史時期的理解。

碑文作為歷史文獻，還幫助學生更好地理解歷史中的重要事件。比如，戰爭、政權更替、政治改革、民族遷徙等重大歷史變動，都會在碑文中有所記錄。通過這些碑文，學生能夠更直觀地了解某一歷史事件的發生背景、過程和影響。此外，碑文也是學生接觸歷史人物的重要途徑之一。許多碑文是用來記錄那些有功人物的事蹟和貢獻，例如功臣碑、名將碑等。學生通過閱讀這些碑文，不僅能夠了解歷史人物的生平和事蹟，還能深入了解他們在歷史中的角色與影響。

總的來說，碑文是研究歷史事件和人物的重要資源。它不僅幫助學生理解歷史事實，還能提升學生的歷史分析能力，培養他們對古代文獻的鑑賞與評估能力。

（二）在語言與文學方面

我們知道，語言是一種社會現象，隨著社會的變遷而不斷發展。新詞語只會在特定的歷史階段出現，同時舊詞語則可能因為多種原因消失，例如不再符合社會需求，或因為屬於忌諱字而不再使用。忌諱字是傳統社會中的一種文化現象。這不僅在中國，像越南、朝鮮、日本等國家也存在這種現象。然而，忌諱字並非永久性的。在某一歷史階段，某些字詞會被禁止使用，但隨著社會進入另一個朝代，這些字詞又可以正常使用。與此同時，會出現新的忌諱字來取代舊的字詞。為了替代這些字，人們會使用同音字或近義詞。比如，越南阮朝有一段時間因避免阮朝的一位公主的名字，在文獻或公文會避免使用「Hoa」這個字可能會被改為「huê」或「bông」。因此，這也是幫助我們確定碑文所屬時代的因素之一。

在文學層面，無論是詩歌碑文、散文碑文、歷史碑文還是宗教信仰碑文，它們的內容總是與文學性緊密相連。寫碑文並非隨意的工作，每一句話、每一個詞語都必須具有文學性。因此，這些碑文通常都帶有作者的個人風格，展示了寫作人的學問和文學素養。寫碑文的人通常是有學問的儒生，他們會運用自己的文學才能來清晰、流暢地表達內容。由此，每一塊碑文都帶有濃厚的文學特徵，並反映了寫作人思維的深度與敏銳度。

和其他文學作品一樣，碑文也受到其所處時代的影響。不同時期的碑文寫作風格和用詞方法會有明顯的區別。無論作者是否才華出眾，他們的表達方式和用詞選擇仍然會受到當時文學潮流和教育方式的影響。那些具有文學才華的人會寫出精緻的句子，使用簡潔卻富有意義的詞語，而文學素養較弱的人則可能寫出簡單樸實的文字。但無論寫作能力如何，碑文的表達方式和用詞仍然顯示出時代的特徵，反

映了社會和文化的特殊性。導致這種原因就是文學潮流和當時教育體系的影響，造就了每一時代特有的文學風格。儒生們無論才華如何，都無法避免這些影響。因此，碑文的寫作風格和用詞方式不僅體現了作者的文學才能，也展示了其時代的特色。這使得碑文不僅是研究歷史和文化的寶貴資料，還是了解不同時期思想變遷、文學風格的有力工具。

在指導學生研究碑文時，我們需要幫助他們識別不同時期語言和寫作風格的區別。同時，學生也需要掌握分析和評價碑文的科學方法，從而得出關於時代背景及其反映的文化、歷史價值的準確結論。這不僅幫助學生深入理解碑文，也有助於培養他們的批判性思維能力，並鍛煉在歷史和文化研究中分析資料的能力。

（三）在文化方面

雖然碑文屬於文學的一種形式，但它與一幅描繪現實的畫作相似。通過描述的方式，整個社會背景、風俗習慣以及當時發生的事件被儒生們生動而真實地再現。這些碑文不僅是歷史的見證，還承載著豐富的文化內涵。通過碑文，我們不僅可以了解民間信仰和宗教的各種類型，還能深入理解與這些信仰相關的習俗。這些習俗雖然不是主要的內容，卻在增強宗教神聖性和莊嚴感方面起著極其重要的作用，強迫信徒遵守並維持這些習俗。正因如此，民間信仰和宗教才能隨著時間的推移得以延續。

例如，許多地區都有「忌諱」習俗，即村莊的居民不能為孩子取與村中神靈相同的名字。這種習俗使得村民始終保持對神靈存在的意識。如果沒有這種習慣，人們會漸漸忘記神靈的存在，神靈在他們的精神世界中將失去價值。而這樣的習俗，正是文化延續和神聖感保持的重要機制。

然而，要透過碑文了解一種文化形式，我們不僅僅需要參考一塊碑文，還應該參考多塊在不同歷史時期、同一地點建立的碑文。每一塊碑文代表著當時特定歷史背景下的文化特徵，通過比對這些碑文，我們能夠更全面地理解一個地區隨著時間推移所經歷的文化變遷。這不僅能幫助我們了解不同時期的文化差異，還能幫助我們深入分析各種宗教信仰、風俗習慣在歷史演變中的影響。

因此，在教授文化相關課程時，碑文是非常重要的教學資源。它們不僅幫助學生理解歷史背景和文化內涵，還能讓學生從中學會如何解讀不同的文化符號和習俗，理解宗教與社會的關係，並提高他們的歷史分析能力和文化理解能力。

三　使用碑文進行教學的方法

在教授碑文的過程中，教師可以讓學生閱讀古代碑文，並與學生一起討論以下問題：

（一）分類碑文

在每塊碑文上大多會標明標題例如《重修碑記》、《興工碑記》、《後神碑記》等，但也有不少寺廟中的石碑沒有標題，這些碑文主要是紀錄捐款人為修建、修復寺廟所捐贈的名稱。這時，教師可以分析各類碑文的特徵，並指出不同歷史階段的書寫風格和文體差異，幫助學生理解並能進一步自我探索。

（二）關於內容

教師需要清楚地闡明碑文所記錄的內容，並通過其他資料（如歷史資料或同一地區的碑文）來驗證碑文內容的真實性。特別是，教師

應該指出碑文內容中所包含的文化和歷史價值，並幫助學生進一步了解相關的研究成果。

（三）關於歷史背景

這不僅幫助學生了解歷史信息，還能發展學生的文獻分析能力。學生將能理解碑文所反映的歷史事件和背景，從而提高評價和分析歷史資料的能力。

（四）關於語言、語義、語法和寫作風格

教師會與學生一起尋找其中隱含的語言意義。特別是對於包含典故或避諱詞的碑文，教師需要向學生解釋不同歷史時期的避諱字及其規律，幫助學生理解這些詞語的使用規則，從而在遇到其他碑文時，能夠輕鬆解讀其內容。

四　結論

碑文是文化遺產的重要組成部分，包含了關於歷史、語言、信仰、文化和文學等寶貴信息。然而，至今為止，碑文尚未被明確歸類為獨立的研究類型，儘管它包含了所有這些元素。因此，在研究歷史、文化、語言或文學等領域時，碑文始終是我們無法忽視的重要資料來源。碑文不僅反映了社會的形成與發展過程，還是語言和文化隨著時代變遷的生動見證。

隨著信息技術的發展，現在學生可以通過網絡輕鬆地查找到各類碑文，這比過去方便得多。然而，對碑文的研究和深入理解並不是一件容易的事。要科學地接觸碑文，學生需要具備扎實的歷史知識、語法知識以及古代文獻研究的方法。雖然在一些學校已經將碑文納入教

學，但這些內容通常只是歷史、語言或文學等課程中的一部分，並未成為一門專門的課程。

　　目前在學校中的碑文教學主要是歷史、語文、文化等學科的一部分，但仍然缺乏一個專門針對碑文研究的學科。關於碑文的專門教材和資料依然匱乏，未得到充分發展。這導致學生無法全面掌握研究方法，也未能深入理解碑文的價值。為了改變這一現狀，設立一門專門的碑文研究課程，並結合現代技術手段如3D 掃描技術、語義分析和考古學研究方法，將會是非常必要的。如果能夠正確設置課程，碑文將幫助學生不僅了解歷史和文化，還能理解語言的發展過程，進一步提升他們的研究和分析古文獻的能力。

傳統中的教育：
漢口紫陽書院的社會關懷與實踐

劉芝慶

湖北經濟學院教授

一　紫陽書院與家族關係

　　在中國教育史上，書院之設置，來歷不古，起源較晚。明清以來，行政區劃多有變更，武漢地區逐漸成為武昌、漢陽、漢口的合稱，之後，也出現了許多著名書院，其中紫陽書院（今日武漢市礄口區新安街內），極具特色，頗為知名。以「紫陽書院」為名者，在安徽、蘇州、杭州等地都有，而漢口紫陽書院，又稱新安書院，同時兼具會館功能，是清朝康熙時期，到漢口經商的徽州商人集資所創。值得注意的是，因為兼有救助、義學、祭祀、育嬰等功能，再加上建築宏偉，設施眾多，紫陽書院遂成為本鄉或异鄉、本省或外省人士的重要城市地標，對於紫陽書院，他們都有著共同的情感和記憶，既逐漸產生了認同感，也凝聚著其時互助互動的社會關懷與實踐。

　　「紫陽」為朱熹之別號，漢口紫陽書院，其創建，發端於僑居漢口、或經商或定居的徽州士紳商賈的合議。徽州的前稱為新安郡，朱熹又是徽州婺源人，這類亦儒亦商的人士，既承學術淵源，又秉文脉傳承，往往在多處建有紫陽書院。漢口紫陽書院，從康熙三十三年（1694）初建，到粗具規模，再到乾隆五十九年（1794）湖廣總督畢

沅重修，汪衡士等人負責其事，延攬名師，經營有成，名聲漸起，書院建築更是規模宏闊、金碧照耀。

正如董桂敷《漢口紫陽書院志略》所說：「余維書院之建，一舉而三善備焉：尊先賢以明道，立講舍以勸學，會桑梓以聯情。」從「桑梓」角度來看，人不親土親，這正是創建紫陽書院最重要的初衷。趙玉《紫陽書院志略序》就特別強調，多省會館遍天下，紫陽書院名為書院，實又為會館。眾所周知，會館最早是提供給赴京考的學子居住使用的，又稱試館。後又逐漸擴大範圍，成為同鄉人相聚或入城者駐足交際的場所，故會館有時以省、府、州縣等命名，有時又以行業為名，有時又以特殊的某人某學為。這也就是趙玉所謂：「入學有師，育嬰有堂……藏書有閣，祭儀本家禮，禦災有水龍，通津有義渡，賓至如歸，教齊不知，恤其不足，皆他處會館之所無，即有亦不全者，而後知創始諸君之功不朽也。」兼具會館功能，紫陽書院的特色之一，就在這裡。

不過，如果只從會館或是徽商互助的角度來談，不免歷史性深度不足，太過注重徽商本身，而忽略了學術教育的傳統與影響。事實上，從書院聯繫到家庭、宗族、鄉黨，正是宋代以來朱熹這些儒者們經世致用、化民成俗的重要環節。而朱熹等儒者，更非只注重內在精神的提升，他們講修身，說心性，編纂《家禮》，然後齊家，從個體的道德修養，延伸到日常的生活禮儀，包括婚喪嫁娶養生送死，再擴展到宗族家族之中，進而編寫家譜、族譜，訂定家規族規，推行鄉約。其中重要的是，書院更要講學論學，以文會友，於是書院便成為傳播知識、理念、價值的場域。從書院出來的人，內而修身，外而治國，而書院因為宗族支持，自然也就成了社會與家庭、家族互動的聯結點、核心點。呂祖謙《麗澤書院學規》記述：「凡預此集者，以孝悌忠信為本，其不順於父母，不友於兄弟，不睦於宗族，不成於朋

友，言行相反，文過飾非者，不在此位。」由此可見，書院與會館的結合，並非全是因為徽商的地緣關係，而是因為宋代以來的教育理念，在紫陽書院得到了充分體現。這也是士紳商賈們在興建書院時，從朱熹身上秉承而來的傳統，《漢口紫陽書院志略》：「五百歲以來，天下言學者咸奉朱子為大宗，而新安人士近闕里之居，窺藏書之秘，流風餘韻，繼繼承承，經術發明，後先相望，即入塾而肆，負笈而游者，亦莫不墨守彝訓於勿喧。」可見其流風余俗，餘韻不絕。

二　紫陽書院與會館經營

　　書院與會館，既然二位一體、相輔相成，則紫陽書院之經營管理，必然也包括著商業的思維與行為。董桂敷就說書院從興建以來，資用甚巨，本來就已經虧損四千金，又歷經擴建、修繕，到了他這個時代，已經虧至一萬五千金。他認為：「書院歲入房租凡四千三百餘金，春秋二祭及各度支不下二千，餘止二千三百金，僅敷每歲一萬五千金之息，而此一萬五千金之虧乏終不得補……。」書院的產權屋鋪，租借年歲收入，如新馬頭市屋十家、新安街東屋十八家、太平街水巷號屋等等。據統計，每年可得租金四千四百零四兩，與董桂敷所言相差不多。集會眾籌，或是歷代捐款者，《漢口紫陽書院志略》卷八便列有諸多捐贈者姓名，「則書院之成皆眾人之力，其名已與書院同不朽矣」。

　　根據陳玥〈論清代前期城鎮土地產權的相對獨立性──以漢口紫陽書院的土地經營為例〉的研究，此類融資的收益周期是十年，投資報酬率為百分之六十。而捐贈者多是徽人，這也反映出從書院到宗族，再到同鄉的聯繫過程，而投資與書院有關的建築，或修或建，倡議為集會，則是眾籌的重要步驟。而出租市屋的租金，可以超過書院

預算支出，這也是投資者每年收回部分本金，加上利息，十年以後便會產生盈利的原因。

　　不過，紫陽書院在興建擴充的過程中，確實也遭遇了許多土地產權問題。首先，在康熙三十七年（1698），原本答應遷移搬家的百姓，簽訂協議後反悔；雍正六年（1728），紫陽書院的經理者打算把新安巷拓寬，並新建碼頭，不料產權遭人惡意侵占，遲不歸還。兩件事情後來都鬧上公堂，書院都花了不少心力處理。

　　乾隆五十三年（1788），畢沅再任湖廣總督，他的祖籍也是安徽，與相關人士也有往來。在多重關係之下，他大力支持紫陽書院，後來更命人（或是親自）撰寫〈募修漢鎮新安書院序〉。他甚至貼出告示，說書院準備修葺，實為崇儒重道之盛舉，顧慮到漢鎮這個地方，五方雜處，人龍混雜，如有刻意尋釁滋事，又或者攫竊財物，搔擾妨礙書院辦公者，一律依法究辦。

　　但書院既有會館式的經營思維，則持續為社會付出，關懷同鄉，造福鄰里，更擴大到當地居民。康熙四十九年（1711）八月，武、漢二府同日大火，又以漢口最嚴重，燒毀萬家，火光滿天。火苗從市集、街巷，蔓延至渡口，百姓死傷頗重，許多人躲至書院，或在照牆戟門內，或在尊道堂、寢堂前，書院盡力維護，保全生命不下數千人；雍正五年（1727）六月，江水暴漲，堤岸崩潰，同樣損失不輕，而書院地基較高，水患不甚嚴重，居民也躲進書院中，書院建造席蓬，安頓災民，給醫藥、助官斂，持續數月。除此之外，汪衡士在畢沅的同意下，將「水龍」納入到官方消防體系，更雇用役夫二十二人，正常給薪，這些人雖都有各自的工作職業，平時也固定接受訓練，就是希望在居民遭遇祝融之災等狀況時，可以迅速集結，投入滅火工作，並定有相關獎勵懲罰條規。因此書院對於社會之救助扶傷，又有了更多的貢獻：「由是漢鎮有火災，水龍至，則視其高下向背，

縱之橫之，水勢所逮，燎應手撲滅，附近居民得以安息，其有益於人者如此。」（《漢口紫陽書院志略》）

三 紫陽書院與城市記憶

紫陽會館身處新街，本身的建築格局是，祠宇有尊道堂、寢室、照牆、戟門、鬥舊池；樓閣有御書樓、藏書閣、文昌閣、魁星閣；廳舍則有晏射軒、近聖居、啟秀書屋、六水講堂、主敬堂、願學軒、致一齋。並陸續請人題詞、歌賦、寫序、述記，諸如《御書樓題詞》、《御書樓題賦》、《尊道堂序》、《半畝池記》、《西廳記》、《紫陽書院藏書閣序》、《宴射軒記》、《啟秀書屋記》……等文，郁郁乎文，頗有可觀。而書院在修葺重建之後，又有捐贈，更有鋪房、回廊、廂房、坐樓、圍房、圍墻……等等。道光年間刊行的葉調元〈漢口竹枝詞〉就說：「京蘇洋廣巧安排，錯彩盤金色色佳。夾道高檐相對出，整齊第一是新街。」詩歌原注：「街道店面，此為冠冕。蓋徽州會館之出路也。」徽州會館就是紫陽書院，出紫陽書院，即為新街。街上商鋪甚多，店面熱鬧，人來人往，客源充足，消費能力不低。葉調元甚至以誇飾的文學筆法，說漢口商業興盛，熙來攘往，轂擊肩摩，皆為利生，「此地從來無土著，九分商賈一分民」，原注還強調所謂的「一分民」即「亦別處之落籍者」，當然是不符合實情的，但也可以想見其商業之興盛、處處之商機。

漢口經濟發達，會館林立，建築爭奇鬥妍，各有特色，葉調元描寫當時情況為：「一鎮商人各省通，各幫會館竟豪雄。石梁透白陽明院，瓷瓦苗青萬壽宮。」陽明書院，即紹興會館，可見全國當時以書院會館並稱者，不獨紫陽書院；江西萬壽宮，原注：「瓦用淡描瓷器，雅潔無塵，一新耳目。」葉調元以紹興會館、萬壽宮比擬漢口會

館,意謂到了漢口,就像登上泰山,一覽眾山小,可見漢口會館之多,更具特色。

而會館(書院)的建築,朱甍碧瓦,畫棟雕梁,或廳堂或圍墻,或飛檐或棟宇,往往成為城市亮麗的代表性風景。只要經營得當,又能顧及社會關懷與實踐,兼具實用與觀光功能,久而久之,往往會在當代形成地標性記憶。對這類城市記憶的描述,因為人口眾多,車馬川流,往往是身處其間,在視覺上常有繁華景象,如建築、衣飾;在聽覺上則有熱鬧之聲,如歌舞、吆喝;多樣化的食物,又能提供味覺與嗅覺的滿足或刺激,視聽嗅味,一應俱全。紫陽書院即為城市地標,商鋪、店面、美食、車馬……造就許多特殊的感官活動,構成了城市心靈的重要部分。

事實上,除了當時外觀建築、人文氣息、社會救助等因素,確實有惠於鄉里,形成了人們的印象記憶外,在歷來文人學者的敘述中,也建構起了記憶的圖像。金承統在乾隆元年(1776)作《漢口徽國文公祠堂總圖記》,描寫魁星閣,有四十一階石級:「飛檐高啄,上干青雲,登臨眺覽,恍置身鬥牛宮矣。」又說魁星閣在當時名氣特色,遠勝其他景點,魁星閣出入門洞有三,閣背巷路寬坦,西則樓房鱗列成市,直行則到紫陽坊,可達大街,街北則為新安巷:「巷盡則祠屏牆,適當後街通衢,東曰禮門,西曰義路,自是而木柵,而門樓,間以周垣…石欄天地,儼具方塘一鑒之致。」金承統的總結是:「國朝以來,繁盛稱最,祠廟隨在競勝,金碧照耀,惟徽國文公祠堂規模正大,雅冠眾構……。」以上記述,有描寫,有文情,有畫面,也有筆法。至於書院重建後拓寬,董桂敷亦作《圖記補遺》,說當年規模已具,如今巷易為街,許多建築規式修葺後也有不同:「其文昌閣西序由闌門達者曰宴射廳,軒北小廳曰近聖居,其上為藏書之閣……。」文字的圖像、地圖式建構,讓城市風貌活靈活現,地景的記憶也不斷

流傳、書寫、複製。

　　從倡議、興建到修葺，徽商對於紫陽書院的外觀建築極為講究，例如城磚的重量、砌法（刻意強調眠砌，即實砌，每塊磚都采用平放的砌法），都有規定要求。多年經營之後，紫陽書院已是漢口重要地景，「金碧照耀」、「雅冠眾構」，自然也引來文人雅士賦詩歌詠，陳祖範言：「近傳漢江口，棟宇煒煌。」查祥更說書院藏書眾多，設備齊全，而諸生共讀，其樂融融：「歷時工始竣，踵事費猶宏。檐桷看飛翥，庭墀見敞明……近過爭瞻仰，遙觀即震驚。龜山青鬱鬱，鴛瓦碧晶晶。民俗潛熏德，傳聞著有名。寰中多創建，莫並此崢嶸。」商業經濟興盛也反映到了會館書院的建築，塑造了城市的空間，也影響了人們的城市記憶，而藉由文字或其它載體的各種追述，記憶往往也反過來具有了描繪地景的意義。這類空間與地方、身體、感覺、記憶交織的地標景觀，人與地之間所產生的情感紐帶，所具有的深刻人文內涵，可供挖掘。

　　但同時，我們也不要忽略了人們與土地的情感聯繫，在中國傳統書院體系中，這種聯繫更與宗族互助、社會救濟相結合。上述城市記憶中，在災難臨時，書院往往也成為百姓避難的場所，象徵著其面向社會開放、福禍同渡的意義，前面講的火災水患，便是很好的例證。另，在金碧輝煌的視覺奇觀之外，藉由宗族倫理而引發的別種「特殊風景」，更充滿了社會救助價值意涵的，就是「義冢」。義冢是徽商為安葬死於此地的同鄉人所設，起源在乾隆時期：「蓋因客游斯地，恩病雲亡，或一時不便謀歸，或孤身無人代殯，始而草率，繼而因循，以至棺枯骨露，誠堪憫惻。」主事者還刻意挑了塊好地方，將其命名為「新安義阡」。紫陽書院（新安書院）與玉皇廟各存有葬者姓名資料，按號注簿，「義冢」實行多年，到了乾隆三十二年（1767），已葬千百餘冢，嘉慶九年（1804），疊疊成丘，已不敷使用。所以又有人

提議，集資購買許家灣土地，希望能延續這樣的社會關懷與實踐的政策，死者為大，入土為安。

義冢之外，其它如嘉慶五年（1800）〈水龍曉諭示〉，因紫陽書院位置適中，適合放置水龍，於是要再新添，並召募水頭，而原來的五座水龍，仍按規範使用。這類由書院本身引發出來的諸多器物，比如育嬰堂、義舍、義埠等等，都與社會救助理念息息相關。

因此，漢口紫陽書院的特色，是徽商本於同鄉情誼而創建，又蘊含了學術教育經世致用、化民成俗的傳統理想；兼具會館經營特色，其經營既有商業思維，同時也關注在地發展與社會福利工作；成為了城市記憶，其創建到改造，其建築設計與相關人文景觀，已成為當時的地標地景

源於生活的書寫進路
——從若干書寫模式展開論述

鍾永興

廈門大學嘉庚學院人文與傳播學院副教授

一　前言

　　寫作／書寫與其被視作一種技能，我更樂意將之定義成一種觀察與紀錄生活的方式，甚至可以提出這樣的結論，不管再怎麼驚天動地、天馬行空的文學作品，我們仍然可從其中品讀出奠基於生活現實的部分。《哈利波特》裡的校園、貓頭鷹、掃把，都是取材於日常事物。劉慈欣的科幻小說《三體Ⅱ：黑暗森林》裡形容群眾看待「面壁者」時所發出的笑容，就像「蒙娜麗莎的微笑」和「柴郡貓」咧嘴笑，這是根據達文西名畫與《愛麗絲夢遊仙境》裡的人物而來。又如村上春樹《挪威的森林》提及的音樂曲目，渡邊目睹直子眼淚滴落在唱片的塑膠封套上。朱自清〈背影〉裡的父親、火車站月臺、橘子，林海音《城南舊事》裡提到父親日常種植培養盆栽的習慣，龍應台〈目送〉裡送別兒子的機場畫面。言叔夏《白馬走過天亮》裡提及的牙疼，提及房裡的衣蛾。朱少麟《傷心咖啡店之歌》一開頭所描述的颱風天，被颱風橫掃過後滿地的樹葉。李維菁《老派約會之必要》對話情節裡談論的「瓜子臉與大餅臉」。夏曼・藍波安《我願是那片海洋的魚鱗》、《冷海情深》、《大海之眼》、《大海浮夢》一系列的海洋書

寫。諸如上述，森羅萬象的書寫材料，無非都是在現實生活裡可見可聞，可以被作者挖掘，也可以被讀者理解的一幕幕真實景象。以下根據筆者個人近期的閱讀經驗，略舉三類扣緊「生活」的書寫模式，藉以說明生活對寫作的重要性。

二　山水寺廟書寫

圖文並茂的《山水寺廟》[1]一書，作者邱鎮京教授，自稱從大學教職退休後喜好在閒暇時「浪跡天涯，隨處留影」，筆名「浪影」。邱鎮京老師雅好旅遊，對山水美景、寺廟景觀情有獨鍾，書中的字裡行間，不乏對山水寺廟親身親履後體驗與書寫。作者的足跡遍布海峽兩岸，涵蓋自然人文，諸如「林美石磐步道」、「白米甕砲臺」、「望幽谷」、「象鼻岩與酋長岩」、「滿月圓」、「天秀宮」、「聖德宮」、「五谷金聖殿」、「慈航寺」、「揚州大明寺及竹西公園」、「鎮江茅山萬福宮」、「鎮江金山寺及北固山甘露寺」、「南京牛首山佛頂寺」、「南京棲霞山寺」、「福州鼓山湧泉寺」、「滁州豐樂亭及醉翁亭」、「烏江楚霸王祠」、「哈爾濱五國頭城」、「丹東鴨綠江公園」等等，族繁不及備載。

作者所到之處皆屬深刻探訪，考察景觀背後獨特的歷史淵源、風俗典故，能訴諸於文字表述成篇和成書，作者的遊憩不是淺嘗輒止式地走過路過、走馬看花，而是出自內心的去體悟山水天地裡的造化、壯美，去深掘人文寺廟中的歷史底蘊。如遊歷「汐止三秀山拱北殿」時陳述拱北殿所主祀的是「孚佑帝君（仙公呂洞賓）」，作者並援引收錄於《全唐詩》卷八五八中，呂洞賓（呂巖）的詩句「朝游北海暮蒼梧，袖裡青蛇膽氣粗。三醉岳陽人不識，朗吟飛過洞庭湖。」作者於

---

[1] 邱鎮京：《山水寺廟》（臺北市：文津出版社，2022年）。

引詩之後自稱：「晨巡指南宮，午訪拱北殿，悠哉游哉，何其樂也！余素有挾飛仙遨遊之奢念，仙公能攜我醉岳陽、越洞庭、臨君山、訪柳毅、謁龍女乎？」[2]作者一發思古之幽情，以自身意趣向遙遠之古人進行對話，頗有超脫物外、暫別凡俗與紛擾的浪漫情懷。作者遊覽甘露寺時，陳述道：「甘露寺有訴不盡的歷史滄桑，世傳周郎妙計安天下，擬以孫權妹孫尚香為餌，誘劉備來京口聯姻，藉機囚禁以逼還荊州，諸葛亮將計就計，反令東吳賠了夫人又折兵之故事即在此處。」[3]作者睹景思人，遙想三國時代周瑜、孫權、孫尚香、劉備、諸葛亮等叱吒風雲的歷史人物，回顧《三國演義》的生動情節，「賠了夫人又折兵」的俗諺在歷史典故的輝映之下顯得活潑鮮明，作者的實地造訪與遙想宛如腳踩古人所踏過的土地，見聞古人所見聞過的場景，這樣的旅遊及書寫，著實饒富人文情懷與歷史底蘊。邱鎮京老師的「山水書寫」，宏觀來說可歸類為「旅遊書寫」這一類型，然作者的遊覽經驗和遊覽取向，往往於琳瑯滿目的景觀中選取了自然山水、人文寺廟這兩類細項，對此透露獨特且濃厚的喜好，有意識地選擇了特定的取材方向，妥善展現出貼合自我意趣書寫風格。

三　書店書寫

臺灣書店營運景況隨社會變遷與科技發展幾經轉折，書市景氣從繁榮到衰退，書店發展從百家林立到嚴重縮減，書籍發行的方式從實體圖書到電子書，販賣圖書的管道從實體書店到電子商務及網路販賣。作家、出版社、實體書店經營者紛紛思索著，如何因應這書市景

2　邱鎮京：《山水寺廟》，頁38。

3　邱鎮京：《山水寺廟》，頁127。

氣不佳，人群閱讀意願日趨低落的大環境。獨立書店的開設、生存、轉型等過程，「書店書寫」的開展，書店書寫相關書籍的出版發行，皆是因應時局而生的新穎議題，也是對人文素養、閱讀素養的關注及呼籲。作家們以書店書寫提倡閱讀風氣，為實體圖書與實體書店的生存發聲，誠然是一種兼具創意與務實的書寫策略。

　　面對知識量爆炸，人們獲取知識的管道多元且便利這些閱讀環境的挑戰性，多媒體影劇娛樂產業發達，削減人們對閱讀的興趣，電子書、電子商務的發達，弱化了人們對實體書籍與實體書店的依賴度，「書店書寫」這種採用獨特視角，選取特定表述風格的書籍便相應而出，例如〔英〕Shaun Bythell[4]（尚恩・貝西爾）所著兩本書店主題書籍《二手書店店員日記》[5]、《二手書店店員告白》[6]，以臺灣而論，例如應鳳凰、房慧真、陳隆昊、高苦茶、紙上極樂、羅玫玲、顏愛琳、石芳瑜、龍青、蔡琳森、廖宏霖、陳昌遠、劉曉頤、洪春峰、吳孟樵、張香苓等共計十六位愛書人士所合著《被偷走的書店》[7]，書籍作者提出與思考實體書籍與實體書店的永恆價值，在電子商務購書的市場環境中，在電子書來勢洶洶的趨勢下，實體書店的空間感曾經如何吸引和感動讀者，實體紙質書籍又存有哪些不容許被替代的價值。

　　書店書寫是種新穎的書寫方向，例如《被偷走的書店：我的青春我的閱讀》這本專書的出版發行，是由「永樂座」獨立書店號召發

---

[4] 住在蘇格蘭的威格頓（Wigtown），是蘇格蘭最大二手書店「書店」（The Book Shop）的店長，也是威格頓圖書節（Wigtown Book Festival）的組織者之一。

[5] 〔英〕Shaun Bythell著，彭臨桂譯：《二手書店店員日記》（臺北市：聯經出版公司，2023年）。

[6] 〔英〕Shaun Bythell著，彭臨桂譯：《二手書店店員告白》（臺北市：聯經出版公司，2023年）。

[7] 應鳳凰、房慧真、陳隆昊、高苦茶、紙上極樂、羅玫玲、顏愛琳、石芳瑜、龍青、蔡琳森、廖宏霖、陳昌遠、劉曉頤、洪春峰、吳孟樵、張香苓合著：《被偷走的書店》（臺北市：永樂座文化有限公司，2023年）。

起，書店經營人面向許多文藝圈、藏書圈、作家邀稿，書寫內容包括：分享閱讀經驗，剖析自我閱讀感受，再現自己對書店、書籍的回憶，及蘊含其中讀者與書店、圖書所共譜的獨特情感，極富意識地嘗試喚醒人們樂於閱讀的那份雅致，極有熱忱地呼籲與意欲重振閱讀素養的普世價值，書中十六位撰稿人從不同經驗、不同觀察點切入，殊途同歸地強調實體書店與紙質書籍不容被替代的永恆價值，維護書店經營與生存權益，對鼓吹讀書風氣透露出執著和堅決，憑藉這股「書店書寫」的嶄新面貌，為所有熱愛逛書店與對閱讀一事情有獨鍾的族群代言發聲，有別於以往我們所熟悉的保持緘默，這樣的書寫模式無疑是對文化素養的堅持，對閱讀生活的具體實踐。

四　寵物（貓）書寫

喜愛寵物，或是有飼養寵物經驗的作家，他們從家居生活中對寵物的實際觀察、關愛，和寵物互動，進行心靈對談，訴諸於紙筆後便成為「寵物書寫」的書寫類型，而最高比例成為作家筆下寵兒的寵物就是「貓」，朱天心知名散文〈李家寶〉就是典型的寵物書寫。另就現代詩方面來看，詩人愛羅的《關於貓與天氣的幾種啟示》它既是詩集的書名，同時也是收錄在書中的其中一首詩，〈關於貓與天氣的幾種啟示〉[8]一詩是這麼敘述：「人們張口，就只聊一種天氣／貓的呵欠在通往市區的甬道／填滿整個慵懶的午後／我們在城市的腹中築起篝火／並撩撥著貓瞳裡／幾行相互問候的字」相較於人們扁平而單調的「只聊一種天氣」，貓的表情動作似乎更具立體感和延伸性，貓的意象遠比人來得鮮明，詩的末兩行表現出貓的眼瞳顯得溫馨可親，人們

8　愛羅：《關於貓與天氣的幾種啟示》（新北市：小雅文創，2022年），頁164-166。

彷彿可從其中汲取到問候的文字。王紅林〈貓〉[9]:「如何抵達三月的桃花／跌落在我懷裡的／是你的眼神／宛如一條河／流經我走過的土地」詩人敘述和貓的共處互動，如三月的桃花美麗燦爛，如懷抱中的主客體互攝，充滿溫暖與安全感，宛如河水流動時的潺潺滋潤。

　　李蘋芬《貓書II》[10]起頭的一段「你走之後，咖啡喝不完／出門前，我窺伺陽臺／女兒牆上沒有你，甚至我」詩人點出了貓咪已經離開人世間的結局，說出這股惆悵感，就像喝不完的咖啡般無法終止苦澀，以往貓咪常停留的陽臺、女兒牆等地方，再無貓咪的蹤影，飼主也由於失去了逗弄貓咪的誘因，從此便不在這些地方多作停留。「第一次你看見火／第一次我說：逃走吧／倘若轉身，見我在烈焰彼方／它是永劫的牆，你跨不進來／別費心看顧我」是詩人想像飼主和貓咪生死相隔後，陰與陽的分界會是什麼？終是火焰和永劫象徵的這一堵牆，讓人與貓咪再無互相依賴的機會。緊接著運用倒敘手法，回憶起貓咪還活著的時候一幕幕深刻畫面，「我看見你胖胖的，蹲踞窗前／啁啾的雀在那裡／你想去冒險的頂樓，在那裡／你走之後，時間帶有沙的質地」是以貓咪的體態，貓咪待過的頂樓環境，牠和雀同框的畫面感，表現飼主對寵物的在意和懷念，貓咪離開的日子，原本無形象的時間感也因飼主對貓咪的情感影響所致，竟變得如沙漏裡的沙一般具體。寵物書寫，現代詩寫作之中的寵物詩，為熙熙攘攘的人間注入一絲可愛的暖意，可藉此體察人物和動物之間的情感，是作家、詩人以文字所描繪出一幅幅溫馨的圖像。

9　王紅林：《花長出了骨頭》（新北市：斑馬線文庫，2023年），頁50-51。
10　李蘋芬：《昨夜涉水》（臺北市：時報文化出版公司，2023年），頁70-72。

五　結語

　　寫作／書寫，我個人是這麼看待它的，它便是人們生活的林林總總，是作家對生活所能想像到的極限，以文字文學的方式呈現出來。著名詩人、詩論家簡政珍稱：「泰德（Allen Tate）所提出的字質的張力，布魯克斯（Cleanth Brooks）所強調的『弔詭』（也是葉維廉所說的「既謬且真的情境」），或是他們所共同強調的詩內在的戲劇化，都是以人生當參考點。」[11]寫作者對自我、對他人、對環境的觀察和思考，理解、詮釋、想像，組織成訴諸筆墨的書寫材料，能激發作者動筆書寫的靈感，早就隱藏在人們的日常生活之中，書寫者先須細膩體察生活之中常在發生或既往發生過的事，充實度日，專注所愛，細觀那些在寫作上有所成就的作家們，其文學作品絕非全然脫離於生活而無中生有。古往今來的文學名著，短到從生活畫面裁剪成的小詩，長到一部千百萬言的小說巨作，皆是人間具體生活的反芻，漫漫旅途的結晶。

---

11 簡政珍：〈簡政珍詩學隨想——巧喻（conceit）與現實〉，《中華副刊》，2024年10月4日。

五　經典教學

試析公案故事的人物性格與情節安排

——以〈書麻城獄〉為討論文本

王奕然

臺北海洋科技大學海洋運動休閒與觀光管理系助理教授

一 前言

　　苗懷明以為,「這一小說(案:公案小說)類型所特有的一些主要故事題材與情節模式,前者如家產爭佔、男女私情、刑訊冤案,後者如冤魂托夢、清官精察斷案。」[1]無論是何種題材,其創作動機不外乎兩種,一方面是意在收集異聞怪案、古今刑獄之事,作為消遣之用;另一方面則是藉由這些公案故事來宣洩他們對現實吏治司法的不滿。清人趙翼(1727-1814)曾謂:「前明一代風氣,不特地方有司私派橫徵,民不堪命,而縉紳居鄉者,亦多倚勢恃強,視細民為弱肉,上下相護,民無所控訴也。」[2]然而,這情況不只是明代,歷朝歷代均有冤獄和官官相護的情況,人民無處申冤,只好寄望在小說世界,尋求公義。袁枚(1716-1797)之所以特地指出〈書麻城獄〉與元人

---

[1] 苗懷明:〈中國古代文言公案小說的演變軌跡及其文學品格〉,《許昌師專學報》第20卷第6期(2001年11月),頁53。

[2] 〔清〕趙翼:《廿二史劄記》(臺北市:藝文印書館,1964年),頁320。

宋本（1281-1334）寫的〈工獄〉相似，一方面是由於兩者同樣地「轇轕變幻，危乎艱哉」；另一方面則是說明這樣的情況，並非孤例，在其他時代亦曾上演著類似的悲劇。在〈書麻城獄〉末段，袁枚強調冤獄持續發生的主因，不能只歸咎於「三代以下，民之譎觚甚矣」，而是因為「居官者又氣矜之隆」，習慣將嫌疑人屈打成招，因此，袁氏借此一故事，警惕為官者在行使法律時，務必謹慎小心。

二　故事中的人物性格

　　男主角涂如松在故事中，個性並不鮮明，他和妻子楊氏的爭執，造成楊氏屢次「歸輒不返」。從後續的故事可知，楊氏與姦夫馮大有染，這也是涂、楊兩人「不相中」的因素之一。後來，在涂母生病期間，楊氏想要回娘家，涂如松終於從早先的「嗛之而未發」變成「欲毆之」，使楊氏再度逃走，埋下了日後一連串悲劇的導火線。從這個導火線出發，楊弟五榮懷疑涂如松殺了自己的姊姊，由單純的失蹤案，演變成對簿公堂，進而控訴其殺妻。而後來被高仁傑刑求，打到「兩踝骨見」卻堅持不肯招供，又受到「烙鐵索」的對待，終於招認假供。但胡亂招供的下場是，找不到楊氏的屍體，「又炙如松」，再度被刑求。女主角楊氏的個性描寫也不明顯，原本只是個單純的離家出走，卻演變成丈夫的冤獄和被刑，應是她始料未及的，楊同範妻子難產，需要人手之際，不忍見死不救地從牆中脫出，反而被老嫗看見，才讓案情露出一片曙光。雖然和丈夫「不相中」，又和姦夫馮大有染，但在看到他被拷打而「狀焦爛至此」，還是不停自責：「吾累汝，吾累汝」，表現出她仍有悔改之意。後又因不忍同範被殺，聽從其言，做出偽證，在在都顯示出她的心軟。

　　楊氏之弟楊五榮則是耳根子軟，優柔寡斷的個性，輕易地聽信趙

當兒的胡言亂語，又遭到秀才楊同範唆使，就一口咬定涂如松和酒肉朋友共謀殺妻，趙當兒似乎也沒有想到自己的戲言，居然讓多疑的五榮更加堅定自己的想法，這邊倒有些類似〈十五貫戲言成巧禍〉的味道，都是由一句戲言，導致接下來的悲劇，在〈十五貫戲言成巧禍〉，由於劉貴的戲言，使悲劇發生在崔寧和陳二姐，〈書麻城獄〉，悲劇是在涂如松等人身上，而出戲言的是趙當兒。又因為楊五榮沒有主見，當姦夫馮大告知他楊氏的下落，他卻沒有立刻向官府取消訴訟，反而詢問了楊同範的意見，在在顯示出他的搖擺、無法自主的個性，復聽從同範的建議，「藏楊氏複壁中」，又受其煽動而去認假屍。他那優柔寡斷的個性，使他一路被楊同範牽著走，最後導致了被誅殺的命運，如果他可以在馮大告知他之時，立刻取消控訴，就不會有後來一連串的掩飾行為，以及殺身之禍。

　　就秀才楊同範來說，故事中的他相當地工於心計，因為當兒之父出面戳破謊言，造成楊同範的秀才資格被奪，這也埋下了日後楊同範為了取回資格的一連串作為。因為貪戀楊氏的姿色，就倡議將之藏匿，並且「訟如松如故」，這就很可以看出他的機心，如果只是單純藏於壁中，無法遂行陰謀，必定要告倒如松，甚至於害其性命，才可能將楊氏佔為己有，他也充分利用楊五榮的軟弱個性，幫助自己。後來聽到有屍體出現，更是「大喜」，想到如何嫁禍如松，並取回秀才資格的兩全之計，和五榮又是認假屍，又是「賄仵作李榮」，雖然不成，但屍體已經不能辨認，後來更夥同五榮，糾集同黨數十人，「鬨於場」，把事情鬧大，讓總督邁柱改委託廣濟令高仁傑重驗，這次再度賄仵作薛某，成功之後，誣告如松殺妻，連同縣官湯應求、刑書李獻宗、仵作李榮一同入罪。後來東窗事發，洞悉到總督邁柱有意維護自己的前判，便唆使楊氏作偽證，說「身本娼，非如松妻」，企圖只被判「窩娼罪」，這一切的行徑，都可以看出他的詭計多端，能夠配

合各種突發事件,讓自己得到最大的利益。

　　文中出現不少審判人員,有好有壞,除了最後「偽訪同範家」而查明真相的縣官陳鼎與知縣[3]湯應求之外,其他人多有過失。就主要的判官而言,首先是知縣湯應求,他還算謹慎,對於如松殺妻一案,因為證據不足,而「獄不能具」,採信了當兒父親的證詞,又追查出五榮是受到楊同範的唆使,便「請褫同範,緝楊氏」,判得算是相當正確。後因總督邁柱改委託高仁傑重驗,使他遭到彈劾,反受牢獄之災,受到刑求逼供。再來是試用令高仁傑,因為「覬覦湯缺」,是故,雖受到仵作薛某的蒙蔽,但為了扳倒湯應求,也不加查證就判罪於他們,讓邁柱彈劾湯應求,成功得到其位。甚至為了破案,刑求逼供於眾人,使他們招出假供。他又以如松母和刑書李獻宗妻製造出的證據,來作為真相,而隨便結案。後因署黃州府蔣嘉年不肯轉呈上級,召來他縣仵作驗屍,才謊稱屍體被掉包,被迫重新審理。第三個是總督邁柱,他亦有過失,剛開始因同範等人鬧場,將案件轉由高仁傑審理,這倒沒有錯,而第一次誤判是光聽信高的呈報,將湯應求彈劾,而第二次誤判是,因查無屍體,便以「如松殺妻,官吏受賄」,判決「擬斬,絞奏」。而縣令陳鼎聽說老嫗的報案,便呈報巡撫吳應棻,當吳應棻呈報總督邁柱,他雖「以為大愚,色忿然」,雖還是「令拘楊氏」,但他只是「無所發怒」罷了。可見他並沒有深入了解案情的來龍去脈,完全由下面的人裁決,到了皇上「勾決之旨下」,卻又想維護自己的先前的判決,奏報「案有他故,請緩決」,才讓同範有了和楊氏串供的機會,又「復據情奏」,讓同範以窩娼罪呈報。至於縣令陳鼎在這個案子中,則是扮演清官的角色,讓整個真相能夠

---

[3] 《中國法制史論集》:「清代地方行政官署以縣、州、廳為最下。」知縣是正七品,謝冠生、查良鑑主編:《中國法制史論集》(臺北市:中華法學協會,1968年),頁296。

大白,聽聞到這段案情,便向上呈報,為了怕「拘楊氏稍緩,或漏泄,必匿他處,且殺之滅口」,反而會使得案情持續陷入膠著,便「偽訪同範家畜娼」,以免打草驚蛇,率領差吏毀牆而得楊氏,當場讓五榮、同範只能「叩頭乞命」,事後的會審,也證明案情一如陳鼎所言,便得以還涂如松清白,並誅殺楊五榮與楊同範。本篇故事的審判人員,詳如表一:

表一　〈書麻城獄〉中的審判人員

	湯應求	高仁傑	邁柱	蔣嘉年	陳鼎
官銜	知縣	廣濟令	總督	署黃州府	縣令
賢昏	賢	昏	昏	賢	賢
調查方法	「訪」	拷打	未察	召他縣仵作重驗	偽訪同範家畜娼
表現個性	謹慎	貪位	輕率	正直	智慧
具結	無	「獄具」	有,「據情奏」	無,拒轉呈於上	無,呈報於上
所得之物證	(1)無法辨認的屍體一具 (2)趙當兒之證詞 (3)當兒父之證詞	(1)拷打之供詞 (2)假屍共三具(二男一女) (3)薛某驗屍之詞	(1)高仁傑之呈詞 (2)吳應萃之呈詞 (3)楊氏之偽證詞	(1)他縣仵作驗屍之詞	(1)楊氏 (2)同範給老嫗的十金
下場	復官	無交代(應失去代理之職位)	召入京師	無交代	無交代

	湯應求	高仁傑	邁柱	蔣嘉年	陳鼎
判決	(1)褫同範 (2)緝楊氏	(1)如松殺妻 (2)應求受賄 (3)李獻宗舞文 (4)李榮妄報	(1)彈劾應求 (2)如松殺妻，官吏受賄，擬斬，絞奏 (3)判同範窩娼罪	無，拒轉呈於上	白吳，吳上奏

三 故事中的證詞與證據

  文中充斥著假造的證詞和證據，都是為了達成自己的利益而來。首先是趙當兒的證詞，這是第一個偽証，雖然趙當兒只是戲言地講了一句「固聞之」，但卻讓楊五榮這方的訴訟佔了上風，對五榮所控訴的「松與所狎陳文等共殺妻」，似乎更加有力，但這個偽證隨即被當兒之父所戳破。再來是五榮與同範偽認楊氏屍，這是第二個偽證，為了堅定五榮自己訴官正當性，並且同範也是為了取回自己的秀才資格，才不惜假認屍體。而兩人又買通仵作薛某，做了驗屍偽證，這是第三個偽證，將男屍報成女屍，讓同範等人可以提出如松殺妻、官員舞弊的有力佐證。最後是楊氏被同範誘導而做出的偽證，這是第四個偽證，讓同範可只以窩娼罪法辦，逃脫死罪。

  而全篇故事中，出現了三具屍體，第一具是鄉民黃某的僕人，被同範兩人偽認為楊氏，又被受賄的薛某證實「女屍，肋有重傷」，成為控告如松等人的證據，這是第一個假證物。但因為這第一具屍體「故男也，無髮，無腳指骨，無血裙褲」又刑求涂如松，他只好胡亂

招認，而有了「長髯巨靴」的第二具屍體，又是男屍，這是第二個假證物，是如松為了脫罪而亂指認。[4] 後又得一「足弓鞋」的女屍，但因為骷髏上皆白髮，年紀不符而捨棄，這是第三個假證物。最後是如松之母許氏和李獻宗妻用李氏已故的兒子的腳指骨，加上許氏的白髮一束、李獻宗妻的血褲、裙，配合上黃某僕人的屍體，這是第四個假證物，都是她們為了拯救自己的丈夫、兒子所製造出來的。以下筆者便整理一下本文出現的假證物：

表二 〈書麻城獄〉中的假證物

	證物一	證物二	證物三	證物四
性別	男	男	女	男
身分	黃某之僕	無名屍	無名屍	黃某之僕
狀態	(1)肋有重傷 (2)無髮 (3)無腳指骨 (4)無血裙褲	(1)長髯 (2)巨靴	足弓鞋	(1)有腳指骨（李獻宗已故兒子） (2)有白髮一束 (3)有血染一褲一裙
難辨之因	雷電風雨	無	無	山水暴發
捨棄之因	非女屍	非女屍	有白髮	非女屍
影響	(1)如松殺妻 (2)應永受賄，被彈劾 (3)李獻宗舞文	無	又炙如松	(1)高仁傑獄具 (2)將嘉年再驗，高仁傑再訊，邁柱具結

---

4 《中國古代告狀與判案》：「官府可以逮補和拷打證人，以逼取證詞。證人為了少受皮肉之苦，常常按照官吏的要求作假證，這就造成許多的冤獄。」呂伯濤、孟向榮著：《中國古代告狀與判案》（臺北市：臺灣商務印書館，2000年），頁69。

	證物一	證物二	證物三	證物四
	(4)李榮妄報 (5)刑求諸人，李榮死			

四　故事中的轉折點

　　在這篇故事中，之所以會有如此詭奇的情節，主要就是因為在幾個轉折點的不同選擇，而轉折點有大有小，首先是大轉折：第一個是在「兩家訟於官」時，如果楊氏不是躲藏在馮大家，也不至於有之後楊五榮受趙當兒戲言影響，而堅稱姊姊被涂如松等人殺害。第二個是「大母慮禍，欲告官」，如果馮大之母將楊氏的行蹤，告知官府，當時正是湯應求追緝楊氏的時機，那故事就不會這般進行下去，不會有接下來的誤判，以及涂如松被刑求。第三個是假如許氏和李妻偽造的證據失敗，那如松等人自然難逃再度被拷打的命運，結果成功地將案子在高仁傑手上具結。第四個是代理黃州府知府蔣嘉年察覺事情有異，便召集了別縣的仵作來驗屍，果然發現那是男屍，如果他沒有跳出來干涉，案件早已經在高仁傑手上結束了。第五個是是在楊氏是否出牆助產，如果繼續躲藏，案情將持續膠著，她挺身而出，使得老嫗得以報告官府，使案情露出曙光。第六個則是在總督邁柱，為了維護自己的前判，讓同範有機會和楊氏串供，使得邁柱採信了楊氏的供詞，讓破案又延遲了時日，如果不護己判，立刻就結案了，也不必驚動天子下令眾人集中會審。

　　再來是小轉折點的地方：第一個是黃某僕人之屍，假如未朽，配合不受賄的李榮，自然明白此為男屍，無法入如松於罪，案子也將繼

續由湯應求審理,而「屍朽不能辨」,使得案子因同範黨羽鬧場,而轉交至昏官高仁傑手上,埋下日後如松的悲慘遭遇。第二個是假如賄賂薛某失敗,即使高仁傑再怎麼覬覦湯之位置,也找不到理由奏請彈劾,結果因為同範賄賂薛某成功,而使案情更加複雜。第三個是山水暴發,造成邁柱將案件具結,使得如松等人無法申冤,否則如果屍體完好,高仁傑自然無法堵住悠悠之口。第四個是假如老婦沒有看見靈異現象,意即李榮血肉模糊地跑去楊同範家,老嫗是否會去楊家,並且拒絕同範的賄賂,還在未定之天,這和中國的鬼神觀有相當大的關聯。

在文中,幾個關鍵的巧合,對於複雜情節,也有相當大的影響,首先是鄉民黃某所埋的屍體,因為坑穴挖的太淺,剛好被野狗扒了出來,有了這具屍體,才有後來的偽認。而第二個巧合則是在地保將要去戡驗時,剛好「會雨,雷電以風」,不得不「中途還」,才使楊同範萌生偽認屍體的主意,而第三個巧合則是因為這風雨,讓屍體難以辨認,使案情沒法有所進展。蔣嘉年感覺案子有詐,便召來他縣仵作驗屍,果然發現問題,高仁傑也被迫再審,原來真相即將大白,但第四個巧合出現:「俄而山水暴發,並屍沖沒,不復驗」,導致總督邁柱可以妄自結案,將諸人「擬斬、絞奏」。第五個巧合則是楊同範之妻難產,使楊氏基於惻隱之心而現身幫忙,使感嘆「卒不得楊氏,事無由明」的鄉民,有了申冤的契機,也讓陳鼎可以藉此向上呈報。

在這篇故事中,我們亦可以發現「因果報應」和「屈打成招」這類,中國公案小說的普遍元素。就前者來說,從百姓「咸知其冤,道路洶洶,然卒不得楊氏,事無由明」,到了老嫗所謂的「天乎,猶有鬼神,吾不可以不雪此冤矣」,可以看出中國人普遍有「善惡到頭終有報」的觀念,對她而言,沉冤必須有昭雪的一天,壞人必須得到應有的懲罰,這都是長久來,中國人所持有的果報觀念,什麼樣的因,就有什麼樣的果。以後者來說,林保淳曾謂:「刑求幾乎是中國官場

大家公認的一個法則,原因就因為本身階級的劃分太嚴格了,官比民的權威要大的多,官以主宰者的姿態君臨百姓之上,官吏的判案本身覺得不是在為民服務,而是在為民除害」[5],在封建階級制度嚴明的中國,「刑不上大夫」,是很普遍的原則,「王子犯法,與庶民同罪」,往往只成為一句動聽的口號,陳顧遠曾謂:中國法系「就其系統性之建立而言,可知由法家創造其體格,猶儒家賦予以靈魂也。」[6]法家的性格造就出種種法條,而儒家重視禮法的精神,表現在法上,卻反而是對於階級的「尊尊」,而非理想中的「風行草偃」,所以昏庸的審判者往往喜以屈打成招,代替實際地追查證據,一旦罪犯畫押,案件即具結。陳顧遠曾謂:「『屈打成招』則亦有所不許也,至於所謂嚴酷之刑,縱在律文有其規定,但執行時仍可宥恕之。」[7]然而,現實審判中,刑罰只有越來越重,為了破案,不惜羅織罪名,不惜草菅人命,這情況遠比審官念情而輕判的情形多。依清代的職位高低,邁柱的權力相當大,這也就是為什麼在高仁傑受制於蔣嘉年的驗屍,倡議再審,而在屍體被沖沒之後,可以妄加具結的原因。清代主要的刑求招供工具不外乎是夾棍,雖清律明定夾訊以兩次為限,但對昏官而言,實際使用上卻無法有絕對限制,不過根本差別是,普通刑案使用笞,重大刑案使用夾棍。

雖然因為君主集權,加上封建社會,中國人的法律約束力很強,但弔詭的是,小說中往往又有「法律不外人情」的一面,以楊氏為例,她替楊同範作偽證,說自己是娼妓,而他犯了窩娼罪,這是違法

---

5 林保淳:〈中國古代「公案小說」概述〉,魏子雲、許鄧璞編:《中國古典小說賞析與研究》(臺北市:中華文化復興運動總會,1993年),頁519。

6 陳顧遠:〈從中國文化本位上論中國法制及其形成發展並予以重新評價〉,謝冠生、查良鑑主編:《中國法制史論集》(臺北市:中華法學協會,1968年)頁37。

7 陳顧遠:〈從中國文化本位上論中國法制及其形成發展並予以重新評價〉,謝冠生、查良鑑主編:《中國法制史論集》,頁95。

的,「證人作證,要具甘結,如果偽證,要受處罰。」[8]而從故事最後,天子發回會審的結果,與陳鼎相同,卻沒看見楊氏因此受懲罰,由此,有兩個可能,一是作者以為事小不足記,一是審官法外開恩。而「對于案情不明瞭,硬充證人的,跟誣告者一同定罪。」[9]趙當兒做出的偽證,正是這種情況,但作者只有點出湯應求因探知楊同範為人「虎而冠」,而褫楊同範的秀才資格,或許趙當兒亦有受到懲罰,只是作者未點明而已。「如受賄託出而偽證,更要計贓以枉法從重論。」[10]可見收賄的仵作薛某,在事發之後,應該會受到重罰,不過筆者略加揣測,可能對袁枚來說,趙當兒、薛某的部份並非是主線,因此可以帶過。而就誣告的部份,雖然如松並未因此而被處死,但「擬絞監候」有幾種情形,其中一個是「或將案外之人拖累禁拷致死一二人者。」[11]之所以楊同範、楊五榮最後被誅,原因之一也是因誣告,造成仵作李榮被「拷打致死」。

五 結論

從這篇〈書麻城獄〉可以看出,之所以會造成如此複雜的情節,主要是因為楊同範的機關算盡,以及官員的私心自用,使得原本單純的妻子離家出走,不但造成了一干人等遭受刑求,甚至還使涂如松差點被總督邁柱判死。公案小說的存在,是宣洩人民對現實吏治的不

---

[8] 陳顧遠:〈從中國文化本位上論中國法制及其形成發展並予以重新評價〉,謝冠生、查良鑑主編:《中國法制史論集》,頁618。

[9] 陳顧遠:〈從中國文化本位上論中國法制及其形成發展並予以重新評價〉,謝冠生、查良鑑主編:《中國法制史論集》,頁618。

[10] 陳顧遠:〈從中國文化本位上論中國法制及其形成發展並予以重新評價〉,謝冠生、查良鑑主編:《中國法制史論集》,頁618。

[11] 陳顧遠:〈從中國文化本位上論中國法制及其形成發展並予以重新評價〉,謝冠生、查良鑑主編:《中國法制史論集》,頁656。

滿，也抓住了百姓的好奇心，想要一窺千古奇案的心態，這類作品大多情節曲折、算計不斷，這也是它能夠一再受到大眾歡迎的因素，而袁枚寫作這篇〈書麻城獄〉，如他自己所言，一方面是要給官吏做個警惕，希望他們在判案時可以「知其難而慎焉」，另一方面也是對現實生活中，這些喜以屈打成招來破案的官吏，一個警告，希望他們能了解真相並不是從屈打成招就可以得知的，自古以為多少無辜的性命，就是死在這群昏庸的官吏，甚至是「自以為公正」的「清官」，所以袁枚才會感嘆：「折獄之難也」。

六　參考文獻

（一）古籍

〔清〕趙翼：《廿二史劄記》，臺北市：藝文印書館，1964年。

（二）近人論著（按作者姓氏筆劃排序）

呂伯濤、孟向榮著：《中國古代告狀與判案》，臺北市：臺灣商務印書館，2000年。
謝冠生、查良鑑主編：《中國法制史論集》，臺北市：中華法學協會，1968年。
魏子雲、許鄧璞編：《中國古典小說賞析與研究》，臺北市：中華文化復興運動總會，1993年。

（三）期刊論文

苗懷明：〈中國古代文言公案小說的演變軌跡及其文學品格〉，《許昌師專學報》第20卷第6期，2001年11月。

重述故事策略融入歷史散文教學之研究
——以〈燭之武退秦師〉為例

林佩儒

馬偕學校財團法人馬偕醫護管理專科學校副教授

一　前言

　　文言文教學是本校五專國文課程主要內涵，選文範圍涵蓋先秦至清代，從短篇寓言到長篇詩歌、散文、小說選等。對學生來說，不同型態的文章有不同的學習挑戰，如長篇文章受限於上課時數少，一篇文章要分數週才能講解完畢，理解易流於片段，不易有整體觀；又如言簡意賅的短篇歷史散文，文章篇幅短，文字密度高，複雜情節和眾多人物濃縮在短短數百字之間，主詞、動詞變化快速跳動，學生在閱讀文言文時容易弄混而造成文句理解上的困難。傳統「講述教學法」是教學現場最常使用的教學策略，以教師為中心的講課方式有其優點，它能在有限的時間內把文章重點有系統地傳遞給學生，但缺點是不易引起學習動機，學生被動聽講，學習成效有限，若能針對型態性質各異的文章調整教學策略，設計合適的教學活動來克服學習難處，對學生整體學習成效應有實質上助益。

　　本校五專國文課程選錄《左傳‧燭之武退秦師》即是典型歷史散

文，敘事分明用字精鍊，以簡要文字描寫複雜多變的歷史情節。依實際授課經驗觀察，晉侯、秦伯、佚之狐、燭之武在短短數行之間輪番出場，各有立場各有思慮，情節變化快，雖然故事並不複雜，但學生在解讀密度高的文言文字句時，明顯感覺吃力，而課後評量也發現即使聽完老師講解，抄寫完文章的白話翻譯，學生對課文內的文言句子仍然感到陌生，而那些使用文章原始文句的選項對學生而言更有理解上的困擾，很多人因為無法正確解讀題目而選錯答案，造成失分，無論是秦、晉、鄭三國的歷史恩怨、燭之武說服秦伯的論點，或是晉侯不追究秦伯陣前倒戈的決擇與考量，只要以文言文句子為選項內容，就大大影響學生的答對率，這顯示學生對文言文的閱讀理解能力是薄弱的。

　　細究〈燭之武退秦師〉一文，內容濃縮，故事性極強，人物、情境、衝突及結尾等故事基本元素都有，本質上就是文言文版的歷史故事。故事教學有許多有效的教學策略可以使用，如故事結構教學、故事臉、重述故事等，都在不同的研究中都被證明各有其成效，若能將這些策略應用在文言文版的歷史故事教學中，將操作和練習的工具直接扣緊文本，使用文章內的文句進行練習，能否提升學生對文言文篇章的閱讀和理解程度？本文即以「故事重述」策略為主，搭配故事結構教學，進行歷史散文教學，檢驗此教學模式對學生文言文閱讀理解力的影響。

二　文獻探討

　　故事是具備故事結構的敘事，王瓊珠（2010）指出：所謂的「故事結構」是從一九〇〇年代初期人類學家分析民間傳說演變而來。學者發現人們在述說故事時都包含一些大同小異的元素，這些元素被稱

為「故事結構」，其中以包含五至七個故事結構元素居多，以六項結構元素占大宗，分別是：一、主角與主角的特質；二、時間與地點的情境；三、主要問題或衝突、四、事情經過；五、主角反應；以及六、故事結局。這六項元素基本上包含了故事前、中、後段的發展經過，同時也考慮主角的特質（多半為表層訊息）及其內在心理感受（多半為隱含訊息）。

而將故事結構應用在教學上，鍾筱莉（2011）綜合陳姝蓉與王瓊珠（2004）、蘇家莉（2009）、Gardill 與 Jitendra（1999）、Li（2007）等人研究指出：故事結構教學是透過大量提問協助讀者找出故事結構要素，並輔以圖表組織故事的因果、時序關係，進而延伸至對讀者的啟示，是一種具系統性的閱讀理解策略。

以王瓊珠（2010）整理的故事結構教學相關研究摘要表可以看出：在實際教學或研究場域上，故事結構教學法大多應用在學習障礙或閱讀低成就學生身上，從一九八六年 Fitzgerald & Teasley 針對國小四年級閱讀低成就學生的研究，到一九九九年 Troia, Graham, & Marris 針對寫作問題學習障礙生為研究對象都是，這些研究成果都指出：故事結構教學法對於學生在故事內容的閱讀理解、重憶或故事重述上，普遍具有正面提升的效果。而從這些文獻探討歸納出幾項有效的故事結構教學原則中，即包結合口語及書寫的訓練，就是在閱讀後讓學生重述故事，給他們練習再次重整與組織資訊的機會。

所謂「重述（retelling）」，就是把讀後或聽後的記憶，由讀者或聽者說出他們從讀或聽中所記得的東西。重述顯示讀者或聽者依據個人和個別的文本解讀來建構反應，這是個積極的程序（谷瑞勉，2004）。重述故事是將閱讀過的故事以口語方式表達出來，基本上就是口語敘事能力的表現，錡寶香（2011）指出「敘事」是一種運用語言的複雜認知活動，一段完整的敘事要求說話者必須完成以下三個任

務：一、由記憶系統中啟動與述說主題相關的知識；二、選擇適當的詞彙編碼（encoding）或表達概念；三、將詞彙依照語法規則結合在一起形成句子。而「重述故事」更要求述說內容的組織、架構，如有條不紊地安排述說的內容、交代清楚角色、事件背景或前因後果等，它要求讀者或聽者將故事的部分彼此相連結以統整訊息，與傳統老師提問、學生用有關文本的特定訊息做回應不同，讓學生重述故事，能讓學生融入全面的理解中，是一個閱讀理解的全方位概念（谷瑞勉，2004）。

　　由此看來，「故事重述」做為一種閱讀理解的策略，應是有效的策略。Kuldanek（1998）就採取故事結構教學搭配「故事重述」策略，藉由閱讀故事先了解故事結構，再使用故事框架引導，最後讓學生練習使用口語，再次組織閱讀內容，講一遍故事，藉此更強化閱讀理解的效果。

　　國內對於重述故事的教學策略應用集中在幼兒教育領域，研究人員利用該策略研究幼兒語言及認知上的發展，如陳淑如（1996）〈重述故事對幼兒故事回憶和故事理解之影響研究〉、曾珮菁（2004）〈提升高功能自閉症兒童重述故事之行動研究〉、賴佩菁（2010）〈重述故事結合故事結構教學活動對國小高年級學童閱讀後設認知能力之影響〉、洪宜芳、張鑑如（2017）〈三～六歲學齡前幼兒敘說：故事理解與故事重述之初探〉等。此外，少數應用在中學階段研究的則是外國語文的學習，如楊淯茹（2008）透過故事構圖（story map）和重述故事，研究國中二年級學生英文字彙學習及字彙記憶之成效分析。目前為止，似乎尚未有將「故事重述」應用於文言文教學的教學成果。考量歷史散文也是故事體，既然重述故事被證實為可有效提升閱讀理解能力策略，本研究即將故事重述結合故事結構教學進行教學設計，探討這種教學模式對提升學生學習歷史散文的有效性為何。

三　研究設計

（一）研究對象

　　本研究選取五專二年級國語文課程中〈燭之武退秦師〉一文為教學文本，實施場域在本校關渡校園課堂教室。由於國語文課程是校訂必修課程，教師無法任意選擇或調動班級成員，故研究採用「便利取樣」（convenience sampling），以視光學科二年級兩個班級學生為研究對象，學生具備五專二年級國語文能力程度，在校內未接受過其他寫作或口語表達訓練。二年一班為實驗組共計四十四人，二年二班為對照組共計四十五人，並以距教學實驗最近的期中考成績為起點行為進行檢定，兩班成績無顯著差異，起點行為一致。

（二）研究工具

　　本研究採取準實驗研究法，研究工具如下：

1　學習評量卷（實驗組、對照組共用）

　　為檢核學生閱讀理解能力，編製〈燭之武退秦師〉學習評量卷，評量內容包含生字詞字形音義辨正、國學常識、文意測驗、修辭手法等面向，總分為一百分，以選擇題為主要題型，其中以最能直接反應閱讀理解能力的文意測驗佔半數，總分為五十分，並且著重以文言文入題，使用課文文言文句子做為題幹或選項，以測驗學生對這類歷史散文內容的解讀能力。

2　故事結構分析表（實驗組使用）

　　將前述六項故事的基本結構以列表方式呈現的表單，除了文章名

稱、作者等基本資料欄位外，表單內容主要為以下六個欄位：一、故事主角；二、情境（時間空間）；三、主要問題；四、事情經過；五、故事結局；六、最後的主角反應，表格繪製主要以王瓊珠（2010）所使用之故事結構分析表為底本進行修改，最重要差異在於：在本次教學設計中，故事結構分析表裏的內容不能使用白話文作答，而需以課文原始內容的文言文句子作答，要求學生直接扣緊文言文課文本身去找答案線索。這樣的設計，是為引導／迫使學生參考註釋，主動去理解、詮釋字義句義及乃至於通篇文意，有全面性的理解後才能寫出正確答案。

3　口語敘事評量表（實驗組使用）

本研究編製口語敘事能力 Rubrics 評分量表，評核兩面向，第一面向為故事內容，此處以蘇惠玲（2015）「口語敘事評分表」為基礎，針對以下五項口述故事結構的表現進行評核：主配角／背景（發生事件的時間地點）／主角反應（主角的情緒反應及想法）／情節發展（事件內容是什麼？如何計畫及行動？）／結果。在這五項基本結構外，另外新增兩項評量指標：描述人物表情或肢體動作／描述人物內心感受或情緒變化，提醒學生描述故事內容的層次。

第二面向則是根據學生說故事時的語調、用詞、聲音表情等的觀察，給予說故事技巧的評分，包含發音清楚口齒清晰／音量適中／語速適當／聲調自然抑揚頓挫／運用豐富修辭讓故事生動等項目。以上各指標依據完成度給予極差／差／普通／佳／極佳共計五等評分。兩面向各指標所得分數加總，則為學生整體口語敘事表現分數。

唯需特別說明的是：口語表達能力是認知及語言能力的長期累積，很難透過單次練習就能有所提升，本次設計口述故事環節，旨在刺激學生運思，整合文本訊息內化所學，本量表主要提醒學生口述內

容及態度,為教學工具而非目的,故其得分提供學生作為學習回饋,不會視為口語表現進行分析。

4 課後問卷調查表(實驗組使用)

本份問卷調查學生對本次教學單元的整體感想,包括課內各教學活動滿意度、教學方法等意見回饋,分數選項部分如滿意度問題,採李克特七點尺度量表以觀察學生主觀學習感受。

(三)教學設計

1 教學目標

本次教學設計以《左傳・燭之武退秦師》為實驗課程,本課整體教學目標可略述如下:

在認知層面,學生要能認識《春秋》三傳及其基本內容、《左傳》寫作風格及歷史故事複雜的時代背景,理解本文寫作特色,也認識文中人物的重要表現,如燭之武說服秦穆公的幾個不同層次;在技能層面,要能辨識本課的字形字音,重要字詞義,正確理解全課文意,也能歸納段落文意,分析文章修辭手法;在情意層面,能領會人情世故,並充分考量因立場不同而造成不同的認知,也能欣賞文中各號人物的特質,如鄭文公的身段柔軟、佚之狐的知人善薦、燭之武從容睿智等。

2 教學方法

本教學主要以故事結構分析搭配重述故事活動,引導學生掌握文章內容(故事結構),並在對課文有全面性理解後,將文言內容以白話文進行重述,整個教學過程將使用到下列幾種教學方法:

(1) 小組討論法

為降低個人閱讀文言文的抗拒畏懼感以及難度，在學生撰寫故事結構分析表時，安排學生二至三人一組，學生除可參考課本註釋外，也鼓勵小組成員透過反覆討論來確認文句意思，甚至也可舉手請教師從旁協助，以完成用課文句子填答故事結構分析表的任務，將整篇文言文課文解構成基本故事結構元素。

(2) 發表教學法

學生以故事結構分析表為底稿，將表內已經整理分析過的文言文故事元素，配合先前對文句的理解，直接在腦中進行轉譯，以白話文重述整個故事。這種口語敘事是個人口頭發表，反應出學生對文章的閱讀理解能力。個人的口頭發表需錄製成音檔上傳至 TronClass 平臺，再進行同儕互評。

(3) 教師講述法

對照組以教師講述法為主，實驗組則在聆聽有聲教材活動後，由教師補充講授本文重點背景知識，並預先挑選課文中較難之生字詞及註釋進行講解。

（三）教學實施及研究流程

單元教學共三週課程（每週兩節課，一節五十分鐘），教學活動如下頁表一。

本次教學設計中，實驗組與對照組在第一週及最後一週同樣進行的教學活動有：引起學習興趣的「春秋地理拼圖競賽」及檢驗學習成效的「學習評量測驗」。除此之外，實驗組主要以重述故事策略設計教學活動，對照組以教師講授為主要教學活動。

表一　教學活動進度表

週次	教學單元	教學活動	使用教具／表單
第一週	實驗組	1. 春秋地理拼圖競賽（20分鐘） 2. 聆聽有聲教材（30分鐘） 3. 教師講解重點背景知識及注釋（50分鐘）	木質拼圖 〈燭之武退秦師〉有聲教材
	對照組	1. 春秋地理拼圖競賽（20分鐘） 2. 教師介紹《左傳》（30分鐘） 3. 教師講授題解及注釋（50分鐘）	木質拼圖 影片（樂樂課堂──諸子百家之左傳）
第二週	實驗組	1. 故事結構分析（50分鐘） 2. 重述故事（50分鐘）	故事結構分析表 錄音手機、TronClass平臺
	對照組	1. 教師講授課文翻譯（70分鐘） 2. Kahoot線上搶答（30分鐘）	Kahoot平臺、手機
第三週	實驗組	1. 重述故事同儕互評（30分鐘） 2. 教師講評（10分鐘） 3. 學習評量測驗及檢討（60分鐘）	口語敘事評量表 學習評量卷、課後問卷
	對照組	1. 教師分析課文寫作特色（40分鐘） 2. 學習評量測驗及檢討（60分鐘）	影片（文史大觀園：晉文公） 學習評量卷

　　實驗組第一週先以競賽活動開場，〈燭之武退秦師〉是一篇十分精彩且驚險的國際外交事件紀錄，燭之武在為秦穆公分析利弊的說詞中，其中一利及一弊即從秦國、晉國和鄭國三國相對地理位置加以論述，並得到秦穆公的認同，因而成功勸退秦軍，足見春秋各國地理位置攸關各國的外交及軍事策略，是十分重要的歷史條件。有鑑於此，本次教學製作春秋地理形勢木質拼圖，透過第一堂課舉辦拼圖競賽加分方式，最先完成拼圖前十名加分三分，十一到二十五名加兩分，其餘完成者加一分，激勵學生在遊戲中牢記重點國家地理位置，同時活

絡教學氣氛，引起學習好奇心。

　　完成拼圖競賽後，為延續學生的專注力，採取聆聽教學策略，藉由「聆聽」集中注意力，掌握對全課內容的整體性認識。課前教師先將〈燭之武退秦師〉的全課白話文意錄製成有聲教材，學生邊聽有聲教材，逐句觀看原文內容，透過「耳聽白話、眼看文言」刺激腦中直接對譯，強化對原文句子的熟悉度。在聆聽結束後，再由教師重點講述課文中的難字生詞，以及較難懂的文句、修辭等，協助學生理解文句結構。

　　接著使用故事結構要素製作的「故事結構分析表」，找出課文中的主角、背景、問題、解決方法等故事元素，並且使用課文的文句（即文言文）來作答，這樣的設計，迫使學生必須反覆查找解釋、觀看文句、理解文意，找到正確句子填答，這個過程可以提高學生對文言句子的熟悉度，同時，透過故事結構分析表也幫助學生拆解課文，理解這篇歷史散文（故事）的內在脈絡，而能對全文結構有所掌握。

　　最後則請學生依據對課文理解，進行訊息反芻後，以口語重述〈燭之武退秦師〉整課故事，並用手機錄製成語音檔後上傳至 TronClass 教學平臺，接受同儕評核。同儕互評使用口語敘事 Rubrics 評分量表，一人評分兩位同學，並給予評語回饋。學生透過聆聽同儕講〈燭之武退秦師〉故事，對比自己的錄音經驗及成果，從評分者的角度換位思考，對照比較自己或同學所講的故事情節是否完整，對課文的理解有無偏差，在這種觀摩過程中進行觀念自我確認與修正。課程結束時實施學習評量，並於評量後即時批改逐題檢討，檢驗學生學習成效，評量結束後則實施課後問卷。

　　而在對照組部分，在第一堂課同樣以拼圖競賽暖身後，搭配「樂樂課堂──諸子百家之左傳」補充影片，由教師依作者、題解、注釋、翻譯等順序依序講解課文，學生則劃記重點書寫筆記或課文翻譯。課文講解完畢，以 Kahoot 線上搶答遊戲在課堂上進行簡易重點測驗，

一方面活絡學生上課氣氛,一方面了解學生對全課的吸收程度,學生答錯的題目也能即時檢討,釐清重要知識。課程最後跟實驗組實施同一份學習評量,檢驗學習成效。

四 學生學習成效

評量內容為五十題單選題,分為國學常識、字音形義、文法修辭、文意測驗四個向度。實驗組與對照組參與測驗的人數分別為四十四人與四十五人,以獨立樣本 t 檢定不同教學組別是否對其學習本文之能力存在顯著差異,由表二可發現不同教學組別在「國學常識」有顯著差異,$t(87)=-2232$,$p<.05$;在「字音形義」沒有顯著差異,$t(87)=0.185$,$p>.05$;在「文法修辭」沒有顯著差異,$t(87)=0.268$,$p>.05$;在「文意測驗」有顯著差異,$t(87)=3.642$,$p<.05$;在「總分」沒有顯著差異,$t(87)=1.699$,$p>.05$。

表二 不同教學組別之學生能力的 t 檢定摘要表

	組別	樣本數 (n)	平均數 (M)	標準差 (SD)	自由度 (df)	t 值	p 值
國學常識	實驗組	44	4.27	1.70	87	-2.232	0.028*
	對照組	45	5.11	1.84			
字音形義	實驗組	44	14.41	4.43	87	0.185	0.853
	對照組	45	14.22	5.05			
文法修辭	實驗組	44	11.95	3.18	87	0.268	0.789
	對照組	45	11.73	4.48			
文意測驗	實驗組	44	39.27	7.63	87	3.642	0**
	對照組	45	32.49	9.82			

組別	樣本數 (n)	平均數 (M)	標準差 (SD)	自由度 (df)	t 值	p 值
總分 實驗組	44	69.91	15.14	87	1.699	0.093
總分 對照組	45	63.56	19.87			

註：*$p<.05$、**$p<.01$

由以上分析可觀察到結果為：

一、就評量總分來看，實驗組平均分為69.91，對照組為63.56，實驗組平均分雖然高於對照組，但未達統計學上顯著水準，所以就整體教學目標而言，重述故事策略對於提升學生學習〈燭之武退秦師〉一課並未有具體正面成效。

二、進一步分析評量內四個向度，在「字形音義」及「修辭文法」兩向度，兩組得分無顯著差異，顯示無論學生是透過分析故事結構和重述故事的過程，自行查找確認文字音義、文句修辭，或是透過教師講解方式直接記憶，學生在生字詞、注釋、基本文句修辭的認識和吸收程度一樣。

三、在「國學常識」答題表現上，實驗組平均分4.2，對照組平均分5.1，對照組分數優於實驗組達顯著水準。「國學常識」題目主要測驗學生對《左傳》基本知識，包括成書過程、內容、寫作風格、文學及史學價值等，多為記憶性資料。關於《左傳》的基本知識內容其實已經出現在課本的「題解」範圍內，兩組都是以此為範圍進行學習，差別在於實驗組由教師直接劃記重點，對照組部分則由教師詳細講解外另搭配課外補充影片「樂樂課堂──諸子百家之左傳」，影片中對《左傳》的成書、寫作文字風格有精要描述，並且舉數篇《左傳》名篇段落做為印證。就知識的深度及廣度上而言，對照組的確比實驗組對於該書有更多認識和感受，這可能也是造成對照組在「國學常識」答題上有較優表現的原因。

四、在學習評量題目數佔比最多的「文意測驗」向度，實驗組平均得分39.3，優於對照組平均分32.3，達統計學上顯著水準。「文意測驗」主要測驗學生對於〈燭之武退秦師〉文本的閱讀理解能力，題幹及選項多使用課文本身文句（文言文），考驗學生解讀文言文的能力，同時也看出學生對於故事情節的掌握程度。而文意部分也是重述故事策略最著力的部分，無論是聆聽白話文意眼觀文言句子的聆聽活動、分析故事結構單或以口語重述故事，都要求學生直接面對文本，反覆針對文言文內容進行理解、解構和組合，換句話說，學生對於文本熟悉度是高的，對文意掌握看起來有更好的成效。

五　結果與討論

重述故事策略在提升學生學習〈燭之武退秦師〉的整體教學目標上未達具體成效，在以課文為主要內涵的文意理解能力上有顯著提升，而在偏重記憶的背景知識吸收上則較教師講授法為差。針對這樣結果，大致可以分析如下：

一、重述故事策略中，學生需要撰寫故事結構分析表，也需要口語敘述燭之武勸退秦穆公的整個歷史事件，對於整起事件所包含的人、事、時、地、情節等故事元素，學生必須先閱讀、澄清、理解、吸收後加以重組，再表達出來，無論是文字撰寫結構單或是口說故事錄音，實驗組的教學以學生為主體，要求學生「主動輸出」他們的認知內容，學生經歷一個完整的運思過程，如前文所述，「重述故事能讓學生融入全面的理解中」（谷瑞勉，2004）。對比對照組，雖然有 Kahoot 線上搶答或影片補充等刺激學習的教學設計，但就本質上來看，對照組的課程進行以教師為主軸，教師個人講授主導三週課程的進行，學生是「被動輸入」課文相關資訊，相較於實驗組學生有任務在身——

要分析故事結構、要自己講故事，學生需要主動思考、主動分辨課文的句子來找到正確答案，對照組是被動吸收教師或影片給予的知識。「文意測驗」向度是文章閱讀理解能力最重要的指標面向，以實驗組在「文意測驗」上的表現顯著優於對照組的結果來看，要求學生主動運思，並要求學生口語產出的學習策略，的確可以強化學生對於文言文故事的閱讀理解能力，提升學生對歷史散文的閱讀理解成效。

二、重述故事教學設計重心在熟悉文言文本，掌握歷史文言故事情節發展，分析故事結構。相比之下，文章週邊的相關知識，如《左傳》一書內容、寫作特色及文史價值等，在教學上相對被弱化。而在教師講授的對照組課程中，《左傳》做為春秋三傳之一，為重量級史書，在授課比重上是課堂講授重點，另外，課堂中所搭配的課外補充影片，也深化學生對《左傳》的認識。著作的相關基本資料大多屬於記憶型的知識，以這次教學成效而言，學生對《左傳》認識的深度和廣度，很大程度取決於教材內容的深度和廣度，教師講述愈多，學生獲取訊息愈多，對這部經典就有更多認識的可能性。很明顯的，在教材的比重上，對照組的確更具優勢，導致這次對照組在「國學常識」向度的得分顯著優於實驗組。由此可見，即便是採傳統教師講授的教學方式，也不是全無成效。針對記憶性的歷史知識，以教師講授方式授課，學生能在有限時間內更有效率地學習到更多知識。

三、實驗組學生在課程結束之後進行課後問卷，問卷共計十六題，分為三向度，包括對春秋地理形勢拼圖的學習感受、對故事結構教學的接受度，以及重述故事的學習感受，量表採李克特七點尺度量表設計。問卷統計回收有效份數四十四份，經統計前四項同意比例最高的項目如下頁表三。

春秋地理形勢拼圖原只是用來為課程暖場、引起學習興趣的開場小遊戲，意外成為學生最喜歡的教學活動，可見學生喜歡動手操作的

表三　課後問卷同意項目比例最高統計表

項次	項目	同意
2	我喜歡這次春秋形勢拼圖競賽的遊戲	90.90%
3	這次拼圖活動提升對我對於這課的學習興趣和動機	86.36%
5	故事結構單能夠幫助我更加掌握課文的脈絡	86.36%
9	口述白話故事對我理解這一課文言文有所幫助	77.27%

*同意含：有點同意、同意、非常同意

教學活動，也喜歡競賽帶來的刺激感，從高達90.9%的滿意度和教學現場的歡樂氣氛看來，這個教學活動的確有效引起學生的課堂注意力和興趣，這個效果同步反應在項次3選項上，是認同比例第二高的選項。此外，學生也認為透過故事結構單來分析課文內容，整理主配角、背景、問題、解決、結果等課文所內含的故事元素，有助於他們更明白整課脈絡。要求他們親自動口講一遍課文故事，這個過程也有助於他們理解這篇文言文的內容。以上學生的正面主觀感受，與他們在學習評量「文意測驗」向度所呈現的能力顯著提升是一致的。

至於不同意的部分比例普遍偏低，不同意比例最高的的前三項分別如下表四：

表四　課後問卷不同意項目比例最高統計表

項次	項目	不同意
11	在錄白話故事時我覺得我講得很順暢	22.72%
8	看著故事結構單上的課文文句講成白話故事，對我來說不困難	18.18%
5	故事結構單要填入課文文句，對我來說不困難	18.18%

*不同意包含：有點不同意、不同意、非常不同意

錄音記錄人們的語言聲音表現，無論對錯，都會毫無遺漏地被記錄下來，對大多數非專業錄音人士來說，面對麥克風都會產生一定的壓力，所以有22.72%的學生並不滿意自己錄音狀態，認為自己表達得不夠流暢，這種不流暢感受也極可能來自學生的學習任務是將文言文句子譯成白話故事，並非朗讀文字稿，同步翻譯也會造成口說壓力，項次8就反應了部分學生的真實感受。最後，在故事結構分析單撰寫上，也有少數學生覺得困難。分析故事的基本架構其實簡單，真正挑戰是學生被要求以課文句子來回答各項故事元素，所以項次5反應的是學生讀文言文所感受到的困難。雖然課程一開始就利用有聲教學，讓學生聆聽全課文意，但是真正回到文本，要逐字逐句正確解讀時，對國語文能力較弱的學生而言，可能還是覺得不容易。

七　結論與建議

　　本研究採用重述故事策略融入歷史散文教學，選擇《左傳》名篇〈燭之武退秦師〉為教學文本，透過故事結構分析及重述故事活動，觀察學習成效。根據學習評量及課後問卷，分析實驗組及對照組學習成效及感受得出以下結論：

（一）重述故事策略有效提升學生對歷史散文的閱讀理解能力

　　分析實驗組及對照組學習評量，在「總分」方面，兩組成績未達統計學上顯著差異，顯示該策略對提升學生對歷史散文的整體學習上沒有具體成效；但在「文意測驗」向度，實驗組表現優於對照組達顯著水準；在「國學常識」向度，對照組表現優於實驗組達顯著水準，可見以故事結構教學為主體的重述故事策略，要求學生「主動輸

出」，比起學生「被動輸入」的聽講學習，更能有效提升對歷史散文文本的理解能力，學生對於文言故事內容有較好的掌握。而以教師詳細講解為主的教師講授法，則在介紹文章週邊的歷史資料——如《左傳》的背景知識部分，取得較好的教學效果。

（二）設計與課文相關教具及競賽有效提升學習興趣及動機

對於文言文的學習，要背注釋寫翻譯，學生普遍覺得辛苦，所以對於文言文課文學習，大多數學生都有排斥感。以本次〈燭之武退秦師〉教學而言，製作與課文內容息息相關的「春秋地理形勢拼圖」，並以遊戲競賽方式導入教學，學生是在自己動手拼好的木質地圖上認識秦國、晉國及鄭國的相對地理位置，並從上面直接觀察秦晉兩國聯手攻打鄭國在地理形勢上的優勢與劣勢。從課後問卷調查的結果發現，近九成學生認同這個教具競賽提升他對本課的學習興趣及動機，有利於培養後續學習的正向心態。

（三）靈活組織不同教學策略以形成最佳教學模式

國文課程的學習目標上，除了最重要的課文內容理解外，也包含課文週邊知識，如作者生平、文學主張、思想流派、著作價值等相關基本國學常識等的學習。以〈燭之武退秦師〉教學經驗來看，在課文教學部分可採用讓學生參與主動運思的教學活動，如分析故事結構，或口述課文故事，引導學生思考來強化理解力；而在國學歷史等背景資料，則可透過教師講述法搭配影音補充教材，加深加廣學生的知識面。換句話說，針對不同的教學目標兼容並蓄地使用不同的教學方式，才能打造最佳的教學模式，有助於達到整體教學目標。

八　參考文獻

王瓊珠：《故事結構教學與分享閱讀（二版）》，臺北市：心理出版社，2010年。

谷瑞勉譯，Linda B. Gambrell, Janice F. Almasi 主編：《鮮活的討論！培養專注的閱讀》，臺北市：心理出版社，2004年。

洪宜芳、張鑑如：〈三～六歲學齡前幼兒影片敘說：故事理解與故事重述之初探〉，《教育心理學報》第48卷第4期，2017年，頁567-597。

林佩儒：〈聆聽教學應用於五專文言文教學之研究──以「琵琶行并序」為例〉，國立臺北教育大學「2019年教學實踐研究暨校務研究研討會」論文集，臺北市：國立臺北教育大學研發處，2019年，頁293-302。

陳淑如：《重述故事對幼兒故事回憶和故事理解之影響研究》，臺北市：國立師範大學家政教育研究所碩士論文，1996年。

鍾筱莉：〈故事結構教學對增進國小自閉症學生說故用能力之應用〉，《東華特教》第45期，2011年，頁38-45。

曾佩菁：《提升高功能自閉症兒童重述故事之行動研究》，臺北市：國立臺北師範學院幼兒教育研究所碩士論文，2004年。

錡寶香：〈國小低閱讀能力學童與一般學童的敘事能力：故事結構之分析〉，《特殊教育研究學刊》第26期，2004年，頁247-269。

楊清茹：《國中生透過故事重述方式習得字彙之效益研究》，彰化縣：國立彰化師範大學英語研究所碩士論文，2009年。

賴珮菁：《重述故事結合故事結構教學活動對國小高年級學童閱讀後設認知能力之影響》，臺中市：國立臺中教育大學語文教育學研究所碩士論文，2010年。

蘇惠玲：《運用故事結構教學促進幼兒重述故事能力之行動研究》，嘉義縣：南華大學幼兒教育學研究所碩士論文，2015年。

Kuldanek, Kelly, "The Effects of Using a Combination of Story Frames and Retelling Strategies with Learning Disabled Students To Build Their Comprehension Ability.", Union: Kean University, 1998. Eric ED416 469.

現代中文小說教學示例
——從呂正惠老師引用盧卡奇寫實主義理論談起*

姚彥淇

國立臺北護理健康大學通識教育中心教授

一　前言

　　呂正惠老師是筆者求學時期現代文學的啟蒙者，在正式選修他的課程之前就拜讀過他一些評論現當代文學的文章著作。筆者當時就粗淺地感覺到，他傾向從「作品的歷史背景」、「作者的成長經歷」和「普遍的個體經驗」去理解作品的意義（特別是小說）。但這樣的歸納好像說了等於沒說，這不就是從古到今文學批評理論裡廣義的「外部研究法」嗎？但我們都知道看似平常最奇崛，要讓別人認識自己的門派家法不是難事，但要把路數表現得深刻感人絕對是件不容易的事，非得有深厚的知識和學問根柢不可。當然，更需要長時間的浸潤其中與反思沉澱。

　　入學時代自己只修過老師三門課，其中一門還是必修課，另外兩門課是「中國現代詩」和「當代中國大陸小說」。雖然現在只記得當年課堂上老師所說的一些支言片語，在那兩門課裡自己所讀的作品也

---

* 本文曾發表於由福建師範大學閩臺區域研究中心和九州出版社所共同舉辦的「走向現代中國暨《呂正惠集》學術會議」（2024年11月09日），在此特別感謝福建師範大學臺灣文學研究所所長徐秀慧教授的邀稿。

不算太多，但筆者從呂老師詮釋作品的方式和態度中得到很多啟發。除了怎麼評論文本方法之外，體會到更多的是做學問和讀書的方法。後來自己從博士班畢業開始正式踏上講臺引導學生去認識小說之美，終於慢慢體悟到老師當年在帶領大家解析作品時，暗中傳授了不少「方便法門」可供我們現在從事教學工作時使用。特別是在教授通識課程時面對講臺下非文科系的學生，要解釋什麼是「小說三要素」（人物形象、故事情節、歷史背景）不困難，但要通過這三要素讓學生體會作品意義甚至與自身關係何在時，非要有一個可反覆套用的詮釋方法不可。筆者在累積了一些教學經驗後慢慢瞭悟到，呂老師所引用盧卡奇寫實主義理論不只適合用於做文學批評，也很適合在教學現場講授操作。更重要的是這套觀念可以成為學生「帶得走的知識」，學生瞭解習得後可以套用在對其他文本解釋評析上。

幾年前筆者和一些友人共同編輯了《當代短篇小說選讀》一書作為通識課程的授課教材，全書共收錄了五位作家的八篇作品，分別是魯迅〈祝福〉與〈在酒樓上〉、許地山〈解放者〉與〈春桃〉、郁達夫〈人妖〉、老舍〈熱包子〉與〈不說謊的人〉，與蕭紅的〈手〉[1]。筆者以下就以講授魯迅的〈在酒樓上〉這篇作品為例，跟各位讀者先進做一個簡單的教學示例。

二　盧卡奇的「典型人物」與魯迅〈在酒樓上〉

盧卡奇・格奧爾格（1885-1971）是二十世紀重要的馬克思主義文藝批評家，他文學理論的基本立場是寫實主義，並主張「文學要反映

---

[1] 可參考柯品文博士在「全國新書資訊網」裡對本書的介紹，網址如下：https://isbn.ncl.edu.tw/NEW_ISBNNet/C00_index.php?&Pfile=3777&KeepThis=true&TB_iframe=true&width=900&height=650

社會現實」。呂老師在〈試以盧卡奇的寫實主義理論分析司馬遷的史記〉[2]一文中對於盧卡奇的寫實主義有精闢扼要的介紹，筆者參考呂老師的介紹將歸納盧卡奇寫實主義的三個重點如下：一、文學的重要任務要反映社會現實，也就是社會的「整體性」。但所謂的整體性並非在作品中所無不包地描繪社會上形形色色的人物，而是透過人物之間的「社會關係」把整體性給呈現出來。二、在作品中有些特殊人物所形塑出來的社會關係往往特別引起讀者的注意，這類人就是所謂的「典型人物」，也就是最能在作品中淋漓盡致呈現出社會關係的角色。三、「典型人物」和社會的整體性就是一體的兩面，社會「整體性」必須透過「典型人物」的行動或生平經歷去呈現，反過來講最能呈現社會整體性的就是這種在社會中佔少數但又「不平凡」的「典型人物」。他們「特殊」的形象和作為，反映了社會「普遍」的時代精神和風氣[3]。

筆者認為在課堂上對學生進行現代小說的教學和賞析時，最好的入手方法就是先帶同學們識別出小說中的「典型人物」。以魯迅作品中大家熟悉的〈在酒樓上〉為例，這篇小說描寫在辛亥革命與五四運動的激烈變革之後，滿懷理想的「覺醒青年」如何面對現實的破滅。小說以作者本人（我）與呂緯甫這兩個滄桑靈魂的相遇為故事主軸，刻畫了兩人雖命運各異，但同樣被時代擊倒不起的無奈與悲哀。小說中的「我」與「呂緯甫」可說是鏡像角色，作者用筆下的呂緯甫澆自己心中之塊壘。我們可以將呂緯甫視為那個時代的「典型人物」。他曾是一名充滿革命熱情的青年，積極投身於改變世界的行動中，試圖推翻舊有體制，重建理想社會。然而，這條革命之路卻充滿挫折，隨

---

2 呂正惠：〈試以盧卡奇的寫實主義理論分析司馬遷的史記〉，《中外文學》第16卷第7期（1987年12月），頁155-169。

3 同前註。

著多次失敗與現實的打擊，他的熱情逐漸消退，最終走向自我否定，變得一蹶不振。他原本不懈追求的理想逐漸模糊，取而代之的是對人生的迷惘與絕望。這種自暴自棄的生活觀，使呂緯甫成為一個悲劇性人物，既無法脫離過去的夢想，又無力適應現實的生活。

辛亥革命和五四運動對當時的青年充滿吸引力，眾多理想主義者相信這些運動能徹底改變國家命運。然而，在經歷了革命的波折後，這些曾滿懷熱血的青年人逐漸意識到，現實遠比理想複雜，革命不僅未能實現預期目標，社會也依然停滯不前。當熱情被澆熄，失落感接踵而來，覺醒青年們陷入深深的幻滅與絕望，這不但讓他們逐漸懷疑起自己的初衷，也質疑過去一切努力的價值與意義何在，在歷經了反覆靈魂煎熬後最終失去生活的動力。另外在這篇作品中，與「故鄉」有關的故事和意象反覆出現，象徵著從小到大的生活經驗和傳統文化對一個人的深遠影響。呂緯甫雖曾憤恨故鄉的封閉與守舊，但革命的挫敗又把他反推回傳統文化和過去經歷的枷鎖之中，始終無法解放與脫離。這種矛盾心理讓他始終糾結於崇高的理想與不堪的現實之間，他成為了一個被過去回憶所困的人。特別是生命歷程已經踏入了哀樂中年，猛然回首年輕時的豪情壯志已成灰燼，望向前方又看不見出路與希望，只能耽溺在厭世的情緒中過一天算一天。

總體來說，〈在酒樓上〉不僅描寫了呂緯甫這一個體的悲劇，還象徵了整個時代的幻滅，也就是盧卡奇所說的社會整體性。魯迅藉由這兩個滄桑靈魂的相遇，折射出革命者們無法實現理想的痛苦與無奈，並借此拷問現實的殘酷與人心的脆弱。小說讓讀者感受到，當追求理想的熱情燃燒殆盡後，剩下的只有對現實的無力與深深的悲嘆。這不僅是魯迅為「覺醒青年」寫下的的哀歌，也是對時代的深刻反思。雖然我們當下身處的社會情境與民國初年大不相同，面臨的難題和無力感的來源也大相逕庭。但人身處「哀樂中年」的自我厭棄和自

憐自艾,卻是個體常有普遍經驗。這就誕生了許多以「厭世中年」為題材的文藝作品,當然,這些作品中也都有像呂緯甫這樣的「典型人物」。例如劇作家亞瑟·米勒的知名百老匯舞臺劇《推銷員之死》(1949年2月首演),該劇是講述主角威利·羅曼在業務員生涯即將結束之際,迎接自己的不是功成名就的欣悅,竟然是人生一步步邁向崩潰。在電影方面比較知名的如美國電影《美國心玫瑰情》(1999年出品),由山姆·曼德斯執導,凱文史貝西主演,該片講述一位面臨中年危機的上班族,原本來看似完美的人生如何一步步踏向深淵。如果透過小說教學讓學生對盧卡奇的理論有基本的認識,學生未來接觸到類似主題的作品時,就會比其他人擁有更具深度的賞評意見。

三 體用合一的課程設計

「大一國文」(大學語文)的主要教學目標有兩個,一是提升學生的語文能力,二是深化學生的人文素養。前者是「用」,後者是「體」,雖然體用不二仍有分,所以在教學上要以用達體。透過「閱讀」與「寫作」來提升人文素養,便是大一國文(大學語文)課程設計的核心。筆者認為「閱讀」除了培養理解文本的能力之外,也包括「詮釋」和「批評」這兩個重要面向。而「寫作」不只是單純的寫文章或口語表達,更是要將自己的理解、詮釋或批評成果清楚地表達出來,或以其為素材進行再創作。因此,筆者認為寫作課程的規劃不但可以更多元,也需要進行多層次設計,循序漸進引導學生做逐步練習。

以魯迅〈在酒樓上〉的教學為例,筆者建議教師在做完導讀和賞析後,為了讓學生更能理解小說主角的心理狀態和生命情境,可以請學生找一部在主題上與〈在酒樓上〉有關聯性,或是有類似「典型人物」的電影作品來做對照討論或比較分析,然後將討論心得及分析結

果錄製成一集 Podcast 節目，作為具體的學習成果。首先可請學生參考以下綱要先寫一篇約五千字的節目逐字稿，如下：

一、開場白
二、電影基本資訊介紹
三、電影情節內容
四、與電影有關的冷知識、軼事或八卦
五、電影中讓人印象深刻或發人省思的劇情、人物
六、跟聽眾們介紹要比較對照的魯迅〈在酒樓上〉（故事情節及特色之處）
七、從「典型人物」、「社會關係」或「思想主題」等幾個角度，來對讀比較這兩部作品
八、結尾——啟發及總結

特別強調此大綱僅作寫作參考用，學生可做靈活調整與自由發揮，但最重要的是在錄音前教師需要審閱逐字稿並提供意見。筆者曾於一一〇學年度下學期在本校開設以「當代中文短篇小說選」為主題的大一國文課程，除了教授小說文本之外，在教學策略上就是指導學生以上述模式分組製作一集 Podcast 節目。此課程獲得不錯的教學成效，筆者後來有在此基礎上繼續做改良精進[4]。

四 小結

筆者認為將盧卡奇的寫實主義理論適度的融入現代中文小說的教

---

[4] 請參考，氏著：〈「當代中文短篇小說選」結合PODCAST節目製作的教學策略探索〉，《臺北市立大學通識學報》第9期（2022年12月），頁273-303。

學課堂，不僅能夠幫助學生更具體認識到什麼是「典型人物」與「社會整體性」，也能瞭解兩者之間的互動關係，進而更深入體會作品的歷史意義和時代精神。在講授小說之餘我們還可以請學生選擇一部有類似小說中「典型人物」的電影作品與小說做比較分析，並將分析後的心得感想轉化創作成一集 Podcast 節目。藉由以上這些過程學生不但能夠掌握更多批評和詮釋文本的技巧，也更能形成與一般人不同的獨特見解。當學生將來再遇到類似主題的各種文本作品時，便能夠熟練運用這種「帶得走的知識」來加以評賞，讓文學批評實踐於日常生活之中。如此一來，這樣的教學不但無形中能增強學生的文化自信，也進一步體現了通識教育的意義和價值。本文為筆者受呂正惠老師啟發所曾實施的教學實踐示例，懇請各位先進能不吝斧正。

莊學如何融入醫學人文的教學？
——從《莊子》的他者倫理學出發

陳康寧
國立成功大學中國文學系約聘助理教授

在臺灣目前的環境，古典教學並不容易，要在教學現場引起學生的興趣，需要帶領他們進入文本的語境（古典與現代的語境差異太大），或者結合生活、時事讓學生了解古典如何在現代社會發揮作用。筆者長期研究《莊子》，並且認為《莊子》在當代具有無窮潛力，特別是在醫學人文領域，因此會從自身的教學經驗出發，分享《莊子》如何融入醫學人文的教學。

在高雄醫學大學醫學系醫學人文與教育學科王心運副教授的推薦以及成功大學醫院安寧病房主任林鵬展醫師的邀請下，筆者在成大醫學系的「生命倫理學」課程講兩堂課，以演講的形式來授課。在這兩堂課裡，主要教授醫學人文與醫學倫理的內容。「醫學人文」涵蓋範圍廣泛，包括人文學科與社會學科，涉及藝術、文學、哲學、歷史、政治、宗教、心理學、生死學、人類學等等，也可以進一步分成醫療史、敘事醫學、醫學倫理、臨終關懷等各子題。醫學人文的重點在培養學生的人文精神與態度，包括觀察、自省、溝通、感受、關懷與同理能力，讓學生理解到醫學是在文化和社會的互動中產生的，既要尊重病人的人格尊嚴，也要照顧到生命個體的差異，在醫療過程也需要

對病人有足夠的敏感度，了解文化、宗教對病痛經驗的影響。[1]

筆者的課程安排分成三大部分，第一部分講解「醫學人文」與「醫學倫理」，第二部分則在醫學倫理的脈絡下，進入余德慧教授的「人文臨床學」，第三部分則透過當代「跨文化莊子學」的視野來講解《莊子》的「他者倫理學」如何幫助我們去實踐倫理照護與臨終陪伴。這裡有幾個關鍵的概念：

（一）醫學人文與醫學倫理
（二）人文臨床學
（三）跨文化莊子學
（四）他者倫理學

這四項每個概念都足以單獨成為一個研究主題，若是《莊子》專業選修課或研究所課，每個概念都有必要詳細講解、討論，但若是醫學系的醫學人文課程，那（三）和（四）則不一定要花時間來說明，直接進入《莊子》文本來解讀、分析即可。以下就課程的三大部分來做說明。

一　醫學人文與醫學倫理

醫學可分成「基礎醫學」、「臨床醫學」與「醫學人文」三大領域，前兩大領域基本上都奠基在「生物醫學模式」（biomedical model），即以大腦神經科學、生理學為基礎，著重在醫療技術，以消除疾病、恢

---

[1] 參閱戴正德等：《新時代的醫學人文》（臺北市：五南圖書公司，2017年），頁3-27、56-59、306。

復病人身體功能為主。「醫學人文」則強調從生理、心理、社會、文化的複雜因素看待問題，著重醫病關係，並且以病人為主體。若以精神醫學家、醫療人類學家凱博文（Arthur Kleinman）的區分來看，「生物醫學模式」著重在「疾病」（disease），而「醫學人文」著重在「病痛」（illness）。病痛經驗不能僅從物理身體、器官組織或細胞的觀念來看待，還應該從人際、社會與文化的複雜因素來加以理解。例如，某人經常感到頭痛，很可能是因為近期有一位生命中重要的人離世了。

在教學上，我們可以透過「生物醫學模式」與「醫學人文」的對比來讓同學們理解醫學人文的核心，也可以請同學們分享自身的病痛經驗或家人的病痛經驗，一起探索看看「疾病」與「病痛」的差別。

接著則是進入醫學倫理的脈絡介紹主流的倫理學理論，包括三大規範倫理學（效益論、義務論、德行論）與關懷倫理學。然而，不同於代理孕母、人工代孕、墮胎、安樂死等議題，醫學倫理中的醫病關係牽涉到的問題更加複雜，很難直接套用規範倫理學的理論就能解決現實的倫理難題。面對這樣的一個困境，余德慧、余安邦、李維倫等學者所主張的「人文臨床學」則提供了另一種思考角度。

二　人文臨床與倫理療遇

臨床醫學的「臨床」主要是指醫病現場，但人文臨床學的「臨床」是指「受苦現場」，因此不限於特定的空間，只要有人類受苦現象，就是人文臨床學關心的問題。然而，醫病現場很多時候也是受苦現場，因此也是思考人文臨床的關鍵所在。關於「人文臨床」，余安邦有很好的說明：

我們所稱的「人文臨床」（動詞）就是試圖將人文學科的自我遞

迴打破，賦予人文學科一種手足無措的失神狀態，從而在人類的臨床現場，例如疾病、苦難、災害、精神失能等受苦處境裡獲得人文的發展，並結成人文現場的援助網絡。在臨床現場，一方面讓人文學科突破自身的慣性，開始去傾聽受苦的聲音，獲得自身全新的反省；另一方面透過新的反省，人文學科進而自我轉化、滲透、沉浸受苦處境，凝練出更深刻的人文知識。[2]

醫學現場的受苦經驗，很大部分來自倫理的問題，因此對於病痛、苦痛的療癒，也往往需要開啟新的倫理關係，人文臨床學稱之為「倫理療遇」。比起「療癒」，「療遇」一詞更能凸顯倫理的意義，余安邦解釋：

> 首先，余安邦曾歸納後指出：以往，healing 翻譯為「療癒」，是比「治療」（therapy）更為古早的用語，但宋文里曾指出在其中選用的中文「癒」字卻翻譯過度了。療癒是「療之而癒」的意思，因為「癒」是指病除去了、苦過去了，所以這樣的語詞對任何療法的效果而言都會變得太一廂情願。宋文里認為，倫理放入療法的過程中，會產生的是「療遇」關係。病者、苦者與療者相遇，結合成並行者，而沒有預設「病苦皆除」狀態。[3]

在醫病現場，面對突如其來的噩耗、病痛的折磨以及伴隨而來的各種醫療抉擇，往往會出現人際衝突、溝通不良、倫理斷裂的問題，環繞

---

[2] 余安邦：〈晚期風格的「憂鬱轉向」，或者其它⋯⋯余德慧的宗教療癒之旅〉，《應用倫理評論》第73期（2022年10月），頁6-7。

[3] 余安邦：〈晚期風格的「憂鬱轉向」，或者其它⋯⋯余德慧的宗教療癒之旅〉，頁15。

在醫生、護理師、志工、家屬與病人之間的倫理關係，也會成為「倫理療遇」的關鍵。然而，有時候關係越親密的家人，往往造成的裂縫會更大。

在教學上，可透過一些案例來說明病人的受苦經驗，由於大多案例都會以故事的方式說出，因此這裡也可以運用敘事醫學的方法來教學。故事會有人物的互動、情節的轉折與發展，還有人物之間的衝突（如醫生與病人的衝突、病人與家屬的衝突、醫生與家屬的衝突等），藉由故事能夠讓學生進入情境，並嘗試同理病人所面臨的各種難題與感受。在教學過程，也可以與學生互動，請同學們提出對案例的分析與自己的看法。以下轉引一則故事：

> 當 SF 逐漸進入彌留期，在 YM 的眼底，CS 不時的親著 SF 的臉頰，邊學媽媽講話：「媽媽一定會說我很煩，對不對媽媽……」、「可是我還是要親你」，媽媽的臉，不是 SF 了，可是 CS 還是 CS，CS 一直想要回去以前的樣子。媽媽的手舉了一下，CS 和看護阿美兩個人就很高興，直說：「啊，好棒喔，有力氣了，可以舉了，可以打人囉！」媽媽皺一下眉，CS 就趕緊撫撫 SF 的眉頭，「不要皺眉嘛！」哪裡痛？哪裡痛？好好好，我幫你按按喔！手一邊幫媽媽揉背部。YM 看不出 SF 有這樣明確的表示，也沒有回應 CS，但是 CS 的整個感覺好像媽媽真的有這樣說。「媽媽，要輕輕的對不對？要畫圓，對，我知道，太大力你又要罵我了。你看，我今天都很輕喔，今天你沒有罵我了，我做得很好對不對？」YM 在一旁看了，很難過。（YM 田野資料）[4]

---

[4] 轉引自余德慧、石世明、夏淑怡、張譯心、釋道興：〈臨終病床陪伴的倫理／心性

在這裡，媽媽（SF）是臨終病人，處在半昏迷狀態，已經無法應答女兒（CS），女兒卻一直希望回到昔日與媽媽的關係，但女兒的語言已經難以抵達病人，甚至過多的世俗語言會對病人造成困擾。面對這樣的倫理斷裂，家屬會難以接受、不知所措，病人也無法好好安心靜養，這讓志工（YM）看了也只能心裡難過。

面對這樣的倫理危機，主流的規範倫理學不太容易派上用場，但《莊子》的他者倫理學則提供了很好的因應之道。

三　《莊子》的他者倫理學

經典文獻的教學，難免有教學者的詮釋視角，筆者也不例外。在筆者看來，《莊子》不只有倫理學，而且能發展出適用於當代的他者倫理學。「他者倫理學」是當代重要的倫理學理論，一般會溯源到法哲列維納斯（Emmanuel Lévinas），但早在先秦，《莊子》已經把「他者」視為重要的問題，並且提升到倫理學的高度。透過跨文化對話，能夠凸顯出《莊子》他者倫理學的基本性格與特色。[5]

撇除「物」的部分，[6]《莊子》筆下的「他者」，大多化身為一系列出場的「畸人」，如右師、申徒嘉、叔山无趾、王駘、哀駘它、闉跂支離无脤、甕盎大癭等。這些「畸人」看似「無用」，而且不符合社會的美善觀（不是兀者就是身形扭曲怪異），因此容易引起驚慌，

之間轉圜機制的探討〉，收錄於余德慧等著：《臨終心理與陪伴研究》（臺北市：心靈工坊文化公司，2006），頁264。

5　《莊子》與列維納斯的跨文化對話，可參閱陳康寧：〈從「主體」的角度探討《莊子》「支離」與「通一」辯證下的倫理內涵〉，《臺大中文學報》第61期（2018年6月），頁1-48；陳康寧：〈《莊子》的解構哲學與他者倫理〉，《思與言》第59卷第1期（2021年3月），頁1-44。

6　《莊子》的「他者」不限於「人」，還包括「物」，「物」的部分暫且不論。

甚至遭到邊緣化與賤斥。然而，《莊子》深刻地指出，這些強加在他者身上的觀念或標準，都是一種主體暴力或同一化暴力，他者的出現，反而解構了主體成心的頑固與封閉，進而帶來了倫理轉化的契機。他者對主體暴力的質問、抵抗，揭示了「他異性」（alterity）是不能被化約的，他者也不能被化約為一個知識對象。由此可見，「他者」不僅進入了莊子的視野，而且還具有重要的倫理意義，放眼整個中國思想史，都是非常獨特的，中國的「他者哲學」可以說源自《莊子》。[7]

依據《莊子》，主體成心所造成的同一化暴力，來自語言的二元結構，美醜、是非、善惡、貴賤、生死的界定與命名都是透過語言而說出，在語言與禮的共構下所形成的權力規訓，會抹煞生命個體的差異，用他者倫理學的觀念來說，就是消除他者的他異性。為了避免落入社會權力規訓的窠臼而不自知，忘、虛、遊、不言、心齋、無為等的修養或工夫就顯得非常重要，那是轉化主體成心、合宜回應他者的倫理技藝。

上述已經把《莊子》內七篇的核心內容勾勒出來，老師可以帶領學生進入文本閱讀，逐漸建構出《莊子》的他者倫理學。面對醫病現場的倫理難題，《莊子》強調對受苦病人的關懷、同理與傾聽，並且要讓病人能夠處在安適逍遙的狀態。回到剛才媽媽與女兒的例子來看，面對宿緣結構與倫理角色的斷裂（家屬的聲音無法抵達病人心理），《莊子》提供的思考是，我們應當去除個人的意圖性，以無為、不言、沉默的方式來陪伴病人，這樣反而可以與病人有「深度締結」的感覺（如《莊子》故事中那四位相視而笑，莫逆於心的好友），否則媽媽與女兒的關係持續下去，只會讓彼此都受到傷害，雙方都無法安寧，用《莊子》的觀念來說就是彼此都處於「相刃相靡」的關係。以無為、

---

7 列維納斯的他者哲學在英美與歐陸都產生巨大的影響，莊子與列維納斯的跨文化對話可以讓中國哲學與歐洲哲學展開有機的交流。

不言、沉默的方式來陪伴病人，反而可以帶來新的倫理轉化。

四　結語

　　以上主要是教學的整體設計與安排，老師可以因應不同的課程或授課對象來自行調整，如在醫學系的醫學人文課程，第一部分與第二部分的比重可能需要多一些，若是中文系或哲學系的《莊子》課程，第三部分自然是最為關鍵，但適度的融入醫病現場的故事，有助於教學。這樣的教學，一方面可以展現《莊子》在現代社會的重要性（古典的現代意義），一方面也可以讓醫學人文或醫學倫理的教育更加本土化，或者說更加切合臺灣華人社會的處境。過去講授醫學倫理，很大部分都是援用西方理論，但其實傳統或古典本身就有豐富的資源可以幫助我們來思考醫學倫理上的許多難題，而且對於培養學生的醫學人文素養有很大的幫助。[8]

　　以《莊子》來融入醫學人文的教學，自然有筆者對《莊子》與醫學人文的詮釋，這跟「研究」是直接相關的，[9]因為有這樣的研究視野，所以才會有這樣的教學方法。可見「研究」與「教學」息息相關，透過研究可以深化教學，藉由教學也可以回過頭來調整研究，兩者相輔相成。

---

[8] 在教學心得回饋裡，有學生表示醫學倫理常常會令人想到西方理論，沒想到也可以連結到莊子，也有學生表示，課堂引用古文經典讓他印象深刻。還有學生表示，莊子的「心齋」或「不言」是一種拋棄成見認知的做法，不只適用於對待病人，也適用於日常的待人接物。可見，若有機會讓醫學系的學生多接觸一點古典人文，應該不是壞事。

[9] 相關學術研究，可參閱陳康寧：〈生死無盡，不如相伴而化其道──《莊子》對「臨終關懷」思考所開顯的倫理意義〉，《生死學研究》第21期（2020年8月），頁83-128；陳康寧：〈從《莊子》的他者倫理學探討死生場域中的面容：一種照護者與被照護者之間的倫理療遇〉，《中外文學》（已接受刊登）。

醫學人文的發展方興未艾，在這講究跨文化、跨領域、跨學科的時代，人文學科其實扮演重要的角色，人文科系可以多跟醫學系跨領域合作與交流，以此發揮人文對社會的影響。本文的教學構思，一方面有理論研究的基礎，一方面也有實際教學的驗證，希望能為臺灣的人文教育提供一些參考價值。[10]

---

[10] 成大沈孟儒校長的教育理念是培養學生「會思考的心靈」，並且積極推動「美感教育」與「生命教育」。筆者在中文系開「書法美學」課程，書法教育對應到「美感教育」，而支援醫學系「生命倫理學」的授課，則對應到「生命教育」，不管是「美感教育」還是「生命教育」，都是重要的人文教育。

應用閱讀治療於人際僵局之化解
——以莊子寓言為例

傅孝維
亞東科技大學通識教育中心副教授

　　有鑑於現代生活壓力大，尤其都會人口密集，物理空間擁擠，人的心理空間又隨著外在要求而有所擠壓，煩事太多，雜念太滿，易造成人際互動上的隔閡或衝突。閱讀是簡單又唾手可得的紓壓方式之一，閱讀與自己議題相關的書，可以是開卷有益的解惑、可以是暖心的陪伴，也可以是感人肺腑的安慰。閱讀治療（bibliotherapy）或稱為書目治療，即 reading therapy，又稱為 therapeutic reading、healing reading.閱讀治療是透過閱讀相關問題情境的作品媒材來紓解當事人的壓力，或挑戰僵化觀點，梳理與釋放情緒，從失落中走出來，得到心靈上的慰藉。

　　人是情緒性動物，有著各種情緒，像是雙面刃，就看我們如何看待自己的情緒？情緒可以是一個感受的接收器，也可以是一頭暴走的怪獸，當負面情緒來臨時，自己是以什麼姿態來面對呢？是好好與情緒共舞，隨機應變，放下怒氣，不扛著走，不跟自己過不去？還是讓負向情緒來主導人生，一吐為快，甚至惡言相向，大打出手，讓彼此關係糟到不可挽回的地步？請先不要向負面情緒投降，跟著莊子站在不同位置來探討因應方式及心理變化，改寫出人生不同的篇章。

閱讀治療之步驟（改編自 Sridhar and Vaughn, 2000）：一、準備階段：界定問題、建立關係、計畫、選書；二、實施階段：預讀、體驗活動、導讀、閱讀（經歷認同、淨化、領悟之心理過程）、後續活動；三、評鑑階段：檢核當事人的問題是否被解決，並填寫問卷、回饋表。莊子寓言故事中有很多議題至今仍受到關注，今以「空船」寓言故事為例來探討人際僵局的因應。

導讀與閱讀文本

認知治療（Cognitive Behavior Therapy, CBT）強調一個人的想法可以改變情緒與行為，莊子「空船」寓言就是一個很好的例子，若放下個人主觀的預設立場、偏見、執念，那麼結果就會大大不同。《莊子·山木》：「方舟而濟於河，有虛船來觸舟，雖有惼心之人不怒；有一人在其上，則呼張歙之；一呼而不聞，再呼而不聞，於是三呼邪，則必以惡聲隨之。向也不怒而今也怒，向也虛而今也實。人能虛己以遊世，其孰能害之！」兩艘船並行渡河，一艘船突然撞過來，若發現原來這船上空無一人，被撞的船上雖有性急的人，也不會發怒，是因為撞過來的船上竟然沒有人。但如果撞過來的不是空船，而是有一人在船上，被撞船上的人就會喊：「把船帆撐開，退後！讓路！」第一聲喊叫若沒被聽見，必會再喊第二聲，第二聲若還是沒被聽見，必會再喊第三聲，接著就會惡言相向。之前不發怒，而現在發怒，是因為之前船上是空無一人，不是有人故意撞上來，就不會生氣；現在撞上來這艘船上有人，就會以為有人故意撞過來而大怒。處世若能虛心以對，遇到衝突時，不預設立場認為對方是故意來惹我，就不會與對方吵架，這樣哪還會有禍害！

虛己無禍，當與別人有矛盾時，若能不預想別人是針對自己而

來，不先責怪別人，若能以這種空船心態面對，則有助於化解人際僵局。心態想法決定了情緒反應，所以如果有人找我們麻煩，就把它當成是一件空船事件，那麼就不會生氣了。再者，生活中不可能都不會遇到問題，所以平常就要儲存「正能量」以因應突如其來的問題，它就像電池一樣需要充電，且儘量不要去耗損它，否則我們的「身心容納之窗」（window of tolerance）就會變小變窄，對外界的抗壓力就變得脆弱無力，這就是為什麼有些人常出現情緒崩潰失控，有可能他已累積過多的負面情緒，一觸即爆，身邊任何一件小事都有可能變成壓倒駱駝的最後一根稻草。

後續活動

後續活動（follow-up activities）方面，在小組中採用「互動式閱讀治療」之討論模式（Hynes & Hynes-Berry, 1986），以下僅就參與者部分回饋為例：

一、確認（recognition）（認知面）：認同及投射（identification & projection）

Q：故事中的主角發生了什麼事？起因是什麼？
- 主角的船快被另一艘船撞到而爆怒，起因是他認為對方是故意撞過來、不讓路。但若撞過來的是一艘空船，因無人駕船，不是故意撞過來，就不惡言相向。

Q：你是否有過類似的經驗？故書中哪個角色的遭遇與自己最像？
- 我比較像主角很衝動，因誤會而發怒，然後因理解而息怒。
- 自己曾經是被誤會的那一方，對方在和第三方吵架，卻因上火波及到自己，對方心中有偏見，這讓我感到被冒犯。
- 我也有過誤以為別人是在針對自己而感到不安。

- 我覺得我比較像是誤會別人的那方，我因為個性較衝動，所以常常省略了對方的來意。
- 自己不笑的時候常被別人認為在生氣，被誤會成有針對性，導致別人對我的態度不好，有敵意。

二、檢視（examination）（情緒面）：宣洩及淨化（abreaction & catharsis）

Q：主角為何生氣？
- 以為對方針對自己而不高興，而且喊幾聲，對方沒反應更氣，感到不被尊重。
- 對方快撞上，主角提醒對方，卻被當塑膠，被人欺負，很生氣。
- 看到有船撞過來，感受到威脅和不公。
- 有一艘船要撞上自己，怎麼喊都沒回應，自己內在的小劇場開始編劇：是開船的人沒在聽？或是故意來找碴？或是來挑釁或別有用意？
- 因為沒看到事情的全貌。

Q：主角是如何轉換負向情緒？這個方式為何有效？
- 發現船上沒人，船是漂過來的，無人可怪，原本要找的人根本不存在，就消氣了。
- 見是一艘無人駕駛的船便算了，因為他知道對一艘空船生氣，就像跟空氣生氣一樣沒用，根本無意義。有效，因為沒有針對性。
- 通過保持虛心，不把別人的行為視為針對自己，就不會引起對立。有效，因為不執著於自我解讀，就能避免許多不必要的爭端。

三、對照比較（juxtaposition）（如果是你，你會～）：領悟及整合（insight & integration）

Q：如果有船撞過來，你會怎麼做？為什麼？
- 閃開、不想被撞。自我保護也避免對方受傷。
- 我會跳下水保住生命，因為在抖音上看到被船撞的下場都很淒慘。因為罵對方沒有比較好，當下先解決自己的問題比較重要。
- 先冷靜觀察情況，以免激化衝突，避免過度反應，冷靜思考有助於減少內心的焦慮。
- 冷靜，因為凡事皆有意外。

Q：你有過與人意見相左而不愉快的經驗嗎？你當時的想法是什麼？你當時的感受是什麼？你當時怎麼做？
- 有，超級不爽，很想扁下去，很想揍他，但告訴自己要趕快離開現場以避免真的揍他。
- 被強求，當下感覺有點無言，覺得很無辜。只有靠自我消化。
- 分組報告時，對方很沒禮貌，覺得自己被冒犯，覺得很不平衡。就直接把我的感受說出來。
- 當時我把自己的意見說出來，他也說出了自己的想法，人是互相的，我很開心遇到了能溝通的人，我們把各自的想法結合，整理成新的東西。

四、自我應用（application to self）（你想做哪些改變～）：

Q：在你生活中，這個故事給你的啟示是什麼？
- 控制情緒，學會互相尊重、禮讓。
- 遇到事情只要轉個念，或許事情沒有想像的糟。不是每次的誤會和紛爭都是別人有意針對自己，別人不會刻意刁難自己，要把所有人看作是一艘空船，不是故意冒犯，自己才不會淪陷在憤怒情緒中。

- 即使事情發生，也要沉著冷靜的去處理，而不是生氣，要向空船一樣「無我」。
- 不要把自己所想套用在別人身上。
- 不要太自以為是，認為所有事都圍著自己轉、都是針對自己而來。
- 情緒起伏太大容易影響判斷。凡事先冷靜，放下脾氣，控制自己的情緒，不急於責怪他人，學會接受空船的道理，有助於減少不必要的爭執。
- 己所不欲勿施於人。善待別人，別人就會善待自己。
- 船被撞的情況沒變，但會因為撞來的船上有沒有人而導致會不會生氣，真的聽起來很意外，但想想就能理解，不要主動去預設立場，有時先釋出善意，原先可能會引發衝突的事，也能被化解。大事也能化為小事，小事化為無事。

五、評鑑階段：檢核當事人的問題是否被解決，情緒是否得到釋放？
　　填寫問卷、回饋表

　　薩提爾（Satir, 1991）家族治療模式的五種生存因應姿態（survival coping stances）：討好型（placating 忽略自己）、指責型（blaming 忽略他人）、超理智型（super-reasonable/computing 忽略自己、他人）、打岔型（irrelevant/distracting 忽略自己、他人、情境，逃避現狀）、一致型（leveling/congruent 無忽略，表裡一致）。根據此理論分別相應以下項目，並請參與者依排定時間填寫問卷：

　　前測（未閱讀前）：過去遇到人際衝突時，你通常如何因應？
　　後測（閱讀活動結束後）：未來若遇到人際衝突時，你將如何因應？

表一　人際僵局因應姿態前後測之結果分析

	項目	因應姿態	t	顯著性 Sig.
1	以和為貴，忍氣吞聲	討好型（忽略自己）	1.987	.051
2	衝動行事，指責對方	指責型（忽略他人）	1.000	.321
3	就事論事，不講感情	超理智型（忽略自己、他人）	1.137	.260
4	假裝沒事，自我欺騙	打岔型（忽略自己、他人、情境）	.000	1.000
5	虛心同理，不預設立場	一致型（表裡一致）	-3.826	.000

　　透過閱讀「空船」寓言、後續小組討論及大班分享活動，參與者前後測的採用意願達到顯著差異只有「一致型」因應模式；「討好型」也有明顯變化，接近顯著水準；「打岔逃避型」始終沒有改變，可能因為心理防衛需要一段時間才可卸下；「超理智型」未達顯著差異，可能需要深入瞭解拒絕碰觸情緒的原因；「指責型」未達顯著性，宜培養同理心及學習情緒管理。《孩子，先別急著吃棉花糖》書中提到「三十秒法則」，凡事只要多考慮三十秒，緩一下，有些事情會跟你預想的不完全一樣，情緒也會有所改變。所以遇到事情，要做決定的瞬間不要衝動，用理性來平衡，再多思考三十秒鐘，看見不同，心情就不同，結果也隨之不同。從莊子寓言中體會不預設立場，且不衝動行事，「緩一下」即是給心騰出一個空間的最好方式。

　　美國社會心理學家費斯汀格（Leon Festinger, 1919-1989）提出認知失調理論（cognitive dissonance theory），說明大腦喜歡內在想法與外在情況和諧一致，若在互相矛盾或失調時，大腦就會感到不舒服、心理衝突、焦慮不安，例如：很想減肥，但又想吃炸雞，明知炸雞熱量破表，但美食當前很難抗拒，大腦就會很掙扎及矛盾，此時人會對

其中一個認知做出放棄或找藉口合理化來改變認知失調，以恢復到和諧一致的狀態，個體的偏見就是認知扭曲的一種合理化反應。另外他特別研究人的期望、抱負和決策，並用實驗方法研究偏見，著名的「費斯汀格法則 Festinger's law」：生活中的百分之十是由發生在你身上的事情組成，而另外的百分之九十則是取決於你用什麼態度面對；也就是說，生活中有百分之十的影響來自客觀事件所產生，這是我們無法掌控的外在因素，另外百分之九十的影響則來自我們對事件的解讀所產生，我們的想法影響情緒及行為，這是我們能掌控的。《莊子・德充符》：「不以好惡內傷其身，常因自然而不益生也。」順應自然情理，情緒就不至於起伏太大而不可收拾，愛而無傷才是健康之道。平日就要適時做好心靈環保，常常清除心理垃圾，正向轉念，釋放負向情緒，淨化心靈，保持內心平靜的最佳和諧狀態，並提升因應壓力時的抵抗力，即「韌性」（resilience）。個人心理健康來自人格上的自我肯定，對自己的肯定及對別人的尊重才會造就良性的溝通。莊子「空船」寓言中放下預設立場，虛心以對，增加人際互動時的空間與彈性，創造出和諧的人我關係，有助於提升生活滿意度。

參考文獻

Festinger, L. (1957). *A theory of cognitive dissonance.* CA: Stanford University Press.

Hynes, A., & Hynes-Berry, M., (1986). *Bibliotherapy-the interactive process: A handbook*. Boulder, CO: Westview Press.

Posada, J. D, & Singer, E. (2005). *Don't Eat the Marshmallow...Yet!: The Secret To Sweet Success in Work And Life*. CA: Berkley Books.

Satir, V., Banmen, J. ,Gerber, J., Gomori, M. (1991). *The Satir model: family therapy and beyond*. CA: Science and behavior books, INC.

Sridhar, D., & Vaughn, S. (2000). Bibliotherapy for all: Enhancing reading comprehension, self-concept, and behavior. Teaching Exceptional Children, 33, 74-82.

「三言二拍」教學形式芻論

曾世豪
國立臺北教育大學語文與創作學系副教授

一　前言

　　相對於《三國演義》、《水滸傳》、《紅樓夢》等「四大名著」有「草船借箭」、「空城計」、「林沖夜奔」、「劉姥姥逛大觀園」之中學國文選篇，在世人腦海中留下一定程度之印象，同為明清說部傑作的「三言二拍」——即馮龍夢《喻世明言》、《警世通言》、《醒世恆言》；及凌濛初《初刻拍案驚奇》、《二刻拍案驚奇》，則似乎比較讓人陌生。不過，「三言二拍」中既有扣人心弦的愛情佳構，如〈蔣興哥重會珍珠衫〉、〈賣油郎獨占花魁〉、〈杜十娘怒沉百寶箱〉等，亦反映了遼闊的眾生臉譜，上自帝王將相，下至市井男女，極具人性之辯證與悲歡之情致，其實也很值得一讀。筆者不揣淺陋，以在北教大語創系所開設之「專書選讀‧三言二拍」課綱為題，分享自己如何選篇與操作，盼能拋磚引玉，共同為引領同學們體驗古典小說之美提供一些可能的指南。

二　選篇說明

　　由於「三言二拍」的篇數眾多，在一學期的有限時間內不可能全

部呈現，因此，確立主題就很重要。筆者主要分為兩大區塊，如前言所言，「三言二拍」的佳篇以愛情題材居多，是以「愛情」就會是一大主軸。至於另一個部分，則集中於世情百態。一般而言，「三言二拍」被目為「擬話本小說」，但這只提到了它的形式，而非性質，不像「講史」或「神魔」這樣的小說屬性之歸納。然而，從故事內容來說，如《拍案驚奇‧序》所稱「耳目之內，日用起居」，自有值得「拍案」、「驚奇」之談資；且從「喻世」、「警世」、「醒世」的書目籲求也可以看出，小說家試圖透過故事內容，提供讀者待人接物之道德準繩。是以「三言二拍」在愛情以外的重要面相，就是反映社會萬象之稜鏡。於此，筆者又分為「命運」（巧合、詛咒）、「情義」（付出、名分）、「人性」（私心、貪婪）等不同子題，以表格呈現如下：

表一

主題	閱讀資料
命運：巧合	〈十五貫戲言成巧禍，醒：33〉、〈顧阿秀喜捨檀那物，崔俊臣巧會芙蓉屏，初：27〉
命運：詛咒	〈計押番金鰻產禍，警：20〉、〈王大使威行部下，李參軍冤報生前，初：30〉
情義：付出	〈吳保安棄家贖友，喻：8〉、〈李克讓竟達空函，劉元普雙生貴子，初：20〉
情義：名分	〈趙太祖千里送京娘，警：21〉、〈張員外義撫螟蛉子，包龍圖智賺合同文，初：33〉
人性：私心	〈桂員外途窮懺悔，警：25〉、〈占家財狠婿妒侄，延親脈孝女藏兒，初：38〉
人性：貪婪	〈沈小官一鳥害七命，喻：26〉、〈青樓市探人蹤，紅花場假鬼鬧，二：4〉

至於愛情的部分，筆者則以「堅貞」、「出軌」、「離魂」、「異類」、」「志誠」、「負心」為子題，同樣以表格來呈現：

表二

主題	閱讀資料
愛情：堅貞	〈陳多壽生死夫妻，醒：9〉、〈張福娘一心貞守，朱天錫萬里符名，二：32〉
愛情：出軌	〈蔣興哥重會珍珠衫，喻：1〉、〈西山觀設籙度亡魂，開封府備棺追活命，初：17〉
愛情：離魂	〈鬧樊樓多情周勝仙，醒：14〉、〈大姊魂游完宿願，小姨病起續前緣，初：23〉
愛情：異類	〈白娘子永鎮雷峰塔，警：28〉、〈贈芝蔴識破假形，擷草藥巧諧真偶，二：29〉
愛情：志誠	〈賣油郎獨占花魁，醒：3〉、〈小道人一著饒天下，女棋童兩局注終身，二：2〉
愛情：負心	〈杜十娘怒沉百寶箱，警：32〉、〈滿少卿飢附飽颺，焦文姬生讎死報，二：11〉

以上所呈現之選篇，難免掛一漏萬，如同樣經典的〈勘皮靴單證二郎神〉、〈崔待詔生死冤家〉等就成為遺珠之憾——但至少在「社會」與「愛情」二重框架下，力求達到天秤兩端的平衡。

在上述的課程框架下，還有若干前提必須先提出說明。首先，雖說一般都把「三言」與「二拍」並稱，但實際上一般在大專院校的話本小說相關課程當中，往往仍以「三言」的比例居多，而筆者為了讓同學也能多認識一些「二拍」的作品，在選篇上係以每週一篇「三言」、一篇「二拍」的方式，達到一比一的分量。

儘管如此，馮夢龍和凌濛初畢竟是不同風格的作家。具體而言，

「愛情」在前者形成一種可以同情與理解的信仰，而在「後者」則形成一種譏誚的荒唐。以「志誠」的主題來舉例，筆者雖然想在「二拍」中找到像秦重一樣「情深義重」的「暖男」形象，卻發現淩濛初筆下根本沒有這樣的人物：事實上，同樣被譽為懂得「幫襯」，周國能卻是個一心只想和女棋童上床的無賴漢。

易言之，筆者所設定的題旨，主要還是以「三言」為主，而相對應的「二拍」選篇，雖無法完全契合，仍可以構成相反相成的參照。爰此，在「志誠」主題下，賣油郎是花魁難中的救星；而小道人則是妙觀命裡的剋星，但二人都因不屈不撓而抱得美人歸——如此看來，〈賣油郎獨占花魁〉和〈小道人一著饒天下，女棋童兩局注終身〉，不啻是一組耐人尋味的鏡像文本。

三　進行方式

關於「三言二拍」教學的進行方式，筆者首先介紹故事來源、導讀選文，然後設計議題讓同學們討論。

由於「三言二拍」多為馮夢龍、淩濛初根據筆記雜纂、唐人小說、宋元舊話本、當代傳奇等編改之作品，是以前人所撰與課程選文有何出入，成為一個可以注意的切入點，筆者主要根據譚嘉定（正璧）編《三言二拍資料》進行介紹與比較。

以〈沈小官一鳥害七命〉為例，這個故事敘述紈褲子弟沈秀愛鬥畫眉鳥，這值錢的玩意兒引起箍桶的張公的覬覦。張公殺人越貨後，卻把其頭藏於楊柳樹中，沈父及官府都懸賞求頭。窮苦的黃老狗異想天開，主動要求二子弒父割頭，騙取賞金。這個本事出於成化年間郎瑛所編之《七修類稿》卷四十五〈沈鳥兒〉，但原作是老人老死後被二子割頭，並非被殺（不算被鳥害命的犧牲品）；然而，馮夢龍讓黃老狗

為了區區一千五百貫的賞金而自願送死，欣然從命的二子亦不過從「抬轎營生」稍稍提昇為「買農具家生」、「勤力耕種，挑賣山柴，也可度日」的狀態，又不是什麼鼎食鳴鐘的大富大貴，卻麻木的將自己的老父棄若敝屣。職此，相較於〈沈鳥兒〉，〈沈小官一鳥害七命〉進一步寫出了底層小民的愚蠢與悲哀，亦可見改寫者所強化的反諷意識。

在導讀選文時，「正話」的部分固然是最重要的，不過過去說書人為了聚集聽眾，拖延時間，招徠更多聽眾、穩定住已到的聽眾所說的「入話」及「頭回」，也以孑遺的形式被寫入擬話本小說當中；它們不一定是雞肋般的存在，有時候也值得玩味與深思。

以〈王大使威行部下，李參軍冤報生前〉為例，這是一則關於復仇的故事，大意是王士真前世被李生推落懸崖，所以轉世後見到李生便莫名憤怒，直到殺之而後快。復仇的潛意識促使王士真與仇人萍水相逢，又下令處死這個非親非故的陌生人，尚在可以理解的範圍之內；反倒「頭回」有兩則，都是客居他鄉的商人枉死後，投生為仇家兒女，生來羸弱多病，讓疼惜他們的父母為此床頭金盡，以報前生被謀財害命的冤仇。在消心頭之恨前，首先要與仇家建立親情的羈絆，這迂迴而又深沉的執念，讀之果然「拍案驚奇」，亦可與同一週的選文〈計押番金鰻產禍〉對讀，思考計安夫妻的掌上明珠慶奴，到底是不是那條被烹煮來吃的鰻魚的化身？倘若是的話，只因對釣客的怨恨，寧可犧牲這一世婚姻的幸福，也要讓仇人／父母家破人亡，背後「詛咒」的力道不禁使人毛骨悚然。

「三言二拍」的相關敘事，可以延伸出讓人思辨的議題，茲以「愛情：出軌」主題下的選文〈蔣興哥重會珍珠衫〉及〈西山觀設籙度亡魂，開封府備棺追活命〉為例，筆者所設計的問題如下：

一、如果你是蔣興哥或劉達生，會如何面對及處理妻子／母親的姦情？為什麼？

二、三巧兒／吳氏愛上陳商（大郎）／黃妙修（知觀），算不算有錯？如何評價？他們的處境有何異同？外遇有沒有可能修成正果？

三、三巧兒為什麼要把蔣家的傳家寶送給陳大郎，而不是其他東西？（家的想像或情慾的寄託）陳大郎所贈之物有何意涵？箱籠在故事中又有什麼象徵意義？

四、外遇故事中的「慾」是一種正常或醜化？兩個故事中，哪些描寫可以呼應你的判斷？

〈蔣興哥重會珍珠衫〉之所以成為「三言二拍」的名作，正在於三巧兒背著丈夫偷情的汙點固然罪證確鑿，可是蔣興哥拋下恩愛外出經商，未於約定的日期內返家又音訊全無，留下讓妻子日夜懸掛的折磨也是事實。因此與傳統一味要求婦女堅貞的道德觀不同，小說同時點出了丈夫肩負的責任，這在當代仍有適用之處（如遠距離戀愛下的情感變質）。至於〈西山觀設籙度亡魂，開封府備棺追活命〉，嚴格來說不算愛情故事（凌濛初很少寫出戀人之間的溫情），不過，一個年輕寡婦面對情慾的出口，背著兒子對修道人投懷送抱，最後甚至為了除掉處處阻撓自己的兒子而動了殺意，這種家庭勃谿的戲碼，仍可能在今天的社會中上演。同學們透過討論，也思考吳氏與劉達生母子之間的問題何在？關鍵或許就在於父母應該誠實公開自己的第二春，而非以哄騙的方式讓青春期的孩子蒙羞，導致後來愈加偏差的親子衝突。

四　成果產生

本課程除了上課講授、問題與討論之外，還要求同學們進行兩次團體報告及作文。團體報告和作文的精神，都是希望同學們活化古代文本，延續它們的現代意義。又配合語創系分別有「師資組」和「創

作組」的不同組成，因此設定期中團體報告為「兒童版『三言二拍』」；期末團體報告為「婦解版『三言二拍』」；作文是「如果『三言二拍』人物在現代的臺灣……」。

「兒童版『三言二拍』」希望修課同學對照坊間兒童版改編版本、教案方式呈現，或者自行改編成兒童版繪本、圖書、廣播劇等形式。內容包括小組自身或坊間作品如何呈現、改編的考量及優劣分析，以及小組心得等。「婦解版『三言二拍』」中「婦解」一詞，來自孔慧怡《婦解現代版才子佳人》一書，亦即女性視角的古典故事新詮釋（書中收錄的〈雷峰塔〉和〈怒沉百寶箱〉，就分別改編自「三言」的〈白娘子永鎮雷峰塔〉及〈杜十娘怒沉百寶箱〉）。請小組針對「三言二拍」提出改編（含小說、舞臺劇、電影、廣播劇等任何形式），不一定要有完整作品，但請說明小組何以如此改編？預計怎樣呈現？以及小組心得等。筆者按：「婦解版」不一定是愛情故事，女性可以是母親、女兒、姊妹、俠女、比丘尼、婢女、老嫗等不同之身分。

而為了使「三言」與「二拍」的報告比重上達到平衡，筆者進一步規定：凡期中團體報告選擇「三言」者，期末團體報告須以「二拍」為範圍呈現，反之亦然。又可以以課程選文為主題，但兩次團體報告中，至少必須有一次以課程選文以外文本為題材，以拓展同學的課外閱讀視野。舉例而言，一一〇學年度第一學期修課同學中，第三組的「兒童版『三言二拍』」以〈白娘子永鎮雷峰塔〉為報告題目；「婦解版『三言二拍』」就找了選文外的〈李將軍錯認舅，劉氏女詭從夫〉來改編，並以劉翠翠的獨白來重新詮釋故事。

關於作文「如果『三言二拍』人物在現代的臺灣……」之規定：如果「三言二拍」的人物身處於現代的臺灣，在思想觀念與器物使用與古代截然不同的情況下，故事可能怎麼發展，結局將是命中注定，還是有轉圜的空間？請同學由上述前提去進行故事新編的詮釋，可以

在一定程度內進行內容的轉化。改編對象不限於課程選文內外，但須以約一百字說明改編之理念。

　　以一一二學年度第二學期修課同學為例，筆者認為其中寫得最出色的是對〈計押番金鰻產禍〉之改編，個人給予的評語如下：「本文改自〈計押番金鰻產禍〉，把本來釣起金鰻的無心之過改成山林對山老鼠的反噬，符合現代臺灣常見之社會議題。在作者筆下，慶奴與盜採林木而致富的爸爸關係不睦，丈夫為了解決家族衝突而殺死父母，無法置身事外的慶奴被迫加入棄屍的行動，最終因復仇與逃亡而迎來悲劇。相較於原作，作者簡化了其他的命案，並讓故事收束於山林之中，使得詛咒的兌現更為直截。全文凝練、流暢，而慶奴臨死前從深山冷雨中感受到的溫暖，則帶有奇異的歸宿感。」

五　結語

　　經典閱讀是一個雙向的互動過程，除了教師的介紹之外，同學們的參與更能為課程增添許多光彩。綜合來說，無論「兒童版」、「婦解版」或「現代版」，透過對不同版本的分析或改寫，讓「三言二拍」的情境不只停留在傳統社會，也能觸發你我對現代議題的關懷與理解。像有同學以 Podcast 訪談的方式呈現〈陳多壽生死夫妻〉之「婦解版」故事，生動的口吻和問答內容，無疑讓角色栩栩如生，且提出「古代的堅貞美德就現代的理解可能就是恐怖情人」的翻案力道，亦讓人眼睛一亮（此觀點或可與劉紹銘改寫之〈烈女〉對讀）。由於學生們的用心投入，最終展現出來之成果，對於延續古典文學新生命有著積極的意義。

　　事實上，「三言二拍」遼闊的市井世界，在明清說部中自有特殊魅力，然而選文所能觸及的範圍是有限的，課堂講授外，如何透過閱

讀與創作，討論與省思，為同學們打開一個窺探「三言二拍」的窗口，既是筆者關懷之所在，也是希望大家可以一起探索的議題。透過拙文的撰寫，筆者聊表芹獻之意，並求教於方家，期待更多專家學人共同加入推廣古代小說之美的行列。

六　史記活讀

從「讀史」到「說史」
——談《史記》課程的討論與報告設計

李慧琪

國立臺北護理健康大學通識中心兼任助理教授

一　前言

　　歷史雖是過去之事，但從人物的應對處事、事件的變化發展中，都可使後人獲得反省與啟發，以回應當代的問題與挑戰。而在記錄歷史的諸多史書裡，《史記》除具代表性之外，又因其精彩的文字敘述，十分適合於課堂分享。依筆者過往的教學經驗，《史記》由於其強大的故事性，特別能引起學生關注，但近幾年的課堂中，卻慢慢感覺到《史記》對學生的吸引力大不如前，細思其因，一是「看不懂」，一是「沒興趣」。

　　就「看不懂」來說，學生對文言文的恐懼本是由來已久，近來文言文的閱讀能力又有逐漸下滑的現象，使得即使司馬遷的文字已算是簡潔生動，但文言文仍舊是學生閱讀《史記》的一大障礙。就「沒興趣」來說，在早期課堂多少還可利用相關的動畫影視作品來幫助學生認識《史記》的故事，可現在網路上有更多更有趣的影音內容博取注意，因此成效也就極其有限。

　　另外，就算學生能掌握《史記》內容，對他們來說那些人物事件還是「太遙遠」。不是時代背景差異太多，無法理解古人的想法作為，

使學生難以進入《史記》的世界；就是認為那都是別人發生的事與我無關，不知為何要閱讀，以至於《史記》也難以進入學生的世界。

　　由上述《史記》教學所遇到的情形，筆者認為解決的關鍵就在建立經典與現代的連結，努力拉近《史記》與學生的距離。而要如何拉近？就是讓學生覺得《史記》和自己有關，其方法便在於親身參與。如何親身參與？一方面在「讀史」部分，透過同理設身處地，透過思辨鑑古觀今，讓古人今人有了對話的可能；一方面在「說史」部分，不能再被動輸入知識，必須自己消化傳記內容後，有所產出。而以上兩者，可藉由課程的「討論」與「報告」的設計來完成，以下就分從兩方面來說明。

二　課程討論設計

　　承上所述，由於文言文是學生進入《史記》殿堂的一大門檻，所以教師需扮演好轉譯的角色。筆者基本上是秉持「不求甚解，只求共鳴」的原則，也就是在解說《史記》文獻時，儘量以講故事的方式讓學生先不排斥，再聚焦於幾個重點或拋出一些線索讓學生討論，以求更深入地去「讀史」。

　　通常課程討論的方法主要有三種：課堂提問、小組討論、線上互動。課堂提問的優點在於可以在很短的時間就大致了解學生的想法，加以引導補充；小組討論的優點在於比較複雜的問題可讓小組集思廣益，提出較完整的答案；線上互動的優點在於能蒐集較多想法，和學生也有更多交流。至於採用何種方式當依時間長度、題目難易、現場狀況等來考量，一般來說會力求變化，不要固定一種模式。

　　而在討論題目設計上，不能只是寬泛地詢問「對於這段人物/事件有什麼想法」，需要更具體的引導，筆者主要是依南宋學者呂祖謙

以及作家龍應台所說過的讀史要領來提出問題。

　　呂祖謙曾言：

> 人二三十年讀聖人書，一旦遇事，便與里巷人無異，只緣讀書不作有用看故也。何取？觀史如身在其中，見事之利害，時而禍患，必掩卷自思，使我遇此等事，當作何處之。如此觀史，學問亦可以進，智識亦可以高，方為有益。[1]

　　這段文字除了提示我們讀史需「身在其中」，在事情發展關鍵處假想如果是我會如何解決，以訓練獨立思考之外，也提醒我們讀史是為了「遇事有用」，培養解決問題的能力。因此在設計課堂討論就會引導學生「假設性思考」，如「若你面對○○○會如何」，以及「目的性思考」，如「知道了○○○可以怎麼應用」之類的問題。比方講授劉邦約法三章的故事前，先讓學生分組掩卷自思：「若你們是劉邦，離開咸陽城前會和百姓說什麼？」其實絕大多數組別都會選擇安撫百姓的言語，甚至還有小組喊出「咸陽發大財」、「沛公沛公一定成功」一類的口號。可見學生在角色扮演中，已能洞悉獲取民心之道，並能連結現代選舉語言展現新意。而在講述完約法三章故事後，又詢問學生：「知道了約法三章的故事可以怎麼應用？」有人就回應從中可學習說服的第一件事，就是像劉邦先言「父老苦秦苛法久矣」，先苦民所苦與對方建立連結，了解他的渴望或恐懼，再幫忙解決問題。可知學生不只知道故事來龍去脈，還能學以致用。

　　此外，龍應台曾在〈在迷宮中仰望星斗〉一文說道：

---

[1] 轉引自呂世浩：〈前言〉，《秦始皇：一場歷史的思辨之旅》（臺北市：平安文化公司，2014年），頁25-26。

> 對於任何東西、現象、問題、人、事件，如果不認識它的過去，你如何理解它的現在到底代表什麼意義？不理解它的現在，又何從判斷它的未來？[2]

文中告訴我們看待人事物必須放在一個時空座標軸，不可孤立視之，方可掌握前因後果、時空背景做出合適的判斷。於是在讀完一個歷史人物故事之後，也會希望學生不要只就人物表面言行武斷評價，可以把對象過去經歷、時代環境一併納入考量，從更多重面向來分析。因此在設計課堂討論就會引導學生「多元性思考」，如「若考量〇〇〇，你會不會對於〇〇〇有不一樣的看法？」甚至可以進一步從古代時空轉換到現代進行「比較性思考」，如「因古今背景差異，對於〇〇〇是否會有不同看法？其中是否也有恆常不變的部分？」畢竟學生之所以覺得古人遙遠，就是用今人眼光視之，如果回到當時背景，也許就能理解古人之作為。比方呂后將戚夫人做成人彘的故事，一開始學生都認為呂后殘忍，都已貴為太后何需如此趕盡殺絕？但得知了之前呂后為劉邦的付出，還有劉邦對戚夫人的寵愛和欲換太子一事後，大家也就比較能體會呂后的心境。甚至有不少女學生設想呂后若活在今日，應該會有截然不同的命運，意識到時代對女性的限制與影響，也體認女人當獨立是自古不變的課題。

三　課程報告設計

相信在許多課程安排中，報告往往是對學生最好的訓練，能讓他們學習最多、成長最快，因此在課程規劃必然要讓學生能親自「說

---

[2] 龍應台：《百年思索》（臺北市：時報文化出版公司，2008年），頁14-15。

史」。在報告設計中，主要採分組的方式，教師會指定多篇列傳，每篇列傳由兩組學生負責，各組需挑選組員所認為的精華內容上台分享，最後教師也會提供個人的選文給大家參考。如此一篇列傳，就至少有三種解讀角度，讓學生了解人人都可有對經典的一套詮釋。

在《史記》課程一開始，都會先介紹司馬遷生平，討論時也依據上節所言原則詢問學生「知道司馬遷的生平事蹟對於我們來說有什麼幫助？」而其中一項就是告訴我們從古至今資訊輸入、輸出能力的培養都一樣重要。從司馬遷收集材料到完成史書，正是展現了他在搜尋、統整、寫作的才識，特別是他能提出個人觀點，而這些也是現代職場所需具備的技能。只是就輸出資料這部分，「寫作」不再是唯一的作法，現在的表達模式更為多元，好比簡報、圖像、影音等。因此在學生執行報告過程，也會訓練學生在輸入、輸出資訊能力的提升。

基本上課程報告題目會有兩種主題：一是「○○列傳教我的事」，重在查找整理資料之後，能夠說明自己的觀點；一是「○○列傳的改編創作」，希望學生能以列傳為素材，結合個人創意產生新的詮釋方式。

在第一種主題的報告，學生最容易出現的狀況就是把一堆資料內容貼在投影片上，這往往讓觀者無法掌握重點。既然現今職場有一種說法是簡報力就是工作能力的展現，便可藉由報告的機會，讓學生意識到好的簡報就在於刪除雜訊、突出重點，而學會做好報告其實就是在累積職場的競爭力。所以選擇第一種報告主題的小組必須面臨兩大考驗：一是如何把大篇幅的列傳文字簡要清楚地用投影片傳達，二是不再複製貼上網路查詢到的評論，能夠提出屬於自己的觀點。就「簡潔呈現」的考驗來說，在教師引導之下，有不少組在故事介紹方面，已能在段落文字中標示出關鍵句子，有些組別甚至會想出更有創意的表現方法，例如一大段李斯與趙高的談話，可以用 Line 對話擷圖的方

式呈現，不但清晰也添趣味性。更進階者，直接從故事內容摘取關鍵字，搭配相應的圖示，製作出更精煉、更聚焦的投影片，而且此作法大大降低簡報的文字量，投影片就不會成為講者的讀稿機，這也能訓練學生消化內文獨立表達。在報告結論方面，也有小組嘗試從放上大量文字心得的形式，轉為摘錄重點的列舉式或金句式。而就「觀點提出」的考驗來說，由於經過前面課程討論的訓練，有些小組能結合時事，將古典作品發揮出現代意義，比如利用張儀欺騙楚懷王之事，連結現今的詐騙問題，或假想韓信如果是現代上班族，他會建立的事業與面臨的困境？從這類報告不難看出學生不但具備了自己的想法，也能活化經典，連結當代。

　　至於第二種主題的報告，由於牽涉到小組的創意巧思，雖為數不多，但凡採用此種模式者，皆有令人驚豔的表現。截至目前為止筆者班上出現過的精彩作品，有將故事結合組員的插畫，用圖文書的形式來講歷史。也有擷取列傳片段拍攝成影片，比如〈魏公子列傳〉報告中，就有學生以筆記本為棋盤，請兩位同學演出魏公子與魏王下棋的畫面，並以旁白帶出魏公子安撫魏王，趙王在邊境只是打獵而非出兵的故事。而早期有學生用廣播劇的方式說書，如今也有學生模仿知識型 YouTuber 用影片來說書。甚至還有學生將〈刺客列傳〉中曹沫的故事做成一款小遊戲，或將報告包裝成一個繪畫比賽，藉由說明創作理念的過程帶出列傳的故事情節。最近一次更有小組結合時下流行的 MBTI 16型人格分析，從韓信的言行來判斷其屬於 INTJ 人格。凡此種種皆可發現只要教師搭建合適的舞臺，學生自有無限的創意。

四　結語

　　《史記》是前人留給後人的瑰寶，但如何讓學生入寶山不空手而

回，有賴教師的引導，其中課程討論與報告的設計便是關鍵所在。為了讓學生體會到古代經典其實並不遙遠，一方面透過「假設性思考」、「目的性思考」、「多元性思考」、「比較性思考」等方式，提升思辨能力，也讓學生更能了解古人所思所為，應用古人的經驗解決我們現在的問題；另一方面也藉由報告讓學生不只學習知識，增添涵養，更鍛鍊表達技巧，或清楚簡潔地輸出資料並提出觀點，或結合自身專長展現創意，讓經典呈現新的風貌。

　　教學現場永遠都有要面對的難題，也永遠都有尚待努力的部分，但只要能讓學生親身參與，從課程討論深入「讀史」，從課程報告精彩「說史」，自可建立《史記》與學生的連結。而不論是讓學生走進《史記》的世界，或讓《史記》走進學生的世界，都能使傳統經典因為新興的生命有了生生不息的價值與新意，也使學生從歷史智慧中找到成長的資源，應對未來的變化。

從《史記・陳丞相世家》學習陳平的心理韌性

陳連禎

臺灣警察專科學校前校長

  為劉邦打天下，助他亡暴秦、滅項羽而稱帝立漢以後，被封為侯爵的功臣將相計有一百四十五位，其中被司馬遷寫進《史記》而列入〈世家〉類的歷史人物，只有五位，依序是蕭何（從小罩劉邦的貴人）、曹參（劉邦同鄉的超級戰將）、張良（劉邦集團唯一的國師是韓國貴族後裔）、陳平（檯面陽謀檯下也陰謀的首席謀士）與周勃（劉邦同鄉武將）。其中能夠善始善終者是曹參、張良、陳平三人，他們都是黃老信徒，心境常持「觀自在」，知道自己的身分，處在什麼時間點、應該做什麼事，其中以陳平事蹟最精彩、生動有趣。

  陳平的精采故事，記載《史記・陳丞相世家》，他人長得很正點、做的事很奇特。陳平有謀略、有膽識，又能提出立即有效的辦法，完成他人無法幫劉邦解決難題的困境，而輕易化解當時危機。我們從另類觀點，認識他的強大心境，絕不會受到外在惡劣環境所影響而懷憂喪志，非常勵志的篇章。

  《史記・陳丞相世家》記載，陳平為人「高大美色」，自小就有超級能量，處事大公至正，獲得鄉里父老讚許。例如他主持社區祭祀後的分肉，都能依照各人的地位分量、出力的大小、祭祀表現優劣，

分配得公公平平。大家都認份，各個沒話說。再如他到了適婚年齡，多位男人罩不住的富家千金，成為「五嫁而夫輒死」的寡婦，爾後人人避之唯恐不及，而他卻欣欣然熱烈地主動布局，風風光光地迎娶過來，卻沒有被剋死的第六個冤魂。

他離開項羽陣營，留下官印與獎金，只帶一劍要改追隨劉邦，在渡黃河之際，遇到惡漁夫想謀財害命，陳平透過無言的肢體語言，安然度過人生第一次危機，過程精彩無比。見到劉邦接受一餐款待，同桌人紛紛離去，他一句「電梯語言」，迅即讓劉邦驚艷不已而留下他徹夜長談。當晚立即發布人事令，派他擔任都尉，在軍中擔任督導風紀的重要工作，更令人不可思議的是，任命他要跟在劉邦的座車上，隨侍左右。

如此這般三級跳的升官又親信，人人眼紅而妒忌。陳平因而被劉邦的老班底灌嬰、周勃等將軍掀出軍中醜聞。陳平居然在軍中貪瀆，驚奇的是他把貪腐行為說得情非得已，竟然變成貪得光明磊落，理很直氣又壯。他處理危機不卑不亢，毫不猶豫迴避，絕無隱晦之處，大方直球對決而承認不諱。如此坦率面對被潑滿身汙水的直白，竟使得他的直屬長官劉邦自省而自知理屈。因為劉邦沒有給他合理的待遇，卻要他從事高難度的督導任務。但陳平卻為劉邦把軍隊紀律整理得有條不紊，從而劉邦由衷感到實在對不起他而無話可說，因此反而更加器重陳平。陳平為人處事就是「和其光，同其塵」，有光有塵的解決一切問題。他有能耐的把黑暗與光明揉匯成一體，讓人看不出他是偽君子還是真小人。正是一個陳平，各自解讀。

劉邦具有江湖氣魄，又有警察辦案的匪類氣息，渾身充滿著正能量。其實劉邦擔任泗水亭長（相當今天的派出所所長）多年，幹的就是基層的治安工作。至於陳平則具有一些痞氣，可以不要臉，即使被暗黑、被唾罵，他也甘之如飴，沒有滿肚子委屈。陳平也不在意被霸

凌，你怎麼個說他，他反正無所謂。這類稀有人種，才可以在亂世變局中脫穎而出。劉邦與陳平氣味相投，觀念與做法完全合轍接軌。英雄惜英雄，戰亂爭雄期間，用人只問有用無用於世，至於出身貴賤、學問高低，對撥亂反正根本無關宏旨。

劉邦、陳平兩人的相遇奇特，一如張良在留地的「道遇」劉邦，套一句太史公無法明白劉邦為何能成為第一位布衣皇帝，感嘆「豈非天哉？豈非天哉？」劉邦、陳平形同連體嬰，真是天作之合，越談越合拍。劉邦登上帝位最後十二年，忙於殺戮功臣，絕不手軟，只有陳平與張良不在被害名單。

至於讒言陳平涉嫌「盜嫂」問題，看似複雜隱密難查，劉邦舉重若輕，陳平不動聲色，安然落幕。由於陳平、劉邦的社會底層經驗十分相近，頻率氣場也最接近。老將軍指標性人物周勃、灌嬰兩人既是劉邦的革命夥伴，又是同鄉，他們忌才妒能，向來喜歡聯手排斥外來人可以理解，他們向劉邦讒言陳平涉嫌「盜嫂受金」。劉邦找陳平來個別談話，只問「受金」，絕口不提什麼「盜嫂」這個不是問題的問題。由此可以看出劉邦雖然少讀書，但是面對危機處理的態度，與孔子如出一轍，都是抓大放小。畢竟說什麼話，都不是當前局勢的重點。劉邦既然不問，陳平保持緘默，沒有什麼事，要如何澄清。

「盜嫂」一旦正式擺出檯面公開出來，由於時空因素困難重重，一時之間還真無法查證，又難以說個清楚。說來說去，無論如何，最後一定會傷到被害人；那無辜的大嫂，必然會受到第二次傷害。事情過去就算了，何必重炒冷飯。何況現在是衰世亂世，並非太平盛世。「盜嫂」的疑雲，在此爭奪天下亟需用人之際，實在無關緊要。

在大時代背景下，做出偉大的福國利民的貢獻，有利於國計民生，才是重點，其他細節都可以暫擱在一邊，不必爭論過去細節。至於有關個人的私生活問題，過去到底有無盜嫂，並非當前重點；既然

往事如煙，就大可不必再提。

英國首相邱吉爾在二戰期間，為了保護政府機關避免成為被害目標，特意透過間諜管道，放出假消息，故意誤導交戰國判斷而集中轟炸貧民區，貧民果然死傷十分慘重。邱吉爾刻意「洩密」敵方，才讓貴族區與軍政要區幸免於難。戰後並沒有人要求鞭屍邱吉爾報復，畢竟如果要追究到底，社會將永無寧日。英國人對此悲劇發生，沒有沒完沒了的對立抗爭，他們只有理解的同情。如果對於過去的悲劇一炒再炒作，有必要有意義嗎？

有次魯哀公垂詢採用「社木」的品類問題，宰我答以：「夏后氏以松，殷人以柏，周人以栗，曰，使民戰慄。」夏代用松樹，殷代用柏樹，周代用栗樹材質作神主牌，宰我說完了史實，就此打住即可，卻又自作聰明的想當然耳的擴大解釋，補上一句說，周代用栗木的用意在，取其使民望而生畏，帶有威嚇人民的味道。孔子聽聞宰我的自以為是，說出要使反革命份子心裡感覺不安，好讓前朝餘孽戰戰慄慄的延伸解釋，大不以為然。於是孔子告訴宰我，也藉機教育學生：「成事不說，遂事不諫，既往不咎。」孔子認為過去就過去，不必再多說。再掀起過去的傷痛，實在沒有需要；掀開了，徒然製造新問題而已。即便有人做了對不起他人的事，有何必要年年道歉？天天吵著要正義、要給個說法交代？歲歲年年都嚷要追真相，真不知如何過日子，又如何活出生命力？劉邦對於老戰友周勃、灌嬰等人的舉發，當然會親自找來本案的利害關係人逐一查證，對他的領導作為到底有無危害，至於個人多年前的私德瑕疵，他並不為意，因而沒有追問到底。這一點人格特質，正是劉邦「意豁如也」的如實寫照。

陳平的歷史定位：一代「賢相」。一路走來卻都有人讒他，一生從來不缺讒言，連功臣也黑他，他都不理不睬，不怒也不氣。他知道有人想要黑掉他，當然也知道是誰在幕後操作，他竟然保持沉默，更

沒有太多憂讒畏譏，不會多所辯解強調自己的清白，因為他不需要如此倉皇，全無必要。陳平從政以來，展現出一貫的風采自信，他「六出奇計」、「常出奇計，救紛糾之難，振國家之患」而保住劉邦的大漢江山，安度了許多「國之大事」的重大危機。

陳平有辦法笑傲江湖，笑看人生。相對的，嘲笑陳平無知的功臣，才是真膚淺。漢朝位極人臣者多矣，唯有陳平政壇得意，不憂不懼，暗笑到最後一天。

從「讀人」談語文教學之大用
——以《史記》范蠡救子故事人物為例

黃馨霈
臺灣警察專科學校通識教育中心助理教授

一　前言：讀人，讀出人生大用

　　要通達人事，可透過閱讀，藉由作者人情練達之心眼，遨遊於書中世界，無須事事親歷亦能洞察人世，習得處世智慧，此乃語文教學事半功倍的人生大用。

　　人物，常居文學要角；而培養閱讀能力，是語文教學一大重心。透過文本解讀訓練，學習掌握關鍵細節，讀懂人物的心思、情性與世道人情，進而在現實生活舉一反三，知曉如何透過人物外顯的言行舉止、從細微處體察他人的真實心思與面貌，將語文訓練所學之能力活用於日常，將閱讀文史所領會之哲理在人生中實踐，是語文教學最重要的意義與價值。

　　《史記》是中國傳統文史名著，史家多以第三人稱視角記載人物外在的言行事蹟，較少直述人物內在思維，與現實世界無法透視他人內心相仿，以此為本正可培養「讀人」之能力；而〈越王句踐世家〉於文末附傳補敘范蠡救子之軼事，不僅刻劃人物生動，對人心、人性、人情有深刻之描繪，並涵蘊人生取捨之智慧。正如明朝鍾惺所

論:「古今事無大小,其成敗只在明取舍,明取舍只在知人。」[1]清楚道出本文二大要義:其一,人生在世,須懂得如何取捨;其二,會「讀人」、能知人,甚為重要。故此事雖存疑者多有、以為恐非史實,[2]卻不減其價值。因此本文即以陶朱公范蠡救子故事為例,[3]藉文本解讀詳析篇中人物所思所感及性格特質,並載明取捨智慧,從「讀人」的角度闡述語文教學於人生之大用。以下從故事三大要角:朱公長男、莊生、范蠡三人談起。[4]

二 讀懂人心:體察朱公長男的心思

朱公長男是個什麼樣的人?或許可從他的成長經歷探知一二。故事從范蠡功成身退離開越國、乘舟至齊敘起,在這段背景說明裡,暗含長男的成長歷程。在齊國時范蠡「父子治產」,在陶地「復約要父子耕畜」,屢屢言及長男與父親苦身戮力、白手起家的辛苦過程,有如此經歷者,深知謀生艱難、置產積財不易,自然對財貨較為珍惜;但也由於長男與父親共事「居無幾何,致產數十萬」、「居無何,則致貲累巨萬」,多次從無到有的成功經驗,養成他自信且自負的性格:相信自己的能力,自負必能成事,不會輕易聽信他人建言。一個人的成長環境會影響他的性格與價值觀,長男的歷練造就了他的人格特

---

[1] 〔明〕凌稚隆編,李光縉增補,〔日〕有井範平補標:《補標史記評林》(臺北市:地球出版社,1992年3月),卷41,頁9下。

[2] 如錢穆考辨「鴟夷子皮及陶朱公非范蠡化名」,《史記》載陶朱公事乃「史公好奇博采,後世愛其文,傳頌弗衰,遂若為信史耳。」詳參錢穆:〈三四、計然乃范蠡著書篇名非人名辨〔附〕鴟夷子皮及陶朱公非范蠡化名辨〉,《先秦諸子繫年》,收錄於《錢賓四先生全集》(臺北市:聯經出版公司,1998年5月),第五冊,頁124-126。

[3] 據《史記‧越王句踐世家》所敘,范蠡至陶後,「自謂陶朱公」。

[4] 本文所引《史記‧越王句踐世家》原文版本,乃據〔漢〕司馬遷:《史記》(北京市:中華書局,2008年3月),頁1751-1756。以下不重複註釋說明。

質，包括對人事、對金錢的看法，並進而影響他的處事態度與作為。

所以，在救弟弟的事情上，長男有自己的主張與想法。原本朱公中男殺人，父親欲讓少子前往楚國見機行事，長男卻自告奮勇、堅決請求擔負此重任：

> 朱公長男固請欲行，朱公不聽。長男曰：「家有長子曰家督，今弟有罪，大人不遣，乃遣少弟，是吾不肖。」欲自殺。

為何長男非去不可？甚至不惜以性命要脅父親？身為長子，他認為理當由自己去營救弟弟，此為顏面；但他「固請」、「欲自殺」更是因為他認為父親不信任他的能力，不相信他可以成功救出弟弟。基於自信、自負，欲證明自己，他不顧惜生命、執意要去。母親不捨，為他說情，父親不得已，只能放行。

> 朱公不得已而遣長子，為一封書遺故所善莊生。曰：「至則進千金于莊生所，聽其所為，慎無與爭事。」長男既行，亦自私齎數百金。

父親顯然做足了準備，備足千金、書信予故交，亦清楚交代長男該如何行事。然長男除卻父親所囑託外，尚私自攜帶數百金；此行徑透露出長男其實心中另有盤算，他自負其能，並未全然聽信父親的安排。

> 至楚，莊生家負郭，披藜藿到門，居甚貧。然長男發書進千金，如其父言。莊生曰：「可疾去矣，慎毋留！即弟出，勿問所以然。」長男既去，不過莊生而私留，以其私齎獻遺楚國貴人用事者。

從「『然』長男發書進千金,如其父言」——雖然如此,但他依舊遵照父親囑咐,將書信及黃金進呈莊生——可知長男親眼見到莊生家甚貧的情景,心中必然有所思量。對他而言,賢能者應如他和父親一般,憑藉能力致富,怎會困窘至如此境地?[5]長男評斷人事有其侷限,他顯然還無法體會,有能力者不見得重利愛財。於是離開莊生後,他開始私自打點,賄賂楚國當權貴人。從他所行之事,能推知其內心已有定見,認為父親所託非人、莊生恐無力營救親弟,因此罔顧父親的叮嚀,對莊生的諄諄告誡亦充耳不聞,他不信父親,亦不信莊生,寧願自尋他法。

長男不了解莊生,也不知莊生的營救計畫與作為,所以當楚國貴人驚告長男楚王將大赦時,他心裡竟起了番計較:

> 朱公長男以為赦,弟固當出也,重千金虛弃莊生,無所為也,乃復見莊生。莊生驚曰:「若不去邪?」長男曰:「固未也。初為事弟,弟今議自赦,故辭生去。」莊生知其意欲復得其金,曰:「若自入室取金。」長男即自入室取金持去,獨自歡幸。

若靜待楚王大赦,再偕其弟一同歸家,則亦平安無事;怎奈辛苦出身的長男捨不得那大筆錢財,他以為楚王大赦,弟弟自然會被釋放,若此,則莊生無功,理不當受祿。其實,若心思縝密者,當可敏銳覺知楚王大赦的時機點甚巧,應是有心人刻意為之,可惜長男或敏感度、經驗不足,或一門心思僅在錢財上,竟未曾有絲毫覺察。為了索還千金,長男藉辭行厚顏登門,以一語「弟今議『自』赦」,巧言表明弟

---

[5] 岡白駒:「長男見莊生貧,以為有能者不當至此,故改圖救弟,此富商俗眼也。」詳參〔日〕瀧川資言:《史記會注考證新校本》(臺北市:天工書局,1993年9月),頁672。

弟將「自行」被釋放,言下之意即謂莊生於此事沒有任何功勞、助益,[6]不應收受千金。莊生聽聞當然明白長男用意,便讓他自行進屋取回黃金。長男如願拿回錢財,「獨自歡幸」。歡幸什麼?歡幸自己不僅將弟弟平安帶回,還省下大筆黃金,「打算回家奚落其父,誇耀其弟」,[7]證明父親誤判,證明自己比父親更有能耐。他洋洋得意,渾然不覺自己的自作聰明已然踩到莊生的道德底線,終將只能帶著弟弟的遺體返回故里。

三 讀懂人性:理解莊生的道德人格

莊生又是什麼樣的人?為何如此貧困?莊生身居窮巷,乃因他不重利、輕錢財,以廉直聞名。

> 莊生雖居窮閻,然以廉直聞於國,自楚王以下皆師尊之。及朱公進金,非有意受也,欲以成事後復歸之以為信耳。故金至,謂其婦曰:「此朱公之金。有如病不宿誡,後復歸,勿動。」而朱公長男不知其意,以為殊無短長也。

當長男遵父命進獻千金,莊生並非真心接受,而欲待事成之後再行歸還。何以要先收再還、多此一舉?一者,或擔心錢財龐大過於醒目,且若不先行收下,恐長男拿此筆錢財另謀他途,反易敗事;另者,則或顧慮對方感受,收禮能讓對方心安,表示承其情,必當盡力相助,而事成後返還,則表明此番相幫相助,非為錢財,乃基於信義情分。

---

6 岡白駒:「赦字上加一自字,以表莊生無預。」詳參〔日〕瀧川資言:《史記會注考證新校本》(臺北市:天工書局,1993年9月),頁672。

7 〔清〕姚祖恩編著:《史記菁華錄》(臺北市:聯經出版公司,2017年10月),頁58。

莊生面對千金，毫不動心，所求為何？顯然他不重利，卻重名節，重廉潔正直的道德名聲，他也因道德名聲在楚國受到尊崇。

　　莊生救朱公中男事極為謹慎，部分原因可能也是因為重視名聲，怕落人口實。當初他嚴肅告誡長男趕快離開楚國，千萬別在楚地逗留，又叮囑其弟被釋放後，也別打探被釋放的緣由，就是擔心長男若滯留楚地或到處探問，恐易讓人引發聯想、啟人疑竇。此等事只能暗中低調行事，一旦行跡敗露難免功敗垂成，亦會損及莊生名聲。也因此，當莊生知道長男竟未聽從指示離開楚國時，才會那般驚駭。而莊生營救朱公中男的方法也甚為巧妙：

> 莊生閒時入見楚王，言「某星宿某，此則害於楚」。楚王素信莊生，曰：「今為柰何？」莊生曰：「獨以德為可以除之。」楚王曰：「生休矣，寡人將行之。」

他選擇適當時機以星宿事建言楚王施行仁德、免除楚國可能的災害，既無一言提及朱公中男、無一語提及死刑，也未直接請求楚王大赦天下，所言所行完全無傷自己的道德名聲，可謂思慮周詳。由莊生審慎小心的行事作風，能體會他十分在意、愛惜自己的名聲。

　　只可惜朱公長男見識短淺，對莊生為人全然無所知，不僅擅自主張留在楚地打探消息增添壞事之風險，更自作聰明向莊生討還錢財，澈底惹怒莊生。要知道朱公長男此舉，在莊生看來，一則含有刻意耍弄、欺騙之意，故意擺了他一道；另則等同表明莊生既收賄貪財又沒辦事能力，污辱了莊生的名節、踐踏他的道德人格，以廉直聞名的莊生自是忍無可忍，怎能讓小兒輩如此戲弄、糟蹋！

　　莊生羞為兒子所賣，乃入見楚王曰：「臣前言某星事，王言欲以

修德報之。今臣出，道路皆言陶之富人朱公之子殺人囚楚，其家多持金錢賂王左右，故王非能恤楚國而赦，乃以朱公子故也。」楚王大怒曰：「寡人雖不德耳，柰何以朱公之子故而施惠乎！」令論殺朱公子，明日遂下赦令。朱公長男竟持其弟喪歸。

莊生並非有高度修養的聖賢，有寬厚包容不計較的雅量；「莊生不過谿刻之士，矯節立名之流，難以聖賢之事期之。」[8]他只是節俠，對道德名聲極其在意，不容有人污衊詆毀。於是，他根據朱公長男以金錢賄賂楚王左右的實際行為加油添醋一番，讓中男因原本的殺人罪伏法，就如同他未幫忙、救助一樣，以示懲戒。由此可知，每個人都有其在乎之物，萬不可踰越他人底線、挑戰人性，否則恐將自食苦果。

四　讀懂人情：了解朱公范蠡的思量

朱公范蠡知人甚深，亦深明人情世故。當初欲遣少子而非長男前往楚國救人的考量，在長男運回弟弟的遺體後方才全盤托出：

> 至，其母及邑人盡哀之，唯朱公獨笑，曰：「吾固知必殺其弟也！彼非不愛其弟，顧有所不能忍者也。是少與我俱，見苦，為生難，故重弃財。至如少弟者，生而見我富，乘堅驅良逐狡兔，豈知財所從來，故輕弃之，非所惜吝。前日吾所為欲遣少子，固為其能弃財故也。而長者不能，故卒以殺其弟，事之理也，無足悲者。吾日夜固以望其喪之來也。」

8　〔清〕姚祖恩編著：《史記菁華錄》（臺北市：聯經出版公司，2017年10月），頁58。

身為父親，他非常了解兩個兒子的性格特質與金錢觀：長男從小跟著自己東奔西跑，辛苦操勞，知道錢財得之不易，因此捨不得揮霍；而少子甫出生即享盡榮華，生活優渥富足，乘豪車、騎良駒、畋獵享樂，不知錢財從何而來，遑論知曉積攢家財之艱辛，因此恣意揮霍不覺心痛。正是因為少子捨得豪擲千金、無所吝惜，朱公才屬意少子帶重金到楚國救兄長。

然而，既明知長男捨不得錢財恐斷送中男性命，為何最終仍答應長男所請？父親難為。長男以生命脅迫父親，妻子又為長男苦苦哀求：「今遣少子，未必能生中子也，而先空亡長男，柰何？」長男、中男，手心手背都是肉，兩相為難，迫不得已只能讓長男如願。或謂：何以不先向長男言明自己的顧慮與擔憂，應可防患於未然，無須賠上中男性命。可歎依長男自信且自負之性格，朱公自然明白多說無益，「若早說明，則長男又必自負當棄則棄，自有機宜矣。蓋膏肓難砭故也。」[9]只能待長男遭遇挫敗，親嚐椎心之痛，才能真正記取教訓。

但朱公當初或許還抱有一絲希望與期待，他為中男想了萬全之計，只要長男恪遵自己的叮囑，必可將人順利救回。他對長男耳提面命：將千鎰黃金進獻莊生，完全遵照他的規劃安排，千萬不能與他意見相左。朱公用意何在？因為朱公知人，深諳人情世故與用人之道。他明白莊生在楚國受尊崇的地位，知曉莊生在救子一事上必然有辦法，說得上話、使得上力，所以他一擲千金，以錢財表示誠意，不干預莊生作法、不問莊生將有何作為，將兒子性命全權託付對方，給予他最大的信任與尊重，因此莊生當然會盡力救助幫忙。

奈何長男不懂父親的用心良苦，親手摧毀了父親苦心建立的誠意、信任與尊重，那份最可貴的人情，同時也斬斷了弟弟的一線生

---

[9] 〔清〕姚祖恩編著：《史記菁華錄》（臺北市：聯經出版公司，2017年10月），頁58。

機。於是，當母親及鄉親對中男的死亡哀痛欲絕時，「唯朱公獨笑」，可以想見父親的笑是摻雜了許多複雜的情緒，是明知不可而不得不為之的悲痛苦笑：「吾固知必殺其弟也！」「卒以殺其弟」，再三將長男「坐以殺弟之罪」，[10] 又云「吾日夜固以望其喪之來也」，日夜懸心等待的煎熬，身為父親內心的無奈與傷痛流露無遺。

五　結論：從「讀人」領悟人生智慧

透過故事對人物的描述，讀懂了朱公長男的心思，理解莊生對道德名聲的重視，也明瞭朱公范蠡種種人情思量，這些對人心、人性、人情的觀察、了解與體會，對於現實生活與人際相處有莫大的助益。

然除此之外，這則故事尚涵蘊人生取捨之智慧。歷來論者多著眼於長男、少子之別，盛讚朱公范蠡明取捨、能知人的智慧。但本篇故事的哲理恐不僅止於此。眾人皆知能捨才能得，可取捨分寸該如何拿捏卻是一門學問。朱公長男捨不得錢財，然「少有悋惜，不惟殺一弟，而并乾沒私賣之數百金，庸奴誠敗乃公事。」[11] 不過是對錢財稍微有所吝惜，取回了千鎰黃金，卻賠上弟弟無價的生命，得不償失。莊生一生所重惟道德名聲，其餘一切皆可捨棄，所以他能忍受貧窮困窘的生活，即便大筆黃金在眼前也無法使他心動，而一旦有人污辱其道德人格，他連故舊情誼也可不管不顧。莊生寧可捨棄所有，也要取得名聲、尊嚴。魚與熊掌不可兼得。人生確實難有十全十美之事，所以除了自己最想得到的、對自己最重要的事物外，其他都要能捨得放棄。

但什麼才是最重要的？這個問題值得深思。朱公長男重利，莊生重名，名利乃身外之物，過於執著，不論如何取捨總難免斤斤計較，

10　〔清〕姚祖恩編著：《史記菁華錄》（臺北市：聯經出版公司，2017年10月），頁58。
11　〔清〕姚祖恩編著：《史記菁華錄》（臺北市：聯經出版公司，2017年10月），頁59。

平添煩惱。與前述二人不同，朱公范蠡為明哲保身，名利皆可拋：當初在越國認為「大名之下，難以久居」，立即決定辭別越王句踐，捨棄二十餘年辛苦助越復國的成果，功成身退，毫不戀棧；在齊國認為「久受尊名，不祥」，於是歸還相印、盡散其財，瀟灑離去。對他而言，生命才最彌足珍貴，其餘身外之物，不必太過執著，當取則取、該捨則捨，取捨自如才能活得更逍遙自在。

　　讀書的重點在「讀人」、在知人，讀人要能讀出人生智慧，進而在實際生活加以發揮、學以致用，這才是語文教學真正的大用。

談《史記》的人際關係學
—— 以李斯、姚賈、韓非為例

劉錦源
馬偕醫護管理專科學校助理教授

陳連禎
臺灣警察專科學校前校長

　　據《史記‧李斯列傳》記載，李斯，戰國時代楚國上蔡人，出身布衣閭巷。年少時，擔任郡的小吏，看見吏舍廁所中的老鼠，吃的是骯髒的糞便，當人和犬接近時，經常擔驚受怕。之後他到糧倉，看見糧倉裡的老鼠，吃的是上等的糧食，住的是大房子，當人和犬接近時，也不必擔驚受怕。看到如此天差地別的境遇，李斯感歎地說：「人之賢不肖譬如鼠矣，在所自處耳！」於是李斯辭掉郡小吏工作，師從荀子學帝王管理天下的方法，與韓非為同窗。學成後，他揣量楚王不足以有為，無法讓他發揮所學，於是下定決心到當時最強的國家——秦國謀發展。

　　韓非，戰國時代韓國貴族，喜好「刑名法術」之學，以黃老學說為其思想的根基。天生口吃，不善言說，但文章寫得很好。他和李斯都是儒學大師荀子的學生，李斯自認為能力比不上韓非；其次，韓非雖是荀子學生，但他卻認為「儒者以文亂法」，顯然在許多事情的看法上，他與老師的意見是相左的。韓非學成後，回到韓國，看見韓國

局勢愈來愈差,曾多次上書勸諫韓王,韓王都沒採納他的意見。韓非痛切感到當時韓王所用的人都不是國家所需要的,而國家需要的韓王又不用,廉直的忠臣常常被奸臣所害,於是他考察了以往歷史上的得失變化,寫出了〈孤憤〉、〈五蠹〉、〈內儲〉、〈外儲〉、〈說林〉、〈說難〉等篇章,共十多萬字。

　　韓非的著作傳到秦國,秦王嬴政讀了〈孤憤〉、〈五蠹〉二篇,讚嘆地說:「嗟乎,寡人得見此人與之游,死不恨矣!」李斯為了討好秦王嬴政,於是跟秦王嬴政說:「這些都是我同學韓非寫的。」秦王嬴政為了得到韓非,立即發兵攻打韓國。韓王只好交出韓非。秦王嬴政一見韓非,就十分喜歡韓非,但因對韓非還不夠信任,所以不敢立即任用。加上韓非口吃,使秦王嬴政對他的好感逐漸失分。此時,李斯、姚賈因嫉妒韓非,就在秦王嬴政面前攻擊韓非,說:「韓非,韓之諸公子也。今王欲并諸侯,非終為韓不為秦,此人之情也。今王不用,久留而歸之,此自遺患也,不如以過法誅之。」秦王嬴政認為李斯、姚賈說得有道理,就把韓非下了監獄。這時李斯更趁機派人送了毒藥,逼韓非自殺。韓非很想再面見秦王嬴政,向秦王嬴政述說自己的冤屈,但始終見不到秦王嬴政。後來,秦王嬴政後悔將韓非下了監獄,趕緊派人要去赦免韓非,但為時已晚,韓非已死。關於李斯和韓非這段「同窗異夢」的悲歌,在生命教育教學上可作如下數點探究:

　　一般而言同學學成出仕,二人一起共事秦王嬴政,相處本來就不易,尤其彼此都有強烈企圖心的時候,各有所圖,心照不宣,往往就會形成競合關係的微妙態勢。後來李斯與姚賈忌妒韓非,對秦王嬴政說韓非的壞話,認為韓非「終為韓不為秦」,必須除掉,以免留下後患,此乃人之常情。秦王嬴政也同意了李斯、姚賈的意見,將韓非下獄,李斯又逼韓非自殺。大家讀了《史記》的相關記載,都會以為李斯妒才,韓非死在同學之手。至於其結怨的過程如何,《史記》語焉

不詳。韓非為了國家而死,司馬遷物傷其類,想起自己也因為替李陵說情,犯「誣上」罪而下獄。其實所謂「誣上」,並非指李陵投降,而是指「欲沮貳師」;所謂「欲沮貳師」,即《漢書‧李廣蘇建傳》所說:「初,上遣貳師大軍出,財令陵為助兵,及陵與單于相值,而貳師功少。上以遷誣罔,欲沮貳師,為陵游說,下遷腐刑。」李陵族滅,司馬遷受腐刑,兩人遭遇與韓非頗類似;對於韓非,司馬遷是寄予高度同情。此就如他在〈報任安書〉寫道:「拳拳之忠,忠不能自列」,所以司馬遷感嘆韓非「不能自脫」,其餘就不好多說了。

其次,韓非之死,難道僅是李斯單方面妒才造成的嗎?據《戰國策‧秦策》記載,韓非入秦後,即先下手為強,在秦王嬴政面前詆謗姚賈,離間其君臣關係,因而姚賈才會與李斯聯手反擊韓非。當時燕、趙、吳、楚四國正準備聯合進攻秦國。秦王嬴政召集群臣商討對策,大家都沉默不語,只有姚賈回答說:「賈願出使四國,必絕其謀,而安其兵。」後來姚賈果真制止了四國的陰謀,也制止其進攻秦國的軍事行動,而且還透過外交手法,與四國結為盟友。秦王嬴政非常高興,立刻封姚賈為上卿。

韓非知情後即詆毀姚賈,說他利用秦王嬴政的權勢和國家的珍寶資源在外結交各國諸侯,營造自己的私人關係。又說姚賈出身魏國大梁守門人的兒子,在大梁也有竊盜罪前科。此外姚賈在趙國當官還有不良紀錄,曾被趙國驅逐出境。秦王嬴政重用姚賈,絕對不是好領袖帶人的榜樣。秦王嬴政聽了之後立即召見姚賈,就韓非的批評當面質問姚賈,要他說清楚,講明白。姚賈於是解釋說:我忠於大王,大王卻不知道;大王想想看,如果我不夠忠心,四國君王怎麼會信任我?又我姚賈不把財物送給四國君王,要送給誰呢?過去夏桀聽信讒言,殺了良將關龍逢;商紂王聽信讒言,殺了忠臣比干,以致身死國亡。現在大王居然聽信讒言,以後秦國就沒有忠臣了。

秦王嬴政再以韓非批評他是守門人的兒子、大梁的大盜、被逐的官員等事質問姚賈。姚賈善用歷史案例來為自己辯護，他說：周文王重用屠夫姜太公，齊桓公重用囚犯管仲，秦穆公起用奴隸百里奚，以及晉文公善用盜賊等事例，說明周文王等明君由於用人唯才，不問出身、更不問這個人過去的經歷，也不計較這個人的污點，而只看他有無為君王所用的大本事，後來才能成就一番大作為。因此，為了國家利益，即使有人讒言誹謗，英明的君王是不會去聽信的。秦王嬴政聽了姚賈的一番話後，深表贊同，於是再度起用姚賈而殺了韓非。

另據《史記・秦始皇本紀》記載：「李斯上書說，乃止逐客令。李斯因說秦王，請先取韓以恐他國，於是使斯下韓。韓王患之，與韓非謀弱秦。」秦王嬴政下令逐客，起因於韓國派水工（工程師名叫鄭國）去秦國興修水利工程，希望藉興修水利工程的機會，消耗秦國的人力、物力，目的在延緩秦國消滅韓國的進程。李斯是楚國人，也在被驅逐的名單中，但他不甘心前途受阻，遂上了〈諫逐客書〉，說服秦王嬴政收回成命，再趁機建議先攻取韓國，讓其他國家震恐。考秦國欲攻取韓國，早在秦昭王時便已積極部署，秦王嬴政盼望在其有生之年能統一天下，謀取韓國更是其統一天下的重要環節。於是秦王嬴政派李斯去威逼韓國投降。韓王害怕，便與韓非研究如何削弱秦國實力。此時李斯在秦國「用事」，掌握實權。三年後，韓非出使秦國，秦王嬴政聽從李斯的話，扣留而殺了韓非。由此可見，韓非出使秦國是負有國安任務的，絕對不是單純去給秦王嬴政說書的。畢竟此際出使秦國，時機實在太敏感了。尤其是在兩國對峙的情勢下，防人之心不可無！這也是為什麼秦王嬴政雖喜愛韓非的文章，卻不一定喜愛他的人的原因。加上此時秦國國防實力強盛到極點，在尉繚的兩手策略下，各國幾乎毫無招架之力。韓國國君只知苟且偷生，不願勵精圖治，亡國是必然的事，即使派韓非出使秦國，也是無濟於事。更糟的

是韓非到了秦國竟攻詰姚賈等權貴,其後果就可想而知了。

　　試想當時的姚賈,已為秦國立下多少大功;韓非此時入秦,想要藉秦王嬴政召見之便而欲扭轉頹勢,未免太誤判情勢了。或許韓非是迫不得已,因他手中根本沒有資源,唯一可用的資源是獲取秦王嬴政的好奇心。但這談何容易!秦王嬴政身邊人才濟濟,李斯、姚賈、尉繚……根本不會讓韓非如願的。再加上秦王嬴政曾感嘆「寡人得見此人與之游,死不恨矣!」此必然更加深李斯等人對韓非的防備之心。秦王嬴政嘴巴上雖然對韓非讚嘆不已,但實際上他對韓非來自韓國終究還是不放心的!更關鍵的是韓非又不願意像李斯這樣忠心表明「他雖非秦國人,但如果秦國願意用他,他願意效忠秦國」、「士不產於秦,而願忠者眾」,李斯當然比韓非更能得到秦王的信任。其次,韓非誤判形勢還可以從一件事反映出來:李斯當時已貴為廷尉,秦國最高的司法首長;韓非被扣留入獄,生死都在李斯掌握當中,最後被迫服藥自殺,就不難理解了。

　　再者,李斯和韓非對功名富貴追求的態度是有差別的。《史記·李斯列傳》:「乃從荀卿學帝王之術,學已成,度楚王不足事,而六國皆弱,無可為建功者,欲西入秦。」李斯為了獲取功名富貴,拜名師學帝王之術,學成之後才出去建功立業,一切都是按部就班有備而來,其積極學習的態度堪媲美張良。《史記·留侯世家》說張良:「旦日視其書,乃太公兵法也。良因異之,常習誦讀之。」加上李斯出身閭巷布衣,亟想掌握機會「飛上枝頭當鳳凰」。韓非是韓國的公子,自小「茶來伸手,飯來張口」,生活上不需如李斯等平民般勞苦奔波。生活的歷練,使李斯練就出比韓非更強的時代適應能力。加上戰國時期已是平民崛起的年代,李斯和韓非的爭鬥,最後「李贏韓敗」,這就如同楚漢相爭「劉邦勝項羽敗」的道理一樣,一方出身布衣閭巷,一方出身名門貴族,我們從其各自的「出身」就可以見出後

來「勝敗」的端倪。

　　記得第一位獲得諾貝爾文學獎的華人作家莫言曾說過：「每一個在你的生命裡出現的人，都有原因……沒有人是無緣無故出現在你的生命裡的，每一個人的出現都有原因，都值得感激。」李斯對韓非欲加之罪，何患無辭。韓非代表韓王，從韓國來到秦國，出現在李斯的面前，當然是負有國安重任的。只是莫言的最後一句「都值得感謝」，實在有些「唱高調」！李斯和韓非同學一場，彼此處在對峙立場，進入死生之地的割喉戰，誰也無法值得對方真心「感激」啊！

　　不過從「需要」的立場觀察，如果敵人會讓你快速成長並徹底蛻變，那才值得「感激」。所以，被害而不被害死，才有蛻變成更高的態度和格局——「感激」的可能。最好的例證就是淮陰侯韓信富貴後，衣錦還鄉而感謝當年霸凌他的惡少。要不是惡少欺人太甚，激起少年韓信向上的無比鬥志，而實現夢想，也就不會有日後登壇拜將的韓信。莫言的話，是歷經人生滄桑後的經典話語，值得我們再三咀嚼。如果李斯與韓非還在世，李斯會再拜別老師入秦追求功名嗎？還會想要置同學於死嗎？韓非明知入秦凶多吉少，他還會出使嗎？還會攻訐姚賈嗎？這一切的一切，真是太令人好奇了。其次，韓非能寫，但天生口吃，這證明「天無完人」。今天教育強調全人教育，其實只是一個高懸的鵠的；要達成這樣的目標，其困難度是相當高的。

七　推廣紀實

國立臺北護理健康大學實用中文寫作教學工作坊紀要
——二〇二一年十一月至二〇二四年十一月（第十六屆至第二十二屆）

許仲南
國立臺北護理健康大學通識教育中心兼任助理教授

　　自一〇二年十一月起，國立臺北護理健康大學通識教育中心定期舉辦實用中文寫作教學工作坊，邀請相關領域及具教學經驗的講者，分享教學經驗。活動至今已累積十多年成果，主辦單位持之以恆的努力，自然是有目共睹。而同樣值得關注的是，十多年以來在各專家講者無私的分享付出之下，「實用中文寫作教學」領域正不斷地成長、擴充，同時也與時俱進地轉變。

　　國立臺北護理健康大學通識教育中心姚彥淇教授〈國立臺北健康護理大學實用中文寫作教學工作坊紀要——二〇一三年十一月至二〇一六年四月（第一屆至第五屆）〉曾提到：「透過國文課程來提升文化內涵、充實文化知能及精進語表能力，則是各界有志一同的目標⋯⋯不過大部分學子到了大專階段，皆已具備基礎書寫能力，因此國文課程的內容除了情意培養及知能深化外，有關寫作訓練應該與中學有所區別，建議可採用更多元的教學方式來進行，以銜接畢業後在職場或

日常生活中的實際需要。」[1]多年前姚教授文中所期許的「更多元的教學」，正已預告了日後國文課程朝向多元開展的方向。回顧先後歷程，內容如應用文書、口語表達、多媒體、數位人文、深度思考，主題可謂應有盡有。而各主題背後也都是一門學問，無論課程名為「國文」、「實用中文」或是其他名稱，以融合、多元的角度發揮內容，跳脫保守封閉的國文教學，已是大多教師的趨勢。在此共識下，教學活動便不再只是單方面傳授學生固定內容，而是教師必須不斷嘗試設計、調整教學方式，兼以衡量課堂同學、教材主題的特質，才讓教學發揮效果。

　　至今持續茁壯的實用中文寫作教學工作坊，即是讓各領域專家、教師能夠相互請益學習、分享經驗的機會，甚至提供不同的視野，激發出更多可能。國立臺北護理健康大學通識教育中心不僅持續舉辦了十多年來的工作坊，近幾年更是向外拓展，積極與他校合辦，如與國立臺北科技大學、國立雲林科技大學、國立臺南護理專科學校、東吳大學、淡江大學等皆有合作。各校講者、參與者來自不同大專院校，不同的教學環境或許會有不同的教學體會心得，這又是另一層次的多元交融實踐。

　　繼姚彥淇教授〈國立臺北健康護理大學實用中文寫作教學工作坊紀要——二〇一三年十一月至二〇一六年四月（第一屆至第五屆）〉、筆者〈國立臺北健康護理大學實用中文寫作教學工作坊紀要——二〇一六年十月至二〇二一年四月（第六屆至第十五屆）〉[2]，本文亦回顧近期實用中文寫作教學工作坊活動內容，第十六屆至第二十二屆活動

1　見姚彥淇主編：《實用中文寫作集林》（臺北市：萬卷樓圖書公司，2023年9月），頁245。原題為〈國立臺北護理健康大學實用中文寫作工作坊紀要（102年11月至105年4月）〉，刊載於《國文天地》第32卷第3期（2016年8月）。

2　見姚彥淇主編：《實用中文寫作集林》，頁245-260。

內容如下表：

第十六屆：實用中文寫作教學工作坊

（2021年11月19日，地點：國立雲林科技大學人文科學院）

講師	講題
林和君老師	平面文案設計的文字層次暨其運用
黃羽璿老師	「八面受敵」讀《左傳》之教例示隅
葉惠菁老師	新興科技融入創新語文教學

第十七屆：實用中文寫作教學工作坊

（2022年4月22日，線上舉辦）

講師	講題
張高評老師	史傳如何改編為小說：筆削、有無、異同、詳略、虛實之敘事轉化
何淑貞老師	經典與流行的分界與交匯——傳統戲曲的輕食教學
林盈鈞老師	茶席活動融入國文課程教學

第十八屆：實用中文寫作教學工作坊

（2022年11月11日，地點：東吳大學綜合大樓）

講師	講題
王偉勇老師	詩詞吟唱的教學技巧
曾世豪老師	豬八戒＞牛魔王＝孫悟空——《西遊記》中的內丹寓言
陳逸文老師	望文生義——中國古文字之形義判讀與教學
游適宏老師	我怎麼上公文課

第十九屆：實用中文寫作教學工作坊

（2023年4月21日，地點：國立臺北護理健康大學學思樓）

講師	講題
侯建州老師	跨領域・新南向・國際化・群島串聯的華語語系文學展演——全球在地化的Sinophone現代詩
林怡岑老師	淺談討論課在大一國文中的應用
李京珮老師	桌遊作為一種方法——國文遊戲化教學
簡崇元老師	朗讀聲情藝術入門

第二十屆：實用中文寫作教學工作坊

（2023年11月3日，地點：國立臺北護理健康大學學思樓）

講師	講題
嚴瑋泓老師	兒童哲學故事寫作的教學與實踐
林均珈老師	《紅樓夢》子弟書欣賞
張瑋儀老師	從學測國寫看中大課程銜接
綜合座談	工作坊十週年交流座談會：實用中文寫作教學的再反思

第二十一屆：實用中文寫作教學工作坊

（2024年4月19日，地點：國立臺北科技大學宏裕科技研究大樓）

講師	講題
蔡文龍老師	人工智慧、生成式AI繪圖，快速打造教學教材與科技創新文化內容敘事力
謝博霖老師	內練一口氣、外練筋骨皮——AI文本生成與大一中文教學的結合

第二十二屆：實用中文寫作教學工作坊

（2024年11月1日，地點：淡江大學守謙國際會議中心）

講師	講題
張于忻老師	中文系學生如何跨入華語教學產業
李蕙如老師	舊課翻新經驗分享：以國學導讀課程為例
鄭芳祥老師	科學如何說國語：「知識寫作」教學經驗談

綜觀七屆教學工作坊內容，主題多樣，大致可分為幾大類：

一 經典深研、傳統新詮

中文領域向來重視傳統經典價值，而在教學上也有兩個發揮方向。首先是「經典深研」，即以傳統經典為題深入探掘，結合教學者自身的學術研究心得，融入教學主題，最後在教學上發揮深入淺出之效。如黃羽璿老師〈「八面受敵」讀《左傳》之教例示隅〉結合各傳統文獻、文人筆記，提供閱讀《左傳》的不同視角。曾世豪老師〈豬八戒＞牛魔王＝孫悟空——《西遊記》中的內丹寓言〉以明清評點本視《西遊記》為證道書的觀點角度切入，結合內丹相關專業知識，仔細分析其中情節人物。張高評老師〈史傳如何改編為小說：筆削、有無、異同、詳略、虛實之敘事轉化〉亦是發揮其多年研究史傳傳統的學術根基，探討史傳、小說的關係及敘事筆法。其次是「傳統新詮」，雖然同樣是以傳統領域為題材，然而在教學者的用心巧思下，融會貫通加以設計、結合新事物以適應教學發揮，既是引起同學興趣，同時也消除了同學對於傳統領域專業之畏懼。如何淑老師〈經典與流行的分界與交匯——傳統戲曲的輕食教學〉不僅介紹傳統戲曲的重要元素，同時搭配了流行歌曲、舞蹈、妝彩，成功結合了經典與流

行，讓同學感受傳統戲曲活潑的生命力。林均珈老師〈《紅樓夢》子弟書欣賞〉以古典小說《紅樓夢》為題材，結合傳統說唱藝術子弟書、電視劇改編紅樓夢、崑曲紅樓夢等，在不同體裁及改編文本之間，使同學能更深入閱讀經典。此外，安排同學將《紅樓夢》子弟書中的詩作重製為書籤，從製作到成品的過程中，更促進同學的參與感及興趣。李蕙如老師〈舊課翻新經驗分享：以國學導讀課程為例〉將向來相對枯燥的科目「國學導讀」重新活化、翻新，透過結合數位工具、仿照問答節目的國導小學堂，又或是讓同學親自體會線裝書，增進古籍知識。陳逸文老師〈望文生義——中國古文字之形義判讀與教學〉則是融合其文字學領域專業知識，帶同學認識漢字字形與字義之間的關係、漢字部件與文化的關係。教學者較多關注於作品解讀，而以「文字本身」的角度為主題，更帶給同學更多不同觀察發現。

二　應用書寫

　　除了閱讀經典以外，引導同學在各主題上發揮其書寫能力，此類型最為貼近「實用中文寫作教學」的核心。以此同學增進書寫能力，讓同學在各種書寫之目的需要下，發揮其文字實用價值。講者分享又大致可分為兩類。第一類是「書寫結合不同領域發揮」，如林和君老師〈平面文案設計的文字層次暨其運用〉先分析廣告、長文案、短文案的特性與潛在價值，以各式範例講解其中層次結構的重點，如主標、副標、內容醒題等。既不忘文字是核心基礎能力，同時也認為：「文筆不好的人也能參與文案創作，尤其應該嘗試平面廣告文案」。此雖是就文案本身特性而言，然而同時也激勵了同學的書寫熱情。鄭芳祥老師〈科學如何說國語：「知識寫作」教學經驗談〉鑑於同學自主學習能力不足、博雅學養寫作能力不足，而以科學知識寫作為主題

進行教學改革，在透過設計寫作鷹架、克服拖延、師生合作下，讓同學能以文章清楚地傳達科學知識內容。除了豐富教學內容以外，其中意義更在於將實用中文書寫與其他學科結合，將科學知識普及於大眾。由於同學來自各科系，此教學內容也是一種跨領域溝通。嚴瑋泓老師〈兒童哲學故事寫作的教學與實踐〉則以個人經驗引導同學如何發揮創意巧思，主要將哲學理論概念改編為更適合學童閱讀的故事，不僅奠定哲學與語文教育基礎，同時也鍛鍊實用書寫的能力。第二類則是「在原書寫框架下發揮意義」，如張瑋儀老師〈從學測國寫看中大課程銜接〉以學測會考國寫為例，在期望其使測驗不只是甄選工具、統整人格與知識的教育理念下，強調題材生活化、思考多元化，進而仔細分析命題寫作知性統整、情意感受兩大類的特色與書寫技巧重點。如知性統整必須確立觀點，提出看法理由，可採破題法。而情意感受則強調真實經驗、共情表達的能力。雖然學測會考國寫在考試答題的框架下，然而並非只是為考試而考試，其中更是與同學理解題目、表達能力有關，寫作思考過程中也促進了個人涵養提升。游適宏老師〈我怎麼上公文課〉以不同的方式講述公文寫作重點。由於公文屬於傳統應用文範疇，有一套講究形式。透過理解公文書寫的內在邏輯與用意，不再只是將固定形式規範生搬硬套，讓同學更有效學習此種文類的寫作。

三　討論表達、科技融入

在多元融通的共識下，實用中文寫作教學的意義並非僅止於文字書寫上，更進一層的價值在於表達。人與人之間進行溝通討論，即發揮語文能力，而隨著時代科技進步，今日人更是與 AI 溝通，透過與生成式 AI 的互動，挖掘更多未知的觀點知識，充實自我。分為兩類，首

先是「以人與人相互討論為主」的教學設計，如林怡岑老師〈淺談討論課在大一國文中的應用〉先釐清討論（discussion）、對話（dialogue）、談話（conversation）三者的異同，帶出討論需要的技巧、討論有利於知識建構的重要想法。再根據其教學經驗，提出教學實踐中所面臨課堂問題。教師可運用各種方式提升同學討論的效果，如說明課堂目標、清晰的討論程序、總結的必要性，又或是發現同學表現與預期有落差，必須隨時調整方向，思考是否論題過於抽象，是否為討論人數過多影響效果，皆有相應的改善方式。其他建議如不要給與有固定答案的封閉問題、教師與同學需要一定的先備建構、結合實境情形加以應用於討論，皆是相當實用的教學想法。此正如前數屆實用中文寫作工作坊多位講者所分享深度討論（quality talk）教學法，可謂不謀而合，所提出的重點皆能相互呼應。其次是「以人與 AI 互動為主」的教學設計，如謝博霖老師〈內練一口氣、外練筋骨皮——AI 文本生成與大一中文教學的結合〉較全面地探討生成式 AI 如何應用課堂，以及師生共同該面對的態度。如日常寫作皆可交由 AI 代勞那麼語文教育的未來何在？我們應該全面擁抱生成式 AI 嗎？舊有的教學該如何因應？教師須先理解生成式 AI 的特性，如此 AI 生成是否能執行網路搜尋功能，AI 生成答案只依賴資料庫中最高關聯性的資料，而不一定為真實世界的資訊判斷等。謝老師認為生成式 AI 結合教學的重點在於「需求」，而不是技術。只要同學發現能夠解決問題，技術上自然會跟進，「不用教也會用了」、「不會用也會自己上網去學」。就教學而言，先讓同學對 AI 所生成的文本，先由人來進行分析觀察，即可感受到 AI 的敘述風格。再從文本生成中學習人如何引導 AI 對話。在舊有教學模式下的「心得撰寫」在生成式 AI 衝擊下勢必要做出改變，而如何更正確深入的使用生成式 AI，透過人機合作之下讓產生內容更加有價值方為教學重點。人機合作技巧，如正確下關鍵詞、先產生

綱要再逐項逼問、生成多次再擇取最佳解等皆是實用的建議。在人與生成式 AI 的互動下，並非過於依賴完全失去自我能力，反而是可藉此提升溝通能力，在人機溝通的過程中，能把話說清楚。提升鑑賞能力，知道什麼風格是更好、更適合的。蔡文龍老師〈人工智慧、生成式 AI 繪圖，快速打造教學教材與科技創新文化內容敘事力〉、葉惠菁老師〈新興科技融入創新語文教學〉亦屬於此類，前者仔細探討 AI 生成圖像的特性，並提供相關技巧以應用於敘事表達。後者則是對於新興科技與語文教學結合提出一些思考。

四　其他：聲情、創新、新視野

除了前述三大類：結合傳統經典、側重應用書寫、強調表達互動以外，實用中文寫作教學工作坊的主題豐富，若干主題也呈現多元角度。如王偉勇老師〈詩詞吟唱的教學技巧〉、簡崇元老師〈朗讀聲情藝術入門〉，即是從「聲情」的角度，融合文學、藝術以應用於教學。王老師為詩詞吟唱專家，以古典詩詞為題材，深入分析誦、吟、歌、唱的技巧，提出「依字行腔」的重要觀念。簡老師為聲樂名家，無論是吟頌或是朗讀，透過聲情的傳遞讓教學不再只是受限於文字，同時更增強了同學的感受。其他主題如以「創新活動」為重點，如林盈鈞老師〈茶席活動融入國文課程教學〉、李京珮老師〈桌遊作為一種方法──國文遊戲化教學〉，無論是藝術性的茶席、遊戲性的桌遊，這些活動都豐富了國文教學的面貌，更重要的是提升了同學的學習參與動機。而又如侯建州老師〈跨領域‧新南向‧國際化‧群島串聯的華語語系文學展演──全球在地化的 Sinophone 現代詩〉以華語現代詩文本啟程，朝向國際視野，張于忻老師〈中文系學生如何跨入華語教學產業〉介紹華語教學產業的價值與意義，都提供了不同的新視野。

至今舉辦二十二屆的實用中文寫作教學工作坊，在主辦單位的努力、各講者熱誠分享及參與者支持下，持續成長。主題日益豐富，面向多元，更能帶給教學者新的啟發。儘管各主題不一定能運用在現下每個教學環境，但此種類豐富且不停成長擴增的分享主題中，也能有促進教學靈感的效果。教師視自己的教學環境，借鑒前賢，集思廣益，重新調整教學，應用於課堂上為同學學習帶來更多效益，亦是舉辦實用中文寫作教學工作坊的意義所在。

通識教育叢書・通識課程叢刊 0202011

語文教學與跨域素養
——實用中文寫作集林　續編

主　　編	姚彥淇
責任編輯	黃筠軒
特約校稿	吳華蓉
發 行 人	林慶彰
總 經 理	梁錦興
總 編 輯	張晏瑞
編 輯 所	萬卷樓圖書股份有限公司
排　　版	林曉敏
印　　刷	維中科技有限公司
封面設計	陳薈茗
發　　行	萬卷樓圖書股份有限公司

臺北市羅斯福路二段 41 號 6 樓之 3
電話 (02)23216565
傳真 (02)23218698
電郵 SERVICE@WANJUAN.COM.TW

香港經銷　香港聯合書刊物流有限公司
電話 (852)21502100
傳真 (852)23560735

ISBN 978-626-386-240-1
2025 年 04 月初版
定價：新臺幣 560 元

如何購買本書：

1. 轉帳購書，請透過以下帳戶
   合作金庫銀行　古亭分行
   戶名：萬卷樓圖書股份有限公司
   帳號：0877717092596

2. 網路購書，請透過萬卷樓網站
   網址 WWW.WANJUAN.COM.TW

大量購書，請直接聯繫我們，將有專人為您服務。客服：(02)23216565 分機 610

如有缺頁、破損或裝訂錯誤，請寄回更換

版權所有・翻印必究

Copyright©2025 by WanJuanLou Books CO., Ltd.
All Rights Reserved　　　　　Printed in Taiwan

國家圖書館出版品預行編目資料

語文教學與跨域素養：實用中文寫作集林. 續編/姚彥淇主編. -- 初版. -- 臺北市：萬卷樓圖書股份有限公司, 2025.04
　面；　公分. -- (通識教育叢書. 通識課程叢刊；202011)
ISBN 978-626-386-240-1(平裝)

1.CST: 漢語　2.CST: 寫作法　3.CST: 教學法

802.7　　　　　　　　　　　114001642